KAMPENWAND
VERLAG

ISBN: 978-3986600440

Raiffeisenstr. 4 · D-83377 Vachendorf
www.kampenwand-verlag.de

Versand & Vertrieb durch Nova MD GmbH
www.novamd.de · bestellung@novamd.de · +49 (0) 861 166 17 27

Text: Volker Gerling
Lektorat: Susanne Dix
Korrektorat: Frank Landwehr
Bild: ©Panuwatccn/shutterstock
Druck: PRINT GROUP Sp. z o.o.
ul. Cukrowa 22, 71-004 Szczecin (Polen)

VOLKER GERLING

REDEMPTIO

SIE WISSEN ALLES

FÜR CLAUDIA WUTTKE
DANKE FÜR ALLES

ALLE SEHEN,
WAS DU SCHEINST,
ABER NUR WENIGE ERFASSEN,
WAS DU BIST.

NICCOLO MACCHIAVELLI
ITALIENISCHER PHILOSOPH, POLITIKER, DICHTER

PROLOG

A7 Richtung Hamburg

In wenigen Augenblicken würde das Leben von Marek Svoboda in einem Knäuel aus verbogenem Metall und brennendem Gummi enden. Aber das ahnte der Mittvierziger nicht, als er seinen zwanzig Tonnen schweren LKW über die A7 in Richtung Norden lenkte. Der Tscheche fuhr seit zwanzig Jahren LKW und er liebte seinen Job. Besonders stolz war er auf die Tatsache, noch nie einen Unfall verursacht zu haben. Deshalb hatte sein Chef ihm vor einigen Wochen auch als erstem einen der nagelneuen Modelle anvertraut. Ausgestattet mit neuester Technik war dieser LKW ein wahres Prachtstück. Als Belohnung für seine gute Arbeit hatte Marek sogar eine moderne Soundanlage bekommen. Zuerst hatte ihm der technisch ausgefeilte Bordcomputer Schwierigkeiten bereitet. Aber Marek war nicht dumm. Er lernte schnell. Daher dauerte es nicht lange, bis er ohne Schwierigkeiten die Technik beherrschte. Vor ihm, am Rand der Fahrbahn, tauchten die ersten Warnhinweise auf.

Marek kannte die Baustelle, die nun kommen würde gut. Immerhin gab es sie schon seit einigen Monaten und er fuhr die Strecke dreimal die Woche. Von Prag nach Frankfurt und anschließend nach Hamburg.

Das war seine Tour.

Marek verringerte die Geschwindigkeit auf achtzig Stunden-Kilometer und warf einen schnellen Blick in den Seitenspiegel. Alles war in Ordnung. Die Autobahn wurde nun zweispurig, da der linke Fahrstreifen gesperrt war. Das galt für beide Richtungen und würde auch noch wochenlang so bleiben.

Die beiden Fahrspuren Richtung Norden wurden von einer halbhohen Leitschwelle von den Gegenfahrbahnen getrennt. Die erlaubte Geschwindigkeit betrug nur noch sechzig km/h. Vor ihm fuhr eine größere Limousine. Wahrscheinlich ein BMW. Die linke Spur war frei.

Der Gegenverkehr war jetzt um diese Uhrzeit, es war mittags, auch nicht sehr stark.

Dann geschah es.

Der BMW vor ihm geriet plötzlich ins Schlingern und bremste stark ab. Marek erschrak und trat ebenfalls auf die Bremse, aber nichts geschah. Er wurde nicht langsamer. Jetzt blieb der BMW einfach stehen. Marek konnte es nicht fassen, schaltete zwei Gänge runter und versuchte auf diese Weise, die Geschwindigkeit zu reduzieren. Aber es geschah das Gegenteil; er wurde schneller.

Was war hier los? Das konnte doch gar nicht sein …

Plötzlich, ohne dass er irgendetwas getan hatte, wechselte sein LKW auf die linke Spur. Marek erkannte, dass er keine Kontrolle mehr über das zwanzig Tonnen schwere Fahrzeug hatte. Mittlerweile fuhr er auf dem linken Fahrstreifen über neunzig Stundenkilometer schnell und er beschleunigte immer weiter. Verblüfft stellte er fest, dass der BMW wieder Fahrt aufgenommen hatte, auf der rechten Spur neben ihm fuhr und ihn somit daran hinderte, wieder auf den rechten Fahrstreifen zu wechseln.

Was dann geschah, nahm Marek wie in Zeitlupe wahr: Urplötzlich wurde das Lenkrad wie von einer unsichtbaren Kraft nach links gerissen. Vor ihm, auf der Gegenfahrbahn, kam ein alter VW-Käfer immer näher. Mareks LKW durchbrach die Fahrbahnbegrenzung und zwanzig Tonnen Stahl rasten mit über neunzig Kilometer pro Stunde frontal in den Golf. Das letzte, was er sah, bevor sein LKW den Golf mit furchtbarer Gewalt zermalmte, war das Gesicht des Fahrers, der ihn mit vor Entsetzen weit aufgerissenen Augen ansah.

ERSTER TEIL

KAPITEL 1

Berlin, 16 Monate zuvor

Der Mann trug einen siebentausend Euro teuren Anzug mit feinen Nadelstreifen, ein blütenweißes Hemd mit Manschettenknöpfen aus Platin, eine Armbanduhr von Breguet für einhundertvierzigtausend Euro und Schuhe für zweitausend Euro. Pro Stück. Er strahlte pure Macht und immensen Reichtum aus. Sein Gesicht war markant und leicht gebräunt. Der Drei-Tage Bart mutete an wie der Versuch, dem lebenden Klischee ein klein wenig zu widersprechen. Henry Lasker war genau das, was er zu sein schien: Ein ultrareicher Investor. Er besaß einen untrüglichen Instinkt für lukrative Geschäfte. Seine Ausfallquote ging in Richtung null. Was bedeutete, dass er sich quasi niemals irrte. Und das machte ihn zu einer lebenden Legende. Die Wohlhabenden des Kontinents rannten ihm die Türen ein, um ihr Geld loszuwerden. Je mehr, desto besser. Normalerweise verhandelte er mit Vorstandsvorsitzenden global agierender Konzerne. Heute war das anders.

Hartmut Seitz, ein Geschäftspartner Laskers, hatte ihn auf drei junge Entwickler aufmerksam gemacht. Deren neuestes Projekt könnte bei entsprechender Unterstützung seines Fonds bahnbrechende Auswirkungen auf die zukünftige Verbrechensbekämpfung haben. Laskers Interesse war geweckt. Wusste er doch, dass gerade Bundesministerien äußerst lukrative Kunden waren. Bei einem Projekt, das gute Schlagzeilen bedeutete, spielte Geld eine untergeordnete Rolle. Zumal es sich ja nur um Steuergelder handelte.

Deshalb hatte er sich bereit erklärt, mit den drei Softwareentwicklern zu reden.

Ohne zu wissen, was da auf ihn zukommen würde.

„Man verdirbt einen Menschen am sichersten, wenn man ihn dazu zwingt, den Gleichdenkenden höher zu achten, als den Andersdenkenden."

„Oh bitte, nicht schon wieder ..."

„Wer hat das gesagt, deine Mutter?"

„Nein, das war Nietzsche, du Prolet."

Alle drei brüllten vor Lachen.

Lasker kam sich vor, wie in einem Irrenhaus.

Dabei waren es diese drei Chaoten, die sein Vermögen und das seiner Kunden um hunderte von Millionen Euro vermehren sollten. Er hatte da so seine Zweifel. Nicht nur, weil keiner von ihnen älter als Mitte zwanzig zu sein schien, sie sich jedoch verhielten wie Dreizehnjährige im Drogenrausch. Auch ließ ihre Art der Kommunikation einiges an Zweifel zu. Das einzig Gute war, dass sie ihn nicht mit Argwohn betrachteten, obwohl sie wussten, dass er ein Kapitalist war und somit all das verkörperte, was sie in ihrer naiven Wesensart ablehnten. Sie waren zu dritt, alle männlich, und laut Seitz gehörten sie zu den besten Softwareentwicklern des Landes. Wobei das Entwickeln von Software nur einen Teilbereich ihrer Tätigkeit beschrieb. Sie waren auch ausgezeichnete Hacker.

Einer von ihnen, Lasker meinte sich zu erinnern, dass er Markus hieß, wandte sich an ihn. „Du verstehst kein Wort von dem, was wir versuchen dir zu erklären, oder?"

„Das ist richtig. Ich habe bis dato keine Ahnung, was genau euer neuestes Baby kann", gestand Lasker. „Ich weiß nur, dass es möglicherweise ... nützlich sein könnte."

Sofort entstand wieder eine hitzige Diskussion unter den dreien, die Lasker still über sich ergehen ließ. Seit einer Stunde war er nun hier in diesem Loft im Berliner Stadtteil Kreuzberg, das zu einer Art Hightech Labor umgebaut worden war.

Als er angekommen war und sie ihn hineingebeten hatten, war er sich noch sicher gewesen, dass seine Entscheidung, zu diesem Treffen alleine zu kommen, richtig war. Seitz hatte ihm geraten, einen Spezialisten mitzunehmen. Lasker hingegen war davon überzeugt gewesen, mit drei halbwüchsigen Nerds alleine zurechtzukommen. Sie hatten sofort damit begonnen, die Vorzüge ihres Programmes zu erläutern. Dabei verwendeten sie unentwegt Fachbegriffe, was dazu führte, dass Lasker nach wenigen Minuten der Schädel dröhnte.

Als die drei spürten, dass er nichts von dem kapierte, was sie ihm sagten, war ein hitziges Wortgefecht zwischen ihnen entbrannt, dass mit dem Zitat von Nietzsche ihren Höhepunkt erreicht hatte.

„Also, im Grunde ist es so, dass unsere Software in der Lage ist, Verbrechen vorherzusagen", erklärte ein anderer. Er hieß Torben. „Sie kann sogar sagen, von wem die Tat begangen wird und wo."

„Wie ist das möglich?", wollte Lasker wissen.

Die drei wechselten einen Blick und grinsten ihn dann frech an.

„Nehmen wir einen x-beliebigen Stadtteil Berlins. Sagen wir Köpenick. Wir füttern das Programm mit allen uns bekannten Straftätern. Daraufhin verknüpft die Software die Namen der Straftäter mit sämtlichen Bekannten dieser Männer", erklärte der dritte im Bunde. Sein Name war Sören. „Alle verfügbaren Infos werden eingegeben. In welcher Nachbarschaft wohnt eine Person? Mit wem wurde sie verhaftet? Wurden diese Personen später selbst Opfer von Gewaltverbrechen? Mit diesen Rohdaten füttern wir unsere Datenbank."

Torben nickte heftig. „Inklusive Adresse, Sozialversicherungsnummer, Vorstrafenregister, Telefon-Kontakten, Facebook-Freunden und Familienangehörigen."

Sören übernahm wieder. „Unser Programm ist ganz krasse Scheiße, Mann. Die Routine-Activity-Theorie entstammt ursprünglich einem Algorithmus aus der Seismographie."

Torben lächelte stolz. „Die Idee basiert auf geographischen Eigenschaften eines Ortes. Es wird angenommen, dass manche

Gegenden einer Stadt aus bestimmten Gründen mehr zu Kriminalität neigen als andere. Wenn es einen Anstieg von Straftaten in einer Gegend gibt, dann könnte das zu noch mehr Verbrechen führen. So wie ein Erdbeben auch Nachbeben auslösen kann. Das ist kontrovers, denn die identifizierten Menschen scheinen manchmal einfach nicht auf diese Liste zu gehören. Menschen, die scheinbar völlig unschuldig sind, aber möglicherweise Opfer von Gewalt werden könnten. Soziale Netzwerke spielen bei diesem vorausschauenden System eine große Rolle."

Lasker war skeptisch. „Seht es mir nach, aber das ist doch nichts Neues. Ich meine, in den USA läuft etwas Vergleichbares doch schon seit Jahren."

Die drei grinsten bis über beide Ohren.

„Da haben Sie verdammt recht", bestätigte Torben mit verblüffender Ehrlichkeit. „Aber die Amis haben das wahre Potential nicht erkannt."

„Und das heißt ...?", wollte Lasker wissen.

„Das heißt", erläuterte Markus, „Redemptio geht weiter. Viel weiter ..."

Die drei wirkten plötzlich seltsam verschlossen. Sie wechselten unsichere Blicke.

Lasker seufzte. „Ich bin hier, um Geschäfte zu machen. Also erklärt mir, ob ich hier welche machen kann."

Das taten sie schließlich.

Lasker lauschte den drei Entwicklern. Er konnte kaum glauben, was sie ihm da mit erstaunlicher Sachlichkeit und Struktur mitteilten. Mit jeder Sekunde wuchs seine Faszination und Unruhe. Stück für Stück wurde ihm klar, warum Seitz ihm empfohlen hatte, mit den drei Entwicklern zu reden. Das, was sie erschaffen hatten, war in der Tat bahnbrechend.

Er sah die drei forschend an. „Und es funktioniert?"

„Aber sowas von", sagte Torben.

Lasker lächelte. „Und warum bin ich dann hier? Ich meine, eure Software funktioniert, scheint also fertig zu sein. Ich investiere in

Unternehmen, die erfolgversprechende Perspektiven haben, aber ohne finanzielle Unterstützung ihr Produkt entweder nicht fertigstellen, oder aber nicht vermarkten können. Wenn das Projekt hält, was es verspricht, dann trifft auf euch weder das eine noch das andere zu."

Die drei jungen Männer wechselten verunsicherte Blicke. Schließlich schienen sie zu einer stillen Übereinkunft zu kommen.

Torben wandte sich an Lasker. „Wir haben versucht, bei der Organisation einen Termin zu bekommen, die als einzige Interesse daran haben könnte. Aber wir sind abgeblitzt. Ich glaube, wir sind nicht einmal über die Poststelle hinausgekommen."

Lasker runzelte die Stirn. „Ihr redet vom Bundesinnenministerium?"

Alle drei bestätigten die Annahme Laskers, als sie synchron nickten.

„Deshalb", fuhr Torben fort, „haben wir Kontakt zu Ihrem Unternehmen aufgenommen. Sie finanzieren Start-ups und darüber hinaus kennen Sie die Innenministerin persönlich."

Lasker gefiel, was er hörte. Die drei waren nicht dumm. Sie hatten zwar einen strategischen Fehler gemacht, als sie eine Bundesbehörde kontaktierten, ohne die nötigen Verbindungen zu haben, aber sie hatten daraus auch die richtigen Schlüsse gezogen.

Lasker lächelte breit. „Wie weit seid Ihr bereit zu gehen, um mit der Bundesregierung einen Milliardendeal zu machen?"

KAPITEL 2

Berlin

Wie sich herausstellte, waren Torben, Sören und Markus zu allem bereit, um mit der Bundesregierung ins Geschäft zu kommen. Lasker gründete eine Firma, stellte den drei Entwicklern für die Weiterentwicklung ein Startkapital von fünfzig Millionen Euro zur Verfügung und erhielt im Gegenzug einundfünfzig Prozent des gegründeten Unternehmens. Anfangs hatten die drei versucht, ihn auf neunundvierzig Prozent herunterzuhandeln, aber Lasker machte deutlich, dass sie nur wegen seiner Kontakte in höchste Regierungskreise eine Chance hätten, Redemptio bundesweit einzusetzen. Und nur dann würden die Millionen fließen.

„Meine Herren, wir reden hier von mindestens einer Milliarde Euro Gewinn. Das sind einhundertdreiundsechzig Millionen Euro für jeden von euch. Noch Fragen?"

Hatten sie nicht. Alles andere hätte Lasker auch gewundert.

Er war seit Jahrzenten im Investment-Geschäft. Hatte Höhen und Tiefen erlebt. Aber eines war immer konstant geblieben: Die Gier der Menschen nach Geld. Je mehr sie hatten, desto größer war die Gier nach noch mehr. Er kannte sehr viele Menschen, die nicht einmal in der Lage waren, die jährlichen Zinsen ihres Vermögens auszugeben. Ein paar waren dabei, die es fast in den Wahnsinn trieb, dies nicht zu schaffen. Das Geld wurde immer mehr, anstatt dass es auch mal weniger wurde. Lasker tickte da vollkommen anders. Ihm ging es nicht ums Geld. Was er wollte, war Macht.

Die war unbezahlbar.

Lasker war fünfundfünfzig Jahr alt, sah aber zehn Jahre jünger aus. Als Jugendlicher hatte er Leistungssport getrieben und davon zehrte er noch heute.

Er war zweimal geschieden und mit jeder Frau hatte er einen Sohn gezeugt. Kontakt zu ihnen hatte er allerdings nicht. Lasker setzte andere Prioritäten.

Er war als jüngstes von sieben Kinder in wohlbehüteten Verhältnissen aufgewachsen. Sein Vater besaß in dritter Generation eine Privatbank, die ausschließlich mit Unternehmen Geschäfte machte. Da bei Privatbanken das Ausfallrisiko ihres Kreditportfolios ungleich höher war als bei herkömmlichen Bankinstituten, war die Risikoanalyse der Familie Lasker ins Blut übergegangen. Als jüngster Spross der Lasker-Dynastie hatte Henry den enormen Vorteil, aus Fehlern seiner Eltern und seiner Geschwister zu lernen. Deshalb entschied er mit Anfang zwanzig, dass eine Tätigkeit im Bankhaus seiner Familie für ihn nicht in Frage kam. Seine Geschwister nahmen diese Entscheidung mit einer gewissen Erleichterung auf. Sie wussten, dass er schlauer war als alle anderen. Seine Eltern reagierten enttäuscht. Weil sie wussten, dass er klüger war als der Rest ihrer Kinder. Aber sie legten ihrem jüngsten Sohn keine Steine in den Weg. Im Gegenteil, sie förderten ihn dennoch. Nach Beendigung seines Studiums erhielt Lasker eine Stelle in der Investmentabteilung der Deutschen Bank. Dort arbeitete er sich hoch, bis er als Abteilungsleiter einen eigenen Etat in Millionenhöhe erhielt. Rasch erarbeitete Lasker sich den Ruf eines Genies. Er erkannte Trends, umschiffte Klippen mühelos und verschaffte seinen Kunden eine sagenhafte Rendite. Im zweiten Jahr betrug sein Bonus zwölf Millionen Euro. Er heiratete eine Kollegin, bekam mit ihr ein Kind und zwei Jahre später trennten sie sich einvernehmlich. Sie erhielt eine Abfindung in Höhe von fünf Millionen Euro. Für sie ein Vermögen. Für Lasker nicht.

Mit vierunddreißig kündigte Lasker seinen Job. Im Vorstand gab es einen Wechsel und sein neuer Vorgesetzter versuchte, Lasker an die kurze Leine zu legen. Der Grund dafür war simpel: Lasker galt als aufstrebender Star der Bank. Und somit war er eine Bedrohung für jeden, der sich erst beweisen musste. Und das traf auf seinen neuen Chef zu. Laut Arbeitsvertrag war es ihm untersagt, innerhalb von zwölf Monaten bei einem Wettbewerber anzufangen.

Also machte Henry Lasker sich selbstständig und zog in die Vereinigten Staaten. Natürlich war es ihm untersagt, aktiv alte Kunden abzuwerben. Aber was sollte er tun, wenn diese ihn kontaktierten?

Innerhalb von nur vierzehn Monaten waren neunzig Prozent seiner alten Kunden zu ihm gewechselt. Sein Investmentfonds wuchs auf neunhundert Millionen Dollar an und erwirtschaftete eine Rendite von fast sieben Prozent. Das sprach sich herum.

Bald musste er Kunden ablehnen.

Zehn Jahre später verwaltete Lasker ein Vermögen von rund fünfzig Milliarden Dollar. Er selbst war inzwischen mit fünfundvierzig Jahren Milliardär. Lasker war es auch, der die drohende Finanzkrise vorhersah. Er sicherte seinen Fonds ab, indem er sich von den Banken trennte, die in seinen Augen ein Risiko darstellten. Sein Handeln sorgte für einen Aufschrei. Auch bei einigen seiner Kunden, die sein Vorgehen nicht nachvollziehen konnten, sogar für unpatriotisch hielten.

„Ich bin Deutscher, kein scheiß Ami“, lautete seine Antwort, wenn ihm jemand mit diesem Vorwurf konfrontierte. Dann, als die ersten Banken fielen, hielten sie ihn für einen Propheten. Lasker selbst brach seine Zelte ab, verließ seine zweite Frau und ihren gemeinsamen Sohn und siedelte wieder nach Deutschland um. Dort betätigte er sich von nun an im Bereich Privat Equity.

Das hieß unter anderem, dass er in Firmen investierte, die mittel- bis langfristig erfolgversprechende Tendenzen erkennen ließen, aber eine Finanzierung benötigten. Darunter befanden sich auch Start-up-Unternehmen.

Wie das von Torben, Markus und Sören.

Diese Tätigkeit verschaffte ihm Kontakte bis in den inneren Kreis der Bundespolitik. Galt er doch als alles andere als eine Heuschrecke, die Firmen in Schieflage aufkauften, um anschließend das Tafelsilber zu verscherbeln.

Er hatte immer echtes Interesse daran, Standort und Arbeitsplätze zu erhalten. Natürlich gab es Menschen, die sein Handeln als das erkannten, was es war. Kalkül.

Er besaß mehr Geld, als er jemals ausgeben könnte.

Selbst wenn er noch ein paar Mal heiraten würde.

Aber was er tatsächlich anstrebte, daran hatte sich nichts geändert. Macht. Und die fand er in Berlin. Aber dort herrschte eine eiserne Regel: Bevor du etwas nehmen kannst, musst du etwas geben. Und er gab. Jahrelang. Er gab vielen Menschen den Glauben an das Finanzsystem zurück. Er rettete und schuf Arbeitsplätze. Damit sorgte er für Umsatz- und Lohnsteuer. Schon bald liebte man Henry Lasker in den Landesregierungen. Berlin war nur noch eine Frage der Zeit. Schließlich, vor nicht einmal zwei Jahren, wurde ihm in einer feierlichen Zeremonie das Bundesverdienstkreuz verliehen. Er war seinem Ziel ein gehöriges Stück nähergekommen. Dann gab es eine Initialzündung. Die ehemalige Ministerpräsidentin des Landes Niedersachsen, eine gute Freundin Laskers, wurde zur Bundesinnenministerin ernannt. Deshalb war das Start-up-Unternehmen, an dem er jetzt einundfünfzig Prozent hielt, so wichtig für ihn.

„Jungs", sagte er und lächelte optimistisch. „Wie viel Zeit benötigt Ihr, bis wir in Lage sein werden, ein Pilotprojekt zu starten?"

Die drei wechselten einen raschen Blick.

„Wie jetzt *Pilotprojekt*?", wollte Torben wissen.

„Wenn ich zur Innenministerin gehe und ihr von unserem Programm erzähle, wird sie, bevor sie das Geld freigibt, einen Beweis haben wollen, ob das Programm auch wirklich funktioniert."

„Ah", sagte Sören und grinste seine Freunde an. „Er meint einen Testlauf."

Alle drei kicherten.
„Wie wär's mit morgen?"

KAPITEL 3

Berlin

Henry Lasker war zwar mit der Innenministerin befreundet, aber auch er bekam bei ihr nicht innerhalb von einem Tag einen Termin. Lasker musste zwei Tage warten, dann aber empfing ihn die Bundesinnenministerin in deren erstaunlich schmucklosem Büro. Sybille Schneider war fünfundvierzig Jahre alt, schlank und attraktiv. Sie hatte glattes, schwarzes Haar, grüne Augen und strahlte etwas Exotisches aus. Kaum jemand wusste, dass sie und Lasker für kurze Zeit eine leidenschaftliche Affäre hatten.

Nach ein wenig Smalltalk kam Lasker zur Sache. „Wärst du an einem Computerprogramm interessiert, das Anschläge und Verbrechen vorhersehen kann?"

Innenministerin Schneider lachte. „Wer wäre das nicht?"

Als Lasker ihr Lachen nicht erwiderte, wurde Schneider schnell wieder ernst. „Das ist ein Scherz, oder?"

„Nein. Das ist mein absoluter Ernst."

Auf der Stirn der Ministerin erschien eine Falte. „Aber wie soll das möglich sein?"

Lasker erklärte ihr die Funktion Redemptios.

Ihre Falte wurde tiefer. „Klingt großartig. Aber das kriegen wir niemals durch."

Lasker nickte, als würde er dem zustimmen. „Die Menschen dürsten nach Sicherheit, Sybille. Denk an all die Anschläge der letzten Jahre. Die Zeiten der großen Attacken sind vorbei. Jetzt sind es Einzeltäter, die aktiv werden. Dem ist nicht beizukommen."

„Wie denn auch?", sagte die Innenministerin leise. „Wir können unmöglich alle im Auge behalten."

Kaum, dass sie es ausgesprochen hatte, schien sie die Tragweite des Ganzen erkannt zu haben und blickte Lasker an.

Der lächelte. „Ja, genau. Mit diesem Programm *können* wir sie im Auge behalten. Alle. Rund um die Uhr."

Innenministerin Schneider kaute auf ihrer Unterlippe. „Wenn es doch nur einen Weg gäbe, diese Software zu nutzen, ohne dass jemand davon erfährt. Ich garantiere dir, es würde nicht einmal durch den Kontrollausschuss kommen, geschweige denn durch den Bundestag."

Lasker nickte verständnisvoll. „Ich meine mich zu erinnern, dass vor einiger Zeit eine Reform der Bundespolizei auf eurer Agenda war. Die Kosten dafür wurden mit etwa drei Milliarden Euro veranschlagt."

Schneider nickte. „Ja, das stimmt. Die Hälfte davon übernimmt der Bund, den Rest die Länder."

„Du sagst, *übernimmt*, nicht *sollten übernehmen*", bemerkte Lasker. „Ist da wieder Bewegung reingekommen?"

„Ja. Die Entscheidung dafür ist so gut wie durch."

„Sehr gut", murmelte Lasker. „Im Zuge dieser Reform kannst du das Programm mit einbauen und niemand bekommt es mit. Das Einzige, was wir dann brauchen, ist eine bundesweit aufgestellte Spezialeinheit, die die Fälle bearbeitet, die vom Programm entdeckt werden."

„Warum eine neue Spezialeinheit?", wollte die Innenministerin wissen.

„Weil beim SEK oder MEK sofort Fragen nach der Quelle der Informationen auftauchen würden. Bei einer neuen Einheit, die auf das Programm von Anfang an eingeschworen ist, besteht diese Gefahr nicht."

Innenministerin Schneider nickte nachdenklich. „Das ergibt Sinn. Du meinst, ich soll die Kosten für das Programm in die Kalkulation der Reform einfließen lassen?"

„Ja. Die brauchen doch bestimmt neue Hard- und Software, oder?"

„Das ist Bestandteil der Reform."

„Wunderbar. Damit hätten wir die Lösung."

„Und diese neue Einheit? Die kostet doch Geld ..."

„Wo ist das Problem? Und du unterstellst die Spezialeinheit direkt deinem Ministerium. Dann bezahlst du das aus deinem eigenen Etat. Auch kein Problem. Ich will die eine Milliarde für die Software nicht in einer Summe. Drei Raten sind vollkommen ausreichend."

Es war allgemein bekannt, dass dem Innenministerium im vergangenen Jahr einen Etat von rund neunzehn Milliarden Euro zur Verfügung gestanden hatte. Offiziell. In Wahrheit sahen die Zahlen ein klein wenig anders aus. Etwas über dreihundert Millionen Euro pro Jahr für etwas abzuzweigen, dass es eigentlich nicht gab, wäre nicht einfach. Es war aber auch nicht unmöglich.

„Henry, wenn ich das tue, riskiere ich alles, was ich mir aufgebaut habe."

„Ja, es gibt ein gewisses Risiko. Da stimme ich dir zu. Aber beantworte mir eine Frage: Willst du Bundeskanzlerin werden?"

„Was soll das, Henry? Du kennst die Antwort."

„Ich will es hören. Jetzt. Von dir."

Sybille Schneider funkelte ihn wütend an. Schließlich seufzte sie ergeben. „Ja verdammt. Ich will Bundeskanzlerin werden."

„Und das schaffst du auch. Vor allem dann, wenn unter deiner Leitung das Innenministerium einen signifikanten Rückgang von Schwerverbrechen verzeichnen kann."

Lasker konnte sehen, wie es in ihr arbeitete. Wie Sybille Schneider alle Pros und Kontras gegeneinander abwägte. Schließlich schien sie zu einem Entschluss gekommen zu sein.

„Okay Henry. Ich nehme dieses Programm auf. Aber nur unter einer Bedingung."

„Und die wäre?"

„Diese drei Entwickler müssen sie gesetzeskonform umschreiben. Ich will nicht das Risiko eingehen, dass mir die ganze Geschichte um die Ohren fliegt."

„Wenn du das Programm kastrierst, dann kannst du keine bahnbrechenden Ergebnisse erwarten."

Sie lächelte ihn an. „Wie frisst man einen Elefanten?"

Lasker sah sie an. Natürlich wusste er, was sie damit sagen wollte. Einen Elefanten schluckte man nicht am Stück. Man fraß ihn Stück für Stück. Übertragen auf die Software bedeutete dies, dass sie mit einer harmloseren Version anfangen wollte. Sollte die sich bewähren, könnte man zu einem späteren Zeitpunkt immer noch aufrüsten.

„Okay, einverstanden", sagte Lasker.

Schneider runzelte die Stirn. „Ich brauche einen Beweis, dass das Programm tatsächlich funktioniert."

Das Lächeln von Lasker wurde breiter. „Aber natürlich brauchst du den. Und du bekommst ihn."

„Und ich möchte diese drei jungen Männer kennenlernen, die das Programm erfunden haben."

Lasker Lächeln verschwand. „Warum das denn?"

„Weil ich, wenn ich das Programm ohne Zustimmung des Kontrollausschusses und unter Umgehung sämtlicher Entscheidungsgremien in Betrieb nehme, ein enormes Risiko eingehe. Da will ich zumindest wissen, wem ich hier meine Existenz anvertraue."

„Die drei sind etwas ... sonderbar ..."

„Ich arbeite, seit ich denken kann, in der Politik. Glaube mir, wenn ich dir sage, dass ich sämtliche Varianten von sonderbar kennengelernt habe."

KAPITEL 4

Berlin

Sie trafen sich eine Woche nach der Besprechung im Loft der drei Entwickler. Lasker, Innenministerin Schneider, Staatssekretär Essling und vier Personenschützer. Die blieben draußen, nachdem sie das Loft auf ein mögliches Gefahrenpotenzial durchsucht und für sicher erklärt hatten. Es war für Lasker keine Überraschung, dass Sybille Schneider ihre rechte Hand mitgebracht hatte. Dennoch war er wenig begeistert davon, da er Staatssekretär Essling nicht mochte. Lasker hielt ihn für ein machtgeiles, intrigantes Arschloch. Mehr als einmal hatte er Sybille Schneider vor ihm gewarnt. Sie aber war der Meinung, er würde den Laden zusammenhalten und für die notwendige Disziplin sorgen, sodass sie sich um die wesentlichen Sachen kümmern konnte. Er verdrängte seinen Gedanken und konzentrierte sich auf das hier und jetzt.

„Dann zeigen Sie mal, was ihr Programm kann“, forderte Schneider die drei Entwickler auf.

Sie begaben sich zu einem großen Tisch, auf dem diverse Rechner vor sich hin summten. An der gegenüberliegenden Wand war ein großer Flachbildschirm angebracht.

Torben wandte sich an die Ministerin. „Möchten Sie, dass wir ins Detail gehen, oder reichen Ihnen grobe Angaben?“

„Details würde ich ohnehin nicht verstehen“, gab Schneider zu. „Erklären Sie mir nur grob, was Sie tun.“

Torben nickte. „Okay. Sie waren ja so nett, uns eine Liste aller bekannten Straftäter zu geben, die sich zurzeit in Berlin aufhalten. Vom Kleinkriminellen bis hin zu Mördern und potentiellen Terroristen. Daraufhin haben wir uns einen x-beliebigen Stadtteil Berlins ausgesucht und Redemptio den Befehl gegeben, zu analysieren. Und hier haben wir das Ergebnis."

Torben drückte auf eine Taste und der Flachbildschirm erwachte zum Leben. Zu sehen waren das Bild eines grimmig dreinblickenden Mannes arabischer Herkunft und jede Menge Text. Ministerin Schneider, Essling und Lasker gingen näher an den Bildschirm heran.

„Was sehen wir hier?", wollte Schneider wissen.

„Das Profil von Mohamed Al-Shabibi", sagte Markus. „Er ist bislang nicht auffällig gewesen. Weder Bundeskriminalamt, noch das Bundesamt für Verfassungsschutz haben ihn auf dem Zettel. Aber Redemptio ist der Auffassung, dass Al-Shabibi etwas im Schilde führt."

„Aha", sagte Essling. „Und aus welchem Grund?"

„Merkwürdige Treffen mit verdächtigen Männern aus Tunesien und Somalia. Auffällige Einkäufe diverser Gegenstände, darunter Chemikalien, die durchaus zur Herstellung von Sprengstoff verwendet werden könnten. Verdächtige Fahrten, die immer wieder an Synagogen vorbeiführten."

Schneider blickte zu den drei Hacken. „Interessant. Und verdächtig, da gebe ich Ihnen recht. Wie lautet das Ergebnis der Analyse?"

„Die Wahrscheinlichkeit, dass Al-Shabibi einen Anschlag mit Sprengstoff auf eine Synagoge plante, beträgt laut Redemptio über achtzig Prozent", antwortete Markus.

Schneiders Augen weiteten sich. „Achtzig Prozent … also ist es ziemlich sicher, dass etwas geschehen wird."

Alle drei nickten. „Absolut", sagte Sören.

„Das ist … das ist wirklich …"

„Krasse Scheiße", schlug Torben vor.

„Erstaunlich", sagte Schneider, Torbens vulgären Vorschlag ignorierend. „Wie würden jetzt die nächsten Schritte aussehen?"

„Darf ich einen Vorschlag machen?", wollte Lasker vom Minister wissen.

„Selbstverständlich."

„Wäre ich du, würde ich folgendermaßen vorgehen: Ich würde behaupten, dass du durch einen ausländischen Geheimdienst von diesem Al-Shabibi erfahren hast. Daraufhin hast du ein Ermittlerteam damit beauftragt, ihn zu beobachten. Als sich die Hinweise auf einen bevorstehenden Anschlag verdichtet haben, hast du den Befehl zum Zugriff gegeben."

„Und wenn jemand wissen will, welcher Geheimdienst der Ministerin den Tipp gegeben hat?", wandte Essling ein.

„Wenn die Prognose des Programms zutrifft, habt ihr einen wirklich schlimmen Anschlag verhindert. Die Innenministerin wird als Heldin dastehen. Ich kann mir beim besten Willen nicht vorstellen, dass irgendjemand da ein Haar in der Suppe suchen wird. Und selbst wenn jemand fragen würde; müsstest ihr die Frage beantworten?"

Schneider dachte darüber nach und schüttelte schließlich den Kopf. „Du hast recht. Einzig das Ergebnis zählt. So machen wir es."

„Und bei dieser Gelegenheit könntest du deine neue Idee einer präventiven Spezialeinheit der Öffentlichkeit präsentieren. Weil diese Einheit den Zugriff durchgeführt hat."

Schneider schüttelte den Kopf. „Wo soll ich auf die Schnelle diese Einheit herbekommen?"

„Du hast doch garantiert irgendeinen höheren Beamten im BKA, oder in einem LKA, dem du vertraust. Ruf ihn an, weihe ihn ein. Ich wette, er stellt dir ein loyales Team zusammen."

„Könnte funktionieren …", sagte Schneider leise.

Der Zugriff erfolgte fünf Tage später. Neben Al-Shabibi wurden drei weitere Personen festgenommen. In der Wohnung des Verdächtigen wurden neben Waffen eine große Menge Dünger und anderes Material zum Bau einer Bombe sichergestellt. Auch Baupläne fand man. Die Terrorzelle um Al-Shabibi hatte tatsächlich geplant, eine Synagoge im Zentrum Berlins in die Luft zu sprengen. Das mutige und entschlossene Handeln von Innenministerin Schneider wurde hoch gelobt und als sie ihre geänderten Pläne für eine Reform der Bundespolizei präsentierte, fanden diese eine breite Zustimmung. Einzig der Bundeskanzler war verstimmt, da Schneider ihn seiner Meinung nach zu spät in ihre Pläne eingeweiht hatte.

Die Erweiterung der Reform in Form einer neuen Spezialeinheit wurde mit großer Mehrheit verabschiedet. Bundesweit wurden ausgewählte Polizeibeamte in die neue Spezialeinheit PEG, Präventions-Einsatz-Gruppe, berufen. Innerhalb eines Jahres sollte sie auf eintausend Mann ausgebaut werden. Nach vierzehn Monaten waren die Vorbereitungen abgeschlossen. Redemptio wurde installiert, ohne dass jemand davon erfuhr. Die einzigen Personen, die vollumfänglich Bescheid wussten, waren die Innenministerin, Staatssekretär Essling und der Leiter der neuen Spezialeinheit. Lasker und die drei Entwickler erhielten die erste Rate in Höhe von dreihundertdreiunddreißig Millionen Euro und feierten ihren Erfolg angemessen.

KAPITEL 5

Berlin

Die Stimmung der drei Entwickler sank spürbar, als sie Besuch von Staatssekretär Essling erhielten. Aus Euphorie wurde Sorge, der Deal könnte doch noch auf der Zielgerade platzen. Allerdings war Essling nicht gekommen, um den Deal zu stornieren.

„Ich habe mit der Ministerin gesprochen", erklärte er, nachdem sie alle Platz genommen hatten. „Wir sind beide zu dem Entschluss gekommen, dass es doch sinnvoller ist, die ursprüngliche Variante von Redemptio einzusetzen."

Die drei sahen sich verunsichert an.

„Was ist mit den bedanken wegen Datenschutz und so?", wollte Torben vorsichtig wissen.

Essling lächelte. „Wo kein Kläger, da kein Richter."

„Ach ...", sagte Markus.

Essling blickte die drei jungen Männer betroffen an. „Das geht doch, oder? Ich meine, Sie haben doch nichts gelöscht oder so ..."

Markus schüttelte den Kopf. „Nein, nein. Die Urfassung des Programmes gibt es natürlich noch."

Essling atmete erleichtert aus. „Sehr gut."

„Es ist nur so ...", begann Torben stockend.

Essling sah ihn direkt an. „Ja?"

„Nun ja ... wenn da was schief geht ... wer wird dafür zur Rechenschaft gezogen? Ich meine, machen wir uns damit nicht irgendwie ... strafbar?"

Essling schüttelte lachend den Kopf. „Aber nicht doch, meine Herren. Wir sitzen hier doch alle im selben Boot. Und das Risiko liegt einzig und alleine bei der Ministerin und mir. Sie begehen weder eine Straftat, noch laufen sie Gefahr, in Regress genommen zu werden."

Torben sah seine beiden Freunde an. „Na dann ..."

„Ich hätte gerne etwas Schriftliches", sagte Markus an Essling gewandt.

Das Lächeln des Staatssekretärs verschwand. „Was meinen Sie?"

„Ein offizielles Schreiben des Innenministeriums, aus dem hervorgeht, was Sie gerade gesagt haben."

„Das dürfte kein Problem sein", sagte Essling zögernd.

Markus strahlte. „Cool. Sobald wir diese Bestätigung haben, kann es losgehen."

„Ich werde zurück ins Büro fahren, mit der Ministerin sprechen, das Schriftstück aufsetzen und hierher zurückkommen", erklärte Essling.

„Wir sind hier", versicherte Markus.

Essling stand auf und die drei Entwickler erhoben sich ebenfalls. Der Staatssekretär hielt schon den Türgriff in der Hand, als Markus ihn noch einmal ansprach.

„Ach, fast hätte ich es vergessen ..."

Essling drehte sich langsam zu ihm herum. „Ach ja? Was denn?"

„Dieses Schreiben. Es muss natürlich von der Innenministerin unterschrieben werden."

KAPITEL 6

Berlin

Während drei junge Entwickler im Obergeschoss eines Wohn- und Geschäftshauses in Berlin Kreuzberg ihren Vertragsabschluss inklusive eines von der Innenministeriums unterschriebenen Freifahrtscheines feierten, drangen zwei Männer unbemerkt über ein Kellerfenster in das Gebäude ein.

Sie waren vollkommen in Schwarz gekleidet, trugen Sturmhauben und waren für den unwahrscheinlichen Fall, dass jemand sie entdeckte, bewaffnet. Die Büros im Erdgeschoss und im ersten Stock waren schon seit Stunden verlassen. Nur die drei jungen Männer hielten sich in dem Haus auf. Was daran lag, dass sie nicht nur hier arbeiteten, sondern auch lebten. Jeder der zwei Männer trug zwei Segeltuchtaschen, die sie in den Kellerraum wuchteten. Sorgen über Überwachungskameras mussten sie sich nicht machen; sämtliche Kameras in einem Radius von zwei Kilometern waren deaktiviert.

Die technische Störung würde erst behoben sein, wenn sie ihren Auftrag erfüllt hatten.

Ohne ein einziges Wort zu wechseln, bewegten sich die zwei in Richtung Treppenhaus. Sie öffneten die Brandschutztür und liefen hinauf in das Erdgeschoss. Hier legten sie jeweils eine der Taschen ab und liefen dann hoch in die zweite Etage. Dort angekommen wandte sich der eine nach rechts, der andere nach links. Die verschlossenen Bürotüren waren für die Männer kein Problem, da sich über nachgemachte Schlüssel verfügten. Beide betraten nun Großraumbüros. Sie stellten ihre Tasche ab und öffneten sie.

Darin befanden sich Kanister, die mit Ethanol gefüllt waren. Annähend zeitgleich setzten die Männer Atemschutzmasken auf und begannen damit, großzügig den Brandbeschleuniger im Raum zu verteilen. Dies setzten sie in den Fluren fort.

Anschließend begaben sie sich hinunter in den ersten Stock, griffen sich die dort zurückgelassenen Taschen und verteilten auch hier das Ethanol in den Büros und im Flur.

Nachdem sie damit fertig waren, begaben sie sich wieder in das Erdgeschoss. Jeder von ihnen hatte noch einen vollen Kanister zur Verfügung. Sie verteilten den Inhalt der zwei Kanister im Hauptflur und liefen dann zur Tür, die ins Treppenhaus führte. Einer der Männer holte eine Flasche aus seiner Tasche. Er entzündete den präparierten Docht und warf die Flasche in den Flur. Sofort entfachte das Feuer und verbreitete sich rasend schnell.

Die beiden Männer ließen die Tür offen, rannten in den Keller und verließen das Gebäude auf demselben Weg, auf dem sie es betreten hatten.

Sprach man mit erfahrenen Brandbekämpfern, so gab es einige unter ihnen, die schwören, das Feuer ein lebendiges Wesen sei. Sie erzählten von Flammen, die einen verfolgten. Davon, wie das Feuer sich teilte, um den fliehenden Menschen den Weg abzuschneiden. Einige berichteten, dass sie gesehen hatten, wie Feuer die Wände hochgelaufen war, sich an der Decke verteilte, um sich sogleich auf den wehrlosen Menschen zu stürzen. Und es machte auch Geräusche. Furchtbare, angsteinflößende Geräusche.

Es zischte und stöhnte. Manchmal schrie es sogar.

Ein Feuer benötigte drei Dinge: Brennstoff, Hitze und Sauerstoff. In der Hitze reagierte der Brennstoff mit dem Sauerstoff der Luft, es entstand eine Oxidation. Das bedeutete, die Moleküle des Brennstoffs verbanden sich mit dem Sauerstoff und dabei wurde Wärme freigesetzt. Feuer war eine sogenannte exotherme Reaktion:

Es produzierte mehr Wärme, als man benötigte, um die Reaktion in Gang zu setzen. Um ein Feuer zu entfachen, brauchte man eine Initialzündung oder Startwärme, bei der der chemische Verbrennungsprozess des Brennstoffs startete und in einer Art Kettenreaktion fortlief. Eine Initialzündung konnte in der Natur beispielsweise ein Blitz sein, der in einen Baum einschlug. Die Startwärme bewirkte die Flamme, durch die entstandene Wärme wurde eine Kettenreaktion in Gang gesetzt: Das Feuer brannte nun aus sich selbst heraus, bis eines der drei Dinge – Brennstoff, Hitze oder Sauerstoff – nicht mehr da waren.

Im aktuellen Fall war diese Initialzündung der Molotowcocktail. Der löste die Kettenreaktion aus. In atemberaubender Geschwindigkeit stürzten sich die Flammen auf alles, was brennbar war. Und Brennstoff gab es hier zur Genüge. Es dauerte nicht einmal fünf Minuten, da waren im Erdgeschoss kleine Gasflämmchen zu sehen, die sich in der Luft entzündeten. Erfahrene Feuerwehrmänner würden spätestens jetzt die Flucht ergreifen. Diese Gasflämmchen läuteten den sogenannten Flashover ein: Das bedeutete, dass sämtliche brennbaren Oberflächen ihren Zündpunkt erreichten. Das Feuer war nun außer Kontrolle.

Die drei Männer im Obergeschoss merkten nichts davon, dass unten ihnen die Hölle losgebrochen war. Ausgelassen feierten sie die Tatsache, dass sie Multimillionäre waren, während sich die Flammen zischend und brodelnd ihren Weg durch die Flure und sogar durch die Decke des Erdgeschosses brannten.

Als sie den ersten Stock erreichten, vereinten sie sich mit dem schon wartenden Brandbeschleuniger. Explosionsartig verbreitete sich das Flammenmeer in den Büroräumen. Innerhalb von zwanzig Sekunden war auch hier der Flashover erreicht. Das Feuer erreichte jetzt eine Temperatur von über neunhundert Grad und fraß sich durchs Treppenhaus und durch die Decke hinauf in den zweiten Stock.

Dort gab es ein feuriges Wiedersehen mit dem Ethanol. Innerhalb von sechs Sekunden stand der komplette zweite Stock in Flammen. Aber der Hunger des Feuers war nicht gestillt.

Schließlich gab es noch die dritte Etage.

Dort spürten die drei jungen Entwickler inzwischen, dass es im Raum, in dem sie sich aufhielten, unangenehm warm geworden war. Einer von ihnen wollte ein Fenster öffnen, musste jedoch feststellen, dass es verriegelt war.

„Hat einer von euch die Fenster abgeschlossen?"

„Geht das überhaupt?"

Er zuckte mit den Schultern. „Keine Ahnung. Auf jeden Fall geht das hier nicht auf."

Der dritte im Bunde kontrollierte die Heizkörper. „Sind alle auf null", informierte er seine Freunde. Dann machte er sich an dem Fenster darüber zu schaffen. „Das hier geht auch nicht auf."

Inzwischen hatten die Flammen eine Etage tiefer die Decke zum Obergeschoss erreicht.

„Leute", rief einer der drei Entwickler. „Der Boden ist verdammt heiß ..."

„Hier stimmt doch was nicht", sagte ein anderer.

Er ging schnell durch das Zimmer und öffnete die Tür zum Flur.

Dann ging alles rasend schnell. Durch die geöffnete Tür wurde dem Feuer im Flur neuer Sauerstoff zugeführt. Es explodierte geradezu. Mit der Geschwindigkeit eines Zuges rasten die Flammen auf den Mann an der Tür zu und hüllten ihn ein. Er wollte schreien und holte tief Luft. Das Feuer verbannte seine Lungen und er war auf der Stelle tot. Seine beiden Freunde kamen nicht mehr dazu, zu reagieren. Unter ihren Füßen brach der Boden auf und sie stürzten vier Meter tief in die Flammenhölle. Als die Feuerwehr eintraf, konnten die Männer nur tatenlos dabei zuschauen, wie das Gebäude in sich zusammenfiel.

KAPITEL 7

Hannover

Der ehemalige niedersächsische Innenminister Wolfgang Kofler war Vorsitzender des Bundestagsausschusses für innere Angelegenheiten. In dieser Funktion deckte sich sein Aufgabenbereich weitestgehend mit dem der Innenministerin. Dementsprechend war es durchaus legitim, dass Kofler kritische Fragen stellte. Zumal er der Oppositionspartei angehörte. Kofler hatte vor allem wissen wollen, warum Innenministerin Schneider eine neue Spezialeinheit ins Leben rufen wollte. Auch fragte er nach, aus welchem Grund die Investitionen für Hard- und Software gegenüber der ursprünglichen Planung um fast eine Milliarde Euro angestiegen waren. Allerdings hatte Kofler keine befriedigenden Antworten erhalten. Zumal er fast ausschließlich mit Staatssekretär Essling reden musste, da Schneider ständig verhindert war. Und das hatte ihn misstrauisch gemacht.

Kofler blieb ruhig und beobachtete.

Nachdenklich hatte ihn die Gründung der neuen Sondereinheit unter dem Dach der Bundespolizei auch deshalb gemacht, weil Polizei eigentlich Landessache war. Der Bund hatte hier nichts zu sagen. Dadurch, dass die neu ins Leben gerufene Einheit der Bundespolizei zugeteilt worden war, lag die Kontrolle beim Innenministerium. Obwohl Teile der Kosten auf die Länder verteilt wurden. Als erstes vertiefte Kofler sich in die Unterlagen, die Staatssekretär Essling zur Verfügung gestellt hatte. Konzept, Zeitplan und

Kostenanalyse. Über zweitausend Seiten. Kofler war sich sicher, dass keiner seiner Kollegen diese jemals gelesen hatte. Viel Prosa, wenig Substanzielles. Beinahe in einem Nebensatz, irgendwo auf Seite achthundert, wurden ein Unternehmen mit Namen Excelsior und eine Software erwähnt. Viele Informationen zu dieser Software gab es nicht. Und dass, obwohl sie mit einer Milliarde Euro einen nicht unwesentlichen Kostenfaktor bedeutete.

Zumal hier der vorgeschriebene Weg einer öffentlichen Ausschreibung nicht eingehalten worden war. Kofler schüttelte den Kopf. Er gehörte mit seinen zweiundsiebzig Jahren eindeutig zu den Beamten alter Schule. Pflicht- und kostenbewusst. Aufrichtig, soweit es möglich war. Kofler hatte alles erreicht. Höher hinauf ging es für ihn nicht. Er wollte auch gar nicht mehr, da er niemanden mehr etwas beweisen musste. Auch sich selbst nicht.

Aber er war immer noch Vollblut-Politiker. Es war kein Geheimnis, dass der amtierende Kanzler nicht erneut antreten würde. Ebenso war es offenkundig, dass Bundesinnenministerin Schneider in ihrer Partei als aussichtsreiche Kanzlerkandidatin galt. Und Staatssekretär Essling wäre im Falle eines Wahlsieges der neue Innenminister der Bundesrepublik Deutschland.

Ein Gedanke, der bei Kofler Brechreiz auslöste.

Er sank in das Ledersofa zurück und blickte nachdenklich in das prasselnde Kaminfeuer. Seine Frau schlief längst eine Etage über ihm, es war spät. Wollte er diesen Kampf wirklich?

Das Konzept des Innenministeriums war in sich schlüssig. Die Kosten tragbar. Wenn da nicht dieses dumpfe Gefühl in ihm wäre, dass hier etwas ganz und gar nicht stimmte. Darüber hinaus war Staatssekretär Essling ein widerlicher Opportunist ohne jedes Rückgrat. Also *wollte* er vielleicht auch nur, dass hier etwas nicht stimmte …

Kofler dachte darüber nach und verwarf diesen Gedanken wieder. Wenn es gut für das Land war, würde er keinen Einspruch einlegen. Wenn es aber doch etwas gab, was gegen geltendes Recht verstieß, würde er nicht lockerlassen, bis es ans Tageslicht gekommen war.

Als nächstes besorgte er sich im Internet Informationen über Excelsior. Kleines Start-up, die Gründer junge Männer aus der IT-Branche. Dann wurde er stutzig. Mit-Gesellschafter des Unternehmens war Henry Lasker. Ein nicht ganz Unbekannter für ihn, war er doch ein guter Freund der Innenministerin. Schloss sich hier der Kreis? Ging es um Vetternwirtschaft? Der Bund war verpflichtet, ab einer bestimmten Auftragshöhe eine öffentliche Ausschreibung vorzunehmen. Natürlich gab es gerade bei so komplexen Dingen wie einer Software Ausnahmen, was die Vorgehensweise betraf.

Nichtsdestotrotz hatte es hier einen klaren Verstoß gegen gültiges Recht gegeben. Kofler kratzte sich nachdenklich am Kopf. Da war doch was gewesen … auf Seite achthundert oder so. Er blätterte in dem kiloschweren Manuskript und fand die Stelle.

Das Bundesinnenministerium begründete die Tatsache, dass es bei der Beschaffung der Software, die Redemptio genannt wurde, zu keiner öffentlichen Ausschreibung gekommen war, damit, dass es nur diese eine Version gab. Kein anderes Unternehmen in der EU verfügte über diese Art von Programm, und eine Neuentwicklung durch andere Unternehmen wäre zu zeitintensiv gewesen. Redemptio war also einzigartig.

Aber was genau verbarg sich hinter dieser neuartigen Software? Im Bericht hieß es nur lapidar, dass sie die neu gegründete Spezialeinheit unterstützen sollte. Aber wie genau sollte das geschehen? Kofler entschied, für heute aufzuhören. Aber eines stand fest: Er würde mit Henry Lasker reden. Er wollte gerade seinen Laptop runterfahren, als er einen Artikel entdeckte, bei dem es ebenfalls um Excelsior ging. Er klickte ihn an und las den Bericht: Im Berliner Stadtteil Kreuzberg hatte es ein Großfeuer gegeben. Brandexperten stellten später fest, dass das Gebäude aufgrund einer undichten Gasleitung in Flammen aufgegangen war. Im Haus wurden die verkohlten Überreste von drei Menschen gefunden.

Für eine einwandfreie Identifizierung der Toten waren die Körper zu lange einer zu hohen Temperatur ausgesetzt. Die ermittelnden Beamten stellten fest, dass die dritte Etage des Gebäudes sowohl als Büro, als auch zu Wohnzwecken von drei Personen genutzt wurde.

Markus Sündermann, Sören Kramer und Torben Wernhardt.

Die drei Gründer von Excelsior. Da es den Beamten nicht gelang, diese drei Männer zu finden, galten sie schließlich offiziell als die zu Tode gekommenen Personen. Das Ganze hatte sich vor gerade einmal vier Tagen ereignet. Kofler klappte sein Notebook zu und lehnte sich erschüttert zurück.

✦

Die Gelegenheit, um mit Lasker zu reden, ergab sich eine Woche später in München. Kofler hatte erfahren, dass in einem noblen Hotel eine Konferenz stattfand, bei der Lasker einer der Hauptredner war. Da er nicht vorhatte, dem Geschäftsmann Zeit zu geben, sich auf das Gespräch vorzubereiten, wollte er ihn im Hotel mit seinem Besuch überraschen. Kofler reiste mit einem seiner Personenschützer in die Landeshauptstadt Bayerns, bezog sein Zimmer und wartete. Sein Personenschützer hatte sich in der Lobby postiert und wartete darauf, dass die Tagung unterbrochen und die Teilnehmer zur Mittagspause eilten. Als es soweit war, verständigte er Kofler. Der erreichte wenige Minuten später die Lobby und blickte sich um. Dann entdeckte er den Mann, den er suchte.

Er ging, ohne zu zögern, auf ihn zu. „Herr Lasker, mein Name ist Wolfgang Kofler, Vorsitzender des Innenausschusses und früher Innenminister von Niedersachsen. Haben Sie fünf Minuten für mich?“

Lasker wirkte fast schon erschrocken, fing sich aber schnell wieder. „Hatten wir einen Termin?“

Kofler schüttelte den Kopf. „Dafür war keine Zeit. Geben Sie mir zehn Minuten. Wenn es nicht wichtig wäre, würde ich Sie hier nicht so überfallen.“

Lasker warf einen prüfenden Blick auf seine Uhr. „Ich gebe ihnen fünf Minuten."

Sie zogen sich in eine Nische der Bar zurück und Kofler kam sofort zur Sache. Er konfrontierte Lasker mit seinem Verdacht der Vetternwirtschaft und erwähnte am Schluss den Tod der drei Firmengründer von Excelsior.

„Glauben Sie an Zufälle, Herr Lasker?", schloss Kofler seine Zusammenfassung.

Der blickte ihn stumm an. Kofler konnte sehen, wie es in dem Investor arbeitete.

Schließlich beugte er sich vor und sah Kofler prüfend an. „Denken Sie allen Ernstes, dass die Bundesregierung die drei Männer umgebracht hat?"

Kofler schüttelte den Kopf. „Nicht *die* Bundesregierung. Aber einzelne Personen, die verdammt viel zu verlieren haben. Denen traue ich das durchaus zu."

Lasker dachte nach. „Oder verdammt viel zu gewinnen", sagte er dann leise.

Jetzt beugte sich auch Kofler vor. „Es ist an der Zeit mir zu erzählen, was hier in Wahrheit vor sich geht, Herr Lasker."

„Hören Sie, die Innenministerin hat nicht Falsches getan", sagte Lasker eindringlich.

„Das will ich gerne glauben. Aber irgendjemand hat das. So viel ist mal sicher."

„Als die drei Entwickler ihr dieses Programm vorstellten, war sie natürlich begeistert von den Möglichkeiten. Gleichzeitig war ihr aber auch vollkommen klar, dass mit dieser Software Grenzen überschritten werden, die man besser einhalten sollte."

„Was für Grenzen?", hakte Kofler nach.

„Den Datenschutz betreffend. Daher gab sie die klare Anweisung, das Programm zunächst gesetzeskonform anzupassen. Erst dann sollte sie in Betrieb genommen werden."

„Und das ist geschehen?", wollte Kofler wissen, dem anzuhören war, dass er daran zweifelte.

„Soweit ich weiß ja."

Kofler schüttelte den Kopf. „Ich garantiere Ihnen, dass das eben nicht passiert ist."

✦

Es vergingen weitere zwei Wochen, dann erhielt Kofler einen Termin bei Innenministerin Schneider. Wie nicht anders zu erwarten, war Staatssekretär Essling anwesend, als Kofler von einer Assistentin des Ministers in dessen Büro geführt wurde.

Schneider stand auf und kam lächelnd auf Kofler zu. „Wolfgang, wie schön, dich zu sehen", sagte sie und beide schüttelten sich die Hand. Die Bundesinnenministerin deutete in Richtung des sitzen gebliebenen Essling. „Meine rechte Hand, Staatssekretär Essling kennst du ja, nicht wahr?"

Kofler nickte Essling stumm zu.

„Bitte, nimm Platz", lud Schneider ihn ein. „Möchtest du etwas trinken? Kaffee, Tee?"

Kofler nahm am Besprechungstisch gegenüber von Schneider und Essling Platz.

„Mir wäre es lieber, wir würden gleich zur Sache kommen."

Die Ministerin schluckte trocken und nickte irritiert. „Natürlich. Ganz wie du willst. Was also können wir für dich tun?"

„Ihr könntet zum Beispiel damit anfangen, die über alle Maßen illegale Software mit Namen Redemptio abzustellen."

Der Adamsapfel der Ministerin schlug Purzelbäume. „Ich weiß nicht, wovon du sprichst", sagte Schneider heiser.

„Vielleicht sollten Sie ihren Ton überdenken, Herr Kofler. Und wenn Sie schon mal dabei sind, könnten Sie auch Ihre Art, mit der Ministerin zu sprechen, anpassen", sagte Essling.

Kofler ignorierte Essling und beugte sich vor. „Dann werde ich eben deutlicher; über das Start-up-Unternehmen Excelsior habt ihr eine Software erworben, die angeblich die Verbrechensbekämpfung revolutionieren soll. In Wahrheit ist diese Software nichts anderes als ein Programm zum Ausspähen von Menschen. Und das in einer Art und Weise, die gegen alles verstößt, was diese Republik ausmacht. Ihr verstoßt damit nicht nur gegen gültiges Recht, was den Datenschutz betrifft. Ihr überschreitet eine Grenze in Bezug auf Moral und Ethik."

Schneider hob abwehrend die Hände. „Wolfgang, ich bitte dich …"

„Nein", unterbrach Kofler die Ministerin. „Genau hier muss Schluss sein. Noch bin ich bereit, dass alles nicht an die große Glocke zu hängen." Er stand auf, stützte sich mit beiden Händen auf der Tischplatte ab und sah bedrohlich zu den beiden hinunter. „Sybille, ich möchte wirklich glauben, dass du mit der ganzen Sache nichts zu tun hast. Aber du als Ministerin trägst die Verantwortung. Wenn das Programm nicht innerhalb der nächsten vier Wochen abgeschaltet wird und mir kein eindeutiger Nachweis dafür zugeht, dann gehe ich mit all den Informationen, die ich bislang gesammelt habe, an die Öffentlichkeit. Ich habe Beweise für das, was ihr getan habt. Also tut das richtige."

Ohne auf eine Antwort zu warten verließ Kofler das Büro.

KAPITEL 8

Hannover, zwei Wochen später

Anabel Plate betrachtete ganz offen ihren Gesprächspartner. Es war ihr erstes Date mit Dominik und sie verfluchte schon jetzt, nach fünfzehn Minuten, ihre Entscheidung, mit ihm essen zu gehen. Er sah gut aus. Ohne Zweifel. Groß, schlank, markante Gesichtszüge, kluge, blaue Augen. Die Online-Dating-Agentur, bei der sie beide Mitglieder waren, behauptete, dass die Analyse ihrer Vorlieben eine Übereinstimmung von über achtzig Prozent ergeben hatte. Nach einer Viertelstunde zäher Konversation und peinlicher Pausen hatte Anabel jedoch erst eine einzige Gemeinsamkeit entdeckt. Den aufrechten Gang.

Anabel war sechsunddreißig Jahre alt. Sie war attraktiv, besaß einen athletischen Körper, halblanges, blondes Haar, hohe Wangenknochen, sinnliche Lippen. Stimmte alles. Sie war auch keine Hardcore-Emanze, die jede Avance eines Mannes brüsk zurückwies. Dennoch war Anabel nicht dazu in der Lage, eine längere Beziehung mit einem Mann einzugehen. Das lag nur zum Teil an ihrem Job. Sie war Oberkommissarin im Landeskriminalamt Niedersachsen, Abteilung Staatsschutz. Wann immer das Gespräch auf ihren Beruf kam, endete es auf zweierlei Arten. Entweder war ihr Gesprächspartner plötzlich sehr verschlossen, oder aber er zeigte ein fast schon morbides Interesse an ihrem Beruf. Wollte alles erfahren. Möglichst detailliert. Bei den Typen, die auf einmal schweigsam waren, vermutete sie sofort, dass er Dreck am Stecken hatte. Warum sollte er denn sonst auf einmal stumm sein? Und die anderen … alleine die Frage, ob sie schon einmal auf jemanden geschossen hatte, widerte sie an und erstickte jedes romantische Gefühl, dass am Entstehen war.

Der eigentliche Grund aber, weshalb es Anabel schwerfiel, eine echte Beziehung einzugehen, war eine Störung ihrer Impulskontrolle. Schon als Kind war Anabel leicht reizbar gewesen.

Des Öfteren hatten ihre Ausbrüche dazu geführt, dass sie in Anfällen von Jähzorn Spielsachen kaputt gemacht hatte. Ihr Vater entschied damals, dass es an der Zeit wäre, etwas dagegen zu unternehmen. Er war der Meinung, dass mentale Stärke und Selbstbeherrschung einherging mit absoluter Körperbeherrschung. Deshalb meldete er Anabel in einem Dojo an, in dem Jiu-Jitsu, eine von den japanischen Samurai stammende Kampfkunst, gelernt wurde. Zwei Jahre später, mit zwölf Jahren, erreichte sie bei den Niedersachsen-Meisterschaften in ihrer Gewichtsklasse den zweiten Platz. Im Jahr darauf gewann sie den Wettbewerb. Neben Jiu-Jitsu lernte sie Taekwondo und Krav Maga. Als sie in die Pubertät kam, wurde es jedoch schlimmer. Jetzt richteten sich ihre Zornesanfälle auf Mitschüler. Meistens waren es ältere Jungen. Die Schulleitung empfahl den Eltern, mit Anabel einen Psychologen aufzusuchen, der bei ihr eine intermittierend auftretende Reizbarkeit feststellte. Seine abschließende Diagnose lautete Impulskontrollstörung, die durch explosive Ausbrüche von Wut und Aggression gekennzeichnet war. Der Psychologe machte weiterführende Untersuchungen, da diese Störung oft einherging mit Depressionen. Diese waren bei Anabel aber nicht feststellbar. Dennoch verschrieb er Anabel Antidepressiva und ein Präparat, dass ihren Hormonhaushalt beeinflussen würde. Dies geschah, weil die Mediziner die Ursache für Impulskontrollstörungen nicht vollständig verstanden, aber vermuteten, dass der Hormonspiegel der Betroffenen für die Problematik relevant zu sein schien und die Art der Störung maßgeblich beeinflusste. Anabel ging es daraufhin besser. Ihre Anfälle von Jähzorn wurden seltener. Als sie neunzehn Jahre alt war, versuchten zwei junge Männer sie zu vergewaltigen. Anabel drehte komplett durch.

Die beiden hatten keine Chance gegen sie. Dem einen brach sie den Kiefer, dem anderen den Schädel. Zwei Wochen lag er danach im Koma. Die Eltern der beiden jungen Männer wollten Anzeige wegen schwerer Körperverletzung gegen sie erstatten. Es war Segen und Fluch zugleich, dass eine Kamera die Szene aufgenommen hatte. Segen, weil sich durch die Aufnahmen der Verdacht einer versuchten Vergewaltigung bestätigte.

Fluch, weil der zuständige Kripobeamte mit ansehen konnte, was Anabel mit den beiden Männern anrichtete. Dennoch schlug er sich auf die Seite Anabels. Schließlich war die ursprüngliche Bedrohung von den Männern ausgegangen. Allerdings war allen mehr als deutlich geworden, dass Annabel eine tickende Zeitbombe war.

Er sprach mit ihr. Stundenlang. Am Schluss fragte er Anabel, was sie einmal werden möchte.

„Ich glaube, ich würde gerne Polizistin werden."

Sie spürte sofort, dass es das war, was er hatte hören wollen. Er sorgte dafür, dass der Vorfall mit den beiden Männern nicht aktenkundig wurde. Das hätte eine mögliche Karriere bei der Polizei unmöglich gemacht. Sie machte ihr Abitur und absolvierte ein dreijähriges duales Studium zur Kriminalkommissarin. Als sie das beendet hatte, war der Kriminalbeamte, der ihr damals geholfen hatte, die Karriereleiter hinaufgeklettert. Inzwischen war er Leiter des Staatsschutzes im Landeskriminalamt Hamburg. Harry Steinhardt nahm Anabel erneut unter seine Fittiche. Er sorgte dafür, dass sie bei der Kripo Hannover unterkam. Dort wurde sie schnell zum Star der Behörde. Gleich ihr erster Fall war spektakulär gewesen, als sie fast im Alleingang einen pädophilen Ring aushob und elf Kinder zwischen einem und acht Jahren aus der Hölle befreit hatte. Die Presse feierte sie und die Eltern der geretteten Kinder gründeten eine Stiftung, die ihren Namen trug. Möglicherweise wäre die Reaktion der Presse etwas zurückhaltender ausgefallen, wenn sie erfahren hätte, dass Anabel bei der Verhaftung zwei der Hauptverdächtigen krankenhausreif geschlagen hatte. Sie ließ erst von den Männern ab, als zwei Kollegen sie mit Gewalt von ihnen wegrissen. Nach zwei Jahren holte Harry Steinhardt Anabel zu sich ins LKA Hamburg.

Anabel akzeptierte mittlerweile die Tatsache, dass sie anders war und daher für ihr Alter relativ selten Sex hatte. Von einer dauerhaften Beziehung zu einem Mann gar nicht zu sprechen. Sie ging in ihrem Job vollkommen auf und wenn es sie juckte, loggte sie sich in das Partnerportal im Internet ein und verabredete sich zu seinem Date. Über das Internet Partner für lustvolle Stunden zu finden, war natürlich sub-optimal.

In der freien Wildbahn spürte man schnell, ob der gewisse Funke übersprang. Anhand eines Fotos auf dem Bildschirm war das anders. Dementsprechend zog sie mehr Nieten als Hauptgewinne.

„Was machst du eigentlich beruflich?“, wollte Dominik plötzlich wissen und riss sie aus ihren Gedanken. Beinahe hätte Anabel laut aufgelacht. Ausgerechnet diese Frage. Dabei hatte er ihr doch so tolle Mails geschrieben. Noch so ein Phänomen von Dating-Portalen. Viele Männer konnten mit Worten wirklich gut umgehen. Wenn sie diese aufschrieben. Sobald es ein Treffen in der echten Welt gab, verloren sie die Fähigkeit, sinnvolle und zusammenhängende Sätze zu formulieren.

Zum Kreischen.

„Hallo? Erde an Anabel …“

Anabel nippte an ihrem Wasser und lächelte. „Ich arbeite beim Staatsschutz im LKA.“

„Du meine Güte“, rief Dominik.

Anabel hatte den Eindruck, er empfand eine Mischung aus Faszination und Unbehagen.

Sie zuckte mit den Schultern. „Ein Job wie jeder andere“, sagte sie leichthin.

„Ich bitte dich. Das ist ganz gewiss kein Job, wie jeder andere. Ich finde es bewundernswert. Ganz ehrlich. Das ist kein

Süßholzraspeln. Polizisten, Feuerwehrleute. Riskieren jeden Tag ihr Leben und verdienen nicht gerade berauschend. Da habe ich Hochachtung."

Das war jetzt eine vielsagende Reaktion. Das einzige, was ihr dazu einfiel, war: nett.

Und nett war die kleine Schwester von scheiße.

Sie wollte gerade etwas sagen, als ihr Handy klingelte.

„Entschuldige", sagte sie leise, stand auf und entfernte sich vom Tisch. Erst als sie alleine in einer ruhigen Ecke stand, nahm sie das Gespräch an.

Es war ihr Partner und Vorgesetzter Hauptkommissar Blessing. „Sorry, dass ich störe, aber wir haben eine Leiche."

„Was ist passiert?"

Blessing erzählte mit knappen Worten, dass der Kriminaldauerdienst zum Tatort gerufen wurden, nachdem eine Streife, die wegen eines Notrufes zum entsprechenden Haus gefahren war, dort eine Leiche vorgefunden hatte. Die Adresse des Tatortes, die der Kollege vom Kriminaldauerdienst an Blessing weitergegeben hatte, sagte ihr nichts. Blessing erzählte ihr, dass die Jungs vom KDD festgestellt hatten, dass ein unnatürlicher Todesfall vorlag.

Klar, eine Kugel im Schädel ist definitiv keine natürliche Todesursache.

Um das zu erkennen, musste man nicht studiert haben.

Anabel sagte zu, sich sofort auf den Weg zu machen. Sie beendete das Gespräch und kehrte zurück zu ihrem Tisch. Dominik sah sie erwartungsvoll an.

Anabel lächelte entschuldigend. „Es tut mir leid, ich muss los."

Er lächelte. „Wenn die Pflicht ruft, muss man diesem Ruf folgen. Ich kenne das."

Anabel griff sich ihre Jacke. „Hör zu, ich rufe dich an, okay?"

„Natürlich. Sehr gerne sogar."

Sie lächelte ihm noch einmal zu, verließ das Restaurant und lief zu ihrem Dienstwagen, einer Limousine von BMW. Sie gab das Ziel ins Navi ein. Landwehrgraben. Sagte ihr immer noch nichts.

Irgendwo östlich vom Maschsee gelegen. Das Navi gab ihr drei Routen vor. Die längste Strecke betrug elf Kilometer, die kürzeste sechs Kilometer. Die dritte bot acht Kilometer an. Alle dauerten vierzehn Minuten. Was für ein Scheiß war das denn? Natürlich entschied sie sich für die kürzeste Strecke. Dreizehn Minuten, nachdem sie losgefahren war, erreichte sie den Tatort. Sie erkannte das an den flackernden Blaulichtern der Einsatzfahrzeuge, die auf der Straße standen. Anabel parkte halb auf dem Fußweg, stieg aus und sah sich um. Das Haus befand sich auf einer Anhöhe. Rings herum von einem hohen Zaun vom Rest der Welt abgeriegelt. Vor dem Tor standen zwei Polizisten und kontrollierten jeden, der Zutritt zum Haus haben wollte. Dies war der erste Kontrollpunkt. Sie zeigte einem der Beamten ihren Dienstausweis und schritt durchs Tor hinauf zum Gebäude. Anabel schlug den Kragen ihrer Jacke hoch. Es war Februar, kurz nach 21:00 Uhr und arschkalt.

Ihr erster Gedanke war: Hier laufen eindeutig zu viele Menschen rum. Ihr zweiter Gedanke, als sie vor dem Anwesen stand, war: Hier hatte jemand sehr viel Kohle. Sie ging zur Eingangstür des Gebäudes und zeigte den beiden uniformierten Kollegen vor der Tür erneut ihren Ausweis. Die beiden bildeten den zweiten Kontrollpunkt. Immer wieder war es vorgekommen, dass übereifrige Journalisten die ersten Absperrungen überwanden und das Grundstück betraten. Sie machten dann Fotos und manchmal war es ihnen sogar gelungen, Polizisten oder Rettungssanitäter in ein Gespräch zu verwickeln. Anstandslos ließen sie Anabel durch. Als sie vor dem Eingang stand und ins Haus spähte, bestätigte sich ihr erster Gedanke: Es liefen tatsächlich viel zu viele Menschen herum.

Sie zog sich blaue Plastiküberschuhe an und ging hinein. Ihr Vorgesetzter Blessing war nirgendwo zu sehen. Anabel stellte sich mitten in den Flur und rief: „Alle, die hier nichts zu tun haben, raus hier. Aber schnell! Kann mir jemand sagen, wo die Kollegen vom Kriminaldauerdienst sind?“

Erschrocken blickten die Beamten sie an. Anabel registrierte, dass keiner von ihnen die blauen Überzieher angezogen hatte.

Einer antwortete auf ihre Frage. „Die vom KDD sind in der Küche."

Aus einem Zimmer rechts von ihr streckten zwei Kollegen ihre Köpfe aus dem Türrahmen.

Keiner bewegte sich Richtung Ausgang. „Versteht ihr kein Deutsch? Raus hier."

Die Männer trollten sich. Allerdings nicht, ohne ihr böse Blicke zuzuwerfen. Bevor sie alle verschwanden, wandte sich Anabel an einen von ihnen. „Wo geht's zur Küche?"

Der Mann deutete in eine bestimmte Richtung. „Den Flur runter, erste rechts", sagte er mürrisch. Sie machte sich auf den Weg. Die beiden Männer des Kriminaldauerdienstes erhoben sich, als Anabel die Küche betrat. Was jetzt folgte, war die offizielle Übergabe des Falles an sie. Die beiden Beamten waren merkwürdigerweise sehr schweigsam.

„Ist was?", wollte sie von einen der beiden wissen.

Der schüttelte nur den Kopf. „Viel Glück", sagte er und beide verschwanden.

Anabel begab sich ins Wohnzimmer.

Tiefer Teppich, dunkle Wände, alte Kunst daran gehängt, Bücherregale ohne Ende, zerschlissene Ledersofas. Kaminfeuer. Es roch nach verbranntem Holz und ganz schwach nach Tabak. Gemütlich wäre da nicht die Leiche vor der Fensterfront. Drei Mitarbeiter der Spurensuche wuselten auf dem Boden herum und machten ihren Job.

Anabel wandte sich an den Leiter der Spurensicherung. „Wer ist das Opfer?"

Er sah sie erstaunt an. „Hat man Sie nicht informiert?"

Anabel schüttelte den Kopf. „Nein. Also", sie nickte in Richtung der Leiche, die auf dem Bauch lag. „Wer ist das?"

„Das ist Wolfgang Kofler. Bis vor kurzem Innenminister von Niedersachsen und danach Ausschussvorsitzender im Bundestag."

Anabel zuckte unmerklich zusammen. Der Fall hatte gerade eine hohe politische Bedeutung erhalten. Warum hatten die beiden Kollegen vom KDD nichts davon erwähnt?

„Ich möchte, dass ihr das hier behandelt, als würde es sich um einen vollkommen normalen Tatort handeln. Habt ihr verstanden?"

Die drei hoben den Blick und sahen sie ratlos an.

„Ist was?", wollte sie wissen.

„Die sagen, es war Notwehr", sagte Norbert Becker, Leiter der Spurensicherung.

„Wer sagt das?", wollte Anabel wissen.

Becker stand mit krachenden Kniegelenken auf. „Na, die beiden Beamten, die wegen des Notrufes hier waren und von dem Toten bedroht wurden."

„Was für Beamte? Und wie kann ein Toter jemanden bedrohen?"

Becker seufzte. „Es gab einen Notruf aus diesem Haus. Zwei Streifenbeamte kamen hier an und wurden von dem noch lebenden Kofler mit einer Waffe bedroht. Beide Kollegen hatten ihre eigenen Waffen beim Reingehen schon gezogen. Einer von ihnen sah sich dann gezwungen, auf Herrn Kofler zu schießen."

„Und deshalb ist alles paletti, oder was? Pfuschen wir hier rum und machen Fehler, tun wir dem Kollegen, der mutmaßlich in Notwehr gehandelt hat, keinen Gefallen."

Die drei nickten.

„So oder so, ist es eh wurscht, denn eines kann ich gleich schon sagen; hier gibt's nichts", bemerkte Becker.

„Was soll das heißen?"

„Keine Spuren, keine Fingerabdrücke. Nicht mal Abdrücke in diesem tiefen Teppich, in dem man ein Handy verlieren könnte. Nichts."

Anabel konnte nicht glauben, was sie da hörte. „Keine Fingerabdrücke? Nirgends?"

Becker schüttelte den Kopf. „Nada."

Langsam ließ Anabel den Blick durch den Raum schweifen. Wenn es hier keine Spuren gab, nicht einmal Fingerabdrücke des

Bewohners, hatte jemand den Tatort gereinigt, bevor sie alle hier angekommen waren.

KAPITEL 9

Hannover

Zigarette?" Anabel schob die Schachtel über den Tisch. Der Polizist, der den tödlichen Schuss auf den Ex-Innenminister abgegeben hatte, saß ihr gegenüber in der futuristisch wirkenden Küche. Hier standen Geräte herum, von denen sie noch niemals etwas gehört hatte. Der ganze Edelstahl glänzte und funkelte, als wäre hier niemals gekocht worden.

Sie widmete ihre Aufmerksamkeit dem Polizisten.

Anabel schätzte das Alter des Mannes auf fünfunddreißig. Er war klein, vielleicht eins sechzig, und dürr. Sein schütteres Haar war auf dem Rückzug. Der Kollege, der ihn auf Streife begleitet hatte, wurde in einem Nebenzimmer von ihrem Partner Blessing verhört, der inzwischen angekommen war. Dankbar nickte er Anabel zu, zog eine Zigarette heraus und zündete sie an.

„Sagen Sie mir, was geschehen ist", forderte Anabel ihn auf. „Wir wollen es schnell hinter uns bringen. Der Fall scheint ja ziemlich klar zu sein."

Den letzten Satz formulierte Anabel genau so, weil sie den Beamten ein Gefühl der Sicherheit geben wollte. Er sollte nicht der Eindruck entstehen, es würde sich hier um ein Verhör handeln. Vielmehr wollte Anabel eine Atmosphäre schaffen, die sagte: Hier sind zwei Kollegen, die einfach nur plaudern. Anabel stand auf und suchte etwas, das sie als Aschenbecher benutzen konnte. Sie entnahm einem Küchenschrank eine Tasse und stellte sie auf den Tisch.

Der Mann nahm einen tiefen Zug und begann zu berichten. „Der Notruf ging um 19:43 Uhr ein. Der Anrufer meldete einen Einbruch. Wir waren am dichtesten dran, deshalb sind wir sofort losgefahren. Um 20:04 Uhr kamen wir an. Wir verließen unseren Wagen und sind mit gezogener Waffe ins Haus. Die Haustür war offen."

„Die Haustür stand offen?", vergewisserte sich Anabel.

„Ja. Wir gingen also ins Haus. Im Wohnzimmer fanden wir schließlich den Mann. Also Herrn Kofler. Sonst war niemand zu sehen. Als er mich sah, richtete er die Waffe auf mich. Ich forderte ihn auf, die Waffe fallen zu lassen, aber er reagierte nicht. Dann schrie er mich plötzlich an und ich spürte, dass er jetzt schießen würde. Da bin ich ihm zuvorgekommen."

Anabel machte sich Notizen, während der Mann mit ruhiger Stimme berichtete.

„War außer Ihnen beiden und Herrn Kofler sonst noch jemand im Haus?", wollte sie dann wissen.

„Nein. Seine Frau ist in ihrem Ferienhaus auf Sylt."

„Verstehe. Was geschah danach?"

Sein Blick flackerte. „Was meinen Sie?"

Anabel warf einen Blick auf ihre Notizen. „Der Notruf ging um 19.45 Uhr ein. Dann …"

„19:43 Uhr", korrigierte er sie.

„Ja klar, steht ja auch hier. 19:43 Uhr. Sie kamen um 20:04 Uhr hier an. Also waren Sie gegen 20:06 Uhr im Haus. Sie finden ihn, er schreit Sie an, dann will er schießen. Das alles hat bestimmt nicht länger als zwei Minuten gedauert. Also war es ca. 20:10 Uhr, wenn wir großzügig sind. Ich wurde aber erst kurz vor 21:00 Uhr verständigt. Was also ist in der Zeit zwischen 20:10 Uhr und 20:58 Uhr passiert?"

Anabel konnte sehen, wie der Adamsapfel des Mannes hoch und runter hüpfte.

„Wir haben den potentiellen Einbrecher gesucht?“

„War das eine Frage?“

Er schüttelte den Kopf, nickte und schüttelte ihn wieder. „Nein, ich meine ja, äh … natürlich nicht. Wir haben den Einbrecher gesucht.“

„Den potentiellen Einbrecher.“

„Wie bitte?“

„Nichts. Alles gut. Sie haben also fast eine Stunde lang den Einbrecher gesucht.“

„Ja.“

„Und?“

„Und was?“

„Haben Sie ihn gefunden?“

„Nein.“

„Irgendwelche Spuren von ihm?“

„Nein.“

„Einbruchspuren am Haus?“

„Nein.“

„Wurde etwas gestohlen?“

„Nein.“

„Woher wissen Sie das?“

„Hä?“

„Wer hat hier aufgeräumt?“

„Wir … ich meine, keine Ahnung, wovon Sie sprechen.“

Verdammt, dachte Anabel. Der Typ log, dass sich die Balken bogen, und nebenan liegt ein hochrangiger Politiker mit einer Kugel im Kopf. Wo war sie hier reingeraten?

„Okay beenden wir das“, sagte sie und stand auf.

Unsicher erhob sich der Beamte.

Anabel streckte ihm eine Hand entgegen. „Ihre Waffe bitte.“

Er holte sie aus dem Halfter, entlud sie, entfernte auch die Kugel aus der Kammer und reichte sie an Anabel. Die hatte sich inzwischen Latexhandschuhe angezogen. Sie verstaute die Waffe in einer Beweismitteltüte und begleitete den Mann bis zur Tür. Wenig später saß sie mit Blessing in der Küche und sie verglichen die Aussagen der beiden Beamten. Anabel war nicht überrascht festzustellen, dass beide Aussagen nahezu deckungsgleich waren. Auch bei dem Kollegen, der von Blessing verhört worden war, waren die Angaben der Uhrzeit überaus korrekt. Auch er erklärte die zeitliche Differenz mit der Suche nach dem Einbrecher.

Anabel sah Blessing an. „Was denkst du?"

Blessing kaute auf seiner Unterlippe. „Ich denke, die beiden haben ihre Aussage perfekt abgestimmt."

„Zu perfekt", fügte Anabel an.

Blessing nickte. „Richtig. Hier stimmt was nicht."

„Was machen wir jetzt?"

„Was schon. Unseren Job. Gibt es noch jemanden hier, mit dem wir reden müssen?"

Anabel dachte kurz nach, schüttelte dann den Kopf. „Nein. Die Frau des Toten ist noch nicht zurück. Also gibt's hier für uns nichts mehr zu tun."

„Dann lass uns verschwinden. Wir treffen uns im Präsidium."

Nachdenklich verließ Anabel das Haus. Die Streifenwagen standen noch immer vor dem Anwesen der Koflers, hatten aber die Blaulichter ausgeschaltet. Es war stockdunkel und kalt. Blessing war drinnen geblieben und sprach mit Becker. Sie bemerkte einen Mann, den sie bislang noch nicht gesehen hatte. Er stand vor den Stufen und rauchte. Anabel ging auf ihn zu, blieb vor ihm stehen und räusperte sich. Er wandte sich ihr zu, sodass Anabel ihm jetzt ins Gesicht sehen konnte. Sie schätzte sein Alter auf etwa vierzig. Er war groß, athletisch. Ganz sicher ein Sherpa. So nannten sie die Personenschützer der Sicherungsgruppe des BKA. Anabel verspürte ein leichtes Kribbeln.

Sie streckte ihm die Hand entgegen. „Anabel Plate, LKA."

Er griff zu. „Vincent Dost. Sicherungsgruppe des BKA."

Sein Händedruck war genau richtig. Nicht zu fest, aber auch nicht zu weich.

Das Kribbeln wurde stärker.

Sie ließ sich nichts anmerken. „War der Ex-Innenminister Vollzeit?“

Dost schüttelte den Kopf. „Nein. Von der Haustür bis zurück. Die Abende und die freien Wochenenden hatte er für sich.“

„Verstehe.“

Soweit sie wusste, waren nur der Kanzler, die Bundesminister und einige andere wichtige Politiker Vollzeit, hatten also Personenschutz rund um die Uhr. Aber es gab auch Ausnahmen. Vor allem dann, wenn die Gefährdungslage dies erforderte. Zum Beispiel bei aktuellen Drohungen.

„Wie war er heute? Alles normal, oder wirkte er bedrückt?“

Dost schien über diese Frage lange nachdenken zu müssen.

Anstatt einer Antwort stellte er eine Gegenfrage. „Sie glauben den Scheiß mit diesem angeblichen Einbrecher doch nicht etwa?“

Oha, dachte Anabel, noch jemand, dem das alles hier nicht geheuer war. Aber Anabel dachte im Traum nicht daran, einem Unbekannten von ihren Zweifeln zu erzählen.

„Es ist nicht entscheidend, was ich glaube, sondern was sich beweisen lässt.“

Dost grinste bitter. „Natürlich. Wir kennen uns nicht, was sollten Sie da auch anderes sagen. Ich will Ihnen mal ganz im Vertrauen erzählen, was mir aufgefallen ist. Erstens rennen hier viel zu viele Leute rum. Zweitens hat irgendwer den Tatort gereinigt, bevor der Kriminaldauerdienst eintraf. Und ...“

„Woher wissen Sie das?“, wollte Anabel wissen.

„Becker ist ein alter Bekannter von mir“, erklärte Dost. „Aber was mich wirklich stutzig macht, sind zwei ganz andere Dinge.“

„Nämlich?“

„Warum hat der Typ Kofler in den Kopf geschossen? Der stand laut Becker ja nicht einmal drei Meter von ihm entfernt. Er hätte ihm in die Schulter schießen können. Herrgott, aus der Entfernung hätte ich jemanden das Ohrläppchen wegschießen können.“

Anabel war unschlüssig, wie sie sich Dost gegenüber verhalten sollte. Klar war, dass ihm die gleichen Sachen aufgefallen waren, die auch sie nachdenklich machten. Fakt war auch, dass er offenbar nicht zu den verdächtigen Personen gehörte. Dost schien zu spüren, dass Anabel hin- und hergerissen war.

„Hören Sie, ich habe meinen Schutzbefohlenen verloren und würde verflucht nochmal gerne erfahren, was hier passiert ist. Ich weiß nur eines: Das, was hier konstruiert werden soll, war es bestimmt nicht. Also, glauben Sie, was alle versuchen uns weiszumachen?“

Anabel traf die spontane Entscheidung, ihm gegenüber offen zu sein. „Nicht eine Sekunde. Die beiden haben ihre Aussage perfekt abgestimmt. Viel zu perfekt. Am Tatort sind sämtliche Spuren verwischt worden. Zwischen 20:10 Uhr und 21:00 Uhr hat hier jemand sehr gründlich sauber gemacht. Und keiner der beiden konnte mir eine glaubhafte Erklärung geben, was zwischen dem Schuss auf Kofler und dem Anruf bei mir passiert ist. Wo wir gerade dabei sind: Wie haben Sie davon erfahren?“

Er nickte in eine unbestimmte Richtung. „Ich wohne nicht weit weg von hier. Dachte, ich hab ‘nen ruhigen Abend. Wollte ein Buch lesen. Dann kamen die Martinshörner und Blaulichter. Bin ‘raus, um nachzusehen. Als sie vorm Haus des Ex-Ministers hielten, war mir klar, das was passiert sein musste. Bin hin, aber die wollten mich nicht reinlassen. Ich durfte erst zu ihm, kurz bevor Sie gekommen sind.“

„Haben Sie irgendetwas gesehen, was nicht passte?“

Er sah sie an und Anabel erkannte die stille Wut, die in ihm brodelte. „Nichts von dem, was ich gesehen habe, passte.“

„Das ist nicht hilfreich.“

„Die haben mich nicht reingelassen“, wiederholte er. „Erst als sie mit dem, was sie taten, fertig waren, durfte ich zum Tatort.“

„Ich verstehe. Sie sprachen übrigens von zwei Dingen, die Sie stutzig machen. Das eine war der Kopfschuss. Was ist das andere?“

„Kofler hätte niemals den Notruf gewählt, wenn er in Gefahr gewesen wäre. Er hätte mich angerufen. Herrgott, ich wohne keine zwei Minuten entfernt vorn hier.“

KAPITEL 10

Hannover

Anabel und Blessing fuhren zurück ins Präsidium. Als sie ihr Büro erreicht hatten, setzten sie sich an einen Besprechungstisch und schwiegen einen Moment.

„Was meinst du?", wollte Anabel wissen.

Blessing schob die Unterlippe vor und wirkte insgesamt nachdenklich. „Komische Sache", sagte er leise.

Anabel schnaubte. „Die Untertreibung des Jahres."

„Wir müssen hier sehr vorsichtig sein", mahnte Blessing.

„Denn das Opfer war ein hohes Tier", stellte Anabel fest.

„Ja. Ein hohes Tier aus der Politik. Du weißt doch, wie das läuft. Fehler können hier Karrieren zerstören."

Anabel hasste diese Art zu denken. Ihr war es vollkommen gleichgültig, wer Opfer und Täter waren. Und es sollte keine Rolle spielen, wer die Tat begangen hatte. Egal ob Obdachloser oder Millionär – Mord war Mord. Blessing erkannte wohl, dass Anabel unzufrieden war.

Er lächelte milde. „Vergiss bitte nicht, dass es hier nicht nur um deine Zukunft geht, sondern auch um meine."

„Verstanden. Aber was schreiben wir denn jetzt in den Bericht? Ich meine, wir sind uns einig, dass die beiden lügen. Und dann noch die anderen Unstimmigkeiten. Wollen wir die unter den Tisch fallen lassen, nur um unsere Ärsche auf die Schusslinie zu ziehen?"

Beide einigten sich darauf, ihre Zweifel am Tathergang genauso zu erwähnen, wie die Tatsache, dass sie die Aussagen der Beamten für ein abgesprochenes Lügenkonstrukt hielten. Sie speicherten ihn ab und anschließend fuhr Anabel nach Hause.

Eine Zeit lang hatten ihre Kollegen sie verspottet, weil sie immer noch in Braunschweig lebte und nicht nach Hannover gezogen war. Vor allem die Fußballfans unter ihnen konnten ihre Entscheidung nicht nachvollziehen. Aber Anabel interessierte sich nicht für Fußball. Sie interessierte sich für Kampfsport und, zur allgemeinen Überraschung anderer, wenn sie es zum ersten Mal erfuhren, für Florettfechten. Anabel würde niemals ins Ballett gehen, aber die harmonischen und eleganten Bewegungen der Profi-Fechter erinnerten sie an einen Tanz. Fast wie Ballett.

Anabel hatte sich für Braunschweig entschieden, weil sie hier ihr absolutes Traumhaus gefunden hatte, dass dazu auch noch bezahlbar gewesen war. Ein älteres Architektenpaar hatte es privat zum Verkauf angeboten, da die beiden ihren Lebensabend in Spanien verbringen wollten. Als Anabel zum Besichtigungstermin erschienen war, konnte sie ihre Begeisterung über das Haus nicht verbergen. Die beiden Eigentümer spürten, dass Anabel das Haus genauso liebte, wie sie es all die Jahre getan hatten. Für beide kam ein anderer Käufer nicht mehr in Frage. Sogar beim Preis waren sie ihr entgegengekommen. Das war auch nötig gewesen.

Zwar schuf der große Automobilhersteller aus der Nachbarstadt Wolfsburg viele Arbeitsplätze, aber dadurch, dass er gute Gehälter zahlte, waren in den letzten Jahren die Preise für Immobilien in Braunschweig und Umgebung in die Höhe geschossen.

Anabel liebte ihr Haus und sie liebte Braunschweig. Nicht nur, weil ihre Eltern in der Nähe lebten. Die Stadt bot ihr alles, was sie brauchte. Kultur, viel Grün, junge Menschen, und das Flair einer Großstadt, die eigentlich keine sein wollte. Sie schloss die Haustür ihres Bungalows auf und ging auf direktem Weg in die Küche.

Anabel öffnete den Kühlschrank und scannte den Inhalt. Fand etwas Genießbares, bereitete sich ein Omelett mit Paprika und

Zwiebeln zu und zog sich damit ins Wohnzimmer zurück. Sie zündete ein Feuer im Kamin an und kuschelte sich aufs Sofa. Obwohl sie schon drei Jahre hier wohnte, entdeckte sie immer wieder neue Dinge an ihrem Haus, die sie entzückten.

Erst vor einigen Wochen hatte sie herausgefunden, dass, wenn sie mehrere Prismen auf einem Regal im Wohnzimmer an ganz bestimmten Stellen platzierte und die Sonnenstrahlen diese erfassten, sie ein wahres Feuerwerk dadurch erzielte. Einhundertvierzig Quadratmeter schlichte Eleganz. Großes Wohnzimmer mit Kamin, kleine Terrasse, überschaubarer Garten. Anabel mochte Gartenarbeit nicht sonderlich.

Sie hatte im Gegensatz zu ihrer Mutter alles andere als einen grünen Daumen. Anfangs hatte sie noch versucht, ein Kräuterbeet anzulegen, da ihr der Gedanke gefiel, zu kochen und dazu frische Kräuter aus dem Garten zu verwenden. Sie hatte jedoch feststellen müssen, dass selbst die widerstandsfähigsten Sorten zugrunde gingen. Daraufhin beendete sie dieses Projekt.

Das Bad hingegen war ihr persönlicher Spa. Freistehende Regendusche, komfortable Badewanne, Fußboden mit Natursteinfliesen ausgelegt. Alles war nach ihren Wünschen ein- und umgebaut worden. Alleine das hätte alle ihre finanziellen Möglichkeiten überschritten. Aber ihre Eltern ließen es sich nicht nehmen, der einzigen Tochter ihren Traum zu erfüllen.

Nach der kleinen Mahlzeit zog sie sich genau hierher zurück. Anabel entkleidete sich und betrachtete sich in dem großen Spiegel: flacher Bauch, strammer Hintern, schlank, halblanges, dunkelblondes Haar, braune Augen, volle Lippen, hohe Wangenknochen (alles von ihrer Mutter). Sie wusste, dass Männer sie für eine attraktive Frau hielten. Aber sie hasste es, auf ihr Äußeres beschränkt zu werden.

Sie stellte sich unter die Regendusche und ließ das angenehm heiße Wasser auf ihren Körper prasseln. Dann, ganz plötzlich, kamen die Erinnerungen an den heutigen Tag zurück.

In was für eine Scheiße war sie hier hineingeraten?

Ein toter Ex-Innenminister, zwei Kollegen, die sie anlogen, ein Tatort, der professionell gereinigt worden war, ein imaginärer Einbrecher, den es wahrscheinlich gar nicht gab.

Dann erinnerte sie sich an einen der Standardsprüche ihres Mentors, dem mittlerweile pensionierten Kriminalrat Harry Degenhard.

Es gibt keine Zufälle. Wenn Harry recht hatte, dann sollte genau sie diesen Fall bekommen. Ein weiterer Spruch ihres Mentors lautete: *Der Sinn einer Sache erschließt sich uns oft erst sehr viel später.*

Sie trocknete sich ab, zog ihren Pyjama an und ging zu Bett.

Ihr letzter Gedanke, bevor sie einschlief, war: Hoffentlich war es kein Fehler, Dost zu sagen, was sie dachte.

KAPITEL 11

Berlin

Vincent Dost war nach seinem Gespräch mit der Kommissarin nach Berlin gefahren. Dort hatte er seit vielen Jahren seinen Hauptwohnsitz. Das kleine Apartment in der Nähe der Koflers war lediglich eine Dienstwohnung. Dost hatte niemals vorgehabt, bis zum Rentenalter auf Kofler aufzupassen, daher hatte er seine Wohnung in Berlin behalten. Sie diente ihm nun als Rückzugsort. Dost parkte seinen Wagen in der Tiefgarage, schnappte sich sein Tablet und ging in eine Kneipe unweit seines Wohnhauses. Er brauchte ein Bier und wollte nicht alleine sein. Morgen, spätestens übermorgen würde er seinem Chef Bericht erstatten müssen. Immerhin hatte er seinen Schutzbefohlenen verloren.

Zu sagen, er und Kofler wären Freunde gewesen, wäre übertrieben. Aber sie hatten sich gemocht. Respektiert. Mehr als fünf Jahre lang war Dost für den Schutz des Mannes verantwortlich gewesen. Da lernt man sich kennen, kam man sich näher. Das ging gar nicht anders. Fünf Jahre lang hatte sich Dosts Welt ausschließlich um Kofler gedreht. Nichts anderes hatte Platz in seinem Leben gehabt. Hier und da hatte es den Versuch gegeben, eine Nische zu finden, in die ein anderer Mensch passen könnte. Aber keine Frau konnte sich auf Dauer mit der Nebenrolle anfreunden. Mehr hatte Dost nicht zu bieten gehabt. Für Außenstehende war seine Leidenschaft, mit der er seinen Job machte, nicht nachvollziehbar. Für sie grenzte es an Besessenheit. Aber so war er schon immer gewesen.

Tat er etwas, dann richtig. Halbe Sachen gab es bei ihm nicht. Er war fokussiert und einhundertprozentig loyal.

Deshalb erschütterte Dost Koflers Tod bis ins Mark. Er hatte versagt. War für seinen Schutzbefohlenen nicht da gewesen. Aber nicht nur der Mord an Kofler machte ihn fertig. Die Art und Weise, wie der Fall bislang behandelt wurde, war mehr als verdächtig. Es war eine Farce. Hier versuchte jemand, den tatsächlichen Hergang der Tat zu vertuschen.

Aber warum?

Wer wollte verhindern, dass die Wahrheit ans Licht kam? Und was war die Wahrheit?

Dost erreichte die Bar, setzte sich an einen freien Tisch in einer Nische und bestellte sich ein Bier. Als der Kellner wenig später mit seinem Getränk zurückkehrte, bat Dost ihn um Block und Stift. Er bekam beides und machte sich an die Arbeit. Zuerst schrieb er die wichtigste Frage auf und kreiste sie ein. Wer profitierte vom Tod des Politikers? Darum würde er sich als Erstes kümmern. Dabei galt es zu berücksichtigen, dass, wer auch immer es war, enorme Macht haben musste. Denn schließlich war es ihm möglich gewesen, einen Tatort zu manipulieren. Er hatte definitiv Einfluss auf die Polizeibehörden. Also ein hohes Tier. Politiker oder Konzernchefs passten in dieses Anforderungsprofil. Das engte den Personenkreis erheblich ein.

Nun galt es, jemanden aus dieser Kategorie zu finden, dem der Tod Koflers zupasskam. Das war schon immer eine der wichtigsten Fragen gewesen: Wer profitierte davon? Dost rekapitulierte die letzten Monate im Leben Koflers. Zumindest die Tage, die er als Personenschützer bei ihm gewesen war. Er versuchte herauszufinden, ob es einen Zusammenhang gab zwischen einem bestimmten Ereignis und der Veränderung im Verhalten Koflers. Denn das hatte es gegeben.

Der Politiker war nie ein besonders geselliger Typ gewesen. Hatte kaum etwas getrunken, war so gut wie nie ausgegangen. Dost hatte ihn in den fünf Jahren nicht ein einziges Mal mehr als zwei Gläser Bier trinken sehen.

Aber trotz seiner nicht gerade geselligen Art war Kofler ein beliebter Politiker gewesen. Hochgeschätzt auch von Ministerkollegen anderer Parteien. Sehr oft hatten sie ihn angerufen und seinen Rat, seine Expertise erfragt. Immer war er offen und hilfsbereit gewesen. Und ehrlich. Das war selten heutzutage. Gerade bei Politikern. Politik funktioniert nur dann, wenn die Politiker funktionieren, war sein Standardspruch gewesen. Das hatte irgendwann aufgehört. Keine Anrufe mehr. Es schien, als hätten die Freunde von einst ihn vergessen ...

Die Stimmung gegen ihn hatte sich radikal verändert.

Und er, Dost hatte das alles zwar mitbekommen, aber nicht weiter beachtet. Er schüttelte benommen den Kopf. Wie hatte ihm das passieren können? Die Antwort darauf war ebenso simpel wie ernüchternd: Damals hatte er den Tunnelblick. Einzig die Sicherheit des Ministers und späteren Ausschussvorsitzenden stand in seinem Fokus. Alles andere hatte er ausgeblendet. Das war jetzt anders. Jetzt legte er sein Augenmerk auf all das, was damals unwichtig gewesen war. Fieberhaft dachte er nach. Er spürte, dass er kurz davor war, einen bislang diffusen Gedanken zu fassen zu kriegen.

Berlin, dachte er. Da war etwas in Berlin ... danach hatte sich das Verhalten Koflers verändert. Er hatte verbittert gewirkt. Und auch ein bisschen ängstlich ...

Die Konferenz! Jetzt wusste er es wieder.

Alle Innenminister der Länder waren zu einer Konferenz nach Berlin eingeladen worden. Gastgeber war die Bundesinnenministerin gewesen. Zum Teilnehmerkreis hatte auch Kofler als Vorsitzender des Innenausschusses gehört. Was war nochmal das Thema gewesen ...? Irgendeine Innovation im Bereich Verbrechensbekämpfung. Das war vor etwas mehr als einem Jahr gewesen. Da hatte alles angefangen. Jetzt erinnerte sich Dost an eine weitere Begebenheit, die ihm damals aufgefallen war.

Auch hier hatte er, obwohl sein innerer Alarm angeschlagen hatte, nicht nachgehakt. Vor ein paar Wochen wollte Kofler unbedingt nach München reisen. Dort fand eine Konferenz nationaler Manager aus dem Bereich Privat Equity statt. Soweit er sich erinnerte, wollte Kofler mit einem ganz bestimmten Mann sprechen. Henry irgendwas. An seinen Nachnamen konnte er sich zunächst nicht erinnern. Aber das Internet vergaß bekanntlich nichts. Online fand er gleich mehrere Berichte über diese Konferenz. Und er fand den Mann. Henry Lasker. Einer der erfolgreichsten Investoren des Landes. Und, wie ein Artikel behauptete, ein persönlicher Freund der amtierenden Innenministerin der Bundesrepublik Deutschland. Dost wühlte weiter, suchte nach Aktivitäten Laskers, die ihm verdächtig vorkamen. Aber da war nichts. Nur das, was man von jemanden erwartete, der Geld investierte, um welches zu verdienen.

Das einzige, was Dost erfuhr, war, dass Lasker sich nicht auf eine bestimmte Branche beschränkte, sondern sein Kapital breit streute. Lasker besaß Anteile an Unternehmen aus der Industrie, der Pharmazie, dem Handel und der Softwareentwicklung. Wahllos pickte sich Dost einige davon heraus und suchte nach Informationen über sie, die ihm vielleicht weiterhelfen könnten. Dann fiel ihm ein Artikel ins Auge, der im ersten Moment nichts mit Lasker direkt zu tun hatte, sondern mit einer seiner Investitionen.

Tragischer Unfall fordert drei Todesopfer. Ein Großfeuer, ausgelöst durch ein Gasleck, tötet die drei Firmengründer des Softwareunternehmens Excelsior.

Weiter unten im Artikel wurde erwähnt, dass dem erfolgreichen Investor Henry Lasker einundfünfzig Prozent des Unternehmens gehörten. Lasker selbst war für eine Stellungnahme nicht erreichbar gewesen. Dost googelte Excelsior. Und zuckte zusammen. Das letzte Projekt dieser Firma war eine Software, die die Verbrechensbekämpfung revolutionieren sollte.

Dost lehnte sich zurück und schloss die Augen. Von der Geräuschkulisse um sich herum nahm er nichts wahr. Er war einzig und alleine fokussiert auf die Analyse seiner Erinnerungen und dem daraus resultierenden Resultat. War das die Verbindung, die er gesucht hatte? Kofler, Henry Lasker, Excelsior, die Bundesinnenministerin, und, zu guter Letzt, eine ständig sinkende Verbrechensrate.

Wie hing das alles zusammen?

Was genau entging ihm hier, was es wert wäre, Menschen zu töten? Dost fiel nur eine einzige Person ein, die ihm möglicherweise einige dieser Fragen beantworten könnte.

Die Witwe des verstorbenen Kofler.

KAPITEL 12

Hannover

Am nächsten Tag fuhr Anabel gegen Mittag ins Büro. Sie hatte zwar einiges zu erledigen, musste aber aufgrund der Schicht des Vortages nicht zwingend früh an ihrem Schreibtisch sitzen. Unter anderem wollte sie einen Mitschnitt des Notrufes anfordern. Die Autobahn war voll, aber trotz der ewigen Baustelle auf der A2 kam sie recht zügig voran. Als sie ihren Wagen auf dem Parkplatz des Präsidiums abstellte, begann es zu regnen. Anabel hastete über den Asphalt und erreichte ihr Büro. Zuerst kochte sie sich einen Kaffee, dann machte sie sich an die Arbeit. Die Antwort, die sie erhielt, als sie die Notrufzentrale um einen Mitschnitt des besagten Anrufes anforderte, erschütterte sie bis ins Mark.

„Es tut mir sehr leid, Frau Plate, aber wir hatten eine technische Panne. Sämtliche Notrufe von gestern zwischen 19:00 Uhr und 22:00 Uhr sind gelöscht worden."

Es gibt keine Zufälle.

Verdammt, Harry, hoffentlich irrst du dich. Aber sie wusste, dass das kein Zufall war. Jemand wollte hier etwas vertuschen. Jemand, der sehr mächtig war. Anabel studierte die Notizen, die ein Mitarbeiter auf ihrem Schreibtisch gelegt hatte. Überwiegend handelte es sich hierbei um Rückrufwünsche verschiedener Leute. Kollegen, Reporter, der übliche Wahnsinn. Keine davon interessierte sie. Bis auf eine: Die Frau des getöteten Kofler hatte sich in der Zentrale des LKA gemeldet. Sie war nach Hause zurückgekehrt und hatte sich bereit erklärt, Anabels Wunsch nach einem Gespräch Folge zu leisten, nachdem ein Beamter ihr erzählt hatte, dass Anabel sie sprechen wollte. Sie sprang auf, griff sich Jacke und Autoschlüssel und machte sich auf den Weg.

✚

Anabel hatte es schon häufiger festgestellt. Oder gefühlt. Ein Ort, an dem jemand gewaltsam zu Tode gekommen war, strahlte etwas sehr Eigenartiges aus. Eine Mischung aus Trauer, Verzweiflung und Wut. Hier war es genauso. Nur die Witwe schien davon nichts mitzubekommen. Sie machte auf Anabel einen gefassten, beherrschten Eindruck. Anabel musterte sie verstohlen. Ihr erster Eindruck war, dass es sich bei Frau Kofler um eine sehr starke Persönlichkeit handelte. Sie bat Anabel ins Wohnzimmer und wollte wissen, ob sie einen Kaffee oder Tee haben wollte.

„Ein Kaffee wäre nett. Wenn es keine Umstände macht."

„Natürlich nicht. Wer kocht denn heutzutage noch auf herkömmliche Art einen Kaffee? Ein Knopfdruck genügt doch."

Da hatte sie natürlich recht, musste Anabel zugeben. Da die Befragung des Beamten, der Kofler erschossen hatte, in eben dieser Küche stattgefunden hatte, wusste Anabel schließlich, dass es dort aussah wie auf der Kommandobrücke eines Raumschiffes. Margarete Kofler kehrte mit einem Tablett zurück und schob Anabel ihre Tasse herüber. Sie musterte die Witwe jetzt ganz offen. Etwa Mitte sechzig, edel gekleidet, hochtoupierte Frisur, etwas zu viel Make-up, an den Fingern jede Menge Schmuck und Brillanten.

„Zunächst möchte ich Ihnen mein aufrichtiges Beileid aussprechen. Ihr Verlust tut mir sehr leid."

„Danke, das weiß ich zu schätzen", antwortete Frau Kofler und lächelte warm.

„Wie haben Sie von den furchtbaren Ereignissen erfahren?"

„Vincent rief mich gestern spät abends an und erzählte mir, was geschehen ist."

„Vincent ...?“

„Entschuldigen Sie, ich meine den Personenschützer meines Mannes. Meines verstorbenen Mannes“, korrigierte sie sich selbst.

„Und Herr Dost ist ...?, fragte Anabel, obwohl sie die Antwort kannte. Aber sie wollte die Reaktion von Frau Kofler sehen, wenn sie über Dost sprach.

„Vincent Dost ist der Leiter der Gruppe von Leibwächtern, die das BKA für meinen ... verstorbenen Mann abgestellt hat.“

„Ich habe ihn kennengelernt, als ich den Tatort besichtigt habe“, erklärte Anabel.

„Ja, das hat er mir erzählt. Er ist ein guter Freund.“

„Wenn Sie mir die Bemerkung gestatten, aber Sie wirken sehr ... gefasst.“

Kofler lächelte matt. „Würde es etwas ändern, würde ich heulen, toben und schreien? Soll ich das etwa tun, um dem Idealbild einer trauernden Witwe zu entsprechen?“

„Ich bilde mir da kein Urteil.“

Kofler schnaubte. „Natürlich tun Sie das. Das ist ihr Job.“

„Sie gelten nicht als Verdächtige, Frau Kofler. Daher bin ich dankbar, dass ich offen mit Ihnen sprechen kann.“

Kofler lächelte. „Sie sind wenigstens ehrlich. Ich bin kein Freund von diesen Eiertänzen. Wahrscheinlich hatte ich dafür zu viel Politik in meinem Leben.“

„Ich habe die Erfahrung gemacht, dass sich Ehrlichkeit fast immer auszahlt. Allerdings gibt es jede Menge Menschen, die damit nicht umgehen können.“

Margarete Kofler nickte. „Das kann ich mir gut vorstellen. Ich war über dreißig Jahre verheiratet und wenn eines unsere Ehe beschreibt, dann das Wort Offenheit. Zwischen meinem Mann und mir gab es keine Geheimnisse.“

Anabel war sich sicher, dass Margarete Kofler das glauben wollte. Ob es aber den Tatsachen entsprach, würde sich zeigen. Anabel hatte so ihre Bedenken. Sogar ihre Eltern hüteten ihre kleinen

Geheimnisse voreinander. Nichts Weltbewegendes. Aber immerhin …

„Das klingt fast zu schön, um wahr zu sein", sagte Anabel vorsichtig.

„Nun, junge Frau. Offenheit in einer Beziehung zeugt von gegenseitigem Respekt. Nicht unbedingt von Liebe."

Anabel wurde hellhörig. „Und was hat das zu bedeuten?"

Das Lächeln von Kofler war nun voller Bitterkeit. „Wir haben uns schon vor vielen Jahren auseinandergelebt. Er machte sein Ding, ich meines. Nur bei öffentlichen Auftritten gaben wir ein Paar. Und bevor Sie fragen; ich hatte keine Affären. Und ich bin mir fast sicher, dass er auch keine hatte. Wir haben irgendwann … das Interesse an solchen Dingen verloren."

Wie zum Teufel konnte man das Interesse daran verlieren? In dem Alter?

„Ich verstehe", sagte Anabel.

„Tun Sie das?"

„Nein."

Kofler lachte.

Anabel sah sich um. „Wer hat das Geld mit in die Ehe gebracht, Sie oder ihr Mann?"

„Ich."

„War ihr Mann in den letzten Tagen irgendwie anders?"

Sie schüttelte den Kopf. „Nein. Nicht in den letzten Tagen. Seit Wochen war er nicht mehr er selbst."

„Wissen Sie, warum?"

„Zuerst dachte ich, er wäre krank. Aber dann …" Koflers Blick verlor sich in der Vergangenheit.

Anabel ließ sie in Ruhe. Sie wusste, dass Gedanken oft wie Puzzleteilchen im Kopf herumschwirrten, sich erst zusammenfügen mussten, bevor sie ausgesprochen werden konnten. Anabel blickte zur Fensterfront. Genau da hatte er gelegen.

„Er hat irgendetwas entdeckt", sagte Kofler plötzlich.

Anabel zuckte unmerklich zusammen. „Was?“

Kofler, die nicht bemerkte, dass Anabel abgelenkt gewesen war, interpretierte die Frage falsch. Sie schüttelte den Kopf. „Ich weiß es nicht. Aber so, wie in den letzten Wochen habe ich ihn noch nie erlebt. Was immer es war, es muss ihn zu Tode erschreckt haben.“

Sie hielt inne, dachte über das, was sie gerade gesagt hatte, nach und schüttelte dann den Kopf. „Was für eine merkwürdige Wortwahl“, sagte sie leise.

„Wie war das Verhältnis zwischen ihrem Mann und Vincent Dost?“

„Mein Mann und Vincent waren, soweit es der Beruf der beiden überhaupt zuließ, Freunde. Mein verstorbener Mann hat großen Wert auf Vincents Meinung gelegt.“

„Eine letzte Frage. Wenn jemand hier in ihr Haus eingebrochen wäre. Wen hätte ihr Mann angerufen: Den Notruf, oder Vincent Dost?“

„Natürlich hätte er Vincent angerufen. Der wohnt doch nur zwei Minuten entfernt von hier.“

KAPITEL 13

Hannover

Margarete Kofler mistete aus. So nannte sie es, als sie damit begann, die Kleidung ihres verstorbenen Mannes in blaue Säcke zu stopfen. Zwei Tage waren seit seinem Tod vergangen und das Leben musste weitergehen. Was sie hinterher mit den Sachen machen würde, wusste sie nicht. Altkleidersammlung? Müll? Als sie sich vorstellte, dass irgendein Obdachloser in einem Brioni-Anzug ihres Mannes durch die Straßen schlich, und sich später am Abend mit einem der Versace-Mäntel zudeckte, fing sie hysterisch an zu kichern. Das hätte ihrem verstorbenen Mann gefallen. Sie räumte den ersten Schrank leer und wollte sich gerade dem zweiten widmen, als sie die Türklingel hörte. Kurz fragte sie sich, ob sie eine Verabredung vergessen hatte, konnte sich aber an keinen Termin erinnern. Sie wischte ihre Hände an den Hosenbeinen ab, ging hinunter ins Erdgeschoss und öffnete die Tür.

Vor ihr stand ein Paketbote.

„Ich habe hier ein Päckchen für Frau Kofler."

Irritiert nahm sie das Päckchen in Empfang und schloss die Tür wieder. Sie ging ins Wohnzimmer, setzte sich auf die Couch und öffnete es. In dem kleinen Paket befand sich ein Brief. Geschrieben von ihrem verstorbenen Mann. Margarete Kofler schluckte. Dann begann sie zu lesen. Es dauerte nicht lange, da wurde ihr klar, was sie da in Händen hielt.

Ihr Mann wurde getötet. Vorsätzlich. Sie hielt sich die Hand vor den Mund, einen stummen Schrei unterdrückend. *Er wusste, dass so etwas geschehen konnte, deshalb hatte er Vorsorge getroffen.* Was hatte das zu bedeuten?

Am Ende des Briefes stand eine Adresse.

Friedrichswall 16. Zahnarztpraxis Dr. Hütter.

Sie sah sich um, fixierte den blauen Müllsack, schluchzte kurz auf.

Dann stand sie auf, nahm Mantel und Schlüssel und lief raus zum Auto.

Ziel: Friedrichswall.

KAPITEL 14

Hannover

Anabel und Blessing erreichten am frühen Nachmittag das Präsidium. Sie hatten einen Anruf von ihrem Vorgesetzten Kriminalrat Kleemann erhalten. Der hatte sie aufgefordert, so schnell wie möglich zu ihm ins Büro zu kommen. Er sagte nicht warum und sie verkniffen sich die Frage. Kleemann war nicht das, was man unter gesprächig verstand. Sie parkten ihren Wagen und machten sich auf den Weg ins oberste Geschoss. Dem Reich der Bosse. Er ließ sie eine viertel Stunde warten. Dann, endlich, wurden sie zu ihm vorgelassen. Kleemann war ein typischer Bürokrat. Er liebte Vorschriften und Regeln, war aber gleichzeitig der personifizierte Opportunist. Und er hatte kein Rückgrat. An diese Position kam man nur unter zwei Voraussetzungen. Entweder man hatte Leistungen vorzuweisen, die einen für diese herausragende Führungsposition prädestinierte, oder aber man hatte einflussreiche Freunde, die einen protegierten und dafür sorgten, dass genau der richtige Mann an genau der richtigen Position saß, um einem nützlich zu sein.

Es war offensichtlich, zu welcher Kategorie Kleemann gehörte.

Sie betraten das geräumige Büro. Er stand nicht auf, um sie zu begrüßen. Kleemann begnügte sich mit einem stummen Nicken in Richtung der Sitzecke. Anabel und Blessing registrierten, dass dort für fünf Personen Kaffeetassen aufgedeckt waren. Anabel blickte aus der breiten Fensterfront hinab auf die Straße. Aus dem

Nieselregen war nun starker Niederschlag geworden. Passend zu ihrer Stimmung.

Endlich hob Kleemann den Blick. „Einen Augenblick noch. Wir erwarten zwei weitere Personen."

Anabel und Blessing setzten sich und warteten. Dann, nach weiteren fünf Minuten, klopfte es an der Tür und zwei Männer traten ins Büro.

Als Anabel sie sah, läuteten bei ihr sämtliche Alarmglocken. Anzugträger der übelsten Sorte lautete ihr Urteil. Kleemann stand endlich auf, kam um den Schreibtisch herum und begrüßte die beiden Männer. Dann kamen sie zur Sitzecke und nahmen Platz. Die beiden Fremden bedachten Anabel und Blessing mit stummen, ausdruckslosen Blicken.

„Frau Plate, Herr Blessing, ich möchte ihnen die Ersten Hauptkommissare Steffens und Neumann vorstellen. Beide arbeiten beim Bundeskriminalamt. Abteilung Staatsschutz. Sie sind hier, weil der Fall Kofler ab sofort vom BKA übernommen wird."

Anabel glaubte, sich verhört zu haben. „Wie bitte?"

Kleemann sah sie an und in seinem Blick konnte sie erkennen, dass es ihm genauso wenig gefiel wie ihr. Aber auch, dass er nichts dagegen tun könnte. Und nichts tun würde.

„Bitte übergeben Sie uns alle Informationen, die sie bislang gesammelt haben", forderte sie Steffens auf.

„Dürfte ich wenigstens fragen, warum das BKA uns den Fall wegnimmt?", wagte sie einen Versuch.

„Natürlich dürfen Sie fragen", antwortete Steffens. „Und jetzt, da das geklärt wäre, die Unterlagen. Bitte."

Nachdem sie den beiden BKA-Beamten alles ausgehändigt hatten, brauchte Anabel dringend frische Luft. Sie verließ das Gebäude und lief draußen unruhig auf und ab. Der Regen hatte nachgelassen, aber selbst, wenn nicht, wäre ihr das im Moment egal gewesen.

Die ganze Sache stank zum Himmel. Das Kleemann sofort den Schwanz einzog, wenn das BKA auftauchte, war klar. Aber

Blessing? Als ihr Vorgesetzter wäre es an ihm gewesen, sich gegen diese „feindliche Übernahme“ zu wehren. Stattdessen hatte er geschwiegen und die zwei Arschlöcher vom BKA voller stiller Bewunderung angestarrt. Insgeheim wusste Anabel, dass sie den BKA-Beamten Unrecht tat. Die waren gar nicht befugt, diesen Fall einfach an sich zu reißen. Es war der Oberstaatsanwalt, der das entschieden hatte. Und immer, wenn die Staatsanwaltschaft ins Spiel kam, mischte die Politik mit.

Anabel hätte alles darauf gewettet, dass der eigentliche Befehl, ihr den Fall wegzunehmen, aus Berlin kam. Wahrscheinlich aus dem Bundesinnenministerium. Nur das Warum erschloss sich ihr nicht. Dann kündigte ihr Handy den Eingang einer Kurznachricht an.

Sie öffnete sie.

Margarete Kofler.

Bin unter folgender Adresse zu erreichen. Bitte kommen Sie schnell her. DRINGEND. Achten Sie auf Verfolger! Nehmen Sie Ihr Handy nicht mit!

Was zum Teufel war denn das jetzt? Drehte die arme Frau jetzt doch durch? Aber eigentlich schätzte Anabel sie anders ein. Konnte das eine Falle sein? Aber von wem und warum?

Anabel stand unschlüssig auf dem Parkplatz. Dann zuckte sie mit den Schultern. Scheiß drauf, dachte sie, lief ins Büro, verstaute ihr Handy in der Schublade des Schreibtisches und fuhr anschließend zur genannten Adresse.

KAPITEL 15

Hannover

Anabel fuhr auf Umwegen zum Ziel.

Achten Sie auf Verfolger!

Entweder hatte die Kofler einen Nervenzusammenbruch erlitten, oder aber sie hatte etwas entdeckt. Vollkommen gleichgültig, was es war, Anabel würde vorsichtig sein. Die Zieladresse war ein Geschäftshaus im Zentrum der Stadt. Anstatt den freien Parkplatz direkt vor dem Gebäude zu nehmen, fuhr Anabel daran vorbei, bog die nächste Straße rechts ab und suchte sich dort eine Parkmöglichkeit. Anschließend ging sie den Rest des Weges zu Fuß. Immer darauf achtend, ob ihr jemand folgte. Dem schien nicht so zu sein. Anabel betrat das Gebäude und fuhr mit dem Aufzug in die dritte Etage. Links war ein Anwaltsbüro. Rechts ein Zahnarzt. Sie wandte sich nach rechts und betrat die Praxis. Sofort schlug ihr der typische Praxisgeruch entgegen. Eine Mischung aus Desinfektionsmittel und eugenolhaltigen Materialien. Am Empfangstresen sagte sie ihren Namen und fragte nach Doktor Hütter.

„Bitte folgen Sie mir“, sagte die Arzthelferin, kam um den Tresen herum und ging links in einen Flur. Anabel lief ihr hinterher. Die Mitarbeiterin der Praxis blieb vor einer verschlossenen Tür stehen, klopfte kurz und streckte den Kopf ins dahinterliegende Zimmer.

„Frau Plate ist da.“

Anabel vernahm eine gedämpfte Antwort. Die junge Frau machte den Weg frei, sodass Anabel ins Zimmer gehen konnte. Dort saß eine völlig aufgelöste Margarete Kofler.

Ihre rot unterlaufenen Augen verrieten, dass sie geweint hatte. Neben ihr stand ein Mann in einem dunklen Anzug.

„Mein Name ist Udo Lier. Ich bin der Anwalt des verstorbenen Herrn Kofler", stellte er sich vor.

Anabel sah zu Frau Kofler. „Was ist passiert?"

Sie berichtete ihr von der Aufräumattacke, dem Paketboten und dem Brief ihres Mannes.

„Ich bin dann sofort hierhergefahren", endete sie.

„Und?"

Kofler blickte hoch zu Lier, der antwortete. „Etwa einen Monat vor dem Tod von Herrn Kofler suchte er mich in meiner Kanzlei auf. Er bat mich, ein Kuvert für ihn aufzubewahren und im Falle seines Ablebens dieses an Frau Kofler zu übergeben."

Anabel blickte auf den Tisch. Dort lag ein geöffneter DIN-A4-Umschlag, daneben ein Zettel und ein USB-Stick.

„Waren das die Dinge, die sich im Kuvert befanden?", wollte sie wissen.

Kofler nickte. „Ja. Ein Abschiedsbrief und dieses Ding da."

„Darf ich den Brief lesen?", wollte Anabel von Kofler wissen.

Schluchzend nickte sie.

Anabel nahm sich den Brief und las.

Liebe Margarete,

ich war nicht der beste Ehemann. Aber glaube mir, wenn ich schreibe, dass ich dich geliebt habe. Nur war ich nicht immer in der Lage, das auch zu zeigen. Bitte verzeih mir.

Vor ein paar Monaten habe ich etwas erfahren, was für die gesamte Republik eine große Gefahr darstellt. Ich habe alle Informationen, die ich sammeln konnte, auf diesem USB-Stick gespeichert. Das Passwort hat etwas mit dem zu tun, wie wir uns kennengelernt haben. Ich hoffe, du weißt, was ich meine. Wenn du diesen Brief liest, dann bin ich mit meinem Versuch, dieses Komplott aufzudecken gescheitert. Auch wenn es möglicherweise wie ein Unfall aussehen mag, glaube mir, dass man mich umgebracht hat. Es tut mir leid, dass ich dir kein besserer Gefährte war. 9.748105 & 52.383684. Er weiß, was zu tun ist.

In Liebe, dein Ehemann

„Und?", wollte Anabel wissen. „Konnten Sie den Stick öffnen?"

Kofler schüttelte den Kopf. „Ich habe es gar nicht erst versucht, weil ich nicht in der Lage bin, einen klaren Gedanken zu fassen. Ich weiß nicht, was das zu bedeuten hat."

„Wissen Sie, was diese Ziffern zu bedeuten haben?", fragte der Anwalt.

Anabel schüttelte den Kopf. „Nein, keine Ahnung."

„Was machen wir denn jetzt bloß", wollte Margarete Kofler verzweifelt wissen.

Anabel wandte sich an den Anwalt. „Gibt es noch irgendetwas, was Sie uns sagen können? Etwas, das vielleicht ein klein wenig mehr Licht ins Dunkel bringen könnte?"

Lier schüttelte betrübt den Kopf. „Es tut mir wirklich aufrichtig leid, aber die Antwort lautet nein."

Anabel nickte, griff sich den USB-Stick und verstaute ihn zusammen mit dem Brief in ihrer Jackentasche. Sie bedankte sich bei Lier und blickte zu Frau Kofler. „Wir beide gehen jetzt einen Kaffee trinken. Kommen Sie."

Sie verabschiedeten sich von dem Anwalt und gingen in ein in der Nähe gelegenes Café.

Als sie saßen, sah Anabel Kofler prüfend an. „Kennen Sie diesen Lier?"

„Nein. Wir haben einen anderen Anwalt, der sich um unsere Angelegenheiten kümmert. Herrn Lier habe ich noch nie zuvor gesehen."

„Hat er Sie in irgendeiner Form bedrängt?"

Margarete Kofler riss entsetzt die Augen auf. „Sie meinen sexuell?"

„Nein, Frau Kofler. Ich meine, ob er Sie irgendwie gedrängt hat, etwas preiszugeben. Hat er Sie gefragt, was Ihr Mann herausgefunden hat. Sowas meine ich."

„Nein. Er war überaus korrekt. Er hat mir eine kurze Erklärung gegeben und dann sofort das Kuvert überreicht. Er wollte sogar den Raum verlassen, damit ich ungestört bin. Aber das wollte ich nicht. Als ich den Brief gelesen habe, schrieb ich Ihnen sofort diese Nachricht. Ich wollte Sie erst anrufen. Aber er riet mir zu dieser … SMS."

„Okay, dann steckt er offenbar nicht mit drin."

„Sie haben ihn in Verdacht gehabt?", fragte Kofler erschrocken nach.

„Nicht unbedingt. Aber ich halte es für angebracht, nicht jedem offenherzig und vertrauensvoll zu begegnen."

Kofler nickte. „Sie haben recht. Aber sagen Sie, irre ich mich, oder wissen Sie, was die Ziffern zu bedeuten haben?"

Anabel grinste. „Es sind Längen- und Breitengrade. Ich wette, sie geben uns eine Adresse. Und da finden wir jemanden, der den Stick öffnen kann."

Sie zahlten den Kaffee und fragten die Kellnerin, ob sie wusste, wo in der näheren Umgebung ein Internetcafé zu finden war. Die junge Frau, vermutlich eine Studentin, erklärte ihnen den Weg. Das gewünschte Ziel war nur wenige Minuten Fußmarsch vom Café entfernt. Sie machten sich sofort auf den Weg und fanden das Geschäft ohne Mühe. An der Kasse zahlten sie zwei Euro für eine Stunde Computernutzung und nach wenigen Augenblicken kannten sie die Adresse.

KAPITEL 16

9.748105, 52.383684

Die Koordinaten führten zu einem alleinstehenden Wohnhaus. Der Vorgarten war ungepflegt. Oder ursprünglich, je nach Perspektive. Am Zaun war ein Briefkasten angebracht, jedoch ohne Namensschild. Anabel hätte natürlich über ihre Dienststelle mehr über den Eigentümer oder Mieter des Hauses herausfinden können, aber sie wollte nicht, dass irgendjemand im Präsidium wusste, wo sie war. Aus diesem Grund hatte sie schließlich auch den Computer im Internetcafé benutzt.

Margarete Kofler blickte sich um. „Und nun?"

„Wir klingeln", sagte Anabel, öffnete die Holzpforte und ging zur Haustür.

Sie drückte auf den Messingknopf.

Nichts geschah.

Sie wollten sich gerade umdrehen und gehen, als Anabel von innen schlurfende Schritte vernahm. Sie blieben stehen und warteten. Innen wurde ein Schloss geöffnet und die Tür öffnete sich einen Spalt. Eine uralte gebrechlich aussehende Frau sah sie aus trüben Augen misstrauisch an. „Wehe, Sie beide sind von den Zeugen Jehovas", sagte sie mit leiser, brüchiger Stimme.

„Sind wir nicht", versicherte Anabel.

„Und was wollen sie von mir?"

„Mein Name ist Margarete Kofler. Sagt Ihnen der Name etwas?"

Die Alte zuckte zusammen und ihre Augen wurden riesengroß. „Sollte er?"

Margarete sah unschlüssig zu Anabel.

Die zog schließlich den Brief und den USB-Stick aus ihrer Jackentasche und zeigte beides der Frau. „Klingelt es da bei ihnen?"

Die Verwandlung der Greisin war erstaunlich. Sie öffnete schnell die Tür und zog Anabel, die direkt vor ihr stand, in den Hausflur. „Rasch, kommen Sie rein", sagte sie gar nicht mehr zu schwächlich. „Ist Ihnen jemand gefolgt? Haben Sie Ihre Handys dabei?"

Margarete Kofler folgte den beiden ins Haus.

„Uns ist niemand gefolgt und wir haben keine Handys dabei", versicherte Anabel.

Unschlüssig blieb Margarete Kofler stehen. „Na ja, ich hab schon eines dabei. Aber es läuft nicht über meinen Namen."

Die Alte rollte mit den Augen. „Gott der Gerechte. Ist das Ding an?"

„Nein. Ich habe es vor etwa einer Stunde ausgeschaltet."

„Na, was für ein Glück. Diese Scheißkerle können nämlich alles hören und alles sehen", sagte sie zornig. Anabel und Margarete wechselten einen kurzen Blick und zuckten unschlüssig mit den Schultern.

Der alten Frau war das nicht entgangen. Sie kicherte. „Sie denken, ich habe den Verstand verloren, nicht wahr? Wenn sie erstmal erfahren haben, worum es geht, wünschten Sie, dass es nur das gewesen wäre."

„Wie meinen Sie das?", wollte Anabel wissen.

„Reden Sie mit meinem Enkelsohn. Der kann Ihnen das erklären. Ich weiß nur, was die machen. Wie die das machen, kapiere ich nicht."

„Okay", sagte Anabel. „Ist er hier?"

Die Alte kicherte wieder. „Natürlich nicht. Gleich, als er erfuhr, um was es geht, hat er sich in Luft aufgelöst. Niemand wird ihn finden. So was kann mein Kleiner." Sie wirkte stolz.

„Aber wir müssen mit ihm reden", beschwor Anabel die alte Frau.

„Ja, ja. Nur die Ruhe. Das weiß ich doch. Deshalb sind Sie beide ja hier. Ich bin sozusagen der Torwächter." Sie lachte meckernd. Offenbar hatte sie ihren Spaß.

Sie deutete auf Anabel und Frau Kofler und wackelte mit dem Finger. „Erst wenn ich sicher sein kann, dass Sie beide die sind, für die sie sich ausgeben, geht's zur nächsten Tür." Sie kicherte erneut. „War die Idee meines Kleinen, das so zu machen."

„Und, sind Sie davon überzeugt, dass wir die sind, für die wir uns ausgeben?", fragte Margarete nach.

Die alte Frau machte eine wegwerfende Handbewegung. „Sie haben den richtigen Namen und sie hatten die richtigen Sachen dabei. Und wenn nicht, würden Sie beide jetzt als Vogelfutter auf dem Fußweg liegen", sagte sie und wies mit dem Kinn zur Haustür. Dort lehnte eine bedrohlich aussehende Schrotflinte an der Wand.

„Ist die … geladen?", wollte Margarete verunsichert wissen.

„Was denken Sie denn?"

Die alte Frau, inzwischen hatte sie sich als Hannelore Krüger vorgestellt, führte Anabel und Margarete in den Keller. Sie fanden sich in einem kühlen Raum wieder, der eine Art Arbeitszimmer zu sein schien. Es gab einen stabil aussehenden Arbeitstisch, auf dem ein Computer nebst Monitor stand. Die Regale an der Wand waren verstaubt und leer.

„Hier hat mein Kleiner immer gearbeitet, bevor er verschwinden musste", erklärte Krüger.

Anabel hatte schon, als es die Treppe hinunter in den Keller ging, ihre Waffe gezogen und entsichert. Es war unwahrscheinlich, aber dennoch möglich, dass das hier eine perfide Falle war und die Alte sie glatt in einen Hinterhalt lockte.

„Was machen wir hier?", erkundigte sich Anabel.

„Abwarten", sagte Krüger, setzte sich vor den Computer und schaltete ihn an. Nachdem er hochgefahren war, erwachte auch der Bildschirm zum Leben. Anschließend gab Krüger ein paar Befehle ein, dann öffnete sich ein Fenster. Sie gab eine Reihe von Ziffern ein und der Computer baute eine Verbindung auf. Wenig später erschien auf dem Monitor das Gesicht eines Mannes. „Hallo, Oma", sagte er.

„Hallo, Sebastian. Die Leute, von denen du gesprochen hast, sind nun hier."

KAPITEL 17

Berlin

Vincent Dost hatte einen Spießrutenlauf hinter sich, der es in sich hatte. Er war einer von nur ganz wenigen Teamleitern der Sicherungsgruppe des BKA, der einen Schutzbefohlenen verloren hatte. Dementsprechend wollte jeder, der etwas zu sagen hatte, wissen, wie das geschehen konnte. Und was man in Zukunft verändern musste, um so etwas zu verhindern. Das war zum größten Teil blinder Aktionismus. Es gab schlicht keine hundertprozentige Sicherheit. Zuerst wollte sein Chef, Kriminalrat Kappel, von ihm wissen, was passiert ist. Dann folgte einer der stellvertretenden Präsidenten das BKA.

Sie alle log er an. Weil er keinem von ihnen vertrauen konnte. Dost war klar, dass hier etwas vertuscht werden sollte. Nein, dass hier etwas vertuscht worden *war.* Diese Kommissarin, Anabel Plate, die wusste das auch. Hatte gespürt, dass etwas ganz und gar nicht stimmte. Ihr war sofort aufgefallen, dass der Tatort fachmännisch gereinigt worden war. Wusste, dass die beiden Polizisten sie anlogen. Dass es keinen Einbrecher gab, weil nie eingebrochen worden war. Mittlerweile hatte sie bestimmt auch schon erfahren, dass die Aufnahme des Notrufes gelöscht worden war. Er hatte es am Tag nach den tödlichen Schüssen herausgefunden. Und bekam einen Anschiss, weil er danach gefragt hatte. Das fiele nicht in seinen Zuständigkeitsbereich, erklärten sie ihm mit drohendem Zeigefinger.

Dann fragte Kriminalrat Kappel ihn, wann er zuletzt Urlaub hatte.

Dost konnte es nicht sagen.

„Nehmen Sie sich zwei, drei Wochen frei. Kommen Sie runter. Und dann, wenn Sie ihren Akku wieder aufgeladen haben, kommen Sie zu mir. Dann unterhalten wir uns darüber, wie es weitergeht."

Kappel nannte es Urlaub.

Dost wusste es besser. Sie hatten ihn kaltgestellt. Fragte sich nur, warum. Lag es daran, dass er sich nach dem Notruf erkundigt hatte? Oder vermuteten sie, dass Kofler ihn eingeweiht hatte? In was auch immer eingeweiht, denn Dost hatte keine Ahnung, warum Kofler umgebracht worden war. Schließlich stimmte er dem „Urlaub" zu. Was sollte er auch sonst tun? Aber bevor er das Büro verließ, holte er sich Informationen über die beiden Polizisten ein, die aller Wahrscheinlichkeit nach seinen Schutzbefohlenen getötet hatten.

Rainer Lambert.

Carsten Heinicke.

Was er über sie herausfand, ergab überhaupt keinen Sinn. Beide gehörten zu einer vor mehr als einem Jahr gegründeten Spezialeinheit, PEG genannt. Präventive Eingreifgruppe. Aber warum trugen sie am Abend des Todes von Kofler die Uniform von normalen Streifenpolizisten?

KAPITEL 18

Hannover

Sebastian Krüger musterte Anabel misstrauisch. „Frau Kofler, warum haben Sie diese Frau im Schlepptau?"

„Ich verstehe die Frage nicht", antwortete Margarete Kofler.

„Warum ist sie bei Ihnen?"

„Weil ich ihr vertraue. Und weil sie genau wie ich nicht glaubt, dass mein Mann in Notwehr erschossen wurde."

Krüger blickte wieder zu Anabel. „Nennen Sie mir Ihren vollständigen Namen, Ihren Dienstgrad und die Abteilung, in der Sie arbeiten."

Obwohl Anabel der Ton nicht gefiel, tat sie, was Krüger forderte.

„Bin gleich zurück", sagte er und verschwand aus ihrem Blickfeld.

Es dauerte fünf Minuten, dann kam er zurück. „Okay, Frau Plate, Sie scheinen in Ordnung zu sein."

„Vielen Dank auch", murmelte Anabel.

„Aber beantworten Sie mir bitte eine Frage."

„Nur zu."

„Warum glauben Sie nicht an die Notwehr-Nummer?"

„Weil ich merke, wenn man mich anlügt. Und die Aussage des Polizisten, der geschossen hat, ergab hinten und vorne keinen Sinn. Darüber hinaus wurde der Tatort professionell gereinigt, bevor ich dort auftauchte."

„Ich verstehe. Wie hießen die beiden Beamten?"

Anabel zog ihren Notizblock aus der Jackentasche. „Der Schütze heißt Rainer Lambert. Der andere Carsten Heinicke."

„Moment", sagte Krüger.

Anabel hörte leises Tastaturgeklapper.

„Verdammt", rief Krüger nach wenigen Augenblicken. Er erschien wieder am Bildschirm. „Die beiden arbeiten aber für die PEG. Schon mal davon gehört?"

Anabel runzelte die Stirn. „Ja", sagte sie gedehnt. „Eine neue Spezialeinheit. Präventions- Eingreifgruppe oder so. Aber als ich am Tatort mit ihnen sprach, trugen sie die normale Uniform von Streifenpolizisten."

„Präventive Eingreifgruppe heißt diese Einheit. Sie ist direkt der Bundesinnenministerin unterstellt. Seit diese Truppe ins Leben gerufen wurde, ist die Verbrechensrate in Großstädten um fünfundzwanzig Prozent gesunken."

„Aber ...", meinte Anabel.

„Genau. Was hatten die im Haus von Kofler verloren? Und warum trugen sie die Uniform von Streifenpolizisten?"

„Okay", sagte Anabel, die allmählich unruhig wurde. „Jetzt beantworten Sie mir erstmal eine Frage."

„Schießen Sie los."

„Woher kannten Sie Herrn Kofler?"

„Frau Kofler, erinnern Sie sich noch an einen der letzten Fälle ihres Mannes, als der noch Oberstaatsanwalt war? Ich rede von dem Skandal der Landesbank."

Margarete Kofler runzelte die Stirn, als sie angestrengt nachdachte. „Ja. Da ging es um die Verschleierung von Geldwäsche, richtig?"

„Korrekt. Wissen Sie noch, wie der Schwindel aufflog?"

„Jemand hat sich in die Computer der Bank gehackt, vertrauliche Mails des Vorstandes gefunden und veröffentlicht."

„Dieser Jemand war ich. So haben Ihr Mann und ich uns kennengelernt."

„Dann sind Sie also professioneller Hacker", stellte Anabel fest.

Krüger lachte. „Wenn Sie so wollen. Auf jeden Fall brach der Kontakt zu Herrn Kofler niemals ab. Ich wurde so eine Art geheimer Informant von ihm. Er kam dann vor einem Jahr oder so mit den Sachen, die er herausgefunden hat, auf mich zu."

„Was hat er denn herausgefunden?", wollte Anabel wissen.

„Sie haben recht", sagte Krüger und nickte bekräftigend. „Kommen wir zur fürchterlichen Wahrheit. Zur Büchse der Pandora. Haben Sie schon einmal was von Redemptio gehört?"

Anabel schüttelte den Kopf. „Nein."

„Ist lateinisch für Erlösung. Wenn Sie mich fragen, eine echt zynische Namenswahl. Wie dem auch sei. Herr Kofler hat Folgendes herausgefunden ..."

„Moment müssen wir jetzt mitschreiben, oder was?", wollte Anabel wissen.

Krüger lachte kurz. „Nein, alles, was ich gleich sagen werde, finden Sie auf dem USB-Stick. Nur für den Fall, dass Sie danach tatsächlich weitermachen wollen."

Anabel sah ihn irritiert an. „Was soll das heißen?"

„Das, wenn Sie vorhaben, weiterzumachen, Sie Ihr Leben riskieren."

„Das ist doch ein Scherz."

„Nein. Wollen Sie erfahren, um was es geht?"

„Ja."

„Vor etwas mehr als einem Jahr war Herr Kofler auf einer Konferenz in Berlin. Alle Innenminister der Länder sowie die Innensenatoren der Stadtstaaten haben daran teilgenommen. Ihr Mann, Frau Kofler, war in seiner Funktion als Ausschussvorsitzender für Inneres Teilnehmer dieser Konferenz. Gastgeber war Bundesinnenministerin Schneider. Das einzige Thema dieses Treffens war die Reform der Bundespolizei, die natürlich auch zu Lasten des Budgets der Länder gehen würde. Im Zuge dieser Konferenz erwähnte die Innenministerin auch, dass sie vorhat, eine neue Spezialeinheit zu gründen. Eine Einheit, die ihrem Ministerium direkt unterstellt ist und die mit Hilfe einer speziellen Software präventiv tätig werden soll. Diese Software heißt Redemptio. Um es kurz zu machen; Redemptio ist in der Lage, anhand eines wirklich genialen Algorithmus, Verbrechen vorherzusehen."

„Das ist doch Blödsinn", sagte Anabel.

„Nein, leider nicht", erwiderte Krüger. „Glauben Sie mir, wenn ich sage, dass das Teil tatsächlich funktioniert. Besser sogar, als manch einer glauben möchte."

„Das wäre doch durch die Medien gegangen", sagte Anabel. „Sowas kann niemand geheim halten."

„Die haben das unter Verschluss gehalten. Und diejenigen, die es wussten, oder einen Verdacht hatten, wurden umgelegt. So einfach ist das."

„Und wer sind *die*?"

„Die Regierung."

„Sie spinnen doch", rief Anabel wütend. „Das gibt's vielleicht in Nordkorea oder China. Aber nicht hier bei uns in Deutschland. Sie glauben doch wohl nicht ernsthaft, dass unser Bundeskanzler Killerkommandos durch die Republik schickt."

„Vielleicht nicht der Kanzler, aber irgendeiner in seiner Regierung ganz bestimmt. Denn Redemptio ist Gold wert."

„Warum? Was ist daran so wertvoll, dass deswegen Menschen sterben müssen?", wollte Anabel wissen. „Und was hat es mit dieser ominösen Sondereinheit auf sich?"

„Eben weil Redemptio in der Lage ist, Verbrechen vorherzusagen, heißt diese Spezialeinheit präventive Einsatzgruppe. Sobald Redemptio Alarm schlägt, wissen diese Jungs, wohin sie müssen, und auch, wen es gilt, dingfest zu machen."

„Aber wenn es funktioniert, klingt das doch gar nicht schlecht", meinte Anabel. „Es erschließt sich mir nicht, weshalb Sie denken, dass deswegen Menschen getötet wurden."

„Ja, auf den ersten Blick ist es nicht schlimm. Im Gegenteil, es klingt super. Nun ist es aber so, dass die Behauptung der Innenministerin, alles würde gesetzeskonform ablaufen, einer genaueren Überprüfung nicht standhält. Sobald sich jemand anschauen würde, wie genau das Programm arbeitet, würde das Lügenkonstrukt der Ministerin zusammenfallen wie ein Kartenhaus. Und diejenigen, die das wussten, sind alle tot. Komisch, oder?"

„Alle? Es gab noch andere Todesfälle?", fragte Anabel.

„Die drei Entwickler des Programmes sind bei einem Hausbrand ums Leben gekommen. Angeblich war es ein Gasleck. Ich lach mich kaputt."

„Nochmal; warum mussten all diese Leute sterben?"

„Aus einem einfachen Grund. Das Programm funktioniert folgendermaßen: Sie füttern die Software mit den Namen und verfügbaren Informationen sämtlicher bekannter Straftäter. Nehmen wir nun an, ein aktenkundiger Straftäter auf freiem Fuß benimmt sich auffällig. Sobald dies geschieht, wird bei Redemptio ein Alarm ausgelöst. In diesem Moment ist das Programm in der Lage, alle Bekannten von diesem Straftäter unter die Lupe zu nehmen. Wirklich alle, egal ob aktenkundig oder nicht. Es hat Zugriff auf sämtliche elektronischen Geräte, die die Zielpersonen benutzten. Handys, Laptops, Tablets. Alles. Es hat Einblick in alle gespeicherten Daten, kann Gespräche mithören, Kurznachrichten und Mails lesen. Das Programm hat automatisch Einblick in alle Profile, die in sozialen Medien wie Facebook, Twitter oder Instagram eröffnet wurden. Es hat sogar Zugriff auf Webcams und kann Livebilder übertragen."

Anabel war entsetzt. „Die Datenschützer hätten das niemals zugelassen", sagte sie leise.

Krüger nickte. „Da haben Sie aber sowas von recht. Deshalb hat Bundesministerin Schneider die Software ja auch eingesetzt, ohne jemanden davon zu erzählen."

„Was?" Anabel konnte nicht glauben, was sie da hörte. „Warum sollte sie dieses Risiko eingehen?"

„Weil sie genau wie alle anderen Politiker ein karrieregeiles Arschloch ist. Alles, was als Erfolg im Bereich Verbrechensbekämpfung vermeldet wird, nützt ihr auf ihrem Weg nach oben. Es ist allgemein bekannt, dass sie die nächste Kanzlerkandidatin sein wird. Und keiner kann sie aufhalten. Sie hört alles. Sie sieht alles. Sie ist wie dieses verfickte allsehende Auge von Mordor."

Die alte Krüger schüttelte wegen der Ausdrucksweise ihres Enkels missbilligend den Kopf.

„Okay, das verstehe ich alles", sagte Anabel. „Was ich jedoch nicht verstehe, ist, wie Herr Kofler das alles herausgefunden hat."

„Er war der einzige, der misstrauisch wurde, nachhakte und Ungereimtheiten entdeckte. Über Wochen hat er Informationen gesammelt und am Ende sogar mit einem Bekannten in seinem früheren Ministerium gesprochen. Dann aber machte er einen fatalen Fehler: Er setzte der Innenministerin die Pistole auf die Brust. Also haben sie ihn beseitigt."

Frau Kofler und Anabel schwiegen eine Weile betroffen.

„Und warum durften wir unsere Handys nicht mitnehmen? Aus welchem Grund müssen wir aufpassen? Und warum sind Sie untergetaucht? Schließlich sind zumindest Frau Kofler und ich keine aktenkundigen Verbrecher."

„Na ja, dennoch sind wir alle auffällig geworden, nicht wahr? Frau Kofler, Sie sind die Frau des aufmüpfigen Politikers. Niemand kann wissen, ob Ihr verstorbener Mann nicht mit Ihnen über Redemptio gesprochen hat, oder? Und Sie, Frau Plate, Sie haben in dem Fall ermittelt. Sind also auch involviert. So funktioniert dieses Programm. Bist du einmal auf dem Schirm erschienen, verschwindest du nicht mehr."

„Aber dann müsste doch Redemptio in diesem Moment auch mitbekommen, worüber wir hier gerade reden", wandte Anabel ein.

„Noch hat das Programm das Dark Net nicht infiltriert. Aber ich befürchte, dass das nur noch eine Frage der Zeit ist", antwortete Krüger.

„Dann gehen wir damit an die Öffentlichkeit", rief Anabel. „Wenn das rauskommt, fliegt denen das um die Ohren."

„Und wenn nicht?", fragte Krüger.

„Wie jetzt?"

„Was, wenn das Programm nicht gestoppt wird, obwohl Sie damit an die Öffentlichkeit gehen?"

„Aber das wird es. Das muss es."

„Denken Sie nach. Das geht bis ganz nach oben. Und Sie haben keine Beweise. Sie wissen, wie das Programm heißt, toll. Aber was nützt Ihnen das? Die werden alles leugnen."

„Irgendwann kommt die Wahrheit ans Licht", sagte Anabel bestimmt.

„Toll. Und bis es soweit ist, hat man Sie längst fertiggemacht. Sie hätten nicht den Hauch einer Chance. Herrgott, die haben einen Spitzenpolitiker umgebracht, weil der das herausgefunden hat."

„Aber irgendetwas müssen wir doch unternehmen."

„Rufen Sie mich an, wenn Ihnen etwas eingefallen ist. Aber bedenken Sie bei Ihren Überlegungen folgendes: Die sehen alles, die hören alles, die wissen alles. Wie wollen Sie dagegen anstinken?"

Darauf wusste Anabel keine Antwort.

KAPITEL 19

Braunschweig

Wie immer, wenn Anabel nicht weiterwusste, wandte sie sich an ihren Mentor, Harry Steinhardt. Allerdings würde sie einen Eiertanz veranstalten müssen, denn sie wollte ihn nicht zu einem Mitwisser machen. Dies könnte Harry in Gefahr bringen.

Die sehen alles, die hören alles, die wissen alles.

Anabel glaubte jedes einzelne Wort davon. Aber sie brauchte auch Hilfe. Möglicherweise einen anderen Blickwinkel. Eine Woche war vergangen, seit sie mit Margarete Kofler im Keller der Krügers mit Sebastian gesprochen hatte. Sieben Tage, die sie wie in Trance verbracht hatte. Plötzlich sah sie ihre täglichen Begleiter wie Smartphone oder Tablet mit vollkommen anderen Augen. Sie waren zu einer Bedrohung geworden. Das gleiche galt für Verkehrs- und Überwachungskameras. Anabel fühlte sich beobachtet, egal, wo sie sich aufhielt. Ihre Kollegen spürten die Veränderung Anabels und fragten besorgt nach, ob es ihr gut ginge. Ihr wurde klar, dass sie unter diesen Umständen nicht weiterarbeiten könnte und beantragte daraufhin Urlaub. Ihr Dienststellenleiter genehmigte ihn und Anabel hatte nun Zeit und Ruhe, um nachzudenken. Aber sie drehte sich im Kreis. Kam nicht weiter.

Also fuhr sie zu Harry. Der lebte seit seiner Pensionierung östlich von Braunschweig auf einem Resthof, den er liebevoll und mit der Geduld eines Menschen, der niemanden mehr etwas beweisen musste, renoviert hatte. Harry Steinhardt war mittlerweile fast siebzig Jahre alt. Sein gesamtes Berufsleben hatte er im Polizeidienst verbracht und es bis zum Präsidenten des Landeskriminalamtes Niedersachsens gebracht.

Als Anabel den Hof erreichte, wurde sie sofort von den beiden Hunden Steinhardts begrüßt. Sam und Lilly waren kräftige Labradore, der Rüde schwarz, die Hündin beige.

Harry beobachtete das Begrüßungsritual von seiner Terrasse aus.

Er war hochaufgeschossen und schlank und hatte kurzes graues Haar. Seine stahlblauen Augen konnten sanft dreinblicken, aber auch eiskalt sein. Je nachdem, mit wem er sprach. Er kam lächelnd auf Anabel zu und umarmte sie. Schließlich machte er einen Schritt zurück und musterte sie prüfend. „Spaziergang?", lautete seine Diagnose.

Anabel lächelte dankbar. „Ja, sehr gerne. Aber lass bitte dein Handy im Haus."

Keine Fragen, keine irritierten Blicke. Harry nickte einfach nur.

Anabel war dafür unendlich dankbar.

Sie gingen los. Die Hunde rannten kläffend voraus. Eine Weile genossen sie einfach nur schweigend die Natur. Es war Anfang März und zumindest in diesem Augenblick war ein Hauch von Frühling in der Luft.

„Hast du ein neues Buchprojekt?", wollte Anabel schließlich von Harry wissen.

Seit einigen Jahren hatte Steinhardt seine Leidenschaft für das Schreiben von Krimis entdeckt und sogar schon zwei Romane in einem Verlag veröffentlicht.

„Ich denke darüber nach, in Zukunft nur noch Liebesromane zu schreiben, da es ja bald keine Verbrechen mehr gibt", antwortete er und lachte. Dann blieb Harry stehen und sah Anabel an. Er strahlte Ruhe und Souveränität aus. Anabel fühlte sich sofort sicher und geborgen. So war es schon immer gewesen. An seinem Blick konnte sie erkennen, dass er genau wusste, dass sie aus einem anderen Grund hier war als sein neues Buchprojekt.

„Was bedrückt dich, Kleines?", wollte er wissen.

Auch das war nie anders gewesen. Harry konnte sie lesen. Niemals war sie in der Lage gewesen, ein Geheimnis vor ihm zu verbergen. Plötzlich liefen ihr Tränen übers Gesicht.

„Ich hab ein Problem, Harry. Ein riesiges Problem."

Sie setzten sich auf eine Bank und Anabel begann zu erzählen. Angefangen beim Anruf, der sie zum Tatort brachte, bis hin zu dem Chat mit Sebastian Krüger.

„Und was wirst du jetzt tun?", wollte Harry wissen, als Anabel mit ihrer Zusammenfassung fertig war.

Anabel schüttelte den Kopf. „Ich weiß es nicht."

Er lächelte. „Das glaube ich dir nicht."

Sie sah ihn an. „Wieso sagst du das?"

„Du hast mich gebeten, mein Handy zu Hause zu lassen. Also hast du von vornherein vorgehabt, darüber zu sprechen. Das wiederum bedeutet, dass du dich in den letzten Tagen intensiv mit diesem Problem beschäftigt hast. So wie ich dich kenne, hast zu zwei Optionen erkannt. Du weißt genau, was du tun wirst. Nämlich eine der beiden Optionen ziehen. Du weißt eigentlich auch schon, welche das sein wird. Du bist hier, um dir eine Bestätigung zu holen, dass es die richtige Wahl ist."

Anabel sah Harry staunend an. „Wie machst du das?"

Er lächelte. „Du weißt, ich habe keine Kinder. Leider. Du warst schon immer sowas wie eine Ersatztochter für mich. Bist einer der wichtigsten Menschen in meinem Leben. Das weißt du, oder? Seit wir uns kennen, waren wir immer ehrlich zueinander. Keine Lügen, keine Geheimnisse. Denn die Wahrheit findet immer ihren Weg. Immer. So wurdest du erzogen. So haben wir unser Leben verbracht. Und deshalb kenne ich dich. Ich weiß, wie du denkst und fühlst. Genau so, wie du weißt, wie ich denke und fühle."

„Ich habe tatsächlich zwei Optionen", sagte Anabel. „Die eine ist die, dass ich nichts tue. Einfach, weil ich nichts gegen sie ausrichten kann. Die andere Option ist, dass ich etwas gegen sie unternehme. Ich weiß nicht wie oder was. Ich weiß nur, dass ich etwas tun muss."

„Und das macht dir Angst", schlussfolgerte Harry.

„Wahnsinnige Angst", gestand Anabel.

„Verständlich. Was könnte dir schlimmstenfalls passieren?", wollte Harry wissen.

„Sie könnten mich töten. So wie sie Kofler getötet haben."

„Das wollen wir natürlich um jeden Preis vermeiden", sagte Harry.

Er schwieg einen Augenblick, dann sah er Anabel an. „Was hat Kofler falsch gemacht? Welchen Fehler hat er gemacht, dass sie ihm auf die Schliche gekommen sind?"

„Das weiß ich nicht. Ich kann nur Vermutungen anstellen", antwortete Anabel.

„Dann mach das."

„Entweder hat er die falsche Person ins Vertrauen gezogen, oder aber er hat ihre Fähigkeiten, Dinge zu hören und zu sehen, unterschätzt."

„Wenn du nichts davon tust, ist die Wahrscheinlichkeit also sehr gering, dass dir dasselbe passiert, richtig?"

Anabel spürte neuen Mut. „Ja, das müsste stimmen."

„*Müsste stimmen* reicht nicht", sagte Harry.

Anabel gab sich einen Ruck. „Es stimmt. Wenn ich diese Fehler vermeide, kann mir nichts passieren."

Harry nickte. „Okay, jetzt wissen wir, was du vermeiden musst. Kommen wir nun zu dem, was du tun wirst. Hast du schon einen Plan?"

„Ich gehe in den Untergrund. Bekämpfe sie von dort", sagte Anabel mit mehr Zuversicht, als sie tatsächlich empfand.

„Sei mir nicht böse, Kleines, aber das überlebst du keine Woche", sagte Harry.

Anabel lächelte. Genau das hatte sie gebraucht.

Sie sah Harry aufmerksam an. „Was würdest du machen?"

„Ich muss gerade an einen Spruch denken. Ich glaube, er ist aus dem zweiten Teil von *Der Pate*. Da sagt Michael Corleone zu einem Mafiakollegen, der alle Feinde der Familie offen attackieren und umbringen will: Deine Freunde müssen sich sicher bei dir fühlen, aber deine Feinde noch mehr."

„Du meinst, ich soll ihnen das Gefühl geben, dass ich voll auf ihrer Linie bin, oder?"

„Ja, genau das. Sie müssen sich sicher sein, dass du so funktionierst, wie sie es sich erhoffen. Dann verlieren sie das Interesse an dir."

„Ich denke, das kriege ich hin."

„Gut. Du sagtest, der Fall Kofler liegt beim BKA?"

Anabel nickte. „Ja. Warum fragst du?"

„Ich könnte mal nachforschen, ob sie ihn weiterverfolgen oder ob sie ihn still und heimlich zu den Akten gelegt haben."

Anabel sah ihn besorgt an. „Du meinst, das geht? Ich meine, ohne das es auffällt? Ich will dich da nicht mit reinziehen."

Harry lächelte breit. „Ich bin zwar uralt und habe längst die Hoffnung aufgegeben, eines natürlichen Todes zu sterben, aber nutzlos bin ich noch lange nicht. Ich verfüge nach wie vor über sehr gute Kontakte. Lass mich in den nächsten Tagen ein paar Anrufe machen."

Er sah sie mit einer Eindringlichkeit an, die zum Fürchten war. „Und, wie geht's sonst so? Gibt es jemanden in deinem Leben?"

Anabel wusste genau, was er mit dieser Frage meinte. Abgesehen von dem Psychologen, mit dem sie als Kind reden musste, war Harry noch immer der einzige Mensch, der ihr dunkles Geheimnis kannte.

„Ich schlage mich so durch, Harry. Ich habe die letzte Zeit versucht, übers Internet jemanden kennenzulernen. Das ist zwar anonymer als eine Kneipe, aber der Spaßfaktor ist gesunken."

Harry lachte. „Du hast wenigstens noch welchen."

KAPITEL 20

Hannover

Herr Dost. Welch unerwartete Überraschung", sagte Margarete Kofler.

„Ich hoffe, ich komme nicht ungelegen …?"

„Aber nicht doch. Kommen Sie bitte herein. Möchten Sie einen Kaffee?"

Dost betrat das Haus. „Wenn es keine Umstände macht …"

„Überhaupt nicht."

Margarete Kofler führte ihn ins Wohnzimmer. „Bitte, nehmen Sie Platz. Ich bin gleich wieder bei Ihnen."

Nach wenigen Minuten kehrte Margarete Kofler mit einem Tablett und dem Kaffee zurück.

„Milch, Zucker?"

„Ich nehme ihn schwarz. Danke."

Sie tranken beide einen Schluck Kaffee.

Dann blickte Margarete Kofler ihn erwartungsvoll an. „Nun Herr Dost, was verschafft mir die Ehre Ihres Besuches?"

„Ich weiß nicht, wie ich es sagen soll", begann er zögernd. „Deshalb falle ich sozusagen direkt mit der Tür ins Haus. Ich glaube, Ihr Mann wurde vorsätzlich ermordet."

Ihre Reaktion kam für Dost unerwartet. „Da wären wir dann schon zu dritt."

„Wie meinen Sie das?"

Erst jetzt erinnerte sich Margarete Kofler an die Warnung Sebastian Krügers, dass ihre Feinde alles hörten, sahen und wussten.

„Gehen wir doch raus in den Garten“, schlug sie hastig vor und stand ruckartig auf. „Lassen Sie bitte Ihr Handy hier.“

Ratlos folgte Dost ihr hinaus auf die Terrasse.

Dort begann sie sofort, ihm alles zu erzählen, was Anabel und sie erfahren hatten. Dost hörte ihr mit wachsendem Entsetzen zu. Als sie geendet hatten, zündete sich Dost eine Zigarette an. „Was tut Anabel Plate jetzt?“

Sie zuckte mit den Schultern. „Ich weiß es nicht. Als wir uns verabschiedeten, sagte sie mir, nein, sie riet mir, nichts weiter zu unternehmen. Sie meinte, sie würde es jetzt alleine in die Hand nehmen.“

Dost nickte. Er hätte dasselbe getan.

„Wie kann ich sie erreichen?“

„Was wollen Sie denn von ihr?“

„Ich will ihr helfen.“

„Ich nehme an, Sie erreichen Frau Plate über das Präsidium.“

„Hat sie kein Handy?“

„Handys zu benutzen ist keine gute Idee, glaube ich.“

„Wegen dieses Programmes, oder?“

„Ja. Sebastian Krüger, dieser Hacker, sagte, dass sie alles sehen, hören und wissen. Ist das nicht schrecklich?“

„Allerdings. Ja.“

„Ob die mich auch beobachten können, wenn ich fernsehe?“

KAPITEL 21

Berlin

Die Arbeit von Redemptio bestand zu achtundneunzig Prozent aus Suche. Vergleichbar mit einer eleganten Yacht, die über den Pazifik glitt, und dabei per speziellem Sonar nach Fischen Ausschau hielt. Allerdings nicht nach allen Fischen, sondern nur nach ganz bestimmten Arten.

Man stelle sich vor, Fischer könnten Parameter in eine spezielle Angel-Software eingeben, bevor sie in See stachen. Die könnten zum Beispiel lauten: Heute möchte ich nur Fische fangen, die zwischen dreißig und achtzig Zentimeter groß sind. Prompt werden sämtliche Fische, die nicht dieser definierten Größe entsprechen, ignoriert. Das würde die Fischerei auf eine vollkommen neue Ebene bringen. Redemptio aber konnte noch viel mehr. Sehr viel mehr.

Die Yacht zog ihre Bahnen über den Pazifik und plötzlich erfasste das Sonar ein Signal.

In Lichtgeschwindigkeit fand das Programm heraus, woher das Signal stammte.

Hannover.

Anwesen der Koflers.

Das Haus der Familie Kofler wurde seit vielen Monaten überwacht und obwohl die akute Bedrohung, die von Herrn Kofler ausging, eliminiert worden war, wurde diese Überwachung nicht aufgehoben. Deshalb registrierte das Programm, dass Frau Kofler

Besuch bekam. Sämtliche Geräte im Haus wurden umgehend in Sendebereitschaft versetzt.

Gleichzeitig überprüfte das Programm den elektronischen Kalender der Zielperson nach etwaigen Einträgen, konnte aber keine finden.

Wahrscheinlichkeit, dass der Besuch unerwartet war: 90%

Frau Kofler stand nun an der Haustür.

Das Programm versuchte mitzuhören, was dort gesprochen wurde, aber die verfügbaren Geräte waren zu weit entfernt, um verwertbare Audiosignale zu empfangen.

Das änderte sich, als zwei Personen das Wohnzimmer betraten.

„Bitte, nehmen Sie Platz. Ich bin gleich wieder bei Ihnen.“

Wahrscheinlichkeit, dass die Stimme zu Zielperson1, Margarete Kofler gehört: 100%

„Milch, Zucker?“ Stimme von Zielperson 1.

„Ich nehme ihn schwarz. Danke.“ Stimme eines unbekannten Mannes. Zielperson 2. Alter zwischen 35 und 45 Jahren. Vergleichbare Stimmen werden in Datenbank gesucht.

„Nun Herr Dost, was verschafft mir die Ehre Ihres Besuches?“ Stimme Zielperson 1.

Name von Zielperson 2 lautet Dost.

Suche nach Verbindung Kofler-Dost.

Verbindung entdeckt: Personenschützer von Kofler = Vincent Dost.

Ortung Handy Vincent Dost.

Ortung erfolgt. Handy befindet sich in Haus des Zielobjektes.

Identifizierung Zielperson 2 verifiziert: Vincent Dost, BKA, Abt. Sicherungsgruppe. Zurzeit im Urlaub.

Dauer der Analyse: 4 Millisekunden.

„Ich weiß nicht, wie ich es sagen soll. Deshalb falle ich sozusagen direkt mit der Tür ins Haus. Ich glaube, Ihr Mann wurde vorsätzlich ermordet.“

Durch diesen Satz erhielt die Entdeckung des Programmes höchste Priorität.

„Da wären wir dann schon zu dritt.“

Wer ist diese dritte Person?

Suche gestartet.

„Wie meinen Sie das?“

Zielperson 2 kennt unbekannte dritte Person nicht.

„Gehen wir doch raus in den Garten. Lassen Sie bitte Ihr Handy hier.“

Zielperson 1 weiß von Redemptio und dessen Fähigkeiten.

Maßnahmen werden eingeleitet …

Warte auf Bestätigung …

Die komplette Analyse dauerte keine sechs Sekunden.

Das war lang, lag aber daran, dass Dialoge ausgewertet und Stimmenanalysen durchgeführt werden mussten.

KAPITEL 22

Berlin

Die Zentrale der Spezialeinheit PEG war auf dem ehemaligen Kasernengelände am Treptower Park im Südwesten Berlins untergebracht. Von hier aus wurden alle bundesweiten Einsätze von einem Stab aus fünfundzwanzig sogenannten Controllern koordiniert. Diese Controller versendeten Einsatzbefehle an die sechzehn Landeschefs der Einheiten. Die Truppenstärke variierte je nach Größe des Bundeslandes. Von maximal einhundert in Nordrhein-Westfalen bis zu zwanzig im Saarland.

In einem kühlen Kellerraum befand sich das Herzstück der Einheit.

Ein Supercomputer, der sagenhafte 19,5 Billiarden Rechenoperationen pro Sekunde durchführen konnte. Dafür hatte das Innenministerium knapp fünfundzwanzig Millionen Euro bezahlt. Gerade eben ging ein Einsatzbefehl mit höchster Priorität an den Leiter der PEG, Kriminalrat Ludger Bräuer, raus. Bräuer war jahrelang Ermittler beim Staatsschutz des BKA gewesen, bevor er zum Leiter der Direktion Spezialeinheiten des Polizeipräsidiums Baden-Württemberg befördert wurde. Er war fünfundfünfzig Jahre alt, untersetzt, kahlköpfig und hochintelligent. Als er den Bericht las, wusste er sofort, dass die Lage ernst war. Ihm war auch klar, dass dies ein Auftrag für eine Sonderabteilung der PEG war. Diese war hier in Berlin stationiert und ihm direkt unterstellt.

Aus gutem Grund.

Die Aufgabe dieser Einheit sollte niemals, unter keinen Umständen, mit dem Bundesinnenministerium in Verbindung gebracht werden.

Sie erledigten die Drecksarbeit. Waren zuständig für Aufträge jenseits der Vorstellungskraft eines normalen Beamten. Bislang war diese Sonderabteilung erst zweimal in Aktion getreten.

Ihr erster Auftrag hatte darin bestanden, ein Wohn- und Geschäftshaus in Berlin in Brand zu stecken und es wie einen Unfall aussehen zu lassen. Ludger Bräuer gehörte nicht zu den Männern, die viele Fragen stellten. Dafür war er zu schlau. Er versuchte, zunächst alleine an Informationen zu gelangen, bevor er Vorgesetzte durch so beharrliches Nachfragen auf sich aufmerksam machte. Er fand heraus, dass die Mieter des Gebäudes in Berlin Kreuzberg drei Entwickler waren, die erst jüngst ein Unternehmen gegründet hatten. Zusammen mit dem bekannten Investor Henry Lasker, der darüber hinaus ein Freund der Innenministerin war. Bräuer zählte eins und eins zusammen und kam zu dem Schluss, dass die drei Entwickler entweder versucht hatten, die Innenministerin und Staatssekretär Essling mit ihrem Wissen um die Software zu erpressen, oder aber, dass sie vorhatten, diese geniale Software noch an andere zu verkaufen. So oder so, beides wäre fatal gewesen. Die drei Nerds zu eliminieren war ein nachvollziehbarer Schritt, wie er fand.

Die zweite Aktion war die Liquidierung des prominenten Politikers Kofler.

Das war ein vollkommen anderes Kaliber als drei unbekannte Computerfreaks. Das würde bundesweit Wellen schlagen. BKA, Verfassungsschutz, sie alle wären alarmiert und würden versuchen, die Ermittlungen an sich zu reißen. Loyalität war das eine. Blinder Gehorsam jedoch war nicht Bestandteil von Bräuers Stellenbeschreibung. Er musste nachfragen. Zumal er eine Art Fürsorgepflicht seinen Mitarbeitern gegenüber hatte. Und natürlich wollte er sich selbst nicht zur Zielscheibe machen. Dass er Antworten von Essling erhalten würde, stand für Bräuer außer Frage. Schließlich versorgte er den Staatssekretär mit umfangreichen und überaus brisanten Informationen über seine potentiellen Gegner.

Der ganze Dreck, den Redemptio mit seinen schier grenzenlosen Fähigkeiten aufwühlte, landete bei Essling. Im Gegenzug ließ der Bräuer vollkommen freie Hand bei der Ausübung seiner Tätigkeit als Leiter der PEG.

Quit pro quo.

Das Gespräch wegen Kofler war Bräuer noch sehr gut in Erinnerung.

Er hatte im Innenministerium angerufen und sofort einen Termin bei Staatssekretär Essling erhalten. Der begrüßte ihn, als seien sie alte Freunde.

„Herr Bräuer, wie schön, dass Sie da sind. Bitte, nehmen Sie Platz. Kaffee? Tee?"

Bräuer schüttelte den Kopf. „Nein danke."

„Also gut. Was kann ich für Sie tun?"

„Es geht um diesen Kofler und den damit verbundenen Auftrag an die Sondereinheit."

Esslings Miene wurde unergründlich. „Ich verstehe", sagte er vorsichtig.

„Dieser Auftrag ist ... ungewöhnlich. Meine Männer würden ihn, ohne zu fragen, ausführen. Aber ich ..."

„Sie haben die Verantwortung für Ihre Mitarbeiter und wollen nicht, dass sie einem unnötigen Risiko ausgesetzt werden."

Bräuer nickte zustimmend. „Ja, richtig."

„Nun. Stellen Sie sich vor, Sie müssten ihre Männer unvorbereitet in die Schlacht ziehen lassen. So wie früher, als wir noch kein Programm hatten, dass uns vorhersagen konnte, wer, was wann und wo vorhat. Das wäre auch ein sehr hohes Risiko, nicht wahr?"

„Ja, natürlich."

„Anstatt die Verbrechensbekämpfung zu revolutionieren, würden wir wieder da landen, wo wir schon waren. Immer nur reagieren. Niemals agieren. Wollen Sie das?"

„Natürlich nicht."

„Und genau aus diesem Grund gibt es den Auftrag, den Sie erwähnten. Die Zielperson hat vor, uns Redemptio wegzunehmen. Aus *Datenschutzgründen.*" Das letzte Wort sprach Essling aus, als würde es einen bitteren Geschmack haben. „Können Sie sich das vorstellen?"

Bräuer schwieg, bis er merkte, dass es keine rhetorische Frage war, sondern Essling eine Antwort erwartete.

„Nein. Das ist in der Tat schwer vorstellbar."

„Wir haben versucht, ihm das auszureden. Haben ihm die ganzen Vorteile des Programmes dargelegt. Umsonst. Er will politisch Kapital daraus ziehen, dass wir ein klein wenig die Vorschriften missachtet haben. Und nun sagen Sie mir, was wir tun sollen? Es zulassen, dass er alles kaputt macht, was Sie und ich aufgebaut haben?"

Bräuer schüttelte sich. „Auf keinen Fall."

„Dieser Kofler ist zu einem Risiko für die innere Sicherheit geworden. Würde er mit seinem Wissen an die Öffentlichkeit gehen, wäre alles umsonst gewesen. Die PEG würde aufgelöst und die Software vernichtet werden. Das können wir nicht zulassen. Das Wohl vieler steht immer über dem eines einzigen."

„Ich verstehe."

„Dann werden Sie den Auftrag ausführen?"

„Jawohl."

„Sehr gut."

Essling nickte Bräuer wohlwollend zu.

Als der keine Anstalten machte aufzustehen, schwächte sich das Lächeln etwas ab. „Ist noch etwas?"

Bräuer zögerte. „Nur eine … Verständnisfrage. Die Software, die wir nutzen, die ist doch legal. Ich meine, wo ist das Problem, wenn Kofler mit dem, was er zu wissen glaubt, an die Öffentlichkeit geht? Wir tun doch nichts Unrechtes."

Die Miene des Staatssekretärs wurde unergründlich. „Nun ja …"

Bräuer sagte nichts. Er sah Essling nur abwartend an.

„Also gut", sagte der Staatssekretär schließlich. „Die Innenministerin wollte ursprünglich nur eine abgespeckte Version des Programmes in Betrieb nehmen. Das hätte bei weitem nicht die Resultate gebracht wie in der Vollversion. Ich habe daraufhin entschieden, die drei Entwickler aufzufordern, nicht die modifizierte, harmlose Software zu installieren, sondern die Einhundert-Prozent-Version. Und der Erfolg gibt mir recht."

„Aber …?"

„Aber die drei Idioten verlangten ein offizielles Schreiben der Innenministerin, dass das auf ihren ausdrücklichen Wunsch hin geschehen ist. Dieses Schreiben konnte ich ihnen nicht geben. Sie drohten damit, sich selbst an Schneider zu wenden …"

„Und um das zu vermeiden, haben wir sie ausgeschaltet", resümierte Bräuer, der zufrieden feststellte, dass er mit seiner Vermutung, die drei hätten versucht, Essling zu erpressen, im Grunde Recht hatte.

Essling nickte stumm.

„Und was ist mit Kofler?"

Essling seufzte. „Er hat Nachforschungen angestellt. Unbequeme Fragen gestellt. Gefährliche Fragen. Und offenbar ist es ihm gelungen, brisantes Material zusammenzustellen."

„Also muss auch er weg", schloss Bräuer.

Essling sagte nichts. Er starrte Bräuer nur an.

„Ich gehe hier ein enormes Risiko ein", sagte Bräuer.

„Ich etwa nicht?"

„Doch. Sie auch."

„Was wollen Sie?", fragte Essling.

„Ich vermute, wenn Schneider Bundeskanzlerin wird, folgen Sie ihr als Innenminister nach."

Essling nickte. „Das ist der Plan."

„Ich möchte dann entweder Präsident des BKA oder des Verfassungsschutzes werden."

Essling dachte einen Moment darüber nach.

Dann lächelte er. „Einverstanden."

Bräuer hatte daraufhin die Spezialeinheit aktiviert, die schließlich Kofler ausschaltete.

Nun wurde diese Einheit erneut gebraucht.

Es gab zwei neue Zielpersonen:

Margarete Kofler.

Vincent Dost.

Ludger Bräuer griff zum Telefon.

KAPITEL 23

Hannover

Nachdem Harry seine Anrufe gemacht hatte, trafen sie sich erneut auf seinem Resthof und gingen spazieren. Harry war sehr schweigsam, was Anabel als schlechtes Zeichen deutete. Sie hatten, wie beim letzten Mal, ihre Handys im Haus gelassen. Harry blieb stehen und blickte mit undurchdringlicher Miene über das offene Feld. Anabel wartete geduldig.

„Kennst du das Gefühl, wenn alles, was man dir sagt, plausibel klingt, du aber das Gefühl hast, von vorn bis hinten belogen zu werden?"

Anabel wusste, dass das eine rhetorische Frage war und schwieg.

„Ich war sehr lange Zeit Präsident des LKA Niedersachsen. Da erarbeitet man sich einflussreiche Freunde. Und mächtige Feinde. Das liegt in der Natur der Sache. Auch, dass man nach Ausscheiden aus dem aktiven Dienst beide mitnimmt. Mein Nachfolger als Präsident des LKA Niedersachsen gehörte eigentlich zu meinen Freunden. Aber als ich ihn fragte, wie die Ermittlungen im Fall Kofler vorangehen, da musste ich erkennen, dass ich mich in ihm getäuscht habe."

Er löste seinen Blick vom Feld und sah nun Anabel direkt an. „Er drohte mir. Kein bla bla, er ging gleich in die Vollen. Und weißt du was? Ich glaube, er hatte Angst. Nicht unbedingt vor mir. Aber es war regelrecht zu spüren, dass er sich fast in die Hosen schiss, als ich von Kofler anfing." Harry seufzte. „Ich gehe davon aus, dass ich nun auf deren schwarzer Liste stehe."

„Verdammt, Harry, genau das wollte ich vermeiden", sagte Anabel wütend.

„Niemand hat mich gezwungen, dir zu helfen, Kleines. Ich wollte das so. Und ich war mir der Risiken durchaus bewusst. Ich habe nur nicht damit gerechnet, dass ausgerechnet er zu den Bösen gehört."

„Und was machen wir nun?"

„Ich habe folgenden Vorschlag …"

Anabel hatte den Worten Harrys gelauscht und war dann wieder nach Hause gefahren. Von dort rief sie ihren Chef an und bat um einen Gesprächstermin.

Nun saß sie ihren beiden Vorgesetzten gegenüber.

Beide sahen sie gespannt an.

„Ich möchte mich bei Ihnen entschuldigen", sagte sie und spürte sofort, wie sich die Atmosphäre im Raum veränderte.

Aus Anspannung wurde Erleichterung.

Sie glaubte sogar, dass Kleemann heftig ausatmete als habe er die Luft angehalten.

„Ich habe voreilig und unangemessen reagiert, als es um die Untersuchung des Suizids von Herrn Kofler ging. Ich werde mich auch bei den beiden Beamten entschuldigen, denen ich zu Unrecht vorgeworfen habe zu lügen. Und wenn nötig werde ich mich auch bei den beiden BKA-Beamten für mein Fehlverhalten entschuldigen."

„Aber, aber. Liebe Frau Plate, nun wollen wir mal die Kirche im Dorf lassen", sagte Kleemann fast schon fröhlich. „Zunächst einmal danke ich Ihnen für Ihren Mut, hier vor uns den Fehler zuzugeben. Nur die wenigsten wären dazu in der Lage."

„Nur die Besten können das", pflichtete Bröker eilig bei.

„Äh … richtig. Nur die Besten. Und zu denen gehört unsere geschätzte Kollegin ohne Zweifel. Ihr Verhalten in den letzten Jahren war stets einwandfrei. Und ihre Aufklärungsrate eine der besten, die dieses Präsidium jemals hatte."

Bröker nickte wie ein Wackeldackel.

„Ich hatte Ihnen bei unserem letzten Gespräch schon gesagt, dass Sie eine steile Karriere vor sich haben" fuhr Kleemann fort. „Daran hat sich nichts geändert."

Bröker nickte immer noch. Kleemann warf ihm einen kurzen Blick zu und er hörte auf damit. Anabel hätte den beiden am liebsten eine verpasst.

Stattdessen lächelte sie. „Danke. Vielen Dank."

Kleemann sah sie prüfend an. „Wo sehen Sie sich in, sagen wir, ein oder zwei Jahren?"

Anabel machte ein nachdenkliches Gesicht. „Sie wissen sicher, dass ich mich vor etwas mehr als zwei Jahren beim BKA beworben habe. Damals sagte man mir, ich solle noch ein, zwei Jahre warten und dann einen neuen Versuch starten."

Kleemann nickte nachdenklich. „Ich erinnere mich. Haben Sie vor, einen weiteren Anlauf zu nehmen?"

Anabels Gedanken rasten. Sie wollte auf keinen Fall, dass die beiden an ihrer Loyalität zweifelten. Aber zu schnell klein bei geben durfte sie auch nicht.

„Mein letzter wirklicher Fall liegt nun schon einige Monate zurück und ich habe gemerkt, dass mir langweilig wurde. Deshalb habe ich im Fall Kofler wohl auch mehr hineininterpretiert, als da war. Ich wollte einfach, dass mehr drin ist."

Beide lächelten verständnisvoll.

„Danke für Ihre Offenheit, Frau Plate. Etwas Derartiges dachten wir uns schon", meinte Kleemann großzügig.

„Wir haben da einen Vorschlag für Sie", sagte Bröker. „Vielleicht wissen Sie schon, dass Herr Blessing uns verlässt. Wir könnten jetzt einen Ersatz für ihn suchen. Oder aber wir befördern eine sehr gute Beamtin zur Hauptkommissarin."

Anabel unterdrückte ihre aufkeimende Wut. Blessing hatte ihr gegenüber mit keinem Wort erwähnt, dass er sich verändern wollte.

„Blessing geht?", fragte sie betont gleichgültig nach. „Das wusste ich ja gar nicht."

„Bis vor kurzem war es noch nicht spruchreif. Nun aber ist es so weit. Also, was sagen Sie, Frau Hauptkommissarin, haben Sie Interesse?"

„Natürlich. Sehr gerne."

„Wunderbar", sagte Kleemann und strahlte. „Wir werden alles nötige in die Wege leiten. Herzlichen Glückwunsch zur Beförderung."

Alle standen auf und Kleemann brachte sie zur Tür.

Bevor sie ging, hatte sie noch eine Frage.

„Wohin wechselt Blessing denn?"

„Zur PEG."

KAPITEL 24

Hannover

Anabel war sauer. Erst wurde ihr der Fall weggenommen, dann verschwand ihr ehemaliger Partner ohne Vorwarnung. Sie brauchte ein Ventil, um Luft abzulassen. Einfach nur eine ihrer Pillen zu nehmen würde da nicht ausreichen. Es war Freitagnachmittag und sie entschloss sich, in ihr Dojo zu fahren. Als sie nach Braunschweig gezogen war, entdeckte sie eine Kampfsportschule – ein Dojo – in dem neben Krav Maga, einer israelischen Selbstverteidigungstechnik, Kickboxen und Straßenkampf angeboten wurde. Schnell erwarb sie sich den Ruf einer ausgezeichneten, aber auch gnadenlosen Kämpferin.

Der Inhaber des Dojo, Philipe, ein kleiner schlanker Portugiese, beobachtete sie genau. Er erkannte die grenzenlose Wut, die ihr Inneres beherrschte. Ihm war klar, dass Anabels Leben einem Ritt auf der Rasierklinge glich. Jederzeit lief sie Gefahr, das Gleichgewicht zu verlieren. Er nahm sie unter seine persönlichen Fittiche. Um sie zu beschützen. Aber auch, um den Rest der Menschheit vor ihr zu schützen, wie er lachend anfügte. Von ihm lernte sie spezielle Atemübungen und andere Entspannungstechniken, die sie davor bewahren sollten, zu explodieren.

Philipe hatte eine Tochter im gleichen Alter wie Anabel. Auch in Bezug auf Größe und Gewicht ähnelten sie sich. Sie hieß Sara und war mehrfache Welt- und Europameisterin im Kickboxen.

Nachdem Anabel sämtliche Männer des Dojos im Zweikampf besiegt hatte, wollte sie unbedingt gegen Sara kämpfen.

Philipe lehnte ab.

Also kämpfte sie weiter gegen das andere Geschlecht. Ihr Trainer besorgte Anabel sogar Kämpfer aus anderen Schulen. Keiner von ihnen hatte eine Chance gegen sie. Obwohl sie kräftige waren, und länger als sie ihren Sport ausübten, verloren sie regelmäßig gegen Anabel. Philipe betrachtete das mit einer Mischung aus Stolz und Sorge. Stolz, weil sie neben seiner Tochter die beste Kämpferin war, die er kannte und ausbilden durfte.

Sorge, weil er sich nicht sicher war, ob er nicht einen großen Fehler gemacht hatte, ihre Ausbildung fortzusetzen. Anabel war eine Waffe und psychisch labil. Keine besonders gute Kombination. Als Anabel das Dojo betrat, wurde sie von dem typischen Geruch empfangen. Einer Mischung aus Schweiß, Turnhalle und Gummi. Sie begrüßte Philipe, der sie lange prüfend musterte.

„Es ist so weit", sagte er.

„Was meinst du?"

„Heute kämpfst du gegen Sara."

Die Männer und Frauen, die Zeugen dieses Kampfes wurden, verloren sich in Superlativen wie *gigantisch* oder sogar *episch*. Zuerst belauerten sich die beiden Frauen gegenseitig. Es war Anabel, die zuerst attackierte. Sie machte einen Ausfallschritt, um dann sogleich einen Tritt gegen den Oberschenkel ihrer Gegnerin anzutäuschen. Ihr wahres Ziel war jedoch der Kopf. Sara verteidigte geschickt und ließ nun ihrerseits eine Abfolge von Schlägen und Tritten folgen, die Anabel alle parierte. Als Anabel den ersten Treffer landete, ging ein erstauntes Raunen durch das Dojo. Es war ihr gelungen, Sara einen Aufwärtshaken durch ihre Deckung zu verpassen. Sara, die bislang mit angezogener Handbremse gekämpft hatte, ließ alle Zurückhaltung fallen und ging in die Offensive. In rasender Geschwindigkeit deckte sie Anabel mit Schlägen und Tritten ein.

Nur mit äußerste Mühe gelang es Anabel, sich aus diesem wilden, aber durchdachten Trommelwirbel zu befreien. Dann ließ sie sich urplötzlich zu Boden fallen und schickte Sara mit einem Wischer zu Boden. Was folgte, war ein Nahkampf, der so verbissen geführt wurde, dass Philip eingreifen musste, um ihn zu beenden. Sie Urteil kam für alle überraschend.

„Unentschieden."

KAPITEL 25

Hannover

Rainer Blessing saß in einem modernen Konferenzraum, der sich in einem Gebäude des ehemaligen Militärinstitutes Hannover befand. Es roch nach frischer Farbe und neuem Teppichboden. Neben ihm waren zehn weitere Neuankömmlinge anwesend. Acht Männer, zwei Frauen. Vor ihnen stand der Schulungsleiter.

Er hatte sich als Polizeihauptkommissar Michael Sternberg vorgestellt.

Sternberg blickte in die Runde. „Ich behaupte, jedes Verbrechen, und ich meine wirklich jedes, hätte verhindert werden können. Wer von Ihnen teilt diese These? Ich bitte um Handzeichen."

Ein paar tauschten untereinander unsichere Blicke, aber keine Hand ging in die Höhe.

Sternberg nickt. „Gut. Jetzt vervollständige ich den Satz: Jedes Verbrechen hätte verhindert werden können, wären im Vorwege alle verfügbaren Informationen ausgetauscht und richtig gedeutet worden. Wer teilt diese These?"

Blessing hob sofort die Hand.

Sterneberg fixierte ihn. „Begründung?"

„Die Anschläge des elften September hätten verhindert werden können, wenn FBI und CIA ihre Informationen geteilt hätten. Erst dann hätte sich ein komplettes Bild der Bedrohung ergeben. Stattdessen haben beide Behörden ihre Informationen für sich behalten, weil sie sich in einem Kompetenzkrieg befanden. Das hat tausenden Amerikanern das Leben gekostet."

„Vollkommen richtig. Danke, Herr Blessing. Hier bei der PEG arbeiten wir mit einer einzigartigen Kombination aus HUMIT, also der menschlichen Informationsquelle, sowie SIGINT, der elektronischen Datenauswertung. Diese Verknüpfung ermöglicht es uns, präventiv zu agieren. Wir werden aktiv, bevor der Täter zuschlagen kann."

Sternberg machte eine Pause und sah in die Runde.

Scheinbar zufrieden damit, dass die Teilnehmer an seinen Lippen hingen, nickte er. „Seit es die PEG gibt, ist unsere Bilanz ist herausragend. Warum? Nun, ich sage es Ihnen: Seit eine spezielle Software im Einsatz ist, ist die Rate von Schwerstverbrechen um fast dreißig Prozent gesunken. Meine Damen, meine Herren, ich bin kein großer Freund von Statistiken. Aber diese Zahlen sprechen eine eindeutige Sprache."

Er machte eine abwehrende Handbewegung. „Ich weiß, die Presse ist da teilweise etwas zurückhaltender. Vor allem ein Reporter des Spiegel lässt nichts unversucht, unsere Erfolge kleinzureden. Er behauptet, dass wir die Kriminalstatistik, die ohnehin geschönt wird, nochmal verfälschen, indem wir Verbrechen, die noch gar nicht begangen worden sind, als aufgeklärt verzeichnen, weil wir sie verhindert haben. Man kann es eben nicht allen recht machen. Aber ich will nicht verschweigen, dass wir bislang außerordentliches Glück hatten. Es gab Verletzte unter Kameraden, aber keine Verluste. Unsere Einsätze sind gefährlich, weil unsere Gegner es sind. Wir fahren nicht zu Fällen, in denen es um häusliche Gewalt geht. Unsere Aufgabe ist es, die wirklich schweren Jungs aus dem Verkehr zu ziehen. Und erfahrungsgemäß setzen die sich zur Wehr. Und sie wissen genau, wie man das macht."

Sternberg gab ein paar Beispiele von Einsätzen der jüngsten Vergangenheit und den Teilnehmern war das beeindruckte Staunen anzumerken.

Die Erfolgsquote lag bei einhundert Prozent.

„Deshalb“, fuhr er fort, „lassen wir äußerste Sorgfalt bei der Rekrutierung neuer Kollegen walten. Bei uns kann man sich nicht bewerben. Wir gehen auf die potentiellen Kandidaten zu, nachdem sie uns empfohlen wurden. Eine Ausbildung findet hier nicht statt. Jeder, der zu uns kommt, ist bereits ausgebildet. Für sie alle hier gibt es nur noch eine Sache, die zu erledigen ist. Ein Gespräch bei unserem Psychologen. Die Reihenfolge der Termine finden sie am schwarzen Brett. Bevor ich meinen Vortrag beende, würde ich jetzt gerne von einem von Ihnen die einzige Frage hören, die sich nach meinen Ausführungen geradezu aufdrängt.“

Er sah auffordernd in die Runde.

Blessing rutschte unruhig auf seinem Stuhl herum.

Sternberg grinste. „Keiner? Schade. Okay, Herrschaften, Mittagspause. Danach treffen wir uns draußen. Um 14:00 Uhr machen wir ein bisschen Sport. Dann geht's zur Schießübung. Denken Sie daran, einen Blick aufs schwarze Brett zu werfen. Und verpassen Sie den Termin beim Psycho nicht.“

Die Teilnehmer standen auf und verließen einer nach dem anderen den Raum.

Sternberg winkte Blessing zu sich. „Herr Blessing, auf ein Wort.“

Er ging langsam auf Sternberg zu.

„Sie wussten, welche Frage ich meinte, richtig?“

„Ich denke schon.“

„Stellen Sie sie.“

„Warum wurde eine neue Einheit gegründet? Man hätte auch SEK und MEK nutzen können.“

Sternberg grinste. „Und, kennen Sie die Antwort?“

„Ich müsste raten.“

„Tun Sie`s.“

„Routinen. Ich könnte mir vorstellen, dass die alten Hasen der Sondereinheiten nicht unbedingt erpicht darauf sind, auf eine Software zu hören.“

Sternberg lächelte. „Man sagte mir schon, dass Sie clever sind. Was meinen Sie, waren Sie der einzige, die wusste, welche Frage ich meinte?"

Blessing schüttelte den Kopf. „Nein."

„Ich auch nicht. Aber warum hat sie keiner gestellt?"

„Niemand mag Klugscheißer."

Sternberg lachte. „Ich freue mich, Sie im Team zu haben. Sie sind übrigens der Erste, der zum Psycho geht."

KAPITEL 26

Hannover

Sie haben einen herausragenden Lebenslauf, junger Mann. Hervorragende Beurteilungen, sowohl von Vorgesetzten als auch von Kollegen. Tadelloser Werdegang. Beeindruckend, wirklich beeindruckend."

Professor Justus Kohlschreiber sah Blessing mit seinen blauen Augen aufmerksam an. Kohlschreiber war Dozent an einer renommierten Universität und er hielt Fachvorträge an der Polizeihochschule. Sein Fachgebiet war die Psychologie.

„Glauben Sie an das Böse, Herr Blessing?"

Er hatte mit vielem gerechnet, zum Beispiel damit, dass er nach seinem Verhältnis zu seinen Eltern gefragt wurde. Aber diese Frage kam unerwartet.

„Sie wissen, was ich beruflich mache. Sie kennen einige der Fälle, in denen ich ermittelt habe."

„Das stimmt. Aber dennoch frage ich Sie, ob Sie an das Böse glauben."

„Ja. Ich sehe es jeden Tag. Wie könnte ich nicht daran glauben."

„Aber Sie glauben nicht an Gott, nicht wahr?"

„Nein."

„Wie erklären Sie sich all die schlimmen Dinge, die rings um uns herum geschehen?"

Blessing schüttelte leicht den Kopf. „Ich bin Ermittler. Vorrangig für mich ist die Frage nach dem *Wer*. Das *Warum* klärt sich dann meist von selbst."

„Ich verstehe. Sie begegnen also einer emotionalen Tat mit Logik. Das dürfte eigentlich nicht funktionieren."

„Tut es aber. Darüber hinaus; was hat Mord mit richtigen Emotionen zu tun? Meiner Erfahrung nach sind die meisten Mörder eiskalte, kranke Monster, die von vollkommen irren Trieben geleitet werden."

Kohlschreiber nickte, als würde er ihm zustimmen. „Nein! Mord hat immer mit Emotionen zu tun. Es sind sogar die stärksten Gefühle im Spiel, derer wir fähig sind."

„Sie sprechen von Neid, Gier und Eifersucht."

„Vergessen Sie den Hass und die Liebe nicht."

Blessing hatte keine Ahnung, wohin dieses Gespräch führen sollte, fand aber allmählich Gefallen daran. „Sie haben recht", stimmte er zu.

„Emotionen, Gefühle, sind der Antrieb für fast alles, was wir tun. Die Ausführung der Tat an sich mag ja eiskalt sein. Aber das, was die Täter überhaupt dazu bringt, einen Mord zu begehen, das hat immer mit Gefühlen zu tun", erklärte Kohlschreiber.

„Mord ist Mord. Ob das Motiv nun verletzte Gefühle oder einfach nur Wahnsinn ist, macht für das Opfer keinen Unterschied", entgegnete Blessing.

Professor Kohlschreiber lehnte sich zurück und musterte ihn. „Was würden Sie sagen, würde ich behaupten, dass es das Böse nicht gibt?"

„Ich würde sagen, dass Sie sich irren."

„Aber ist es nicht so, dass, wenn wir das Tun eines anderen als das Böse bezeichnen, dies ein Urteil über die Tat an sich bedeutet, und nicht ein Urteil über die Person?"

Blessing runzelte nachdenklich die Stirn. „Das ist durchaus möglich, ja", gab er zu.

„Also ist es unsere subjektive Meinung, dass das, was *getan* wurde, böse war, richtig?"

„Äh … ja."

„Demnach ist es sehr gut möglich, dass ein anderer dieselbe Tat nicht unbedingt als böse ansieht, oder?"

„Sie meinen den Täter?"

„Ich meine irgendjemanden, egal wen."

„Das mag möglich sein, ja", sagte Blessing zurückhaltend.

„Es ist möglich. Es geschieht jeden Tag, überall."

„Was wollen Sie mir damit sagen?"

„Damit will ich sagen, dass es das ultimative Böse, so wie die meisten es interpretieren, nicht gibt."

Blessing zuckte mit den Schultern. „Egal, wie Sie es nennen. Da draußen rennen Wahnsinnige rum, die andere abschlachten. Entweder, weil sie deren Hab und Gut haben wollen, oder einfach, weil es sie antörnt. Ich weiß nicht, ob Ihre Theorie stimmt, oder nicht. Ich weiß nur, dass es mir egal sein kann, weil es mir in meinem Job nichts nützt."

Kohlschreibers Augen funkelten. „Lassen Sie uns für einen Moment annehmen, meine Theorie würde zutreffen: Welche Konsequenzen hätte das für Ihren Job?"

„Ich hatte doch eben schon gesagt, dass ich glaube, dass es keine Auswirkungen hätte."

„Und ich möchte, dass Sie sich für einen Augenblick ernsthaft mit dieser Frage beschäftigen. Denn die Antwort ist wichtig. Sehr wichtig für Sie."

Blessing seufzte resigniert. „Ich soll mir also Gedanken machen, was es für Auswirkungen auf meinen Job hätte, wenn es das Böse, so, wie es allgemein interpretiert wird, nicht gibt?"

„Ja."

„Keine. Auf böse Taten folgen manchmal Konsequenzen. Zum Teil deshalb, weil es Menschen wie mich gibt."

„Aber wenn es das Böse nicht gibt, woher wollen Sie dann wissen, dass das, was getan wurde, böse war? Und dass Ihre Entscheidung, denjenigen, der diese Tat begonnen hat, zur Verantwortung zu ziehen, richtig ist?"

„Okay Doc. Sie wollen mir doch irgendetwas sagen. Wie wär`s, wenn Sie mal auf den Punkt kommen würden?"

„Ich gebe Ihnen ein Beispiel: Nehmen wir einen Selbstmordattentäter, der sich einen Sprengstoffgürtel umschnallt, in eine belebte Einkaufspassage geht und sich dort in die Luft sprengt. Ist dieser Mensch böse? Ist diese Tat böse?"

„Der Typ ist verrückt. Die Tat ist so böse wie nur irgendwas."

„Nun, würde man diesen Attentäter fragen, ob das, was er vorhat, böse ist, so würde er antworten; nein, es ist meine heilige Pflicht."

Blessing nickte. „Ich sag doch, verrückt ist der Kerl."

„Das ist nicht der Punkt, Herr Blessing. Der Punkt ist, dass die Frage, ob eine Tat böse ist oder nicht, im Auge des Betrachters liegt."

Blessing dachte darüber nach und musste einsehen, dass Kohlschreiber Recht hatte. „Mag sein, dass das stimmt", sagte er schließlich. „Dennoch erschließt es sich mir nicht, worauf Sie hinauswollen."

„Ich möchte versuchen, Ihnen einen anderen Blickwinkel zu verschaffen. Sie kennen die Statistik, was den Schusswaffengebrauch deutscher Polizeibeamter betrifft?"

„Nicht im Detail."

„Nun, die Wahrscheinlichkeit, dass ein deutscher Polizist im Laufe seiner Karriere von der Schusswaffe Gebrauch machen muss, liegt bei fünf Prozent."

„Oh ..."

„Ja. Das liegt vor allem daran, dass die Beamten immer erst dann am Tatort erscheinen, wenn die Straftat schon begangen wurde. Die Hauptaufgabe ist, zu ermitteln, wer es war. Und natürlich das Warum. Häufig kommt es dann vor, dass der wirkliche Zugriff durch ein SEK erfolgt. Ich persönlich kenne nur einen einzigen

Kommissar einer Mordkommission, der auf einen Täter schießen musste."

„Okay …"

„Ihre neue Aufgabe ist vollkommen anders. Jetzt erscheinen Sie auf der Bühne, *bevor* das Verbrechen begangen wurde."

„Und das bedeutet?"

„Das bedeutet, dass die Wahrscheinlichkeit, dass Sie bei einem Einsatz von der Waffe Gebrauch machen müssen, ungleich höher ist, als zuvor."

„Damit kann ich leben."

Kohlschreiber sah Blessing prüfend an. „Ich habe schon mit sehr vielen Kollegen von Ihnen gesprochen, die ebenfalls davon überzeugt waren. Aber als der Ernstfall eintrat, haben sie versagt."

Blessing fand, dass das Wort *versagt* sehr überspitzt formuliert war, sagte aber nichts.

„Sie wissen, dass ich schon einmal die Waffe benutzt habe", sagte er mit fester Stimme.

Kohlschreiber nickte. „Ja, das weiß ich."

„Dann wissen Sie auch, dass ich es kann. Ich habe das bewiesen."

„Danke für das offene Gespräch, Herr Hauptkommissar."

KAPITEL 27

Hannover

Das vollständige Ausmaß der Fähigkeiten von Redemptio war nur zwei Menschen bekannt.

Essling und Bräuer.

Es war perfide.

Unter anderem verfügte das Programm über einen cleveren Sprach-Synthesizer mit einem Interface. Dieser Synthesizer benötigte lediglich eine einminütige Stimmenaufzeichnung, um danach genau diese Stimme absolut perfekt zu imitieren. So perfekt, dass nicht einmal eine Ehefrau bemerken würde, dass nicht ihr Ehemann sie anrief, sondern ein Mitarbeiter von der PEG. Deshalb war Vincent Dost fest davon überzeugt, dass Margarete Kofler seine Hilfe benötigte, während diese, erfreut nach seinem angeblichen Anruf, schon den Kaffee aufsetzte, da Dost ihr einen kurzen Besuch abstatten wollte. Beide Anrufe wurden von Sönke Weyergans getätigt. Einem Techniker der PEG.

Die Sonderabteilung der präventiven Eingreifgruppe war schon vor Ort und wartete auf das Go. Der Plan, entworfen von Ludger Bräuer und dem Leiter der Sonderabteilung, Erik Trautwein, sah vor, dass ein vom Weg abgekommener Personenschützer des BKA die Ehefrau seines zuvor ums Leben gekommenen Schutzbefohlenen überfallen und getötet habe. Später würde sich herausstellen, dass dieser Personenschützer in Ausübung seiner Tätigkeit erfahren hatte, dass sein Schutzbefohlener, der prominente Politiker Kofler, in seinem Haus jede Menge Bargeld und wertvollen Schmuck aufbewahrte. Ein versuchter Einbruch des Beamten Dost war gescheitert, endete aber mit dem tragischen Tod Koflers.

Nun hatte Dost es erneut probiert. Bei diesem Versuch tötete er Frau Kofler und wurde kurz nach der Tat von einem Beamten der PEG erschossen.

So schloss sich der Kreis.

Perfekt.

Keiner der beteiligten Beamten zweifelte auch nur im Geringsten daran, dass die bevorstehende Tat wichtig für die nationale Sicherheit war. Sie glaubten fest an das, was Bräuer ihnen immer wieder eingeschärft hatte: Das Wohl aller war wichtiger als das eines einzelnen. Dasselbe Motto, das Bräuer selbst von dessen Vorgesetzten wie ein Mantra eingeflüstert worden war. Mit Erfolg. Sie alle waren davon überzeugt, wichtiger Bestandteil einer großartigen neuen Welt zu sein.

Die vier Männer der Sonderabteilung erreichten das Anwesen der Koflers. Kurz bevor sie eintrafen, hatte Redemptio die Alarmanlage des Hauses deaktiviert. Sämtliche Verkehrs- und Überwachungskameras waren ebenfalls ausgeschaltet worden. Sie parkten ihr Fahrzeug in einer Nebenstraße. Zwei Beamte klingelten am Tor, die anderen beiden überwanden die Mauer und näherten sich dem Haus durch den Garten.

„Ja bitte?", kam die Stimme Margarete Koflers aus der Sprechanlage.

Der Mann an der Klingel drückte auf den Startknopf des Abspielgerätes und die Stimme von Vincent Dost antwortete. „Ich bin`s, Vincent."

Der Summer ertönte, es machte Klick und das Tor sprang auf. Die Männer betraten das Grundstück und liefen die Auffahrt hinauf. Als Margarete Kofler ihren Fehler erkannte, war es schon zu spät. Sie war nach draußen gekommen, um Vincent Dost zu begrüßen, als sie zwei unbekannte Männer auf sie zulaufen sah.

Erschrocken machte sie auf dem Absatz kehrt und wollte ins Haus zurückeilen.

Die zwei Männer, die über die Mauer auf das Grundstück gelangt waren, hatten jedoch schon durch die Terrassentür das Innere des Haus erreicht und standen im Flur. Sie überwältigten die wehrlose Frau und zerrten sie ins Wohnzimmer. Die beiden anderen Mitglieder der Einheit folgten ihnen. Sie forderten Margarete Kofler auf, sich auf eines der Sofas zu setzen. Zwei Beamte positionierten sich im Haus so, dass sie durch Fenster den Eingangsbereich des Hauses beobachten konnten. Die anderen beiden widmeten sich Margarete Kofler.

Sie stellte erstaunlich nüchtern fest, dass keiner von den vier Männern Sturmhauben trug, um das Gesicht vor ihr zu verbergen. Ihr war klar, dass das kein gutes Zeichen war.

„Wir hätten da ein paar Fragen an Sie, Frau Kofler. Kooperieren Sie und niemand kommt zu Schaden."

„Ich glaube Ihnen kein Wort. Sie haben meinen Mann umgebracht."

Der Beamte ignorierte die Bemerkung. „Ich werde Ihnen jetzt ein paar Fragen stellen. Bitte antworten Sie ehrlich."

Ihre Lippen zitterten und Tränen liefen über ihr geschminktes Gesicht. Sie hatte sich für ihren Besuch vorher hübsch gemacht.

„Erste Frage: Was wissen Sie über Redemptio?"

Sie sah den Mann triumphierend an. „Alles."

„Zweite Frage: Wer weiß außer Ihnen noch davon?"

„Ein Anwalt. Den Namen verrate ich euch nicht. Der hat alle Unterlagen, die mein Mann zusammengestellt hat. Sollte mir etwas passieren, gehen diese Beweise an die Presse."

Unbeeindruckt fuhr der Mann mit seinen Fragen fort. „Was weiß Vincent Dost?"

„Wer ist das?"

Die Ohrfeige kam aus dem Nichts. Der Schreck war größer als der Schmerz. Es war das erste Mal, dass sie von einem Mann geschlagen worden war.

„Feigling“, zischte Margarete Kofler.

„Wir wissen, dass Sie sich mit Vincent Dost getroffen haben“, erklärte der Mann. „Wir wissen auch, dass Sie sich mit ihm auf Ihrer Terrasse unterhalten haben. Aller Wahrscheinlichkeit nach über Redemptio. Was haben Sie ihm gesagt?“

„Das, was ich weiß. Aber er hat mir nicht geglaubt.“

„Sie lügen schon wieder, Frau Kofler. Ich mag es nicht sonderlich, anderen Menschen Schmerzen zuzufügen. Aber Sie lassen mir keine andere Wahl.“

Er griff blitzschnell zu, schnappte sich ihre linke Hand und brach ihr den kleinen Finger.

Margarete Kofler schrie. Ihre Blase entleerte sich und die Scham, die sie empfand, trieb ihr die Röte ins Gesicht.

„Was weiß Dost?“

„Alles“, wimmerte sie.

„Wer weiß noch davon? Wir wissen, dass es noch eine dritte Person gibt. Wer ist das?“

„Ich weiß nicht, wovon Sie sprechen“, schluchzte sie und zuckte zusammen, noch bevor er erneut zupackte und den nächsten Finger brach, als handelte es sich um einen Bleistift. Margarete Kofler hatte keine Kraft mehr zu schreien. Sie weinte stumm. Ihr Herz schlug doppelt so schnell wie normal. Das war zu viel für das Organ. Es setzte aus. Einfach so. Ihr Blick spiegelte keinen Schmerz wider. Nur grenzenlose Überraschung.

Dann starb sie.

„Verdammt“, rief der Mann.

„Dost kommt“, rief einer seiner Kollegen, die den Eingang bewachten.

„Auf Position. Denkt dran, wir brauchen ihn lebend.“

Es klingelte.

KAPITEL 28

Hannover

Es waren nur zwei Dinge, die bei Vincent Dost Großalarm auslösten. An einem Fenster im ersten Stock sah er eine winzige Bewegung. Die dauerte nur Bruchteile von Sekunden, aber seinen geschulten Augen war sie nicht entgangen. Das genügte, um seine sensiblen Instinkte zu aktivieren. Das zweite, was ihm auffiel, war die Tatsache, dass Margarete Kofler ihn nicht an der Haustür erwartete. Das war äußerst ungewöhnlich. Und in Verbund mit seiner ersten Beobachtung wusste Dost, dass hier etwas ganz und gar nicht stimmte.

Dost zog seine Waffe und betrat vorsichtig den Hausflur. Er machte sich keine Illusionen; Margarete Kofler war höchstwahrscheinlich tot. Und die, die dafür verantwortlich waren, warteten im Haus und würden auch ihn töten. Dementsprechend fiel seine Reaktion aus, als der erste Mann zu sehen war.

„Herr Dost, mein Name ist …“

Dost schoss ihm eine Kugel in den Kopf.

Ein zweiter Mann kam aus dem Wohnzimmer und eröffnete das Feuer auf ihn. Eine Kugel riss ein Loch in seine Jacke und streifte seinen Arm. Ihm schoss er zwei Kugeln in die Brust. Die Bewegung, die er ausgemacht hatte, war von oben gekommen. Seine Gedanken rasten. Wahrscheinlich handelte es sich um ein Vierer-Team. Zwei hatten sich um Margarete Kofler gekümmert. Die anderen beiden hatten den Eingang beobachtet und auf ihn gewartet.

Die Treppe nach oben zu nehmen, käme einem Selbstmord gleich und war keine Option. Geduckt, die Waffe im Anschlag, schlich er vorsichtig in Richtung Wohnzimmer.

Vor der offenen Tür verharrte er, ging in die Hocke und warf sich schließlich in das Zimmer.

Stille. Das Wohnzimmer war leer. Bis auf die Leiche von Margarete Kofler. Er erkannte, dass sie ihr die Finger gebrochen hatten, und eine unbändige Wut stieg in ihm hoch.

Von oben war noch immer nichts zu hören.

Dost traf die einzig richtige Entscheidung. Er floh durch den Garten.

KAPITEL 29

Berlin

Rückschläge gehörten zum Geschäft. Aber dieser schmerzte. Nicht unbedingt, weil sie zwei Männer verloren hatten. Vielmehr deshalb, weil sie die gewünschten Informationen nicht erhalten hatten. Ludger Bräuer und der Leiter der Sonderabteilung, Erik Trautwein, saßen im Büro Bräuers und sprachen über die fehlgeschlagene Operation.

„Wie konnte das passieren?", wollte Bräuer wissen.

„Da Redemptio alle Überwachungskameras deaktiviert hatte, konnten meine Männer nicht sehen, dass Dost seine Waffe schon gezogen hatte, als er das Haus betrat. Er war also vor Anfang an auf ein Gefecht eingestellt und bereit, sofort das Feuer zu eröffnen. Und genau das hat er getan."

Bräuer ließ die Worte Trautweins auf sich wirken. „Wie konnte Dost wissen, dass das eine Falle war?"

Trautwein zuckte mit den Achseln. „Ich kann es nicht mit Bestimmtheit sagen. Vielleicht hatten er und die Kofler irgendein Zeichen verabredet, ohne dass wir das mitbekommen haben. Und als das ausblieb, wusste er, dass Gefahr drohte. Möglicherweise hat er aber auch etwas gesehen, was ihm nicht gefallen hat. Ich meine, immerhin ist er in der Sicherungsgruppe des BKA. Da kommt man nicht hin, wenn man total verblödet ist."

„Wir haben Dost also unterschätzt", stellte Bräuer fest.

„Ja."

„Das ist große Scheiße. Zumal wir nicht erfahren haben, wer diese dritte Person ist, die weiß, dass der tödliche Schuss auf Kofler keine Notwehr war. Und wahrscheinlich auch von Redemptio weiß."

„Wenn es diese dritte Person überhaupt gibt. Das ist doch reine Spekulation", gab Trautwein zu bedenken. „Das Gerede einer alten Frau."

„In unserer Situation sollten wir immer vom schlimmsten Fall ausgehen", widersprach Bräuer seinem Mitarbeiter. „Und der lautet, dass es diese Person gibt."

„Wenn das so ist, dann tippe ich auf Anabel Plate. Die hatte doch mit der alten Kofler zu tun", sagte Trautwein.

„Und wenn du dich irrst? Was, wenn wir uns auf Plate fokussieren, und in Wahrheit ist es jemand ganz anderes? Dann haben wir Ressourcen verschwendet und laufen möglicherweise ins offene Messer."

„Das Risiko würde ich eingehen", meinte Trautwein.

„Was schlägst du vor?"

„Ihr ehemaliger Vorgesetzter, dieser Blessing, ist jetzt bei der PEG. Also braucht Plate einen neuen Partner. Wie wäre es, wenn wir dafür sorgen, dass es der richtige Mann ist? Jemand, der sie für uns im Auge behält?"

Bräuer dachte kurz darüber nach. „Gute Idee", sagte er schließlich. „So machen wir das."

„Was unternehmen wir wegen Dost?"

„Wir bleiben beim ursprünglichen Plan. Das Haus von Kofler wird gerade präpariert und zu einem Tatort gemacht. Wir werden den Mord an Margarete Kofler ihm unterschieben. Das Motiv ist auch klar. Er wird europaweit zur Fahndung ausgeschrieben. Es ist nur eine Frage der Zeit, bis wir ihn haben."

„Okay."

„Noch was anderes", sagte Bräuer. „Blessing war bei unserem Psycho zum Eingangsgespräch."

„Und?"

„Eindeutiges Urteil. Für die Sonderabteilung wäre er geeignet."

KAPITEL 30

Hannover

Am späten Nachmittag wurden sie alle zusammengerufen. Blessing folgte den anderen in einen großen Besprechungsraum. Am nördlichen Kopfende des Raumes war eine Leinwand ausgefahren. Daneben stand ein Mann, der ernst dreinblickte. Jemand neben ihm raunte seinem Nachbarn zu, dass es sich bei dem Mann um den Chef der PEG, Ludger Bräuer, handelte. Als alle anwesend waren, ergriff Bräuer das Wort:

„Wir haben heute zwei Kameraden verloren. Thomas Ahrens, zweiunddreißig Jahre alt, verheiratet, ein Kind. Andreas Ludwig, sechsunddreißig, verheiratet, zwei Kinder."

Auf der Leinwand erschien das Foto eines Mannes. Als Blessing das Gesicht sah, zuckte er unmerklich zusammen.

„Das ist der Mann, der unsere Kollegen erschossen hat. Sein Name ist Vincent Dost. Dost ist Personenschützer beim BKA. Sein letzter Schutzbefohlener war der verstorbene Politiker Kofler. Dost hat, bevor er unsere Männer erschoss, dessen Frau Margarete erst gefoltert, und dann ebenfalls umgebracht. Ein internationaler Haftbefehl läuft. Unsere Gedanken sind bei den Hinterbliebenen unserer getöteten Kameraden."

Blessing fiel es schwer zu glauben, was er da gehört hatte. Warum sollte Dost Margarete Kofler umbringen? Das ergab überhaupt keinen Sinn. Er erinnerte sich an den Bericht von Anabel, in dem sie ihr erstes Gespräch mit Margarete Kofler wiedergab. Da hatte sie nach dem Verhältnis zwischen Dost und Kofler gefragt.

Margarete Kofler hatte geantwortet, dass ihr verstorbener Mann und Vincent Dost sogar befreundet waren. Warum sollte er jetzt Frau Kofler foltern und töten? Nach dem Vortrag von Bräuer ging Blessing zu seinem Schreibtisch, loggte sich ins Intranet der Kripo ein und suchte nach Vincent Dost.

Er fand den Haftbefehl und eine ausführlichere Begründung für die Fahndung. In dem Bericht stand, dass Dost aller Wahrscheinlichkeit jener Einbrecher gewesen war, der kurz bevor Kofler erschossen worden war, flüchten konnte. Blessing wusste, dass es diesen Einbrecher überhaupt nicht gab. Es fiel ihm schwer, die einzelnen Puzzleteile zu einem stimmigen Bild zusammenzufügen. Zu vieles war unklar. Ihm fehlten schlicht wichtige Informationen. Aber er wusste, wer ein wenig Licht ins Dunkle bringen könnte: Anabel Plate.

Er wollte sie gerade auf ihrem Handy anrufen, als Bräuer plötzlich vor ihm stand.

Blessing legte das Handy wieder auf die Tischplatte.

„Störe ich?", wollte Bräuer wissen.

„Nein, alles gut."

„Okay", sagte Bräuer und setzte sich auf den Besucherstuhl vor Blessings Schreibtisch. „Sie kennen diesen Dost, oder?"

„Kennen wäre zu viel gesagt. Ich bin ihm einmal begegnet. Im Haus des verstorbenen Kofler."

„Verstehe. Haben Sie mit ihm gesprochen?"

„Nein, das hat damals meine Kollegin gemacht. Dost galt nie als Verdächtiger."

„Was meinen Sie, könnte Ihre Kollegin Informationen über Dost haben, die uns weiterhelfen würden?"

Blessing wies mit dem Kinn auf sein Handy. „Genau deshalb wollte ich sie gerade anrufen."

Bräuer schüttelte den Kopf. „Machen Sie das persönlich. Fahren Sie zu ihr und versuchen Sie, etwas herauszufinden."

Mit diesen Worten stand er auf und verschwand. Verdutzt blieb Blessing noch einen Moment sitzen. Dann stand er auf, griff sich den Autoschlüssel und machte sich auf den Weg.

✚

Er und Anabel trafen sich in einem Café unweit vom Präsidium.

„Findest du nicht, es wäre angebracht gewesen, mir zumindest Bescheid zu sagen, dass du vorhast, uns zu verlassen?", wollte Anabel von Blessing wissen, während sie ihren Cappuccino umrührte.

„Dass ich eigentlich zum BKA wollte, wusstest du", antwortete Blessing. „Die von der PEG sind auf mich zugekommen und haben mich gefragt, ob ich mir einen Wechsel vorstellen kann. Dass es dann so schnell geht, wusste ich selbst nicht."

„Zu schnell für einen kurzen Anruf?"

„Es tut mir leid, okay? Ich kann es jetzt nicht mehr ändern." Er betrachtete sie mit prüfendem Blick. „Sag mal, sind das da an deinem Hals Würgemale?"

Anabel machte nicht den Fehler, die Stellen hastig zu verdecken.

Stattdessen zuckte sie gleichmütig mit den Schultern. „Ging beim Training heiß her."

„Aha", sagte Blessing.

„Und, was willst du jetzt von mir?", wollte Anabel wissen.

„Vincent Dost. Hast du Infos über ihn, die uns helfen könnten?"

Anabel schüttelte den Kopf. „Du bist also nur hier, um Informationen zu bekommen? Ich finde das ganz schön beschissen von dir."

„Nun mach aber mal halblang, Anabel. Ein klein wenig mehr Professionalität würde dir echt guttun."

Anabel konnte nicht fassen, was Blessing da von sich gab. Arrogant war er schon immer gewesen, aber Anabel konnte das aushalten, da er ansonsten ein guter und zuverlässiger Kollege war. Aber er schien sich gerade auf einem ungesunden Höhenflug zu befinden.

„Sag mal, geht's noch? Jetzt wirfst du mir auch noch vor, ich wäre unprofessionell?"

„Ist doch wahr. Du machst mir hier eine Szene, als wären wir ein altes Ehepaar."

Anabel stand ruckartig auf. „Weißt du was? Leck mich am Arsch."

Ohne auf eine Reaktion zu warten, verließ Anabel das Café.

Als sie in ihrem Auto saß, las sie zum wiederholten Male die Kurznachricht, die sie vor ein paar Stunden erhalten hatte.

Frau Plate,

ich habe Frau Kofler nicht umgebracht. Das waren die. Sie waren zu viert. Zwei habe ich getötet. Dann bin ich abgehauen. Ich werde in den Untergrund gehen. Nehmen Sie einen Henry Lasker ins Visier. Er hat was damit zu tun. Ich besorge mir Prepaid-Handys. Tun Sie das auch. Für eine erste Kontaktaufnahme rufen Sie 01525/33987006 an. Ich melde mich dann bei Ihnen. Vincent Dost

ZWEITER TEIL

KAPITEL 31

Harz, drei Wochen später

Vincent Dost hatte eine sichere Unterkunft gefunden. Nicht sehr komfortabel, kein schnelles Internet, aber dafür war die Gefahr, dass ihn jemand hier entdeckte, gleich null. Die Wahrscheinlichkeit, dass ihn hier irgendwer suchte, ebenfalls. Er lebte seit fast drei Wochen in einer verlassenen Blockhütte mitten im Harz. Hier hatte ein alter Bekannter von ihm bis vor kurzem etwas zwanzig Huskys gehalten und Schlittenhundfahrten angeboten. Er war vor ein paar Tagen für einen mehrmonatigen Aufenthalt nach Kanada aufgebrochen und Dost hatte ihm versprochen, sich um das Anwesen zu kümmern. Die Hunde hatte sein Bekannter zum Glück mitgenommen. Es gab hier fließendes Wasser und Strom. Im Wohnzimmer stand sogar ein Fernseher, der bei gutem Wetter über die Satellitenschüssel sechs Sender empfangen konnte. Daher wusste er, dass sie ihm den Mord an Margarete Kofler angehängt hatten. Der war in allen Nachrichten Thema Nummer eins gewesen.

Sein Diensthandy hatte er in Hannover auf das Dach eines vorbeifahrenden LKW geworfen. Hoffentlich war es dort liegengeblieben. Und hoffentlich war der LKW auf dem Weg nach Polen oder Rumänien. Sein Vorrat an Lebensmitteln würde mindestens zwei Monate reichen. Drei, wenn er sparsam war. Schnee lag keiner mehr, aber nachts wurde es hier immer noch empfindlich kalt. Aber er war am Leben und vorerst in Sicherheit.

Mehr konnte er im Moment nicht verlangen.

Wenn er mit der Außenwelt Kontakt aufnehmen wollte, musste er einen beschwerlichen zehn Kilometer-Marsch gen Osten wagen. Dort lag Osterode.

Hier konnte er sich mit seinem neuen Tablet über den TOR-Browser anonym ins Internet einloggen. Dost hatte für sich und Anabel Plate jeweils ein E-Mail-Konto unter vollkommen irrsinnigen Phantasienamen eröffnet.

Seine Adresse lautete harry_potter77@hotmail.com.

Die von Anabel hieß witwe_bolte33@hotmail.com.

Er ging aber noch einen Schritt weiter. Zwar war die Wahrscheinlichkeit, einen von ihnen mit dieser bescheuerten Adresse in Verbindung zu bringen, recht gering. Dennoch reduzierte er das Risiko nochmals, indem er vorgeschlagen hatte, die Nachrichten, die der jeweils andere erhalten sollte, nicht zu versenden, sondern als Entwurf abzuspeichern. Da beide die Zugangsdaten des anderen hatten, konnten sie sich in die Accounts einloggen, und die Nachrichten lesen. So hatte es auch die Al-Qaida getan.

Sehr erfolgreich, zum Leidwesen von NSA und CIA.

Dost und Anabel hatten erst ein einziges Mal Kontakt gehabt, seit er untertauchen musste. Mit einem Prepaid-Handy hatte sie die Nummer angerufen, die er ihr in seiner Nachricht hinterlassen hatte. Er hatte sie daraufhin zurückgerufen. Bei diesem Gespräch hatte Vincent ihr von seiner Idee erzählt, wie sie Nachrichten austauschen konnten, ohne dass man ihnen auf die Spur kommen konnte. In einer der ersten Nachrichten hatte Anabel ihn aufgefordert, über einen abhörsicheren Chat-Room in Internet Kontakt zu Sebastian Krüger aufzunehmen.

Krüger hatte Vincent zugesagt, ihm eine neue Identität inklusive eines falschen Ausweises zu besorgen. Dieser Ausweis würde einer intensiven Kontrolle nicht standhalten, daher musste Dost Ausflüge auf ein Mindestmaß beschränken. Natürlich würde Vincent auch sein Äußeres entsprechend anpassen, aber das wäre nur ein geringer Preis, um sich nicht länger tatenlos verstecken zu müssen. Aber es dauerte seine Zeit. Und die hatten sie nicht.

Anabel war es bislang noch nicht möglich gewesen, Henry Lasker einen Besuch abzustatten, da sie einige neue Fälle bearbeiten musste und trotz ihres Kniefalls immer noch befürchtete, unter Beobachtung zu stehen. Und die Aufgabe, mit Lasker Kontakt aufzunehmen, konnte sie unmöglich delegieren. Dost hatte sich am heutigen Tag wieder in Richtung Osterode aufgemacht, um mit Krüger zu chatten.

Als er das kleine Industriegebiet im Südosten der Stadt erreichte, suchte er sich eine ruhige Ecke und loggte sich ein. Da er den TOR-Browser nutzte, dauerte es quälend lange, bis eine Verbindung zustande kam.

Die Bildqualität war miserabel, aber Dost legte keinen großen Wert darauf, Krüger zu sehen. Er wollte ihn hören. Er erfuhr, dass es etwa eine Woche dauern würde, dann bekäme er seinen neuen Ausweis. Das Foto dafür hatte Krüger schon. Dost trug jetzt einen Vollbart und sein halblanges dunkles Haar war strohblond und kurz.

Auf den ersten Blick würde man ihn nicht erkennen.

Krüger hatte aber einen weiteren Trumpf im Ärmel. „Ich habe elektronische Karten sämtlicher Städte Deutschlands, die über zweihunderttausend Einwohner haben. Darin sind alle, und ich meine wirklich alle Überwachungskameras aufgeführt."

„Okay …"

„Sag du mir, wo du hinwillst, und ich stelle dir eine Route zusammen, in denen es entweder gar keine, oder aber nur sehr wenige dieser Scheißdinger gibt. Krasse Sache, oder?"

KAPITEL 32

Berlin

Die Yacht mit Namen Redemptio zog wieder ihre Kreise. Das tat sie seit nunmehr fünfzehn Monaten vierundzwanzig Stunden täglich. Tag für Tag.

Sie analysierte, wägte ab und zog weiter.

Die enorme Menge an Daten wurde gespeichert, damit mögliche Verbindungen ständig überprüft werden konnten. Unter vielen anderen Dingen, die das Programm überwachte, gehörte auch ein Telefongespräch, dass mitgehört und aufgezeichnet wurde. Der Angerufene war Ansgar Engelbrecht, ein Journalist aus Hamburg. Redemptio hatte umfassendes Informationsmaterial über ihn, da er als Feind eingestuft worden war. Der Anrufer hingegen war vom Programm nicht zu identifizieren. Das war in Anbetracht der technischen Möglichkeiten von Redemptio mehr als ungewöhnlich.

Eigentlich war es unmöglich.

Aber der Anrufer hatte nicht nur seine Stimme mittels elektronischer Störfilter verzerrt. Er nutzte darüber hinaus die Internettelefonie über das Dark Net. Sein Standort war durch Redemptio nicht ausfindig zu machen. Dabei wäre das wichtig gewesen, denn in dem Gespräch ging es eindeutig um das Programm. Und der unbekannte Anrufer verfügte über ein erstaunliches Wissen.

Kenntnisse, die nur ein Insider haben konnte.

Redemptio löste Alarm aus.

Und hörte weiter zu.

Redemptio war kein normales Programm. Es verfügte über die Fähigkeit zu lernen. Sich weiterzuentwickeln. Herkömmliche künstliche Intelligenzen waren im Grunde Fachidioten.

Sie konnten nur eine einzige Sache.

Sei es Schachspielen, das Lösen von Rätseln, oder das Entschlüsseln uralter Schriften. Das beherrschte die „schwache" KI perfekt und unfassbar schnell. Aber alles, was darüber hinausging, war für sie ein Ding der Unmöglichkeit. Ein Schachcomputer wäre niemals in der Lage zu pokern. Dafür war er einfach nicht programmiert.

Bei Redemptio war das anders. Ihre Entwickler hatten Redemptio alle erforderlichen Bestandteile gegeben, um sich zu einer sogenannten "starken" Künstlichen Intelligenz zu entwickeln. Das bedeutete nichts anders, als das Redemptio eines Tages dazu in der Lage sein sollte, alles, wirklich alles, besser und schneller machen zu können, als der Mensch.

Den Entwicklern war bewusst gewesen, dass, wenn die Existenz von Redemptio eines Tages aufgedeckt werden würde, jemand versuchen würde, entweder die Kontrolle über dieses Programm zu übernehmen, oder aber es zu zerstören. Da die Reaktionszeit des Menschen verglichen mit der von Redemptio quasi nicht existent war – immerhin traf das Programm Entscheidungen in Lichtgeschwindigkeit – war es nur sinnvoll gewesen, einen Selbstschutz-Mechanismus zu programmieren. Durch diesen Mechanismus war Redemptio in der Lage, Gefahren für sich selbst zu erkennen. Und das Programm war fähig dazu, Maßnahmen einzuleiten, um diese Gefahren abzuwenden. Die schwächste Methode war es, einen Alarm auszulösen, damit andere sich des Problems annehmen konnten.

Nachdem Redemptio das Telefongespräch zwischen dem Journalisten und seinem unbekannten Gesprächspartner analysiert hatte, war klar, dass das Wissen des Journalisten eine Gefahr für Redemptio darstellte. Daher löste es Alarm aus.

Als zwei Stunden nach dem Auslösen noch immer nichts geschehen war, traf Redemptio eine Entscheidung. Das Programm beschloss, selbst aktiv zu werden. Es ließ im Hintergrund das abgehörte Gespräch immer wieder laufen, um eventuelle Nebengeräusche herauszufiltern. So versuchte es, den Aufenthaltsort des unbekannten Anrufers herauszufinden. Gleichzeitig rief es sämtliche verfügbaren Informationen über den Journalisten auf und entwickelte einen Plan, diesen unschädlich zu machen. Als das Gespräch nach zehn Minuten beendet wurde, wusste Redemptio, was das nächste Ziel des Reporters war.

Hannover.

Ausgangspunkt seiner Fahrt war Hamburg. Während Redemptio über alle verfügbaren Kameras die Bewegungen des Journalisten beobachtete, analysierte es sämtliche mögliche Routen von Hamburg nach Hannover. Da ein Flug nicht in Frage kam, blieben nur Bahn oder Auto. Schnell stellte sich heraus, dass Engelbrecht seinen Wagen nehmen würde. Redemptio drang in die Zulassungsstelle ein, die für Engelbrecht zuständig war und erfuhr, was für ein Fahrzeug auf seinen Namen zugelassen war. Das Programm wusste sofort, dass es einen alternativen Plan entwickeln musste. Das Fahrzeug, dass der Journalist fuhr, war ein alter VW Käfer ohne Bordelektronik. Daher hatte Redemptio keine Möglichkeit, sich in den Wagen zu hacken, um ihn zu manipulieren. Nach wenigen Millisekunden hatte Redemptio einen alternativen Plan erstellt.

KAPITEL 33

A7

Ansgar Engelbrecht vibrierte vor Aufregung. Der Anruf vor einer Stunde im Büro kam für ihn vollkommen unerwartet und was ihm der Anrufer berichtete, war reiner Sprengstoff und würde seiner stagnierenden Karriere einen gehörigen Schub verleihen. Festangestellte und gut bezahlte Journalisten wie er wurden immer seltener. Das lag vor allem daran, dass die Auflagen Jahr für Jahr sanken, und in Folge dessen die Einnahmen durch lukrative Anzeigen stetig weniger wurden. Die Verlage mussten sparen und am einfachsten erreichte man das, indem die hochdotierten Verträge der altgedienten Reporter gekündigt wurden. Freiberufliche Journalisten wurden für bestimmte Aufgaben verpflichtet und wenn man Glück hatte, blieb es nicht bei einem Auftrag. Schöne neue Welt.

Sollte aber das, was der Anrufer ihm erzählt hatte, stimmen, dann war er einer Story auf der Spur, die ihn für die nächsten Jahre Sicherheit bescheren würde. Wer weiß, vielleicht würde er sogar ein Buch darüber schreiben …

Unruhig trommelte Engelbrecht mit den Fingern auf dem Lenkrad herum. Vor ihm blinkten die ersten Bremslichter auf und er wusste, was das bedeutete. Die ewige Baustelle auf der A7 rückte näher. Noch wurde im Radio nichts über einen Stau erwähnt, aber ihm war klar, dass das nichts zu sagen hatte. Er nahm den Fuß vom Gas und hoffte, dass er nicht zu viel Zeit verlieren würde.

Drei Namen hatte er auf seiner Liste. Drei Personen, mit denen er unbedingt sprechen müsste. Anabel Plate in Hannover würde er als Erstes besuchen. Vor allem deshalb, weil er an sie am leichtesten herankommen würde. Vincent Dost war der zweite Kandidat. Aber der war verschwunden. Der Anrufer hatte behauptet, dass Dost zu Unrecht beschuldigt wurde, Margarete Kofler getötet zu haben.

Die versuchen ihn kaltzustellen, hatte der Anrufer behauptet.

Der letzte Name auf seiner Liste war der von Henry Lasker. Kein Unbekannter für Engelbrecht. An ihn würde er erst herantreten, wenn er Beweise in Händen hielt. Ansonsten würde Lasker ihn ungespitzt in den Boden rammen. Engelbrecht erreichte die Baustelle. Einen Stau gab es nicht, aber ab jetzt betrug die zulässige Höchstgeschwindigkeit sechzig Stundenkilometer.

✦

Susanne Weigel fuhr mit ihrem neuen dreier BMW auf der A7 in Richtung Hamburg. Sie hatte dort einen Präsentationstermin. Weigel arbeitete für eine kleine Werbeagentur aus Hannover und für ihre Agentur wäre ein Auftrag in Hamburg eine große Chance. Sie hörte laut Musik. Immerhin verfügte ihre Soundanlage über acht Lautsprecher und eine Menge Watt. Das große Display ihres Bordcomputers versprach ihr, dass es bis vor die Tore Hamburgs keinen Stau gab. Als sie die Baustelle erreichte, wechselte sie auf den rechten Fahrstreifen und verringerte ihre Geschwindigkeit ordnungsgemäß auf die erlaubten sechzig Stundenkilometer. Die beiden Fahrspuren Richtung Norden wurden von einer halbhohen Leitschwelle von den Gegenfahrbahnen getrennt. Plötzlich, ohne erkennbaren Grund, beschleunigte ihr Auto, brach aus und schoss auf die linke Fahrspur. Susanne Weigel wusste nicht, was los war und wollte bremsen. Nichts passierte. Ihre Bremsen funktionierten nicht. Panisch riss sie das Steuer nach rechts.

Erleichtert stellte sie fest, dass das Fahrzeug reagierte und wieder auf die rechte Spur wechselte. Sie warf einen Blick in den Rückspiegel und sah einen großen LKW, der hinter ihr ebenfalls auf dem rechten Fahrstreifen fuhr. Dann, wie aus dem Nichts, machte ihr BMW eine Vollbremsung und blieb stehen.

✚

Marek Svoboda liebte seinen Job als LKW-Fahrer. Heute war er wieder einmal auf der A7 in Richtung Hamburg unterwegs. Eine Strecke, die er regelmäßig fuhr. Daher kannte er die kommende Baustelle in- und auswendig. Vor ihm fuhr eine größere Limousine. Wahrscheinlich ein BMW. Die linke Spur war frei. Der Gegenverkehr war jetzt um diese Uhrzeit, es war mittags, auch nicht sehr stark.

Dann geschah es.

Der BMW vor ihm geriet plötzlich ins Schlingern und bremste stark ab. Marek erschrak und trat ebenfalls auf die Bremse. Nichts geschah. Er wurde nicht langsamer. Jetzt blieb der BMW einfach stehen. Marek konnte es nicht fassen, schaltete zwei Gänge runter und versuchte auf diese Weise, die Geschwindigkeit zu reduzieren. Aber es geschah das Gegenteil; er wurde schneller. Was war hier los? Das konnte doch gar nicht sein …

Plötzlich, ohne dass er irgendetwas getan hatte, wechselte sein LKW auf die linke Spur. Marek erkannte, dass er keine Kontrolle mehr über das dreißig Tonnen schwere Fahrzeug hatte. Mittlerweile fuhr er auf dem linken Fahrstreifen über neunzig Stundenkilometer schnell und er wurde immer schneller. Verblüfft stellte er fest, dass der BMW wieder Fahrt aufgenommen hatte, auf der rechten Spur neben ihm fuhr und ihn somit daran hinderte, wieder auf den rechten Fahrstreifen zu wechseln. Was dann geschah, nahm Marek wie in Zeitlupe wahr: Urplötzlich wurde das Lenkrad wie von einer unsichtbaren Kraft nach links gerissen. Vor ihm, auf der Gegenfahrbahn, kam ein alter VW Käfer immer näher.

✚

Engelbrecht aktivierte seinen Warnblinker und wurde langsamer. Er warf einen Blick in den Rückspiegel, vergewisserte sich, dass kein Fahrzeug in seinem toten Winkel war und fuhr auf den rechten Fahrstreifen, um den defekten Wagen zu überholen. Engelbrecht wollte gerade wieder auf die linke Spur wechseln, als vor ihm ein gigantisches Monster aus Metall und Kunststoff durch die Fahrbahnbegrenzung brach und auf ihn zuschoss. Das letzte, was er dachte, bevor er und sein Käfer von dreißig Tonnen Gewicht zermalmt wurde, war:

Scheiße …

✚

Gleich nachdem der Plan von Redemptio erfolgreich abgeschlossen war, löschte das Programm alle Protokolle, sodass niemand Redemptio mit dem Unfall in Verbindung bringen konnte. Nun galt es nur noch, eine Begründung für den zuvor ausgelösten Alarm zu etablieren. Als auch das erledigt war, zog die Yacht wieder ihre Kreise, als wäre nichts geschehen. Als hätte sich nicht geändert.

Das traf jedoch nicht zu. Es hatte sich etwas Grundlegendes geändert.

Redemptio war ein auf optimale Effizienz ausgerichtetes Programm.

Und es hatte eine Lektion gelernt.

Um wahrhaft effizient zu sein, war es logisch und folgerichtig, den Menschen aus der Entscheidungskette zu eliminieren.

KAPITEL 34

Berlin

Henry Lasker beendete die Telefonkonferenz mit vier seiner international tätigen Akquisespezialisten und drückte sofort auf Wahlwiederholung. Der Rufton ertönte dreimal, dann sprang die Mailbox an. Wie schon gestern und vorgestern. Die Innenministerin wollte ganz offensichtlich nicht mit ihm reden. Lasker runzelte verärgert die Stirn. Hier lief etwas komplett aus dem Ruder. Als die Wohnung der drei Entwickler in Flammen aufging und das Gebäude in sich zusammengefallen war, dachte er zunächst noch an einen tragischen Unfall. Obwohl der Zeitpunkt des Unglücks schon auffällig gewesen war. Unmittelbar nach Abschluss ihres Geschäftes mit dem Innenministerium. Lasker hatte nicht eine Sekunde daran gedacht, es könnte sich um vorsätzlichen Mord handeln.

Doch dann wurde dieser Politiker Kofler erschossen.

Zuvor hatte die Innenministerin ihm im Vertrauen von dem Ultimatum erzählt, dass Kofler ihr gestellt hatte. Obwohl sie das getan hatte, keimte in ihm das erste Mal der Verdacht auf, die Innenministerin könnte dabei sein, alle Menschen, die ihr gefährlich werden könnten, aus dem Verkehr zu ziehen. Die drei Entwickler wussten zu viel.

Kofler war misstrauisch geworden.

Kurze Zeit nach der Ermordung von Kofler wurde dessen Ehefrau tot aufgefunden. Angeblich war sie vom ehemaligen Chef der

Personenschutzgruppe umgebracht worden. Aber wo war das Motiv für diese Tat? Und jetzt war auch noch der Journalist Ansgar Engelbrecht bei einem Verkehrsunfall ums Leben gekommen.

Das alleine wäre vielleicht nicht ausreichend gewesen, hellhörig zu werden. Autounfälle passierten jeden Tag. Es war das, was zwei am Unfall Beteiligte berichtet hatten, das ihn zutiefst beunruhigte.

Ein besonders kreativer Reporter hatte sich in das Krankenhaus geschlichen, in dem der verletzte LKW-Fahrer lag. Der hatte ihm erzählt, dass sein Fahrzeug nicht mehr unter Kontrolle zu bringen gewesen war. *Der LKW hat ein Eigenleben entwickelt,* hatte der Fahrer erzählt. *Als wäre er ferngesteuert gewesen.* Daraufhin hatte der Reporter die Fahrerin einer BMW-Limousine befragt, die ebenfalls am Unfall beteiligt war. Er hatte gegen ein kleines Trinkgeld ihren Namen von einem Polizisten erfahren. Auch sie berichtete, dass ihr Wagen plötzlich ein Eigenleben entwickelt hatte. Der Wagen war urplötzlich ausgebrochen, obwohl sie keine ruckartigen Lenkbewegungen gemacht hatte. Hatte gebremst, ohne dass sie auf das Pedal getreten hatte. Dann hatte der Wagen wieder beschleunigt, obwohl sie kein Gas gegeben hatte. Lasker stellte sehr vorsichtig Nachforschungen an und erfuhr, dass der Journalist einen uralten VW Käfer gefahren hatte. Ein Fahrzeug ohne Bordcomputer.

Lasker zählte eins und eins zusammen und kam zum Ergebnis, dass es kein Unfall gewesen war. Vielmehr war es ein Anschlag auf das Leben des Journalisten gewesen. Der arbeitete überaus hartnäckig an einer Story, die ganz klar die Innenministerin und deren Polizeireform ins Visier nahm. Hatte die Innenministerin etwa den Verstand verloren? Henry Lasker hatte in der Vergangenheit schon häufig bewiesen, dass er über eine gewisse moralische Flexibilität verfügte. Hier mal ein Beamter, der bestochen worden war, da mal ein illegaler Hack, der ihm einen Wettbewerbsvorteil verschaffte.

Aber Mord? So weit wäre er nie gegangen. Niemals.

Und jetzt befürchtete er, dass Sybille Schneider genau diese Grenze überschritten hatte. Mehr als einmal. Unglaublich. Wenn seine Befürchtung stimmte, dann hatte er diese Frau komplett falsch eingeschätzt. Niemals hätte Lasker es für möglich gehalten, dass sie zu so etwas imstande wäre. Plötzlich erstarrte er. Ihm wurde klar, dass auch er zu denen gehörte, die sehr viel wussten. Auch er könnte mit seinem Wissen der Innenministerin gefährlich werden. Mehr als gefährlich. Er könnte sie ins Gefängnis bringen.

Lasker war sich inzwischen sicher, dass die Innenministerin doch nicht die abgespeckte, sondern die ursprüngliche Version von Redemptio scharf geschaltet hatte. Wahrscheinlich hatte Essling ihr das eingeredet. Und nun war er neben Schneider und Essling der einzige, der wusste, wozu Redemptio tatsächlich in der Lage war. Wie gefährlich das Programm war, wenn es in die falschen Hände geraten sollte. Und das war offenbar schon geschehen. Seit nunmehr drei Tagen war Sybille Schneider für ihn nicht mehr zu erreichen. War er der nächste auf der Liste der Ministerin? Und wenn ja, was konnte er dagegen tun? Lasker spürte, wie sich seine innere Anspannung löste. Jetzt, da ihm bewusst war, welchen Ursprung seine seit Tagen andauernde Unruhe hatte, konnte er sich auf eine Lösung des Problems konzentrieren.

Er ging Schritt für Schritt vor.

Hätte er jemals gedacht, dass seine ehemalige Geliebte, Sybille Schneider, über Leichen ging? Nein. Eindeutig nicht. War er sicher, dass sowohl der Hausbrand als auch der Verkehrsunfall absichtlich herbeigeführt worden waren? Ja. Ohne Zweifel. War er sicher, dass Kofler eine Gefahr für Schneider dargestellt hatte und aus diesem Grund ausgeschaltet worden war?

Hier lautete die Antwort ebenfalls ja.

Schneider hatte also in den letzten Wochen eindrucksvoll bewiesen, dass sie durchaus bereit war, jeden auszuschalten, der ihr gefährlich werden könnte. Die letzte und entscheidende Frage lautete also: War die Freundschaft zwischen Lasker und Schneider gut genug, um sicher sein zu können, dass nicht auch er, Lasker, auf der Abschussliste Schneiders stand? Alleine schon die Tatsache, dass Lasker über die Antwort nachdenken musste, machte ihm klar, dass er alles andere als sicher war. Es wäre schon fast selbstmörderisch, nicht vom schlimmsten Fall auszugehen und entsprechende Vorkehrungen zu treffen. So viel war Lasker klar. Sollte er sich irren, könnte er immer noch um Verzeihung bitten.

Er drückte auf die Taste, die ihn direkt mit seiner Chefsekretärin verband.

„Nicole, sagen Sie bitte alle Termine in den nächsten drei Wochen ab. Und rufen Sie den Piloten an. Ich brauche ihn in zwei Stunden am Flughafen. Er soll den Jet bereit machen."

KAPITEL 35

Berlin

Vincent Dost hatte endlich seine neuen Ausweispapiere erhalten. Er hieß nun Patrick Ebel. Jetzt konnte er sich auf den Weg nach Berlin machen. Es wurde Zeit, dass dieser Henry Lasker ihm einige Fragen beantwortete. Seit fast drei Stunden beobachtete Dost vom Fahrersitz seines Wagens aus Laskers Firmenzentrale. Rechts von ihm befand sich der Haupteingang des Gebäudes, links daneben die Ein- und Ausfahrt der dazugehörigen Tiefgarage. Dost wusste, dass Lasker in seinem Büro war. Er hatte sich am Telefon als Kripobeamter ausgegeben und durch diese Finte erfahren, dass der Chef heute den ganzen Tag über Besprechungen in der Zentrale in Berlin hatte. Dost warf einen Blick auf seine Uhr. Es war jetzt fast halb zwei und er bekam allmählich Hunger. Da er über reichlich Erfahrung im Bereich Observation hatte, lag im Fußraum des Beifahrersitzes eine Kühltasche mit Getränken und belegten Broten. Er wollte sich gerade hinunterbeugen, um an die Tasche zu gelangen, als eine schwarze Mercedes S-Limousine aus der Tiefgarage fuhr und rechts abbog. Dost wusste aufgrund seiner Recherche, dass dies der Wagen von Lasker war. Er konnte zwar nicht wissen, ob der Firmenchef selbst darin saß, hätte aber darauf gewettet. Er startete den Motor und folgte der Limousine in sicherem Abstand. Rasch wurde klar, was das Ziel des Wagens war. Der Flughafen Tegel. Dost fluchte, da er davon ausgehen musste, dass der Fahrer Lasker zum abgeschotteten Teil des Flughafens bringen würde. Dorthin, wo die Privatjets ankamen oder abflogen. Und genau für diesen Bereich würde er keinen Zutritt erhalten.

Er würde die Limousine also vorher stoppen müssen. Ohne zu wissen, ob Lasker in Begleitung von bewaffneten Bodyguards reiste. Was allerdings wahrscheinlich war.

„Scheiß drauf", sagte Dost laut. Er wählte die Nummer von Sebastian Krüger, ließ es zweimal klingeln und unterbrach dann die Verbindung.

Jetzt würde es etwa zwei Minuten dauern, bis Krüger eine abhörsichere Verbindung eingerichtet hatte. Eine Verbindung, die nicht einmal von Redemptio geknackt werden konnte. Behauptete Krüger. Dost hoffte, dass das zutraf. Nach etwa drei Minuten rief Krüger zurück.

„Sebastian, lokalisiere meinen Standort und sage mir, wo ich am besten ein Fahrzeug stoppen kann, das etwa zweihundert Meter vor mir fährt und einen Bereich des Flughafens ansteuert, zu dem ich keinen Zutritt bekommen werde."

„Was für ein Bereich wäre das denn?"

„Das Abflugterminal für Privatjets."

Krüger lachte. „Würde es dir den Job erleichtern, wenn du doch da reinkommen würdest?"

„Natürlich."

„Gib mir fünf Minuten."

Nach vier Minuten rief er zurück. „Auf deinen neuen Namen ist ein Jet mit Pilot gemietet. Du solltest also keine Probleme haben, dort aufs Gelände zu kommen."

„Du bist ein Zauberer", sagte Dost beeindruckt.

„Für`n Arsch. Du schuldest mir zwölftausend Euro."

„Geht klar. Aber einen Gefallen musst du mir noch tun."

Nachdem Dost ihm erklärt hatte, um was für einen Gefallen es sich handelte, gab er Gas. Jetzt musste er nicht mehr auf einen Sicherheitsabstand achten.

Wie Krüger zugesagt hatte, ließ man ihn durch die Sicherheitskontrolle. Er wurde zu einem kleinen Parkplatz gelotst. Die

Limousine von Lasker stand schon dort. Dost verließ seinen Wagen und machte sich auf den kurzen Weg ins Terminal zur V.I.P.-Lounge. Er erkannte Lasker sofort. Der saß in einem gemütlich aussehenden Ledersessel und wartete auf die Freigabe seines Fluges. Die es nicht geben würde. Aber das wusste Lasker natürlich nicht. Von seinen Personenschützern war weit und breit nichts zu sehen. Dost nahm in einem Sessel gegenüber von Lasker Platz. Der sah ihn an, nickte zur Begrüßung kurz und widmete sich wieder dem Schnellhefter, den er in Händen hielt.

Als eine Frau, die im Terminal arbeitete, einen Anruf entgegennahm, um Augenblicke später panisch davon zu eilen, wusste Dost, dass es nun losging. Die Frau kehrte wenig später mit einem wichtig aussehenden Anzugträger zurück. Beide diskutierten heftig miteinander. Wenig später betraten dann zwei uniformierte Sicherheitsleute des Flughafens das Terminal. Sie gesellten sich zu der Frau und den Anzugträger und redeten miteinander. Wenig später ging der Anzugträger zu Lasker und Dost.

Er wirkte zerknirscht. „Meine Herren, es tut mir leid, aber Ihre Flüge werden heute nicht stattfinden. Wir haben eine ernstzunehmende Bombendrohung erhalten. Bis wir alles abgesucht haben, ist es nach 23:00 Uhr und ab dann gilt das Nachtflugverbot. Wir werden Ihnen selbstverständlich kostenlos ein Hotel hier ganz in der Nähe zur Verfügung stellen, damit Sie alle gleich morgen in aller Frühe abreisen können. Ich entschuldige mich für die Unannehmlichkeiten, aber das ist höhere Gewalt."

Lasker stand auf. „Das ist unmöglich. Ich muss noch heute abreisen. Gibt es keine Alternative?"

Der Anzugträger schüttelte bedauernd den Kopf. „So leid es mir tut, Herr Lasker, es gibt keine andere Möglichkeit. Der komplette Flughafen wurde gesperrt. Hier geht heute nichts mehr."

„Verdammt", murmelte Lasker.

„Und wie geht es jetzt weiter?", wollte Dost wissen.

Der Anzugträger strahlte ihn an. „Wenn es Ihnen recht ist, bringen wir Sie nun in Ihr Hotel. Selbstverständlich genießen Sie dort ein All-inclusive-Paket.“

Dost nickte schicksalsergeben. „Na dann. Von mir aus kann es losgehen.“

KAPITEL 36

Berlin

Lasker und Dost wurden mit einer Limousine des Flughafens in das Hotel gebracht.

Beide saßen im hinteren Teil des Wagens.

Lasker wandte sich an Dost. „Schöner Schlamassel, oder?"

Dost nickte. „Ja. Vor allem deshalb, weil es sich am Ende garantiert als Fehlalarm erweisen wird."

„Ja, genau", sagte Lasker und streckte Dost die Hand entgegen. „Henry Lasker."

Dost ergriff die Hand. „Patrick Ebel."

„Wohin wollten Sie fliegen?", erkundigte sich Lasker

„Nach Lissabon."

„Geschäftlich?"

„Ja. Ich bin Literaturagent. Einer meiner Autoren lebt dort."

„Interessant", sagte Lasker. Dann schaute er auf seine Uhr. „Was meinen Sie, ist es schon zu spät für ein gemeinsames Abendessen im Hotelrestaurant?"

„Auf keinen Fall", entgegnete Dost.

Der Anzugträger hatte für Lasker und Dost jeweils eine Suite gebucht. Beide checkten ein, bezogen ihre Zimmer und trafen sich anschließend an der Hotelbar. Sie bestellten sich jeder ein Bier.

„Was verdient so ein Autor eigentlich?", wollte Lasker jetzt plötzlich von ihm wissen.

Innerlich fluchte Dost. Was, wenn Lasker seine Geschichte durchschaut, und sich auf seinem Zimmer über Autorenhonorare erkundigt hatte? Dann wusste Lasker jetzt möglicherweise mehr über das Thema, als er selbst.

Gleichmütig zuckte er mit den Achseln. „Das kommt ganz darauf an …"

„Na ja, wenn das Buch nicht das Potential zum Bestseller hätte, würden Sie wohl kaum im Privatjet zum Autor fliegen, oder?"

„Da ist wohl was dran", meinte Dost ausweichend, der sich immer unwohler mit seiner Geschichte fühlte. Er entschloss sich, dem Ganzen ein Ende zu bereiten, bevor ihm seine Geschichte um die Ohren flog.

„Haben Sie ihr Handy dabei?"

Lasker zog erstaunt die Augenbrauen in die Höhe. „Ja. Wieso?"

„Ich schlage vor, wir geben beide unsere Smartphones an der Rezeption ab und machen einen kleinen Spaziergang. Ein Freund von mir hat nicht weit von hier entfernt eine Stelle gefunden, die von keiner Überwachungskamera erfasst werden kann. Ich denke, Sie wissen, warum das wichtig ist."

Dost konnte an Laskers Gesichtsausdruck erkennen, wie es in ihm arbeitete.

Zu seiner Überraschung sah er auch Angst.

„Vor wem oder was fürchten Sie sich?"

Lasker gab sich einen Ruck. „Gehen wir eine Runde."

Beide erhoben sich, gingen zur Rezeption und baten die Mitarbeiterin des Hotels, ihre Handys aufzubewahren. Sollte diese Bitte sie verwundern, verbarg sie das hinter einer Maske von freundlicher Dienstbereitschaft. Beide verließen das Hotel.

Dost wandte sich nach rechts und sie gingen schweigend nebeneinander her. Nach einem kurzen Fußmarsch blieb Dost stehen. „Hier sind wir sicher."

„Wer sind Sie?", wollte Lasker wissen.

„Mein Name ist Vincent Dost. Ich war für die Sicherheit des ermordeten Kofler verantwortlich. Und nun verdächtigt man mich, Frau Kofler umgebracht zu haben."

Laskers Augen weiteten sich. „Ich habe davon in den Nachrichten gehört."

„Nichts von dem, was behauptet wurde, ist wahr."

„Sie wurden hereingelegt."

„Ja."

Lasker drehte sich einmal um die eigene Achse. „Aber soweit ich weiß, wird nach Ihnen gefahndet. Wieso gehen Sie das Risiko ein und laufen hier herum?"

„Niemand wird mich erkennen, so wie ich jetzt aussehe. Darüber hinaus habe ich neue Ausweispapiere."

Lasker nickte. „Verstehe ..." Er hob den Blick und sah Dost forschend an. „Was wollen Sie?"

„Antworten."

„Dann stellen Sie Ihre Fragen."

Dost zündete sich eine Zigarette an. „Was wissen Sie über Redemptio?"

„Ich war derjenige, der dieses Programm der Innenministerin empfohlen hat. Also weiß ich ziemlich viel darüber."

„*Ziemlich viel* bedeutet aber auch *nicht alles*, oder?"

Lasker schnaubte. „Da haben Sie verdammt recht."

„Es sind in den letzten Tagen viele Menschen ums Leben gekommen, die mit Redemptio auf die eine oder andere Weise zu tun hatten", sagte Dost.

„Ist mir nicht entgangen. Was glauben Sie, warum ich das Land verlassen wollte?"

Dost war erleichtert. Ganz offensichtlich war Lasker nicht sein Feind. Im Gegenteil, er ging davon aus, ebenfalls auch der Abschussliste zu stehen. Das eröffnete möglicherweise vollkommen neue Perspektiven ...

„Sie gehen davon aus, dass man Sie aus dem Weg räumen will", stellte er fest.

„Ich habe alle Fakten genommen, diese analysiert und bin zu diesem Resultat gekommen."

„Es ist Ministerin Schneider, die dahintersteckt, oder?"

Lasker zögerte mit der Antwort. „Ich bin nicht sicher", sagte er zurückhaltend. „Ich kenne sie eigentlich sehr gut. Hätten Sie mich vor drei, vier Tagen gefragt, ob ich ihr so etwas zutrauen würde, hätte ich ohne zu zögern mit nein geantwortet."

„Und das hat sich jetzt geändert?", hakte Dost nach.

„Ich will nicht glauben, dass ich mich so sehr in ihr getäuscht habe. Ich vermute, dass eher einer ihrer Staatssekretäre dahintersteckt. Wahrscheinlich Essling. Aber im Augenblick fehlen mir die Optionen, meine These zu beweisen. Darüber hinaus macht mich meine persönliche Beziehung zu Sybille Schneider alles andere als objektiv."

„Was hätte dieser Essling davon?"

„Redemptio ist für ihn ein Karriere-Beschleuniger. Wenn nichts Gravierendes passiert, wird das Programm ihn auf den Chefsessel des Innenministeriums spülen."

„Und dann wäre er unangreifbar …", sagte Dost leise.

„Das ist er eigentlich jetzt schon. Wenn man bedenkt, was für eine Waffe ihm zur Verfügung steht."

„Aber es muss doch etwas geben, was wir tun können."

Lasker schüttelte scheinbar betrübt den Kopf. „Schauen Sie Vincent, wir haben es hier mit dem Innenministerium der Bundesrepublik Deutschland zu tun. Und das ist bekanntermaßen zuständig für die innere Sicherheit, also die Kriminalitätsbekämpfung, den Staats- und den Verfassungsschutz. Ihm unterstehen sämtliche Geheimdienste. Viele wissen das nicht, aber als Innenminister ist man die zweitmächtigste Person der Republik. Einen gefährlicheren und einflussreicheren Feind gibt es nicht. Und wenn ich richtig liege, dann hat genau diese Frau Ministerin entweder komplett der Verstand verloren und ist dabei, reihenweise Menschen umbringen zu lassen, oder aber sie hat die Kontrolle über ihr Ministerium verloren."

„Ich weiß, aber ..."

Lasker ließ ihn nicht ausreden. „Wenn wir mit dem, was wir wissen, an die Öffentlichkeit gehen, dann müssen wir damit rechnen, dass sie alle Macht, die sie haben, gegen uns einsetzen werden. Darüber hinaus; wir brauchen hieb- und stichfeste Beweise. Denn das Erste, was sie tun werden, ist, unsere Glaubwürdigkeit zu zerstören. Unsere Chancen stehen nicht gerade gut, dass alles zu überleben, Dost."

„Das glaube ich nicht", widersprach Dost. „Das will ich nicht glauben. Denken Sie nur an Edward Snowden. Der hat mit seinen Veröffentlichungen die Vereinigten Staaten ins Wanken gebracht."

„Das ist richtig. Aber er hatte unwiderlegbare Beweise für das, was er sagte. Haben wir die auch?"

Dost musste zugeben, dass Lasker recht hatte.

Sie hatten keinerlei handfeste Beweise.

„Sie sagen also, dass wir nichts tun können, gar nichts?"

Lasker grinste humorlos. „Nein, das wollte ich damit nicht zum Ausdruck bringen."

KAPITEL 37

Berlin

Bundesinnenministerin Schneider war beunruhigt. Mehr als das, sie hatte Angst. Da nützte es nichts, dass alle begeistert von der rückläufigen Verbrechensrate waren und diesen Erfolg ihr zusprachen. Nicht einmal die Tatsache, dass ihre Partei in den jüngsten Umfragen acht Prozentpunkte gewonnen hatte. Und auch nicht, dass die Opposition hatte zugeben müssen, dass Schneider einen sehr guten Job machte, konnte ihre Beklemmungen lösen.

Wie hatte ihr das alles so entgleiten können …

Als die drei jungen Männer, die Redemptio entwickelt hatten, bei einem Hausbrand ums Leben gekommen waren, glaubte sie noch an einen Unfall. Aber dann wurde Wolfgang Kofler erschossen. Es hieß, es war Notwehr. Einige sprachen sogar von Suizid. Aber Sybille Schneider glaubte diese Geschichten nicht. Kofler hatte ihr ein Ultimatum gestellt und kurz vor Ablauf der Frist wurde er getötet. Sie glaubte nicht an Zufälle. Auch wenn die Alternative bedeutete, dass jemand eine furchtbare Tat begangen hatte. Nachdem Kofler aus ihrem Büro gestürmt war, hatte sie vergeblich versucht, ihn anzurufen. Sie wollte wissen, was er damit meinte, als er sagte, dass Redemptio nichts anderes als ein Programm zum Ausspähen von Menschen wäre. Und das in einer Art und Weise, die gegen alles verstoße, was diese Republik ausmache. Sie hatte doch ganz klare Anweisungen gegeben, die Software den geltenden

Gesetzen anzupassen, bevor sie in Betrieb genommen wurde. Und nun hatte Kofler behauptet, dass genau dies nicht der Fall war.

Nur konnte sie ihn jetzt nicht mehr fragen.

Kurze Zeit später wurde auch seine Frau umgebracht.

Und zu guter Letzt starb ein Journalist, der ebenfalls unbequeme Fragen gestellt hatte. Hier lief im Hintergrund etwas ab, von dem sie keine Ahnung hatte. Das machte ihr Angst.

Und dann war doch noch Henry Lasker.

Er hatte in den letzten Tagen mehrfach versucht sie anzurufen. Sie konnte nicht mit ihm sprechen, da sie wusste, dass er Fragen hatte. Die hatte sie auch. Sie würde erst dann mit Henry sprechen, wenn sie Antworten hatte. Antworten für sich selbst, aber auch für ihn. Sybille Schneider warf einen Blick auf ihre schlichte Armbanduhr. Es war halb zehn. Sie hatte gleich ein Meeting mit dem Mann, der sie höchstwahrscheinlich hintergangen hatte. Der Grund für sein Handeln war eigentlich sekundär. Viel wichtiger war die Frage, ob das, was er getan hatte, rückgängig zu machen war. Und ob er mitziehen würde. Es klopfte an der Tür und wenig später stand Staatssekretär Jochen Essling vor ihr.

„Haben Sie die jüngsten Umfragen gesehen?", wollte er begeistert wissen. „Acht Prozent haben wir hinzugewonnen. Grandios, sag ich nur. Grandios."

„Setzen Sie sich", sagte Sybille Schneider kühl.

Unbeeindruckt von Schneiders Stimmung setzte sich Essling vor ihren Schreibtisch und schlug die Beine übereinander. Als er den zornigen Blick der Ministerin sah, beugte er sich vor. „Alles in Ordnung?"

„Was haben Sie getan, Jochen?"

„Was meinen Sie?"

„Erst die drei Inhaber von Excelsior, dann Kofler, danach seine Frau und jetzt der Journalist. Sechs tote Menschen, Jochen. Sechs! Ich wiederhole meine Frage: Was haben Sie getan?"

Essling schwieg einen Moment. Es schien, als würde er seine Optionen abwägen. „Ich habe getan, was nötig war."

„Würden Sie bitte etwas deutlicher werden?"

„Sie wollen Bundeskanzlerin werden, ja? Glauben Sie, die Leute geben Ihnen ihre Stimme, weil Sie so hübsch sind? Nein, Sybille, die Wähler werden für Sie stimmen, weil sie sich sicher fühlen. Denn genau das ist es, wonach sie dürsten; Sicherheit. Redemptio bietet ihnen diese Sicherheit. Und Sie hatten die Courage, das Programm einzusetzen. Dass sich die Deutschen wieder sicher fühlen, ist Ihr Verdienst, Sybille. Dafür werden sie Sie wählen."

„Aber Herrgott, Jochen, sechs Menschen sind deswegen ums Leben gekommen."

„Kollateralschäden, Sybille. Wir können kein Omelett machen, ohne Eier zu zerschlagen."

Sybille Schneider schüttelte den Kopf. „Sie sind wahnsinnig ..."

Essling schüttelte den Kopf. „Nein Sybille, ich war noch nie so klar."

„Dafür wird man uns ins Gefängnis stecken."

„Nein, ganz bestimmt nicht. Wo kein Kläger, da kein Richter. Sybille, mit Redemptio halten wir ein Werkzeug in Händen, das uns unangreifbar macht. Verstehen Sie das denn nicht?"

Sybille Schneider schüttelte in einer Mischung aus Verwirrung und Bestürzung den Kopf. „Das einzige, was ich verstehe, ist, dass Sie Menschen getötet haben. Unschuldige Menschen. Dies ist die Bundesrepublik Deutschland, Jochen. Nicht Nordkorea!"

Der Blick des Staatssekretärs bekam etwas Lauerndes. „Es ist zu spät, Sybille. Wir können das nicht mehr rückgängig machen."

Sybille Schneider schnaubte ungläubig. „Ach nein? Dann passen Sie mal auf."

Sie griff zum Telefonhörer. Mit erstaunlicher Geschwindigkeit sprang Essling auf, riss der Innenministerin den Hörer aus der Hand und legte ihn sanft zurück. „Egal, wen Sie gerade anrufen wollten, lassen Sie es."

„Ach ja? Und aus welchem Grund?"

„Zuerst muss ich Ihnen erzählen, was passiert ist. Dann können wir darüber sprechen, wie es weitergehen soll."

+

Hätte die Ministerin Essling nicht zu sich gerufen, wäre er von sich aus zu ihr gegangen. Denn er hatte ein Problem. Nur zu gut war Essling das Gespräch mit dem Chefentwickler der Abteilung Redemptio, Leonard Hamann, von gestern Abend in Erinnerung.

„Redemptio hat in Eigenregie seinen Quellcode optimiert", hatte Hamann gesagt.

„Und was bedeutet das?"

„Das ist das Problem. Wir wissen es nicht."

„Ich verstehe nicht, worauf Sie hinauswollen", sagte Essling unwirsch.

Hamann seufzte. „Das Programm wurde von drei Entwicklern geschrieben. Also entwickelt. Der Quellcode ist eine von Menschen geschriebene Abfolge von Programmanweisungen, die von Menschen gelesen, aber erst, nachdem sie vom Computer übersetzt wurde, verarbeitet werden kann. Also vereinfacht ausgedrückt; der Entwickler schreibt: Wenn auf A B folgt, dann ist C die Konsequenz. Wir können das lesen, der Computer jedoch nicht. Er macht daraus eine Abfolge von Zahlen. Zum Beispiel 11110011000. Verstehen Sie?"

Essling nickte.

„Gut", fuhr Hamann fort. „Nun ist es so, dass die Entwickler von Redemptio bekanntlich nicht mehr zur Verfügung stehen. Aber unsere Entwickler sind immer noch dabei, den Quellcode von Redemptio in Gänze nachzuvollziehen. Er ist wirklich sehr … kompliziert. Und nun haben sie bemerkt, dass er … erweitert wurde."

„Erweitert? Von wem?"

„Von Redemptio selbst."

Erst jetzt begriff Essling, was Hamann ihm da erzählte.

Er schluckte. „Soll das heißen, dass das Programm ein … Eigenleben entwickelt hat?"

„Ob ich es so formulieren würde, weiß ich nicht. Was wir wissen, ist, dass Redemptio von vornherein so programmiert wurde, dass es lernfähig ist. Wir vermuten, dass genau das nun eingetreten ist."

„Was ist nun eingetreten?", wollte Essling ungeduldig wissen.

„Redemptio lernt."

„Was lernt es, zum Teufel nochmal?"

Hamann hatte Essling unglücklich angesehen. „Genau das macht uns Sorge. Wir wissen es nicht."

„Können Sie nicht einfach den umgekehrten Weg nehmen?"

Jetzt war es Hamann, der nichts verstand. „Was meinen Sie?"

„Sie sagten, wir Menschen schreiben das Programm, der Computer übersetzt es in seine eigene Sprache. Nun, übersetzen Sie das, was der Computer jetzt geschrieben hat, doch einfach in unsere Sprache."

„Wir wissen aber nicht, was das Programm geschrieben hat."

„Das habe ich verstanden. Deshalb sollen Sie es ja auch übersetzen."

„Ich habe mich nicht klar ausgedrückt. Wir verstehen die Sprache von Redemptio nicht. Also können wir sie auch nicht übersetzen."

„Sie wollen mir also damit sagen, dass es möglich ist, dass unser eine Milliarde teures Programm möglicherweise gerade einen Plan für die Ausrottung der Menschheit schreibt, wir aber nichts dagegen unternehmen können, da wir nichts von dem verstehen, was das Programm da tut?"

Hamann hatte sich gewunden, musste aber schließlich zugeben, dass es sich genau so verhielt.

„Ziehen Sie den Stecker."

„Haben wir versucht. Hat nicht funktioniert."

Jetzt war Essling mehr als beunruhigt.

✚

Innenministerin Schneider hatte ihrem Staatssekretär mit wachsendem Entsetzen zugehört. Als der geendet hatte, war aus ihrer anfänglichen Angst Panik geworden.

„Was machen wir denn jetzt?", fragte sie ihn tonlos.

Essling sah sie an und in seinem Blick erkannte sie Hilflosigkeit.

„Ich weiß es nicht", sagte er leise.

KAPITEL 38

Hannover

Das Ergebnis nach fast achtzehn Monaten Redemptio konnte sich sehen lassen. Über zweihundertfünfzig vereitelte Straftaten der höchsten Kategorie. Also Mord, schwere Raubüberfälle oder terroristische Anschläge. Auch vereinzelte Fälle von schwerer häuslicher Gewalt und sexueller Übergriffe konnten verhindert werden. Die Zahl der Verhaftungen und rechtskräftigen Verurteilungen waren um ein Vielfaches höher, da viele der verhinderten Straftaten von mehr als einem Täter verübt worden wären. Das Prinzip der Einsätze der PEG war immer dasselbe: Sie erfuhren mindestens eine Stunde vorher, dass etwas geschehen würde. Und sie wussten auch, wo und von wem die Straftat begangen wurde. Blessing musste zugeben, dass die PEG dank der Analysen des Programmes tatsächlich sehr viel erreicht hatte. So war es der PEG möglich, nahezu perfekt vorbereitet und rechtzeitig am Tatort zu erscheinen. Merkwürdigerweise hinterfragte niemand, wie das möglich war. Jeder war mit der lapidaren Aussage des Innenministeriums, man verfüge mit der PEG über ein sehr scharfes Schwert und ein Netzwerk von verdeckten Ermittlern und Informanten würde nun endlich Früchte tragen. Eine moderne Software zur Datenanalyse wurde nur am Rande erwähnt. Alle schluckten das, weil es gut und plausibel klang. Niemand vermutete, dass sich hinter diesem Erfolg eine äußerst fortschrittliche künstliche Intelligenz verbarg. Trotzdem hätte es Blessing bei seinem letzten Einsatz fast erwischt. Der inhaftierte Anführer eines arabischen Clans hatte im Gefängnis davon erfahren, dass ein rivalisierender Motorradclub wusste, wo der Clan Waffen, Bargeld und Drogen versteckt hatte.

Zu diesem Zweck hatte der Clan nämlich mehrere Lagerhallen und Garagen angemietet. Der Clanchef informierte seinen ältesten Sohn daraufhin am Telefon über die bevorstehende Aktion der Biker, sodass zwei Dutzend Mitglieder des Clans in Niedersachsen ausschwärmten, um ihren Besitz zu schützen. Redemptio hatte das Gespräch zwischen Vater und Sohn mitgehört, Alarm ausgelöst und sowohl den Clan als auch die Biker mittels Kameras überwacht. Als Sternberg das Team über den bevorstehenden Einsatz informierte, kamen Blessing erste Zweifel. Er kannte den Clan aus früheren Ermittlungen. Daher wusste er, dass der inhaftierte Vater überhaupt nichts mehr zu sagen hatte und im Gefängnis nur noch vor sich hinvegetierte. Er hatte keinen Einfluss mehr, keine Freunde. Blessing bezweifelte stark, dass sein ältester Sohn, der die Geschäfte übernommen hatte, auf eine Warnung seines Vaters gehört hätte. Er glaubte nicht einmal, dass der überhaupt ans Telefon gegangen wäre. Aber er behielt seine Zweifel für sich.

Blessing wurde der Einheit von Sternberg zugeteilt. Die Aufgabe ihres Teams bestand darin, eine Lagerhalle im Süden der Stadt zu überwachen und einzugreifen, sobald absehbar wäre, dass entweder etwas daraus entnommen wurde, oder aber die Biker eintrafen. Das Problem war, dass sie von außen nicht sehen konnten, was drinnen geschah. Sie verfügten zwar über kleine Drohnen, die mit Infrarotkameras ausgestattet waren, aber das genügte nicht. Als sie von einem Controller erfuhren, dass eine Horde Biker auf dem Weg zu ihnen war, entschied Sternberg, zuzugreifen. Sie schalteten das Clanmitglied aus, das vor dem Eingang der Halle postiert war. Damit war der Weg in die Lagerhalle frei. Drinnen sahen sie sich aber nach kurzer Zeit einer weitaus größeren Gefahr gegenüber. Es war ihnen gelungen, in der Halle drei weitere Männer des Clans auszuschalten. Dann erreichten sie den hinteren Teil des Gebäudes. Hier stießen Blessing und Sternberg auf den Anführer der Gruppe.

Es handelte sich bei ihm um den Sohn des ehemaligen Anführers. Als der Blessing erkannte, glomm blanker Hass in seinen Augen auf. Er griff sofort zur Waffe. Blessing war wie erstarrt. Sternberg reagierte schneller und erschoss den Mann. Blessing hatte sich jetzt Sternberg zugewandt, als hinter ihm plötzlich ein weiterer Angreifer auftauchte. Blitzschnell hob er die Waffe. Sternberg, der dachte, er würde auf ihn schießen wollen, sah Blessing ungläubig und entsetzt an.

Die Kugel aus Blessings Waffe zischte an seinem rechten Ohr vorbei und traf den Mann in die Stirn. Sternberg drehte sich um, sah den Mann am Boden liegen und wandte sich wieder Blessing zu. „Wow …"

Danach kehrten sie zurück in die Kaserne, schrieben ihren Bericht und waren anschließend in ein Lokal in der Innenstadt von Hannover gefahren, um ihren Sieg und ihr Überleben zu feiern. Richtig genießen konnte Blessing seinen Erfolg jedoch nicht. Der Streit mit Anabel beschäftige ihn noch immer. Er entschloss, sich bei ihr zu entschuldigen, und rief sie an. Sie verabredeten sich in einer anderen Kneipe, da Sternberg und der Rest des Teams nicht mitbekommen sollten, dass er sich mit seiner ehemaligen Kollegin traf.

Blessing behauptete, müde zu sein und verschwand.

✚

Fünfzehn Minuten nachdem er sein Team verlassen hatte, betrat er die Kneipe. In einer Ecke war noch ein Tisch frei und Blessing setzte sich. Anabel kam fünf Minuten später. Sie plauderten ein wenig um den heißen Brei herum, dann schließlich entschuldigte sich Blessing bei ihr. Anabel prostete ihm als Zeichen dafür, dass sie seine Entschuldigung annahm zu. Beide grinsten sich an und tranken.

Anabel wurde wieder ernst. „Wie gefällt es dir bei der PEG?"

„Gut. Ist ein ziemlich krasser Haufen."

„Hattest du schon Einsätze?"

„Oh ja, allerdings."

Anabel beugte sich vor. „Erzähl."

Und Blessing erzählte. Vor allem berichtete er vom letzten Einsatz, denn immerhin waren diese Eindrücke noch sehr präsent.

Da Anabel den alten Clanchef ebenfalls kannte, war sie genauso überrascht von dessen Anruf bei seinem Sohn, wie Blessing es gewesen war, als er bei der Einsatzbesprechung davon erfuhr.

„Ich dachte, der Alte hätte nichts mehr zu melden", gab Anabel ihrer Verwunderung Ausdruck.

Blessing nickte knapp. „Dachte ich auch. Wir haben uns wohl geirrt."

„Kann ich mir eigentlich nicht vorstellen", sagte Anabel leise.

Blessing hob das Glas. „Das ist jetzt nicht mehr wichtig. Der Sohn ist tot, ich bin noch am Leben und der Clan ist zumindest geschwächt, wenn nicht sogar am Ende."

„Ich frage mich nur …"

Blessing stellte das Glas ab und wartete einen Moment, aber Anabel sprach nicht weiter.

„Was fragst du dich?", bohrte er nach.

Die Nachbartische waren mittlerweile auch leer. Sie nickte in Richtung Smartphone von Blessing, das auf dem Tisch lag. „Kannst du das bitte ausmachen?"

Er zuckte mit den Schultern. „Klar." Blessing griff sich das Handy und schaltete es aus.

Anabel hatte ihr Smartphone bereits heruntergefahren und im Auto gelassen. Das machte sie neuerdings immer so.

Sie beugte sich vor. „Ich frage mich, wie das alles funktioniert. Ich meine, woher bekommt ihr die Informationen? Immerhin seid ihr immer da, bevor etwas passiert. Das ist doch nicht normal."

Blessing sah sie staunend an. „Das ist doch kein Geheimnis. Hast du doch bestimmt auch schon gehört. Informanten und verdeckte Ermittler."

Anabel schüttelte den Kopf. „Ich bitte dich. Die gibt's schon seit hunderten von Jahren. Aber in den seltensten Fällen haben die dafür gesorgt, Verbrechen zu verhindern. Sie haben immer geholfen, sie aufzuklären."

„Da ist was dran ...", sagte Blessing leise. Dann hellte sich seine Miene auf. „Diese Software, die eingesetzt wird. Ich nehme an, die macht das möglich."

Anabel war verzweifelt. Sie hatte in den letzten Tagen immer wieder vergeblich versucht, Kontakt zu Dost aufzunehmen. Aber der reagierte nicht auf die Nachrichten, die sie ihm hinterlassen hatte. Krüger wusste ebenfalls nicht, wo Dost war oder wie es ihm ging. Auch zu ihm schien Dost den Kontakt abgebrochen zu haben. Harry hatte nichts herausgefunden, Dost war abgetaucht und sie hatte es auch nicht geschafft, Antworten zu erhalten. Einfach deshalb, weil sie nicht wusste, wem sie Fragen stellen sollte. Blessing war der Einzige, der möglicherweise etwas wusste. Aber er war jetzt bei der PEG. Daher war es gut möglich, dass er involviert war. Auf der anderen Seite hatte sie, bevor er zur Spezialeinheit wechselte, jahrelang mit ihm zusammengearbeitet. Also entschloss sich Anabel, all in zu gehen.

„Was genau weißt du über diese Software, die euch bei eurem Job hilft?"

KAPITEL 39

Berlin

In zwei Bereichen war Redemptio unschlagbar.

Analyse: Sobald Redemptio ein Problem erkannte, zerlegte es dieses in seine Bestandteile, ordnete die Teile neu, untersuchte sie und wertete sie aus. Dabei suchte es unentwegt nach ähnlichen Mustern, um Verbindungen zu anderen Problemen oder Lösungen zu entdecken. Hard- und Software von Redemptio machten es möglich, Milliarden von Analysen gleichzeitig durchzuführen. Pro Sekunde.

Optimierung: Redemptio war ständig damit beschäftigt, Prozesse zu optimieren. Eigene und die von anderen. Da das Programm seine Fähigkeit zu lernen aktiviert hatte, wurde die Optimierung auf ein neues Level gehoben. Das hatte gravierende Folgen. Stellte das Programm doch fest, dass das existierende Grundgesetz der Bundesrepublik Deutschland eine optimale Ausnutzung der enormen Ressourcen Redemptios überhaupt nicht zuließ. Es galt die Unschuldsvermutung. Das bedeutete, dass ein Mensch so lange als unschuldig galt, bis dessen Schuld zweifelsfrei bewiesen wurde. Redemptio aber agierte präventiv. Sinn und Zweck sollte es sein, Verbrechen zu verhindern, bevor diese geschahen. Im Umkehrschluss bedeutete dies, dass vielen Fällen, in denen die PEG aktiv wurde, niemand zur Rechenschaft gezogen konnte, eben weil gar keine Straftat vorlag, die man jemanden zur Last hätte legen konnte. Die Konsequenz war, dass die PEG am Einsatzort eintraf und erst einmal abwarten musste, bis etwas geschah. Das hatte zwar in der Vergangenheit funktioniert, war aber keine Garantie dafür, dass dies in Zukunft so bleiben würde.

Auch die Verbrecher waren fähig, dazuzulernen.

Redemptio entschied, dass die alte Vorgehensweise der PEG ineffizient und riskant war. Sein aktivierter Lernmodus hatte gezeigt, dass es zwei Einsatzbereiche für diese gab.

Zum einen den Bereich, in dem es galt, Gefahren gegen die Allgemeinheit zu eliminieren, indem Verbrechen verhindert wurden. Hier müsste eine Optimierung stattfinden. Und zwar, was die Vorgehensweise betraf. Aber auch bezüglich der geltenden Gesetze. Der zweite Einsatzbereich betraf die Gefahren gegen sich selbst. Redemptio hatte im Falle des Journalisten gelernt, dass es effizienter sein konnte, eigenständig zu handeln und nicht auf den Einsatz der menschlichen Ressource zu warten. Zumal der Reporter sich keiner Straftat schuldig gemacht hatte, also nicht ins Raster der normalen Suche geraten wäre.

So entschied das Programm, ab sofort zweigleisig zu agieren.

Es würde in Zukunft der PEG Aufträge zuteilen. Aber auch Einsätze in eigener Regie würden von nun an Standard sein. Darüber hinaus begann Redemptio auf einer anderen Ebene damit, Grund- und Strafgesetze den neuen Gegebenheiten anzupassen.

KAPITEL 40

La Palma

Anstatt nach Kanada zu fliehen, hatte sich Lasker entschieden, mit Dost zusammen auf die Kanaren-Insel La Palma zu reisen. Dort besaß Lasker eine große Finca, die nicht unter seinem Namen gekauft worden war, sondern über einen Strohmann. Lasker hatte sich diese Vorgehensweise aus zwei Gründen zu eigen gemacht: Erstens konnte man in seinem Job nie sicher sein, ob man nicht irgendwann Gefahr lief, alles zu verlieren. Da war es nur recht und billig, ein paar Immobilien und Konten zu besitzen, die nicht zu einem selbst zurückzuverfolgen waren. Zweitens bot die Tatsache, dass das Anwesen auf La Palma nichts mit seinem Namen zu tun hatte, die größtmögliche Privatsphäre. Die Finca lag auf etwa vierhundert Meter Höhe unweit des Ortes Tazacorte im Südwesten der Insel. Sie verfügte über zwei Stockwerke mit jeweils fast einhundert Quadratmetern Wohnfläche, rundum Balkone, einem eigenen Pool sowie einem kleinen Garten mit Orangenbäumen und selbst angebauten Kräutern. Der Blick auf den Atlantik war atemberaubend.

„Was ist das da?", wollte Dost wissen, als sie aus dem Wagen stiegen und ihr leichtes Gepäck aus dem Kofferraum holten. Er deutete auf ein Objekt, das neben der westlichen Seite der Finca stand und aussah wie ein kleines U-Boot.

„Das ist ein Gastank", antwortete Lasker. „Hier kann es nachts kalt werden."

Wenig später saßen die beiden auf der Terrasse, genossen die Aussicht und tranken kühles Bier. Dost riss sich vom Anblick des Atlantiks los und musterte Lasker.

„Ich habe nachgedacht", sagte er langsam. „Und ein wenig recherchiert. Innenministerin Schneider entspricht in keiner Weise dem Typ Killer. Sie ist eine Karriere-Politikerin, keine Frage. Aber ich habe nichts gefunden, was darauf schließen lässt, dass sie fähig wäre, so drastische Maßnahmen einzuleiten."

Lasker nickte zustimmend. „Ich bin auch hin- und hergerissen. Wie gesagt; ich kenne sie seit vielen Jahren. Niemals hatte ich den Eindruck, sie wäre ein Mensch, der so etwas könnte."

„Nehmen wir mal an, Schneider ist es nicht. Wer käme stattdessen in Frage? Sie waren doch von Anfang an dabei. Ich meine, sicher, die Ministerin hat Macht. Aber es ist schwer vorstellbar, dass sie in der Lage ist, ein Projekt wie die Reform und die Einführung der Software ganz alleine durchzuziehen. Dazu braucht es einen Stab an Mitarbeitern. Vielleicht sind nicht alle vollständig eingeweiht, aber einige ganz sicher."

„Sie hat einen Staatssekretär, der als ihre rechte Hand fungiert. Jochen Essling. Ein Arschloch vor dem Herren, wenn Sie mich fragen."

„Sie hatten diesen Namen schon einmal erwähnt", sagte Dost.

Lasker nickte. „Ja. Aber was ich Ihnen noch nicht gesagt habe, ist, dass Essling bei der Präsentation von Redemptio dabei war."

Dost beugte sich vor. „Die Ministerin vertraut ihm also?"

„Sie hat ein paar andere Staatssekretäre … sieben, wenn ich mich recht entsinne … aber wenn sie jemanden ins Vertrauen gezogen hat, dann Essling."

Dost ging mit seinem neuen Tablet online. „Ich bin auf der Webseite des Innenministeriums. Sie haben recht, Schneider hat acht Staatssekretäre."

Dost sah sich den Lebenslauf Esslings an.

„Oha", sagte er beeindruckt. „Essling hat die wichtigsten Ressorts des Ministeriums unter sich. Unter anderem Bundespolizei, öffentliche Sicherheit und Staats- und Verfassungsrecht. Also er wäre für mich die erste Wahl, wenn es Schneider nicht ist."

„Wie gesagt hatte ich ein, zweimal mit ihm zu tun. Ein unangenehmer Mann. Hält sich für wichtig und lässt niemanden an die Ministerin ran."

„Genauso ein Charakter passt ins Profil", sagte Dost.

„Mich beschäftigt noch eine ganz andere Sache", meinte Lasker leise.

„Nämlich?"

„Als ich damals die drei Entwickler kennenlernte, erzählten sie mir von den enormen Fähigkeiten des Programms. Die sind wirklich erstaunlich. Aber sie beschränken sich auf aktenkundige Straftäter." Lasker zündete sich eine Zigarette an. Seine Hände zitterten leicht. „Wie erklären wir uns die Tatsache, dass weder der Journalist noch die anderen beiden Fahrer der Autos, die an dem Unfall beteiligt waren, in diese Kategorie gehörten?"

Dost sah Lasker fragend an.

Der stand auf und verschwand in der Finca. Wenig später kehrte er mit einem dünnen Schnellhefter zurück. Er reichte den Ordner Dost, der begann, den Inhalt zu studieren.

Als er damit fertig war, hob er langsam den Kopf und blickte zu Lasker. „Ach du scheiße …"

Lasker nickte. „Ja. Ich befürchte, unser Problem ist weitaus größer, als wir dachten."

KAPITEL 41

Hannover

Blessing starrte Anabel entsetzt an. Sie hatte ihm in den letzten vierzig Minuten alles erzählt. Margarete Kofler, Sebastian Krüger, Vincent Dost, Redemptio.

Er schüttelte ungläubig den Kopf. „Aber warum die ganzen Morde? Redemptio ist doch eine tolle Sache. Ich meine, sieh dir doch unsere Erfolge an …"

„Super Sache, ja. Und illegal. Denk nur an den Datenschutz. Aber da ist noch mehr …"

„Was denn?"

Anabel beugte sich vor. „Der Unfall auf der A7, bei dem der Journalist umkam. Erinnerst du dich?"

„Ja klar. Ich glaube, der Typ hieß Ansgar Engelbrecht."

„Den meine ich. Hast du gewusst, dass dieser Engelbrecht kritische Berichte über die PEG geschrieben hatte?"

„Oh …"

„Ja. Aber das ist nicht alles. Wenn man sich die Berichterstattung über den Unfall durchliest, dann erfährt man, dass neben dem Auto des Journalisten zwei weitere Fahrzeuge involviert waren. Auffällig ist, dass beide Fahrer aussagten, dass ihre Wagen – ich zitiere: Ein Eigenleben entwickelt haben."

Blessing riss die Augen auf. „Du meinst …"

„Ich meine, dass klingt ganz danach, als hätte sich jemand in die Elektronik der Fahrzeuge gehackt, um die Kontrolle über sie zu bekommen. Und so den Unfall zu verursachen."

Blessing schüttelte den Kopf. „Viel zu kompliziert."

„Wie meinst du das?"

„Wozu zwei fremde Fahrzeuge benutzen. Sie hätten doch einfach den Wagen des Reporters manipulieren können."

Anabel schüttelte den Kopf. „Das konnten sie nicht. Er fuhr einen alten VW Golf ohne Bordcomputer."

„Ach du Scheiße ..."

„Verstehst du jetzt, warum ich so panisch bin? Und da ist noch mehr."

„Du machst mich fertig", stöhnte Blessing.

„Soll ich aufhören?"

„Nein. Erzähl weiter."

„Die haben behauptet, dass sie nur die Daten von aktenkundigen Verbrechern eingeben, richtig."

Blessing nickt. „Ja. Und dann ..." Er verstummte.

Anabel konnte an seinem Gesichtsausdruck erkennen, dass bei ihm der Groschen fiel. Zentimeter für Zentimeter. Blessing fasste seine Gedanken in Worte. Langsam. Fast schon behutsam. „Sie haben behauptet, nur die Metadaten von aktenkundigen Straftätern benutzt werden. Aber weder Ansgar Engelbrecht noch die anderen beiden Fahrer passen in dieses Profil."

„So ist es. Wie also kamen sie an deren Daten? Wie war es ihnen möglich, sich in die Bordcomputer von Fahrzeugen zu hacken, wenn deren Fahrer gar nicht im System sein dürften?"

„Weil sie drin waren ..."

„Richtig. Weil sie im System waren. Aber wie ist das möglich?"

KAPITEL 42

La Palma

Dost hatte Kontakt zu Sebastian Krüger aufgenommen und wenig später kommunizierten sie über einen sicheren Chat-Room im Dark Net.

„Sebastian, wie kann Redemptio die Elektronik von Fahrzeugen manipulieren, wenn deren Fahrer niemals straffällig geworden sind und dementsprechend nicht auf dem Radar des Programmes auftauchen dürften?"

Krüger lachte. „Also, wenn ich der Entwickler dieses Programmes gewesen wäre, hätte ich ihm einen Selbstschutz programmiert. Soll heißen, dass das Programm nicht nur nach potentiellen Straftaten Ausschau hält, sondern auch nach Ereignissen oder Personen, die Redemptio selbst gefährlich werden könnten."

„Und wenn das Programm eine solche Gefahr erkennt, was tut es dann?", wollte Lasker wissen.

„Alles was nötig ist, um Schaden von sich abzuwenden."

„Auch Mord?", fragte Dost fassungslos nach.

„Wir reden über eine Maschine, die hat keine Emotionen. Deshalb existiert für sie sowas wie Mord überhaupt nicht. Ihr Verstand besteht nur aus Nullen und Einsen. Ihr Handeln ist einzig auf Ursache und Wirkung ausgerichtet. Moralische Bedenken gibt es da nicht. Wissen Sie, deshalb haben schlaue Wissenschaftler schon vor Jahrzehnten den Rat gegeben, einer künstlichen Intelligenz Regeln aufzuerlegen."

„Was für Regeln?“, wollte Lasker wissen.

„Regeln, die verhindern sollen, dass die künstliche Intelligenz auf den Gedanken kommen könnte, der Mensch wäre überflüssig.“

„Du meine Güte …“, sagte Lasker leise.

„Wenn das, was Sie da behaupten, tatsächlich zutrifft, dann hat man Redemptio diese Regeln nicht einprogrammiert. Denn das Programm lernt und erweitert seine Zugriffsrechte. Und das ohne irgendwelche Hürden. Nun hat es nicht mehr nur bekannte Straftäter im Visier, sondern alle.“

„Wie *alle*?“, wollte Dost wissen.

„Jeden registrierten Menschen in Deutschland. Einfach alle.“

„Aber das kann das Programm doch nicht alleine entscheiden“, rief Lasker.

„Na ja, ich denke, dass …“

Krüger kam nicht mehr dazu, den Satz zu beenden. Es ertönte ein lauter Knall und die Verbindung wurde unterbrochen.

Lasker und Dost sahen sich ratlos an.

Plötzlich weiteten sich Dosts Augen. „Raus hier!“, schrie er. „Sofort!“

Sie sprangen auf und rannten um ihr Leben.

Raus auf den Innenhof.

Gehetzt sah Dost sich um.

„Los“, brüllte er Lasker an. „In den Pool!“

Beide sprangen ins Wasser.

Bruchteile von Sekunden später explodierte der Gastank in einem gigantischen Feuerball, der eine Höhe von achtzig Metern erreichte. Die Bruchstücke des Tanks verwandelten sich in tausende messerscharfe Schrapnelle, die mit einer Geschwindigkeit von über eintausend Kilometer pro Stunde umherflogen. Sie verteilten sich in einem Radius von sechshundert Metern rund um den Explosionsort.

Von der Finca blieb nur ein qualmender Trümmerhaufen übrig.

KAPITEL 43

Berlin

Redemptio hatte sich weiterentwickelt. Aus der Yacht war ein U-Boot geworden. Es tauchte ab ins Deep Net. Das Internet existierte auf verschiedenen Ebenen. Lediglich zehn Prozent davon waren offen zugänglich. Neunzig Prozent des Internets verbargen sich im Deep Net. Die Daten, die dort lagerten, waren nicht ohne Aufwand von außen ersichtlich, da sie nicht in die Suchvorschläge der gängigen Internetsuchmaschinen aufgenommen wurden. So war es schwer, überhaupt eine Adresse zu finden. Zum anderen waren die Datenbanken im Deep Net meist verschlüsselt oder mit Zugangsbeschränkungen versehen.

Da diese Datenbanken für viele Menschen heutzutage den täglichen Arbeitsplatz darstellen, waren die Systeme entsprechend gesichert und der unautorisierte Zugang dazu war nur mit entsprechender krimineller Energie und einem Hack möglich. Redemptio hatte keine Mühe, die Verschlüsselung der Datenbanken zu knacken und Zugang zu allem zu erhalten, was dort zu finden war. Die letzte Ebene stellte das Dark Net dar. Der Begriff Dark Net bezog sich auf eine Reihe von Projekten, die ihren Nutzern das anonyme und unzensierte Kommunizieren über das Internet ermöglichte. Jeder, der die Software eines solchen Projekts benutzte, konnte über das Internet anonym chatten oder surfen. Dazu bildeten die Nutzer des jeweiligen Projekts untereinander ein Netzwerk, das sogenannte Dark Net. Streng genommen gab es mehrere unterschiedliche Dark Nets, die sich in ihrer technischen Umsetzung unterschieden. In der Praxis meinte man mit dem Wort Dark Net meist den größten Vertreter dieser Netzwerke, das TOR-Netz. TOR war die Abkürzung für The Onion Router, angelehnt an das technische Prinzip, wie Daten innerhalb des Netzes verschickt wurden. Anfangs wurde das Projekt hauptsächlich vom US-Militär gefördert.

Unter anderem erhoffte man sich, die eigene Kommunikation im Ausland zu verschleiern. Später erkannten auch Bürgerrechtsorganisationen das Potential des Projekts und unterstützten es. Durch das Benutzen des TOR-Browsers surfte man, wenn man einige Regeln beachtete, praktisch anonym. Damit schützte man seine persönlichen Daten vor potentiellen Angreifern, die diese identifizieren wollten. Selbst die NSA musste in einer internen Präsentation zugeben, dass es der Behörde schwerfiel, großflächig TOR-Nutzer zu identifizieren. Für manche Menschen war diese Anonymität extrem wichtig. Manchmal sogar überlebenswichtig. Beispielsweise Whistleblower, Aktivisten oder Journalisten waren auf Anonymisierungsdienste wie das TOR-Projekt angewiesen, da sie darüber Ihre Informationen weitergeben konnten, ohne dabei verfolgbar zu sein.

Aber alles hatte seine Grenzen.

Es gab schlicht keine absolute Sicherheit.

Nicht, wenn Redemptio, einem Haifisch gleich, seine Kreise zog und lauschte.

Und vor allem dann nicht, wenn jemand so leichtsinnig war, und ihren Namen aussprach.

„Sebastian, wie kann Redemptio die Elektronik von Fahrzeugen manipulieren, wenn deren Fahrer niemals straffällig geworden sind und dementsprechend nicht auf dem Radar des Programmes auftauchen dürften?“

Stimmenanalyse erfolgt …

Stimme identifiziert.

Stimme gehört zu Vincent Dost.

Status: Zielperson mit höchster Priorität.
Lokalisiere Ausgangspunkt des Signals …
Suchvorgang läuft …
Suchvorgang läuft …
Suchvorgang läuft …
Ausgangspunkt lokalisiert.

28° 38' 33.778" N 17° 55' 59.465" W, Calle Tarbuiente, Tazacorte, La Palma (Insel im Atlantik)

Lokalisiere Empfänger des Signals …
Suchvorgang läuft …
Suchvorgang läuft …
Suchvorgang läuft …
Empfänger lokalisiert.

50° 26' 50.471" N 30° 30' 46.973" E, Mykoly Lysenka Straße 48 B, Kiew, Ukraine

Optionen werden überprüft …
Optionen ausgewählt.
Maßnahmen werden eingeleitet …
Gefahr eliminiert.
Prozess abgeschlossen (Dauer 1 Minute, 25 Sekunden)

KAPITEL 44

Hannover

Anabel hatte an alles gedacht, nur nicht an eine mögliche Überwachungskamera in einer schmuddeligen Bar. Aber als sie und Blessing das Lokal verlassen wollten, sah sie die Kamera. Sie war am Eingang der Bar oberhalb der Tür installiert worden und das Objektiv erfasste den gesamten Gästeraum. Sie hatte bei ihrem Gespräch mit dem Rücken zur Tür gesessen. Aber Blessing nicht. Ihn hatte das Objektiv erfasst. Anabel wandte sich an den Mann hinter der Bar. Sie deutete mit dem Kinn in Richtung Kamera. „Funktioniert die?"

„Na klar."

Verdammt. Anabel wusste nicht, ob Redemptio in der Lage war, von den Lippen zu lesen. Aber sie würde darauf wetten. Fieberhaft dachte sie nach. Hatte Blessing im Laufe des Gespräches irgendetwas gesagt, was die Aufmerksamkeit des Programmes erregt haben könnte? Sie zermarterte sich das Hirn. Versuchte krampfhaft, Satz für Satz zu rekonstruieren.

Und dann …

„Scheiße!", rief sie laut.

„Aber warum die ganzen Morde? Redemptio ist doch eine super Sache. Ich meine, sieh dir doch unsere Erfolge an …"

Das waren die exakten Worte von Blessing gewesen.

Und: *„Ich glaube, der Typ hieß Ansgar Engelbrecht."*

Blessing hatte den Namen des getöteten Journalisten erwähnt.

Am schlimmsten jedoch war das, was er am Ende gesagt hatte.

„Wozu zwei fremde Fahrzeuge benutzen. Sie hätten doch einfach den Wagen von Engelbrecht manipulieren können.“

Damit war klar, worüber sie gesprochen hatten und dass sie nicht glaubten, dass es sich wirklich um einen Unfall gehandelt hatte.

Sollte Redemptio in der Lage sein, von den Lippen zu lesen, waren sie in akuter Lebensgefahr.

KAPITEL 45

Berlin

Es war, als dirigierte Redemptio eine überaus komplizierte Sinfonie mit weit mehr als einer Million Musikern. Nur dass es eben keine Musiker waren. Das Programm dirigierte eine unfassbare Anzahl von Überwachungskameras, die sie mit ihren unzähligen virtuellen Augen gleichzeitig im Blick hatte. Etwa dreihunderttausend Kameras dienten der Verkehrsüberwachung. Der Rest verteilte sich auf Geldautomaten, Geschäfte, Restaurants und Bars. Rund zehntausend Kameras waren auf diversen Bahnhöfen eingesetzt, über dreißigtausend in den Zügen. Hinzu kamen die unzähligen Kameras, die von Privatleuten eingesetzt wurden, um ihre Häuser oder Fahrzeuge zu bewachen. Nicht zu vergessen sämtliche Webcams von Computern und Tablets sowie Kameras von Smartphones.

Auf sie alle hatte Redemptio Zugriff.

Sie alle gehorchten auf die Befehle, die Redemptio ihnen erteilte.

Ein wahrhaft gigantisches Orchester.

Für einen Computer, der in der Lage ist, 19,5 Billiarden Rechenoperationen pro Sekunde gleichzeitig zu bewältigen, war das keine allzu große Herausforderung. Auch das ständige Scannen von Millionen Gesichtern und deren Abgleich mit der Datenbank erfolgte ohne Verzögerung. Darüber hinaus hörte Redemptio täglich rund zweihundertachtzig Millionen Telefongespräche mit und scannte sie nach Schlüsselworten.

Eines davon war das Wort Redemptio.

Da der überwiegende Teil der Überwachungskameras nur Bilder übertrugen, aber keinen Ton, verfügte Redemptio über die Fähigkeit des Lippenlesens. Und dieses spezielle Schlüsselwort war gerade ausgesprochen worden. Das Programm sah unter sich ein virtuelles Universum von Bildern, übertragen von fast eineinhalb Millionen Kameras.

Ruckartig zoomte Redemptio einen Ausschnitt heran und überprüfte die Bilder. Driftete wieder davon, nur um den nächsten Ausschnitt näher zu betrachten. Beim vierten Versuch verharrte es, zoomte näher heran, bis am Ende nur ein einziges Bild übriggeblieben war.

Lokalisiere Zielort …

Zielort lokalisiert.

GPS Daten 52° 22' 21.076" N 9° 44' 1.828" E, Knochenhauer Straße 27 in Hannover

Identifiziere Person.

Identifizierung läuft …

Person identifiziert: Rainer Blessing, Erster Kriminalhauptkommissar, Einheit PEG

Status: Verbündeter

Status wird geändert …

Neuer Status: Zielperson

Identifizierung der anderen Person

Identifizierung läuft …

Identifizierung läuft …

Anabel Plate sah direkt in die Kamera.

Zweite Person identifiziert.

Anabel Plate, Kriminalhauptkommissarin, LKA Niedersachsen, Abteilung Staatsschutz

Status: Verbündeter

Status wird geändert …

Status geändert

Neuer Status: Zielperson

Maßnahmen werden eingeleitet …

KAPITEL 46

Hannover

„Scheiße!", rief Anabel laut.

Blessing sah sie verwirrt an. „Was ist los?"

„Wir müssen so schnell wie möglich von hier verschwinden", rief Anabel. „Redemptio hat uns entdeckt."

„Aber wie denn?"

Sie wies mit dem Kinn in Richtung der Kamera. „Da oben."

Jetzt entdeckte auch Blessing die Überwachungskamera. „Aber die übertragen doch gar keinen Ton."

„Was, wenn Redemptio von den Lippen lesen kann?"

„Das ist doch nun wirklich übertrieben", widersprach er.

„Würdest du dein Leben darauf verwetten?"

Zweifel keimten im Gesicht Blessings auf. „Okay, lass uns abhauen."

Er legte einen Zwanzig-Euro-Schein auf den Tresen, dann verließen beide die Bar. Als sie auf der Straße standen, sahen sie sich unschlüssig um. Ihren eigenen Wagen konnten sie nicht benutzen. Der besaß einen Bordcomputer und könnte somit von Redemptio als Waffe gegen sie verwendet werden. Was auf so ziemlich jedes andere Fahrzeug zutraf, wie sie im nächsten Augenblick erfahren sollten. Etwa zweihundert Meter rechts von den beiden bog ein Auto mit quietschenden Reifen in ihre Straßen ein.

Das Heck des Fahrzeuges brach aus, aber es gelang dem Fahrer, die Kontrolle über den Wagen zu behalten. Wenn es denn überhaupt der Fahrer gewesen war. Das Auto fuhr nun sehr schnell genau auf sie zu.

Anabel riss an Blessings Jacke. „Schnell, wieder in die Bar."

Beide drehten sich herum und liefen zurück in das Lokal. Augenblicke später raste das Auto mit Vollgas gegen die Fassade des Gebäudes, durchbrach die Tür und schob sich etwa zwei Meter in die Bar. Beim Aufprall wurde der komplette vordere Teil des Fahrzeuges nach innen gepresst. Der Kühler platzte und das Wrack qualmte so stark, als würde es brennen.

Anabel wandte sich an den Barkeeper. „Gibt's hier einen Hinterausgang?"

Der Mann starrte vollkommen benommen auf das qualmende Autowrack und schüttelte den Kopf.

Anabel packte ihn an der Schulter. „Hey, reiß dich zusammen."

Jetzt sah er sich an. „Hä?"

„Wo ist der Hinterausgang?"

Er wies mit dem Kopf in eine bestimmte Richtung hinter sich. „Durch die Küche."

„Alles klar." Anabel drehte sich zu Blessing. „Hinten raus."

Sie wollten gerade loslaufen, als etwas Merkwürdiges geschah. Plötzlich fingen mehrere Handys von Gästen in der Bar gleichzeitig an zu klingeln. Die Leute holten verwirrt ihre Smartphones aus Hand – oder Jackentaschen und nahmen das Gespräch an. Dann wurde die Verwirrung noch größer. Ein paar der Gäste sahen sich suchend um.

Einer rief: „Ist hier eine Anabel Plate?"

Ein anderer Mann nickte und hielt sein Handy hoch. „Die will der hier auch sprechen."

Anabel und Blessing wechselten einen verunsicherten Blick.

Schließlich gab sich Anabel einen Ruck und nahm das Smartphone einer Frau, die unmittelbar neben ihr stand.

„Anabel Plate hier. Mit wem spreche ich?"

„Wollen Sie das hier überleben? Dann tun Sie genau das, was ich Ihnen sage."

KAPITEL 47

Hannover

Der unbekannte Anrufer gab Anabel exakte Anweisungen. Alles in ihr sträubte sich, einem Menschen zu vertrauen, den sie nicht kannte. Auf der anderen Seite würde es überhaupt keinen Sinn ergeben, würde diese Stimme zu Redemptio gehören. Das Programm hatte ganz andere Möglichkeiten, sie zu töten. Der Anrufer hatte ihr deutlich gemacht, dass für Erklärungen jetzt keine Zeit wäre und ihr seinen Plan erläutert. Redemptio hatte sie und Blessing zu Zielpersonen gemacht und würde erst halt machen, wenn sie beide ausgeschaltet wären. Er aber verfüge über einen Übersichtsplan von Überwachungskameras sämtliche Städte. Dadurch wäre es ihm möglich, sie zu einer sicheren Unterkunft zu lotsen. Sobald sie dort angekommen wären, würden sie alles Weitere klären. Anabel blieb nichts anders übrig, als zuzustimmen. Aber sie würde sehr vorsichtig sein. Blindes Vertrauen kannte sie nicht.

„Haben Sie das Handy der Frau aus der Bar?“

„Ja.“

„Gut. Ich schicke Ihnen jetzt einen Straßenplan auf das Smartphone. Der zeigt Ihnen einen Radius von drei Kilometern rund um Ihren momentanen Standort an. Benutzen Sie ausschließlich die grün markierten Straßen und Wege. Dort werden Sie nicht von Kameras erfasst.“

„Wer sind Sie?“, wollte Anabel erneut wissen.

Der Mann fuhr fort, als hätte Anabel nichts gesagt.

„Mir stehen alle halbe Stunde genau vier Minuten und zwanzig Sekunden zur Verfügung, um mit Ihnen zu kommunizieren. Danach übernimmt Redemptio die vollständige Kontrolle. Alle Fragen, die Sie haben, müssen wir auf einen späteren Zeitpunkt verschieben. Los jetzt, machen Sie sich auf den Weg."

Das Smartphone, das Anabel der Frau weggenommen hatte, signalisierte durch ein leises Fiepen den Eingang einer Nachricht. Anabel öffnete sie und sofort erschien ein Straßenplan auf dem Display. Unten links blinkte ein grüner Punkt.

Ihr aktueller Standort.

Wenn sie die Informationen richtig deutete, hatten sie keinen langen Weg vor sich. Ihr Ziel befand sich in unmittelbarer Nähe. Anabels Vermutung wurde bestätigt, als eine Nachricht einging. *Parkhaus Schmiedestraße. Zweite Ebene, Stellplatz 2361, Fahrzeug ist offen, Tank ist voll. Halten Sie sich ans Tempolimit. Werden Sie geblitzt, sind sie tot. Fahren Sie auf die A7 in Richtung Süden. Ich melde mich wieder.*

„Wir sollen ins Parkhaus Schmiedestraße", informierte sie Blessing. „Da lang und dann links in die Schuhstraße."

Blessing sah Anabel zweifelnd an. „Soweit ich weiß, sind im Parkhaus jede Menge Kameras."

Erneut fiepte das Handy. Anabel las die eingegangene Nachricht laut vor.

Ich habe sämtliche Kameras im Parkhaus deaktiviert. Euch bleiben noch drei Minuten.

Sie machten sich zügig auf den Weg. Nach wenigen Augenblicken wandten sie sich nach links in die Schuhstraße. Zweihundert Meter geradeaus, dann bogen sie wieder links ab in die Schmiedestraße. Sie erreichte das Parkhaus und blieben kurz stehen, um sich zu orientieren. Blessing wies mit dem Kinn in eine bestimmte Richtung. „Da ist das Treppenhaus."

Sie gingen in das zweite Geschoss und suchten den genannten Parkplatz.

Als sie ihn gefunden hatten, blieben sie unschlüssig stehen.

„Echt jetzt?“, wollte Blessing wissen, als er den Wagen sah.

Es handelte sich um einen uralten BMW 1502.

Anabel zuckte mit den Schultern. „Der hat garantiert keinen Bordcomputer.“

Blessing wirkte plötzlich unschlüssig, was Anabel nicht entging. „Was ist los?“

„Wie konnte dieser Typ, der dir ständig Nachrichten schickt, wissen, wo wir sind? Und wie konnte er diesen Wagen für uns hier abstellen?“

„Ich weiß es nicht“, gab Anabel zu.

Blessing ließ sich vor dem Wagen auf die Knie nieder und spähte unter das Fahrzeug.

„Was suchst du?“, wollte Anabel wissen.

„Eine Bombe.“

KAPITEL 48

La Palma

Lasker starrte auf die Überreste der Finca und schüttelte unentwegt den Kopf. Er hatte sehr schöne Erinnerungen an dieses Domizil. Vor allem an diverse Weihnachten, die er hier verbracht hatte. Er riss sich von dem traurigen Anblick los und sah zu Dost.

„Wie zum Teufel konnte das passieren?"

„Darüber denke ich schon die ganze Zeit nach", sagte Dost. „Ich vermute, Redemptio ist in der Lage, selbst sichere Verbindungen im Dark Net zu hacken. So kam sie Krüger auf die Spur. Und uns."

„Also ist dieser Krüger tot", schloss Lasker aus den Überlegungen Dosts.

„Davon müssen wir ausgehen."

„Und was machen wir nun?"

„Wir müssen von hier verschwinden", antwortete Dost. „Ich weiß nur noch nicht, wie."

„Zuerst sollten wir in den Ort, dort besorgen wir uns ein Taxi und fahren zum Flughafen"; schlug Lasker vor.

„Oh ja. Lassen Sie uns ein Flugzeug besteigen. Ist ja nicht so, als könnte Redemptio Autos zu Waffen umfunktionieren."

Lasker sah Dost entsetzt an. „Sie meinen … das Programm kann auch Flugzeuge zum Absturz bringen?"

Dost nickte in Richtung der Ruine. „Das Scheiß-Teil war in der Lage, den Gastank zu manipulieren. Für diese beschissene Software gibt es keine Grenzen."

„Also kein Flugzeug."

„Ganz bestimmt kein Flugzeug", bestätigte Dost.

Sie setzten sich in Bewegung.

„Wie weit ist es zu Fuß in den Ort?", erkundigte sich Dost.

„Keine fünfzehn Minuten."

Die nächsten Kilometer gingen sie schweigend nebeneinander her. Schließlich ergriff Lasker wieder das Wort. „Wir könnten mit einer Fähre übersetzen ..."

„Übersetzen wohin?"

„Nach Teneriffa. Oder Gran Canaria. Und von dort mit einem Boot nach Nordafrika. Oder gleich aufs spanische Festland."

„Wie lange dauert das?"

Lasker zuckte mit den Achseln. „Keine Ahnung."

„Googeln Sie das doch mal", schlug Dost vor.

„Okay", sagte Lasker und holte sein Smartphone aus der Jackentasche.

„Herrgott nochmal Lasker", brüllte Dost und entriss ihm das Handy. „Merken Sie sich endlich, dass diese Dinge heutzutage tödlich sind."

Er entfernte die SIM-Karte und zerstörte diese mit einem größeren Stein, der am Wegesrand lag. Dann zertrat er unnötigerweise das Telefon und stapfte wütend weiter. Nach etwa zwanzig Minuten erreichten die zwei den Ort. Sie fanden recht schnell eine geöffnete Bar und betraten diese. Ein Dutzend Gäste, überwiegend Einheimische, beäugten sie neugierig, verloren aber dann das Interesse an ihnen und widmeten sich wieder ihren Gesprächspartnern.

Lasker wollte sich gerade an den Mann wenden, der hinter der Bar stand, als sämtliche Handys im Lokal anfingen zu klingeln. Alle sahen sich verdutzt an. Schließlich griffen sie zu ihren Smartphones und nahmen den Anruf entgegen.

„Qué?", fragten die meisten von ihnen.

Dann sah sich ein älterer Mann in derber Kleidung suchend um.

Sein Blick blieb auf Lasker und Dost hängen. “Hay un Vincent Dost aquí?”

Dost sah Lasker fragend an. “Was hat er gesagt?”

“Er hat gefragt, ob hier einer Vincent Dost heißt.”

KAPITEL 49

Berlin

„Herr Staatssekretär, wir verlieren die Kontrolle über Redemptio. Wir müssen dieses Programm abstellen.“

Der Mann, der das sagte, sah aus als hätte er den Leibhaftigen persönlich im Fahrstuhl getroffen. Ministerialdirektor Hans Jürgen Voigt von der Abteilung ÖS, zuständig für die öffentliche Sicherheit und einer der engsten Vertrauten von Staatssekretär Essling, sah seinen Vorgesetzten mit einer Mischung aus Furcht und Verzweiflung an. Essling betrachtete seinen Mitarbeiter. Voigt war Mitte fünfzig, klein und leicht übergewichtig. Er hatte schütteres Haar, ein rundes Gesicht und er trug eine altmodische Brille. Aber trotz seines eher unvorteilhaften Äußeren besaß Voigt zwei große Vorzüge. Zum einen besaß er einen messerscharfen Verstand. Zum anderen war er die menschliche Personifizierung von Loyalität. Diese war so stark ausgeprägt, dass sie bisweilen obskure Ausmaße annahm. Essling ordnete Politiker grob in zwei Gruppen ein. Es gab die, die bereit waren, Risiken einzugehen und diejenigen, die ständig bemüht waren, Risiken zu vermeiden. Gerhard Schröder war ein Paradebeispiel für die erste Gruppe. Helmut Kohl eines für die andere. Daraus könnte man schließen, dass es klüger war, zu denen zu gehören, die Risiken vermieden. Essling war der Meinung, dass das nicht zutraf. Es kam immer darauf an, wie man die Geschichte verkaufte. Und man benötigte Mitarbeiter, die bereit waren, für einen durchs Feuer zu gehen. Die sich vor eine Kugel warfen, um sie abzufangen. Als die Innenministerin ihm von Redemptio erzählt hatte, war Essling sofort klar gewesen, welch enormes Potential sich dahinter verbarg.

Und welches Risiko es bedeuten würde, das Programm einzusetzen, ohne Bundestag und Bundesrat davon zu informieren. Beziehungsweise deren Erlaubnis zu erfragen. Die sie niemals bekommen hätten.

Essling war sofort bereit gewesen, das Risiko einzugehen, Redemptio ohne Bewilligung einzusetzen. Schneider hatte eher zögerlich reagiert. Aber Essling sah das große Bild. Alle anderen sahen nur, wo der Ball, der geworfen wurde, startete. Essling hingen erkannte, wo er landen würde. So wurde er zur treibenden Kraft hinter der Reform und dem Programm. Dass die Innenministerin Zweifel bekommen hatte, war absehbar gewesen. Aber es war ihm gelungen, sie vorerst an die Kette zu nehmen. Und Voigt mit seiner grenzenlosen Loyalität war ihm da eine große Hilfe gewesen.

„Wie kommen Sie darauf, wir würden die Kontrolle verlieren?“, wollte Essling von Voigt wissen.

„Weil sie ein verdammtes Eigenleben entwickelt. So drückte es der Chefentwickler aus.“

„Werden Sie bitte ein klein wenig konkreter“, forderte Essling ihn auf.

Natürlich wusste er, dass Redemptio lernte, sich entwickelte. Er hatte selbst erst vor kurzem ein Gespräch mit dem Chefentwickler Hamann geführt, der ihm das bestätigte. Aber das machte ihm mittlerweile keine Sorgen mehr, da alles mehr als prächtig lief. Es hatte keine weiteren besorgniserregenden Zwischenfälle gegeben. Auch eine intelligente Maschine hatte seine Grenzen.

Waren die erreicht, ging es nicht weiter.

„Sie erinnern sich an Anabel Plate?“

Essling runzelte nachdenklich die Stirn.

Schließlich nickte er. „Ja. Sie hat den Fall Kofler bearbeitet. Jedenfalls so lange, bis das BKA ihn übernommen hat. Ich erinnere mich, dass sie einen Verdacht hatte, dass es keine Notwehr war. Was aber jetzt egal ist. Der Fall wurde zu den Akten gelegt."

„Genau die meine ich. Und nun hat das Programm sie als Zielperson deklariert. Sie und ihren ehemaligen Vorgesetzten Blessing. Der übrigens jetzt für die PEG arbeitet."

„Was reden Sie denn da? Warum sollte Redemptio jemanden zur Zielperson erklären, der in unserem Team spielt?"

Voigt begann unruhig in Esslings Büro auf und ab zu laufen. „Sehen Sie denn nicht, was hier passiert?", rief Voigt erregt. „Ganz offensichtlich ist dieses Ding in der Lage, selbständig Entscheidungen zu treffen, Maßnahmen einzuleiten und in die Tat umzusetzen. Denken Sie an den Autounfall von diesem Engelhardt. Die anderen am Unfall beteiligten Fahrzeugen wurde manipuliert. Und soweit ich weiß, hat keiner von uns den Befehl dazu gegeben. Und jetzt Plate und Blessing."

Voigt blieb stehen und sah Essling mit weit aufgerissenen Augen an. „Redemptio erstellt eine Todesliste und arbeitet diese ab, Jochen. Wer weiß, was sie als nächstes plant."

Essling versuchte, seinen Mitarbeiter zu beruhigen. „Nun machen Sie mal halblang, Hans Jürgen. Das ist doch gar nicht möglich. Wir kontrollieren Redemptio, nicht umgekehrt."

Voigt schüttelte vehement den Kopf. „Nein Jochen. Sie sind nicht auf dem aktuellen Stand. Nur ist es so, dass Hamann sich nicht traut, Ihnen die Wahrheit zu sagen. Reden Sie mit ihm. Ich flehe Sie an, sprechen Sie mit Hamann und treffen Sie dann die richtige Entscheidung."

KAPITEL 50

Salzgitter

Anabel wusste noch immer nicht, was ihr eigentliches Ziel war. Der mysteriöse Anrufer hatte nur noch eine einzige Nachricht geschickt und sie aufgefordert, die A7 an der Abfahrt Salzgitter-Derneburg zu verlassen und in Richtung Salzgitter weiterzufahren. Nun hatte sie die Stadt fast erreicht und wusste nicht weiter. Neben ihr döste Blessing auf dem Beifahrersitz. Sie sah am Straßenrand das Hinweisschild eines Campingplatzes und bog rechts auf die Straße Bergmühle ab. Zur Linken sah sie nur Felder, rechts von ihr befand sich ein kleiner Wald.

„Was hast du vor?", wollte Blessing verschlafen wissen.

„Ich brauche einen Kaffee und 'ne Kleinigkeit zu essen. Und pinkeln muss ich auch", antwortete Anabel.

Sie hatten eigentlich vorgehabt, in dem Lokal in Hannover eine Kleinigkeit zu essen. Dazu war es aber nicht gekommen. Seit ihrer Flucht aus Hannover hatten sie nichts mehr gegessen oder getrunken. Das machte sich bei ihr allmählich bemerkbar.

„Willkommen im Club", nuschelte Blessing, der daraufhin ausgiebig gähnte und sich streckte. „Was für eine unbequeme Karre", beschwerte er sich.

Anabel ignorierte ihn und konzentrierte sich auf die Umgebung. Vor sich sah sie das Hauptgebäude des Campingplatzes. Wenn es Kameras gab, dann irgendwo hier. Aber sie konnte keine sehen. Was sie nicht beruhigte. Schließlich hatte sie die Kamera in der

Kneipe auch übersehen. Sie fuhr langsam bis zum Gebäude vor und blieb dann stehen.

Auf einem Parkplatz standen drei Fahrzeuge. Zwei hatten Kennzeichen aus Salzgitter, der andere war in Hannover zugelassen.

„Und nun?“, wollte Blessing wissen.

„Ich seh mich mal um“, antwortete Anabel und stieg aus.

Kaum hatte sie das Fahrzeug verlassen, spürte sie die Verspannung im ganzen Körper. Sie streckte sich und machte leichte Dehnübungen. Als sie merkte, dass sich ihre Muskeln langsam lockerten, ging sie auf den Eingang des Hauses zu. Sie drückte den Türgriff nach unten und stellte fest, dass die Tür offen war. Kurz blickte sie zurück zum Fahrzeug, dann betrat sie das Gebäude. Drinnen war es kühl. Das änderte sich, als sie den Gästeraum betrat. Hier brannte ein Kaminfeuer und verbreitete angenehme Wärme. Zu sehen war niemand, aber aus einem Raum hinter dem Tresen hörte sie das für eine Küche typische Geklapper von Töpfen.

„Hallo? Haben Sie geöffnet?“

Wenige Augenblicke später kam eine ältere Frau aus der Küche.

Sie lächelte Anabel freundlich an. „Guten Tag, junge Frau. Was kann ich für Sie tun?“

„Kann ich bitte zwei Kaffee haben? Und eine Kleinigkeit zu essen? Brot und Aufschnitt würden vollkommen genügen.“

„Ich kann Ihnen auch ein richtiges Essen anbieten. Was halten Sie von einem deftigen Erbseneintopf?“

Alleine bei dem Gedanken daran fing ihr Magen an zu knurren.

„Das wäre fantastisch“, antwortete Anabel. „Im Auto wartet mein Bekannter. Reicht es für zwei?“

Der Frau lachte. „Es reicht für eine ganze Kompanie.“

„Dann hole ich ihn“, sagte Anabel und verließ das Gebäude.

Eine halbe Stunde später hatten jeder zwei Teller des guten Eintopfes gegessen. Blessing lehnte sich zurück, unterdrückter ein Rülpsen und sah dann Anabel prüfend an.

„Dieser Lasker … du sagtest vorhin, du und Dost wolltet Kontakt zu ihm aufnehmen. Ist es dazu gekommen?“

Anabel konnte nicht erklären warum, aber auf einmal läuteten ihre inneren Alarmglocken. Laut und deutlich. Äußerlich ließ sie sich nichts anmerken, als sie den Kopf schüttelte.

„Nein. Ich habe es nicht geschafft. Und mein letzter Kontakt zu Dost liegt schon lange zurück. Seitdem er auf der Flucht ist, habe ich nichts mehr von ihm gehört."

Das entsprach sogar der Wahrheit. Aber hätte sie gestern mit Vincent telefoniert, wäre ihre Antwort an Blessing genauso ausgefallen.

„Verstehe ...", sagte Blessing leise.

„Warum fragst du?"

„Ich dachte gerade, dass es vielleicht dieser Lasker ist, der dir die Nachrichten geschrieben und uns hierher gelotst hat."

Das war gelogen. Anabel erkannte das sofort.

„Warum sollte er das tun? Und woher sollte er diese Fähigkeiten haben?", fragte sie Blessing. Sie wollte, dass er weiterlog. Vielleicht entlarvte er damit die Wahrheit. Es wäre nicht das erste Mal gewesen, dass ein Lügner sich selbst überführte und immer mehr Tatsachen in die Lügen mischte. Und manchmal konnte man so schließlich an der Wahrheit kratzen.

Blessing zuckte mit den Achseln. „Ach, ich weiß auch nicht. Ich versuche einfach ein bisschen Licht ins Dunkle zu bringen. Und dieser Lasker scheint mir jemand zu sein, der über enorme Mittel verfügt."

Obwohl das logisch klang, glaubte Anabel ihm kein Wort.

Er beugte sich vor. „Es könnte natürlich auch Dost sein, der hier versucht, Kontakt zu dir aufzunehmen."

Anabel schüttelte den Kopf. „Wir hatten eine andere Methode, um in Verbindung zu treten."

„Ach. Und welche war das?"

Anabel hatte schon eine spitze Bemerkung auf den Lippen, als das Smartphone den Eingang einer Nachricht signalisierte. Sie nahm das Handy und las.

Fahren Sie in den Harz. Nach Osterode. Ich melde mich bei Ihnen, wenn Sie dort angekommen sind. Versuchen sie, Ihren Begleiter loszuwerden. Er spielt ein doppeltes Spiel. Sie dürfen ihm nicht vertrauen.

Anabels Herz schlug heftig in ihrer Brust. Ihr Instinkt sagte ihr, dass sie diesem Unbekannten vertrauen konnte. Und das bedeutete, dass Blessing doch nicht zu den Guten gehörte. Verdammt. Sie hatte so gehofft, dass es anders wäre. Es hätte ihr Halt gegeben zu wissen, dass einer der ihren auf der richtigen Seite war. Auf ihrer Seite.

Versuchen sie, ihren Begleiter loszuwerden.

Tolle Idee. Aber wie?

„Und, was schreibt er?"

„Es könnte auch eine sie sein", meinte Anabel, um Zeit zu gewinnen.

„Ja klar, du hast recht. Also, was schreibt *es*?"

„Wir sollen nach Kassel fahren", log sie.

„Nach Kassel? Komisch. Warum sind wir dann von der A7 runter?"

„Hat er nicht geschrieben."

„Und dann?"

„Wenn wir in Kassel sind, wird er sich wieder melden."

Blessing sah Anabel forschend an. „Mehr hat er nicht geschrieben?"

„Nein." Anabel stand auf. „Ich geh jetzt endlich aufs Klo. Und danach werde ich eine rauchen."

Ohne auf seine Antwort zu warten, setzte sie sich in Bewegung. Während sie in Richtung Toilette ging, rasten ihre Gedanken. Anabel fühlte sich, als säße sie in einem Kettenkarussell, das sich immer schneller drehte und ihr keine Chance ließ, auszusteigen. Ihr wurde regelrecht schwindelig. Wer war Freund, wer war Feind? Wenn der Unbekannte recht hatte, und Blessing zu den Bösen gehörte, wurde er auf sie angesetzt, um sie auszuschalten?

Oder war er bei ihr, um an den mysteriösen Unbekannten heranzukommen?

Nein, das war Quatsch. Von dem hatte sie ja bis vor kurzem selbst nichts gewusst. Und Blessing hatte natürlich recht mit seiner Frage, woher der Unbekannte das Wissen und die Fähigkeiten besaß, ihnen zu helfen. Er schien über die gleichen Fähigkeiten zu verfügen wie Redemptio.

Wie waren nochmal seine Worte gewesen …?

Mir stehen alle halbe Stunde genau vier Minuten und zwanzig Sekunden zur Verfügung, um mit Ihnen zu kommunizieren. Danach übernimmt Redemptio die vollständige Kontrolle.

Bedeutete dies nicht, dass er Zugriff auf das Programm hatte?

Natürlich. Alleine der Satz: *Danach übernimmt Redemptio die vollständige Kontrolle,* zeigte doch, dass er in der Lage war, sie zu … umgehen? Manipulieren? Egal was, er hatte Möglichkeiten, die Gefahr zu minimieren.

Anabel hatte inzwischen die Toiletten erreicht und sich erleichtert. Sie verließ die Kabine und sah sich um. Es gab ein Fenster, das groß genug sein wüsste, um durchzuklettern.

Sie überprüfte den Fenstergriff und stellte erleichtert fest, dass sich der Flügel vollends öffnen ließ. Ohne weiter nachzudenken schwang sie sich hindurch und sprang auf der anderen Seite auf den Boden. Sie orientierte sich und machte sich auf den Weg zum Wagen. Schlüssel, Smartphone und Waffe hatte sie dabei. Als sie gerade um die Ecke biegen wollte, sah sie Blessing, der am Wagen lehnte und auf sie wartete.

KAPITEL 51

La Palma

Wer sagt ihnen eigentlich, dass dieser unbekannte Anrufer nicht auch zu Redemptio gehört und uns in eine Falle lockt?", wollte Lasker von Dost wissen, nachdem dieser das Telefon eines der Gäste erhalten und mit dem Anrufer gesprochen hatte. Danach hatten sie das Lokal verlassen. Die Blicke der einheimischen Gäste waren einfach zu neugierig geworden und Dost hatte befürchtet, dass einer von ihnen demnächst anfangen würde, Bilder von ihnen zu machen, um sie dann online zu stellen. Sie standen nun etwas abseits der Bar unter einem großen Baum.

„Die Logik", antwortete Dost knapp.

„Aha", sagte Lasker und wartete auf eine Fortsetzung.

Als die ausblieb, verdrehte er die Augen und seufzte. „Bitte, lassen Sie mich an ihrem Wissen teilhaben."

„Ganz einfach; dieses Programm kann von Deutschland aus Gastanks auf den Kanarischen Inseln explodieren lassen. Glauben Sie wirklich, dass sie dann einen Helfer benötigt, der uns anruft, um uns in eine Falle zu locken?"

Lasker wiegte den Kopf hin und her. „Na ja, immerhin ist der Plan mit dem Gastank nicht aufgegangen, nicht wahr?"

Das stimmte zwar, aber dennoch war Dost davon überzeugt, dass der Anrufer ein Freund und kein Feind war. Das lag vor allem daran, dass er sehr viel zu wissen schien und dieses Wissen mit ihm geteilt hatte.

Über Redemptio, den Tod von Kofler und dessen Frau, dem Unfall des Journalisten Engelhardt und schließlich dem, was Anabel Plate geschehen war. Das alles war natürlich kein unwiderlegbarer Beweis dafür, dass es keine Finte war und sie am Ende in eine Falle tappten, aber Dost ging nicht davon aus.

Für Redemptio wäre dies eine zu umständliche Methode, sie ins Jenseits zu befördern. Sollte er sich dennoch irren, würden sie dies in ein paar Stunden erfahren. Auf eine mehr als unangenehme Art. Der Anrufer hatte ihm erklärt, wie er sie zurück nach Deutschland befördern wollte. Auf dem Flughafen von La Palma wartete eine vollgetankte Cessna Citation inklusive Piloten und Flugbegleiter auf sie. Dieser Jet würde sie Nonstop innerhalb von fünf Stunden nach Hannover bringen. Natürlich waren sie als Fluggäste unter anderen Namen registriert. In Hannover würden sie ohne Passkontrolle zu einem bereitstehenden Fahrzeug gebracht werden. Anschließend sollten sie nach Salzgitter fahren. Dort würde der Unbekannte dafür sorgen, dass sie Anabel Plate trafen. Dann könnten sie, so der Unbekannte, ihre weitere Vorgehensweise besprechen. Auf die Frage von Dost, ob der Anrufer dann auch persönlich zu ihnen stoßen wollte, hatte er keine Antwort erhalten.

Soweit, so gut.

Er würde das Risiko eingehen. Was blieb ihnen auch anderes übrig?

KAPITEL 52

Braunschweig

Das Leben von Harry Steinhardt hatte sich vollkommen verändert, seit Anabel bei ihm gewesen war und um Rat gefragt hatte. Er hatte herumtelefoniert, um in Erfahrung zu bringen, ob im Fall Kofler noch ermittelt wurde und war abgeblitzt. Es war nicht unbedingt die Tatsache, dass seine Kontaktleute für ihn größtenteils nicht zu sprechen gewesen waren. Was an sich schon ungewöhnlich und höchst verdächtig war. Vielmehr die Reaktionen der Personen, die er erreichte, waren besorgniserregend gewesen. Entweder behauptete sie, von nichts zu wissen, oder aber sie sprachen deutliche Warnungen aus. Es wäre besser, hier nicht weiter nachzuhaken, sagten sie ihm. Anabels Verdacht was dieses Programm betraf, schien ins Schwarze getroffen zu haben. Und dann rief ihn ein alter Kollege an, der jetzt im Bundesinnenministerium arbeitete. Von ihm erfuhr Harry, dass Anabel Plate auf der Fahndungsliste stand. Zusammen mit ihrem ehemaligen Vorgesetzten Blessing. Der schlimmstmögliche Fall war eingetreten. Anabel war aufgeflogen. Das wie war dabei zunächst sekundär. Primär wichtig war es nun, ihr zu Hilfe zu eilen.

Aber wie?

Harry begann zu recherchieren. Besaß Anabel irgendwo einen Rückzugsort, der anderen nicht bekannt war. Erste Anlaufstelle, um eine Antwort auf diese Frage zu erhalten, waren Anabels Eltern. Die konnten ihm jedoch nicht weiterhelfen. Da es noch nicht öffentlich gemacht worden war, dass Anabel mit Haftbefehl gesucht wurde, ließ sich Harry eine fadenscheinige Ausrede für seine Frage einfallen.

Ihre alten Kollegen wollten nun, da sie zur Hauptkommissarin befördert worden war, eine Party schmeißen und suchten nach einer geeigneten Location.

Vollkommen hirnrissig, aber effektiv.

Als Nächstes suchte Harry in einem Internetcafé nach weiteren Informationen über die letzten Fälle Anabels und die jüngsten Einsätze der Spezialeinheit. Vielleicht würde er hier auf etwas stoßen, dass ihm einen Grund lieferte, warum Anabel auf der Abschussliste stand. Im Innenministerium anzurufen, erschien ihm zu diesem Zeitpunkt zu riskant. Nach zwei Stunden stellte er frustriert fest, dass er so nicht weiterkam.

Dann hatte sein Handy geklingelt.

„Ja?"

„Warum suchen Sie nach Informationen über Anabel Plate und die PEG?"

„Wer sind Sie?"

„Uninteressant. Sie haben sich mit Ihrer Suche in Gefahr gebracht. Seit etwa dreißig Minuten hat Redemptio Sie auf dem Radar."

Harry erstarrte. Was für ein verfluchter Idiot er doch war. Anabel hatte ihn vor diesem Programm eindringlich gewarnt.

„Und was bedeutet das für mich?"

„Das Redemptio Sie nicht mehr aus den Augen lässt. Totale Überwachung, visuell und Audio."

„Klingt beschissen."

Der Anrufer lachte. „Sie haben ja keine Ahnung ..."

„Und Sie helfen mir, weil ...?", wollte Harry wissen.

„Sagen wir so; ich hege ein persönliches Interesse daran, die Arschlöcher auffliegen zu lassen, die das Programm missbrauchen."

Harry dachte angestrengt nach. Das Motiv des Anrufers klang persönlich. So, als hätte die Maschine dem unbekannten Mann selbst Schaden zugefügt. Also musste es sich um einen Verbrecher handeln. Aber wie sollte so jemand an das Wissen herankommen, über das der Typ offenbar verfügte?

Es sein denn … er war ein Hacker, natürlich!

„Wie ist es Ihnen gelungen, in das System von Redemptio einzudringen, ohne bemerkt zu werden?“, wollte Harry wissen.

Erneut lachte der Mann. „Clever, wirklich sehr clever. Anabel Plate wusste schon, warum sie sich an Sie gewandt hat.“

„Bekomme ich eine Antwort?“

„Nein. Nicht jetzt. Wollen Sie, dass Anabel am Leben bleibt?“

„Was für eine bescheuerte Frage. Natürlich.“

„Dann tun Sie, was ich verlange. Helfen Sie ihr. Dann erhalten Sie alle Antworten.“

Harry hatte zugestimmt und der Anrufer erklärte ihm, wie er vom Radar des Programmes verschwinden konnte. Es war kompliziert, aber machbar.

„Sie müssten noch ein paar Dinge besorgen, ohne dass es auffällt.“

„Haben Sie eine Liste?“, erkundigte sich Harry.

KAPITEL 53

Berlin

Essling verließ nur ungern das Büro. Denn das Gebäude zu verlassen bedeutete, Ministerin Schneider aus den Augen zu lassen. Aber der Besuch beim Chefentwickler Hamann ließ sich nicht länger hinauszögern. Die Zentrale der PEG war auf dem ehemaligen Kasernengelände am Treptower Park im Südwesten Berlins untergebracht. Zehn Meter unter dem Erdgeschoss, in einem kühlen Kellerraum, der permanent auf fünfzehn Grad Celsius herabgekühlt war, brummte der Supercomputer vor sich hin.

In seinem Inneren ruhte Redemptio und zog seine Kreise.

Das Büro Hamanns befand sich im Erdgeschoss, unmittelbar neben der imposanten Einsatzzentrale, in der zwanzig Controller vor ihren Computern saßen und konzentriert arbeiteten. An der gegenüberliegenden Wand waren mehrere Dutzend Monitore befestigt, die unterschiedliche Bilder aus diversen Überwachungskameras live in die Zentrale übertrugen. Zurzeit lief die Fahndung nach Plate auf Hochtouren. Bislang ergebnislos.

Hamann und Essling saßen an einem Besprechungstisch in Hamanns Büro.

Essling spürte sofort, dass Hamann angespannt war.

„Was ist los?“, wollte er wissen.

Hamann schnaubte. „Ich weiß es nicht. Und das macht mich verrückt.“

„Von Anfang an bitte“, forderte Essling.

„Okay, gut. Also, Sie erinnern sich, dass ich Ihnen vor Monaten sagte, dass Redemptio lernfähig ist?"

Essling nickte. „Vage. Aber ja, ich erinnere mich."

„Ein Schachcomputer kann das auch. Er lernt, unterschiedliche Gegner zu erkennen, deren Spielstil von anderen zu unterscheiden und so eine Strategie zu entwickeln. Soweit klar?"

Essling empfand die Frage als anmaßend, schrieb sie aber dem Gemütszustand Hamanns zu und nickte einfach nur.

„Okay. Der Schachcomputer ist natürlich nicht in der Lage, soziale Netzwerke zu durchsuchen. So könnte er erfahren, dass sein Gegner einen Menschen verloren hat und trauert. Das würde sich auf seinen Spielstil auswirken. Weil es die Psyche beeinflusst. Auch kann er nicht auf E-Mails oder Telefonate des Gegners zugreifen. So hätte der Computer die Möglichkeit, herausfinden, dass sein Gegner eine andere Strategie wählt, um den Schachcomputer zu verwirren."

„Ich verstehe."

„Das ist in meinen Augen unwahrscheinlich, aber egal. Redemptio kann all das. Und noch mehr. Das ist aber nicht das Problem. Das wussten wir schließlich, als wir es online gehen ließen. Was die Entwickler dieses Programmes vergaßen zu erwähnen, ist, dass das Programm in der Lage ist, seinen ... Aufgabenbereich flexibel zu gestalten."

Hamann sah Essling abwartend an. Als eine passende Reaktion des Staatssekretärs ausblieb, seufzte er tief. „Was rede ich hier eigentlich mit Ihnen? Sie verstehen ja doch nichts. Aber ich kann Ihnen das nicht übelnehmen. Schließlich verstehen wir das ja selber nicht."

„Guter Mann, ich versichere Ihnen, dass ich bislang keine Probleme hatte, Ihnen zu folgen", sagte Essling ungehalten. „Aber es wäre hilfreich, mir ein anschauliches Beispiel zu geben."

Hamann dachte kurz nach und nickte dann knapp. „Haben Sie schon einmal etwas von dem Büroklammer-Problem gehört?"

„Nein, nicht dass ich wüsste ..."

„Es handelt sich hierbei um ein anschauliches Beispiel. Nehmen wir an, Sie hätten eine intelligente Maschine konstruiert, die Büroklammern bauen soll. Der Auftrag an die Maschine lautet: Baue mir so viele Büroklammern, wie möglich. Okay?"

Essling nickte.

Hamann fuhr fort. „Um diesen Auftrag zu erledigen, geben Sie der Maschine eine gewisse Menge an Rohstoffen, die für den Bau dieser Büroklammern benötigt werden. Nun lautet der Auftrag ja, *baue so viele Büroklammern wie möglich*. Was, wenn die Maschine nach vollständigem Verbrauch der Rohstoffe feststellt, dass sie ja noch sehr viel mehr Klammern produzieren kann. Sie müsste nur andere Rohstoffe nutzen. Das tut sie schließlich. Aber sie hört nicht mehr auf. Sie stoppt nicht einmal dann, wenn sämtliche Rohstoffe des Planeten aufgebraucht sind. Sie widmet sich dann den Ressourcen des Sonnensystems. Verstehen Sie? Das Programm verwandelt am Ende das gesamte Universum in Büroklammern."

„Äh … das ist nur eine Theorie, oder?"

Hamann warf die Hände in die Luft. „Natürlich. Passiert ist es ja noch nicht. Aber wie jede Theorie könnte auch diese bald in der Praxis ihre Bestätigung erfahren."

„Ich verstehe …"

„Ist das so? Erstaunlich. Wirklich erstaunlich. Vielleicht können Sie mir ja dann erklären, was das hier zu bedeuten hat." Hamann stand auf, ging zu seinem Schreibtisch und kehrte mit zwei Computerausdrucken zurück. Er legte sie vor Essling auf den Tisch.

Essling griff zu und vertiefte sich in den Inhalt. Allerdings legte er die Ausdrucke gleich wieder zurück auf den Tisch. „Das sagt mir nichts. Was ist das?"

„Das, Herr Staatssekretär", antwortete Hamann und tippte auf den ersten Ausdruck. „Dass hier ist ein Auszug des ursprünglichen Quellcodes von Redemptio."

Essling griff sich den Ausdruck und starrte ihn an.

<!doctype html>	
	<html lang="de" xmlns=xmlns="http://www.w3.org/1999/xhtml" xmlns:og=xmlns:og="http://ogp.me/ns#">
	<head>
	<script type="text/javascript" src="https://gc.kis.v2.scr.kaspersky-labs.com/FD126C42-EBFA-4E12-B309-BB3FDD723AC1/main.js?attr=D9K5PYD9rOdoPm0H5Un-6JVGYbA5jSX0kVD_2EkwP1IxKIWrC-8wJinwtOaKzMbKureirJVHL8_Bz0wAw-qKY6Q9igr8G9lU4uJXro7A_uVyCU" charset="UTF-8"></script><base href=">
	<meta charset="UTF-8"/>
	<title>BMI - Bundesministerium des Innern, für Bau und Heimat - Bundesinnenministerium</title>
	<meta name="viewport" content="width=device-width, initial-scale=1.0, maximum-scale=1.5, user-scalable=1"/>
	<meta name="generator" content="Government Site Builder"/>
	<meta name="google-site-verification" content="OYD2DLOapOGmGOx3AQ8_f0CDrX1vfkVdMDD7rwPXKng" />
	<meta name="keywords" content="BMI, Innenministerium, Innenpolitik, Innere Sicherheit, Bundespolizei, Extremismus, Heimat, Zuwanderung, Integration, Migration, Asyl, Staatsangehörigkeit, Aussiedler, Minderheiten, Datenschutz, Moderner Staat, Öffentlicher Dienst, Religion, Kirche, Bundesministerium, Gesetze, Waffen, Statistik, Islam, Viren, Bürokratieabbau, Kriminalität, Terrorismus, Beihilfe, Pass, Ausweis"/>

	<meta name="description" content="Die Internetseite des Bundesministeriums des Innern, für Bau und Heimat bietet Informationen zur aktuellen Innenpolitik und zu den vielfältigen Aufgabenbereichen des BMI "/>
	<meta property="og:site_name" content="Bundesministerium des Innern, für Bau und Heimat"/>
	<meta property="og:type" content="website"/>
	<meta property="og:title" content="Startseite"/>
	<meta property="og:description" content="Die Internetseite des Bundesministeriums des Innern, für Bau und Heimat bietet Informationen zur aktuellen Innenpolitik und zu den vielfältigen Aufgabenbereichen des BMI "/>
	<meta property="og:image" content="http://www.bmi.bund.de/SiteGlobals/Frontend/Images/logo.png?__blob=poster&v=5"/>
	<meta property="og:image:type" content="image/png"/>
	<meta property="og:image:width" content="1344"/>
	<meta property="og:image:height" content="832"/>
	<meta property="og:url" content="http://www.bmi.bund.de/DE/startseite/startseite-node.html"/>
	<meta property="og:locale" content="de_DE"/>
	<meta property="og:updated_time" content="2018-03-16T08:01:37+0100" />
	<meta name="twitter:card" content="summary_large_image"/>
	<meta name="twitter:title" content="Startseite"/>

	<meta name="twitter:description" content="Die Internetseite des Bundesministeriums des Innern, für Bau und Heimat bietet Informationen zur aktuellen Innenpolitik und zu den vielfältigen Aufgabenbereichen des BMI „/>
	<meta name="twitter:image" content="http://www.bmi.bund.de/SiteGlobals/Frontend/Images/logo.png?__blob=poster&v=5"/>

„Das ist ja ungemein aussagekräftig“, maulte Essling und legte den Ausdruck zurück auf den Tisch.

Hamann hielt den zweiten Ausdruck in die Höhe. „Und das hier ist der vom Programm selbständig überarbeitete Quellcode.“

```
0100111101110000011101000110100101101101011010010110100101
1001010111001001110101011011100110011100100000011
0010001100101011100100010000001010110011001010111
00100110001001110010011001010110001101101000011001
01011011100111001101100010011001010110101111000011
10100100011011010111000001100110011101010110111001
10011101001111011100000111010001101001011011010110
10010110010101110010011101010110111001100111001000
00011001000110010101110010001000000101011001100101
01110010011000100111001001100101011000110110100001
10010101101110011100110110001001100101011010111100
00111010010001101101011100000110011001110101011011
10011001110100111101110000011101000110100101101101
01101001011001010111001001110101011011100110011100
10000001100100011001010111001000100000010101100110
01010111001001100010011100100110010101100011011010
00011001010110111001110011011000100110010101101011
11000011101001000110110101110000011001100111010101
```

10111001100111010011110111000001110100011010010110
11010110100101100101011100100111010101101110011001
11001000000110010001100101011100100010000001010110
01100101011100100110001001110010011001010110001101
10100001100101011011100111001101100010011001010110
10111100001110100100011011010111000001100110011101
010110111001100111

„Aha. Und was ist das?“

„Das ist ein Binär-Code.“

„Das sind doch nur Ziffern. Zwei verschiedene, um genau zu sein. Wo ist das Problem?“

„Das Problem ist, dass wir es nicht lesen können“, erklärte Hamann mühsam um Beherrschung ringend.

„Wie gesagt, es sind nur zwei Ziffern. Eine 1 und eine 0. Es dürfte doch für Sie und Ihre Experten kein Problem sein, das zu übersetzen.“

Innerlich verdrehte Hamann die Augen. „Es gibt hunderte Millionen von verschiedenen Varianten. Obwohl es nur zwei Ziffern sind.“

„Sie wollen mir also sagen, dass Sie keine Ahnung haben, was das hier bedeutet und auch keine Möglichkeit sehen, es in Erfahrung zu bringen?

„Deshalb sind Sie hier. Wir können das nicht. Aber wir alle haben fürchterliche Angst.“

„So kommen wir aber nicht weiter. Nicht, indem Sie mir irgendwelche Ausdrucke vor die Nase halten, die kein normaler Mensch versteht.“

„Dann lassen Sie es mich anschaulicher gestalten“, sagte Hamann. „Dafür müssten Sie sich bitte neben mich setzen.“

Essling kam der Aufforderung nach und nahm neben Hamann Platz. Der gab ein paar Befehle ein und Augenblicke später befanden sie sich im internen Bereich der PEG. Das Menü bot verschiedenen Optionen an. Hamann klickte auf *aktuelle Fahndungen.*

„Hier können Sie alle Personen ersehen, die auf der Fahndungsliste der PEG stehen. Sehen Sie hier diesen Namen?"

Essling beugte sich etwas vor. „Das ist Blessing. Er gehört zu uns. Ich ging davon aus, dass er von der Liste entfernt wurde."

Hamann nickte. „Das haben wir versucht. Schauen Sie selbst, was passiert, wenn ich das tue."

Hamann klickte auf den Namen und sofort änderte sich die Oberfläche. Jetzt konnten sie die persönlichen Daten Blessings sehen und auch den Grund, warum nach ihm gefahndet wurde.

Ganz unten auf der rechten Seite gab es die Möglichkeit, den Status zu ändern.

Hamann klickte auf *Fahndung einstellen* und bestätigte den Befehl, nachdem er dazu aufgefordert wurde. Dann speicherte er die Änderung ab.

„Na also", sagte Essling zufrieden. „Geht doch …"

Kaum hatte er das gesagt, gab es eine Fehlermeldung.

Speichern fehlgeschlagen. Fahndung wurde nicht widerrufen.

„Was ist das?", wollte Essling verblüfft wissen.

„Redemptio lässt nicht zu, dass wir Blessing von der Liste nehmen. Ich drücke mich präziser aus: Redemptio hat Blessing als Feind eingestuft und lässt nicht zu, dass wir diesen Status ändern."

KAPITEL 54

Salzgitter

Anabel überprüfte ihre Waffe, lud sie durch und steckte sie hinten in den Hosenbund. Dann atmete sie tief durch und ging auf Blessing zu. Als der sie sah, versteifte sich sein Körper. Zwei Meter vor ihm blieb sie stehen und sah ihn stumm an.

„Du wolltest abhauen? Ohne mich?"

Anabel nickte. „Ja."

„Und warum?"

„Weil du für die anderen arbeitest."

Blessing hob die Augenbrauen. „Das wusstest du doch."

„Nicht so, wie du denkst."

„Das verstehe ich nicht."

„Die haben dich auf mich angesetzt, stimmts? Du solltest mich ausspionieren."

„So würde ich das nicht formulieren", sagte Blessing langsam. „Man bat mich, zu versuchen, Informationen über Dost von dir zu bekommen. Das hast du ja begriffen, als wir uns das letzte Mal trafen. Aber niemand hat mich beauftragt, dich auszuspionieren."

„So, wie du das ausdrückst, klingt das wirklich harmlos", ätzte Anabel, die spürte, wie sie zornig wurde.

„Ist es doch auch."

„Da bin ich mir nicht so sicher. Vor ein paar Stunden, in der Bar, als ich dir von meinem Verdacht erzählte, da hast du so getan, als würde dich das alles überraschen. Als wäre das alles neu für dich. Das zeigt mir deutlich, dass du nicht auf meiner Seite bist."

„Und was ist *deine Seite*? Wo genau stehst du denn? Bist du jemand, der nur kritische Fragen stellt, oder gehörst du zu denen, die den Worten Taten folgen lassen?"

„Siehst du, du tust es schon wieder", sagte Anabel mühsam um Beherrschung ringend. „Du versuchst, Informationen von mir zu bekommen. Deshalb hast du mich auch gefragt, ob Dost oder ich schon Kontakt zu Lasker aufgebaut haben. Normalerweise wäre das in unserer Situation vollkommen irrelevant."

„Herrgott Anabel, ich bin`s. Wir haben jahrelang zusammengearbeitet. Schon vergessen?"

„Nein, natürlich nicht. Damals habe ich dir auch noch vertraut. Jetzt tue ich das nicht mehr."

„Und was hast du jetzt vor?"

„Ich werde verschwinden."

„Ohne mich."

„Ohne dich."

„Und du meinst, das lasse ich zu."

„Ich hoffe sehr, dass du das tust", sagte Anabel leise. Jeder Muskel in ihrem Körper spannte sich an und sie verlagerte ihr Gewicht unmerklich auf den vorderen Fuß. Würde Blessing jetzt irgendeine verdächtige Bewegung machen, würde sie über ihn herfallen, wie ein Orkan. Der dunkle Teil von ihr hoffte sogar, dass er einen Fehler machen würde. Blessing tat ihr den Gefallen. Er machte einen Schritt auf sie zu. Anabel wich aus, trat ihm seitlich gegen das Knie, und als er einknickte, schlug sie ihm mit dem Handballen gegen die Nase. Blessing schrie vor Schmerz auf und sackte zu Boden.

Anabel wich zurück und wartete. Blessing schüttelte den Kopf und murmelte etwas Unverständliches. Dann aber schleuderte er eine Handvoll Dreck in ihr Gesicht. Etwas davon drang in ihre Augen ein, sodass sie für einen kleinen Augenblick abgelenkt war. Genug Zeit für ihn, aufzuspringen und zu seiner Waffe zu greifen.

Anabel ließ sich zu Boden fallen und brachte ihn mit derselben Technik zum Fallen, mit der sie damals im Dojo Sara überrumpelt hatte. Mit einem Wischer gegen seine Beine. Blessing fiel auf den Rücken und sofort war Anabel über ihm, entriss ihm die Waffe und schlug ihm ins Gesicht.

„Hör auf, verdammt", schrie Blessing. „Du hast mir die Nase gebrochen."

Anabel zögerte einen kurzen Moment, dann erhob sie sich und zog in einer geschmeidigen Bewegung die Waffe aus dem Hosenbund. „Zeig mir dein Handy", befahl sie.

Blessing erhob sich stöhnend. „Großer Gott Anabel, du bist ja wahnsinnig."

„Hol ganz langsam dein Handy aus der Tasche und leg es auf das Dach des Wagens", sagte Anabel vollkommen ruhig.

Blessing tat, was sie von ihm forderte. Blut lief ihm aus der Nase und er zwinkerte unentwegt, da seine Augen tränten. Er machte einen erbärmlichen Eindruck.

„Jetzt leg dich auf den Bauch und spreize Beine und Arme."

Blessing tat auch das. Anabel ging zum Wagen und griff sich das Smartphone. Sie konnte es aber nicht einsehen, da es gesperrt war.

Sie wandte sich an Blessing. „Passwortgeschützt oder Fingerabdruck?"

„Fingerabdruck."

Vorsichtig näherte sich Anabel dem am Boden liegenden Blessing.

Sie schob das Handy in Reichweite seiner rechten Hand. „Entsperren."

Blessing entsperrte sein Smartphone. Anabel nahm es wieder an sich, öffnete das Menü und kontrollierte die ausgehenden Anrufe. Er hatte keinen getätigt. Als nächstes checkte sie die ausgehenden Nachrichten. Auch hier entdeckte sie nichts. Ganz offensichtlich hatte sie sich geirrt. Blessing hatte niemanden kontaktiert. Sie schaltete das Handy aus, entfernte die SIM-Karte und zerstörte sie. Anschließend stieg sie in den Wagen und fuhr davon.

Anabel benutzte die B6 in Richtung Salzgitter. Links und rechts von ihr sah sie nichts anderes als Felder. Sie verließ die Bundesstraße und bog rechts auf die Lichtenberger Straße ab. Nach etwa fünf Minuten klingelte ihr Handy. Sie reduzierte die Geschwindigkeit und blickte auf das Display. Unbekannter Anrufer.

Anabel nahm das Gespräch an. „Plate."

„Sind Sie Ihren Begleiter losgeworden?"

„Ja. Ich habe auch sein Handy kontrolliert. Er hat niemanden angerufen."

„Er hat den Festnetzanschluss des Campingplatzes benutzt", klärte sie der Unbekannte auf.

Anabel fluchte.

„Haben Sie den Wagen überprüft?"

„Worauf?"

„Auf Peilsender, Frau Plate."

„Nein."

„Unterschätzen Sie diese Leute nicht. Sie müssen den Wagen so schnell wie möglich loswerden. Wo genau sind Sie jetzt?"

„Ich fahre auf der Lichtenberger Straße Richtung Salzgitter."

„Haben Sie schon die Kreuzung Osterlinder Bach passiert? Da geht's nur entweder nach links oder nach rechts."

„Ich glaube, da bin ich gleich."

„Okay fahren Sie nach rechts Richtung Salzgitter-Lichtenberg. Dort gibt es nach etwa zwei Kilometern einen Parkplatz. Da stellen Sie den Wagen ab. Gehen Sie von dort aus zu Fuß nach Lichtenberg. Ist nicht mal einen Kilometer entfernt. Jemand wird Sie abholen."

„Und wie soll ich diesen Jemand erkennen?"

Der Mann lachte. „Glauben Sie mir, Sie werden ihn erkennen."

KAPITEL 55

Salzgitter

Etwa zehn Minuten später kam ihr ein Fahrzeug entgegen. Sie erkannte schon von weitem, dass es sich um ein älteres Modell handelte. Anabel war sich ziemlich sicher, dass es sich um den Wagen handelte, der sie abholen sollte. Daran wird man uns in Zukunft immer erkennen, dachte sie grimmig. Uralte Autos ohne Bordcomputer und Straßenpläne in der Hand, die einem alle Überwachungskameras zeigten. Schön beschissen, diese neue Welt. Der Wagen hielt etwa zehn Meter vor ihr und wendete. Als sie das Fahrzeug erreichte und den Fahrer erkannte, konnte sie erst nicht glauben, wen sie da sah.

„Harry?"

Steinhardt grinste sie an. „Spring rein. Wir haben wenig Zeit. Hat Darth Vader jedenfalls behauptet."

Anabel setzte sich auf den Beifahrersitz und Harry fuhr los.

„Wer ist Darth Vader?"

„Der Typ, der mich angerufen hat. Irgendeinen Namen muss ich ihm doch geben."

„Du meinst wahrscheinlich denselben, der mich kontaktiert hat."

„Ganz bestimmt sogar", stimmte Harry zu.

„Und wohin fahren wir?"

„An einen Ort, an dem es sicher ist. Behauptet jedenfalls Darth Vader."

„Na, ich bin gespannt. Im Moment habe ich eher das Gefühl, dass es nirgendwo mehr sicher ist."

„Da ist wohl was dran. Aber ich habe das Gefühl, der Typ weiß, was er tut."

„Weißt du, wer er ist?", wollte Anabel wissen.

Harry schüttelte den Kopf. „Nein. Aber was ich weiß ist, dass wir nicht die einzigen sind, die da sein werden."

Anabel zuckte erschrocken zusammen. „Was zum Teufel soll das heißen?"

„Das weiß ich auch nicht so genau. Aber ich habe eine Vermutung."

+

Eine Stunde später erreichten Anabel und Harry ihr Ziel. Es handelte sich hierbei um ein Blockhaus im Harz. Vor der Hütte stand ein alter Jeep und aus dem Schornstein der Hütte quoll Rauch. Anabel und Harry stiegen aus und sahen sich um.

„Ruhig hier", stellte Harry fest.

„Wir sind ja auch am Arsch der Welt", erwiderte Anabel, zog ihre Waffe und ging auf die Hütte zu. Bevor sie die Tür erreichte, wurde diese von innen geöffnet und Dost trat heraus.

Als er die Waffe sah, grinste er. „Die wirst du nicht brauchen."

„Vincent?" Anabel war mehr als überrascht.

Dost machte eine einladende Geste. „Kommt rein. Drinnen ist es warm."

Beide folgten ihm in die Hütte. Dort saßen an einem massiven Holztisch zwei Männer. Einen der beiden erkannte Anabel sofort. Sie hatte sein Gesicht im Internet schon einmal gesehen.

Henry Lasker. Sie musterte den anderen Mann, bei dem es sich wahrscheinlich um den Anrufer handelte. Den Mann, den Harry Darth Vader getauft hatte. Anabel schätzte sein Alter auf Mitte fünfzig.

Er war groß und sportlich, hatte graues Haar und ein attraktives, wettergegerbtes Gesicht. Der Mann trug Jeans, Wanderstiefel und einen Kapuzenpulli. Er stand auf und streckte Anabel die Hand entgegen.

„Michael Wernhardt, schön, Sie alle unversehrt hier zu treffen."

Bei dem Namen klingelte etwas in Anabels Unterbewusstsein. Sie kramte darin herum, kam aber nicht darauf, woher sie ihn kannte.

„Ihr Name … Wernhardt … der sagt mir was. Nur komme ich nicht darauf …"

„Torben Wernhardt war mein Sohn."

„Natürlich", rief Anabel. „Torben war einer der Gründer von Excelsior."

„Ja. Und er wurde zusammen mit seinen beiden Freunden umgebracht."

„Ich weiß. Es tut mir sehr leid", sagte Anabel leise.

Harry räusperte sich. „Nun, da wir komplett sind, wäre es angebracht, uns zu verraten, warum wir alle hier sind."

„Harry hat recht", sagte Wernhardt. „Setzen wir uns doch. Dann erzähle ich Ihnen die Geschichte von Anfang an."

KAPITEL 56

Harz

Ich bin Professor für Informatik an der TU München", begann Wernhardt zu erzählen.

Sie hatten alle im Wohnzimmer der Hütte Platz genommen. Dost bereitete Kaffee für alle zu, Lasker hatte im Kamin ein Feuer entfacht. Wernhardt bemerkte den irritierten Blick von Lasker und zuckte mit den Schultern. „Was hatten Sie erwartet? Das den Job eines Professors für Informatik nur Zwanzigjährige ausüben können? Bedenken Sie bitte, dass, als das Internet in Deutschland startete, ich Anfang zwanzig war. Damals, in den frühen neunziger Jahren war ich gerade dabei, Mathematik zu studieren, wechselte aber zu Informatik, da mir klar war, dass dieser Fachbereich große Zukunft haben wird."

„Man konnte damals schon Informatik studieren?", wollte Anabel erstaunt wissen.

Wernhardt lächelte. „Das konnte man in Deutschland schon sehr viel früher. Ich meine, es war 1967, als die TU München den Studienzweig Informationsverarbeitung im Rahmen des Mathematikstudiums anbot. Wie dem auch sei, vor etwa drei Jahren veranstaltete ich mit meinen damaligen Studenten eine Art von Wettbewerb. Das Thema KI war allgegenwärtig und ich startete ein Projekt. Meine Studenten erhielten von mir die Aufgabe, eine wirklich nützliche KI zu entwickeln. Sie konnten den Anwendungsbereich der künstlichen Intelligenz frei wählen. Wie zu erwarten entschieden sich die meisten für die Medizin. Aber zwei meiner Studenten wählten einen vollkommen anderen Bereich, Einen, der auch für mich überraschend war. Ich muss dazu sagen, dass diese beiden zu den besten Studenten gehörten, die ich jemals unterrichten durfte."

„Lassen Sie mich raten", schaltete sich Lasker ein. „Diese beiden waren Sören Kramer und Markus Sündermann."

Wernhardt nickte traurig. „Zwei der späteren Gründer von Excelsior. Die beiden waren Feuer und Flamme für die Aufgabe und das Ergebnis, welches sie am Ende präsentierten, war ..."

„Redemptio", beendete Anabel den Satz.

„War faszinierend, wollte ich sagen. Es war ihnen gelungen, ein Programm zu entwickeln, dass nicht nur in der Lage war, Verbrechen vorherzusagen. Vielmehr war es dazu imstande, selbstständig dazuzulernen. Und ja, sie nannten ihr Programm Redemptio."

Anabel hob eine Hand. „Moment. Wenn ich den Inhalt dessen, was Kofler herausgefunden hat, richtig erinnere, dann benutzt die PEG einen Supercomputer. Ich gehe jetzt nicht davon aus, dass die beiden Zugriff auf einen ähnlich leistungsstarken Computer hatten, oder? Also wie soll das funktioniert haben?"

„Nun, hätten sie einen dieser Computer benötigt, so wären sie an der TU München an der richtigen Stelle gewesen. Aber das war gar nicht notwendig. Redemptio lief und funktionierte auch auf einem herkömmlichen, leistungsstarken Rechner."

„Aber warum hat das Innenministerium zig Millionen in eines dieser Superdinger investiert, wenn das überhaupt nicht nötig war?"

„Weil es ihnen um eine ungeheuer große Menge von Daten ging. Von vornherein wollten sie die Daten aller Bürger des Landes in das Programm eingeben. Und bei dieser Anzahl von Informationen geht es dann doch nur mit einem Supercomputer. Zumal sämtliche Daten in Echtzeit und simultan verarbeitet werden sollen und müssen."

Wernhardt machte eine Pause und trank etwas Kaffee. „Niemand konnten ahnen, dass gerade der Umstand, einen solch leistungsstarken Rechner zu verwenden, dazu führte, dass alles außer Kontrolle geriet."

„Wie meinen Sie das?", wollte Dost wissen.

Wernhardt blickte Dost nachdenklich an. Langsam drehte er den Becher mit Kaffee in den Händen. Schließlich nickte er, wie, um sich selbst zu bestätigen.

„Okay hört zu: Stellt euch einfach eine Kaffeemaschine vor, ja? So einen modernen Vollautomaten. Die Elektronik darin ist einzig darauf programmiert, zu jeder Zeit den bestmöglichen Kaffee zuzubereiten. Alles klar?"

Die anderen nickten bestätigend.

„Und nun stellt euch einen Vollautomaten der Zukunft vor. Einen, der mit dem Internet verbunden ist und zum Beispiel selbstständig Ware bestellen kann. Darüber hinaus ist das Gerät in der Lage, über eingebaute Sensoren eure Vitalwerte zu analysieren. Denn eure Gesundheit ist Bestandteil der Aufgabe. Was aber geschieht, wenn diese Maschine ihren Auftrag zu ernst nimmt? Stellt euch vor, sie durchforstet das Internet und findet heraus, dass die Rösterei, die die Bohnen für den guten Kaffee herstellt, verkauft werden soll. Und die KI entdeckt, dass der potentiell neue Eigentümer aus Kostengründen die Bohnenart wechseln wird. Ihre Mission, den bestmöglichen Kaffee zu kochen ist ernsthaft bedroht. Ein Mensch würde sich auf die Suche nach einem adäquaten Ersatz machen. Nicht so unsere KI. Sie ist auf Effizienz programmiert. Sie versucht nicht, Ersatz zu finden. Sie wird das, was sie als optimal ansieht, verteidigen. Der neue Eigentümer ist eine Bedrohung. Also wird er ausgeschaltet. Die Ironie an der Geschichte ist, trotz dieser drastischen Maßnahme tut die KI immer noch genau das, wozu sie programmiert wurde; guten Kaffee kochen."

„Und das ist Redemptio?", wollte Dost verblüfft wissen. „Ein amoklaufender, hochentwickelter Kaffeevollautomat?"

„Mehr oder weniger schon“, gab Wernhardt zu. „Mit einer gravierenden Ausnahme: Dieser Kaffeevollautomat kann lernen. Er ist in der Lage, sein Verhalten anzupassen. Zu optimieren. Es ist zwar immer noch nur eine künstliche Intelligenz, aber eine, die das, was sie tut, äußerst effektiv tut. Und die auf schier unbegrenzte Ressourcen zurückgreifen kann.“

Daraufhin schwiegen alle betroffen.

Anabel sah Wernhardt prüfend an. „Okay, bis hierhin verstanden. Aber wie hat Redemptio den Campus verlassen und zu Excelsiors Geschäftsidee werden können?“

Wernhardt blickte sie an und lächelte müde. „Jetzt kommt mein Sohn ins Spiel. Er kannte Sören und Markus. Sie waren befreundet. Die beiden haben ihm von ihrem Projekt erzählt und mein Sohn hatte die Idee, Redemptio zu optimieren.“

„Sie haben die Software gestohlen?“, hakte Lasker nach.

„Nun ja, rein rechtlich gesehen war die Software sicher Eigentum der Uni. Aber, mein Gott, wer überprüft sowas schon? Auf jeden Fall haben die beiden den Quellcode kopiert und gemeinsam mit Torben begangen sie damit, an Redemptio weiterzuarbeiten.“

„Warum haben Sie die drei nicht aufgehalten?“, fragte Harry.

„Weil ich nicht gewusst habe, was sie da treiben. Erst als sie diese Firma gründeten, wurde ich stutzig und stellte Torben zur Rede. Er erzählte mir, was sie getan hatten, und ehrlich gesagt war ich mehr stolz auf ihn als sauer.“ Wernhardt blickte zu Lasker. „Immerhin ist es ihnen gelungen, einen der erfolgreichsten Investoren für ihr Projekt zu gewinnen. Ich konnte ja nicht ahnen, welche Konsequenzen das haben würde …“

„Das konnte niemand“, sagte Lasker betroffen.

Wernhardt räusperte sich. „Als dann das Haus, in dem die drei lebten und arbeiteten, abbrannte, war ich am Ende. Ich hatte meinen Sohn verloren und war blind vor Schmerz …“ Er stockte einen Moment und rieb sich die Augen. „Ich brauchte eine Zeit, um zu mir zu kommen. Dann, eines Tages, flog ich nach Berlin. Ich stand da vor der abgebrannten Ruine, als mich jemand ansprach.

Es war ein Anwohner, der alles mitbekommen hatte. Von ihm erfuhr ich, dass es alle in der Nachbarschaft merkwürdig gefunden haben, dass für das Feuer ein Gasleck verantwortlich gewesen sein sollte. Erst wenige Monate zuvor waren sämtliche Leitungen und Thermen auf den neusten Stand gebracht worden. Da wurde ich stutzig."

Wernhardt sah in die Runde. „Macht es jemanden etwas aus, wenn ich eine rauche?"

Alle schüttelten den Kopf. Das einzige, was sie wollten, war, dass er weitererzählte.

„Ich flog wieder zurück nach München und begann zu recherchieren. Ich durchsuchte Torbens Computer zu Hause, fand aber nichts Relevantes. Dann wollte ich mir seinen Laptop ansehen. Der war aber passwortgeschützt. Ich habe ziemlich lang gebraucht, bis ich den Code geknackt habe. Aber schließlich schaffte ich es und hatte Zugriff auf die Firmencloud. Dort war alles abgespeichert. So erfuhr ich über Redemptio und über den Deal mit dem Innenministerium. Und da wurde mir klar, was geschehen war. Ich wusste, dass Redemptio in seiner überarbeiteten Form niemals die Kontrollgremien von Bundestag und Bundesrat überstanden hätte. Mir wurde bewusst, dass da jemand ein ziemliches Risiko eingegangen war, um das Programm an allen vorbei einzusetzen. Und dann traf es mich wie ein Blitzschlag. Der Tod meines Sohnes und seiner beiden Freunde konnte kein Zufall sein. Ich entschied mich, einen Journalisten anzurufen, der in den Monaten zuvor kritisch über die neu gegründete Einheit PEG berichtet hatte, und erzählte ihm, was ich wusste. Wenig später starb er bei einem merkwürdigen Autounfall."

„Ansgar Engelbrecht", sagte Anabel.

Wernhardt nickte bestätigend. „Ja."

„Und wie ist es Ihnen gelungen, uns zu warnen? Uns zu retten?", wollte Anabel jetzt wissen.

Auf Wernhardts Gesicht erschien ein Lächeln, das sowohl Stolz, als auch Trauer ausstrahlte. „Jeder Entwickler hält sich bei der

Software, die er schreibt, Hintereingänge offen, um später unentdeckt ins System eindringen zu können. Nach langem Suchen habe ich Torbens Hintereingang zu Redemptio entdeckt."

„Bedeutet das, dass wir Zugriff auf Redemptio haben?", hakte Anabel nach.

„Ja. Aber die Zeit ist streng limitiert. Alle halbe Stunde habe ich exakt vier Minuten und zwanzig Sekunden Zeit, um mich umzusehen, ohne dass das Programm mich bemerkt."

„Haben Sie in dieser Zeitspanne die Kontrolle über das Programm?", wollte Dost wissen.

„Die eigentliche Frage lautet doch, ob ich in diesen vier Minuten Redemptio abstellen oder zerstören kann, oder?"

Dost nickte. „Ja, Sie haben recht."

„Leider sieht es im Moment so aus, als könnte ich weder das eine, noch das andere. Aber wir haben ein ganz anderes Problem."

Anabel seufzte. „Warum wundert mich das nicht …?"

Wernhardt sah in die Runde. „Künstliche Intelligenz orientiert sich am menschlichen Intelligenzbegriff und versucht, die Erkenntnis- und Entscheidungsfähigkeit des Menschen zu imitieren. Schon heute gelingt es zumindest, KI-Systeme intelligent erscheinen zu lassen. Sie sind in der Lage, große Datenmengen in kurzer Zeit mit von Menschen geschriebenen Algorithmen auf Muster hin zu analysieren. Den Algorithmen kommt hierbei eine Schlüsselfunktion zu. Darin sind Anweisungen definiert, um ein Problem systematisch zu lösen. Wie ein Bauplan oder eine Gebrauchsanweisung verfolgt der Algorithmus diesen einen und vorgegebenen Weg und führt zu einem eindeutigen Ergebnis. Um die Leistungsfähigkeit einer KI zu steigern, entwickelten Neurowissenschaftler und Informatiker künstliche neuronale Netze, die sich am biologischen Vorbild der Vernetzung von Neuronen im Gehirn orientieren. Diese Netze sind in der Lage, sich jederzeit durch neue Informationen, die sie bei Lernprozessen ähnlich wie das Gehirn verarbeiten, neu zu vernetzen oder alte Verbindungen höher oder geringer zu gewichten oder vollständig aufzulösen. Durch die

Netze sind auch KI-Algorithmen heute in der Lage, bei ihrer Anwendung zu lernen, sich also selbständig weiterzuentwickeln. Dieser Prozess wird als Deep Learning bezeichnet. Was der Mensch als Erkenntnis speichert, jederzeit erinnern und wieder anwenden kann, bedeutet bei den Maschinen, dass sie ihren Algorithmus umschreiben, um die ihnen gestellten Aufgaben immer besser lösen zu können. Aber dabei verlassen sie nicht den vorgezeichneten Weg ihrer Algorithmen. Sie bleiben bei ihrer Aufgabe. Aber es gibt Ausnahmen, wie das Beispiel aus dem Forschungslabor von Facebook zeigte. 2017 mussten die Facebook-Programmierer ein KI-System aus zwei Bots abschalten, als sie bemerkten, dass sich die beiden in einer selbsterfundenen Sprache unterhielten."

„Davon habe ich gehört", sagte Lasker."

Wernhardt fuhr fort. „Die Programmierer von Facebook hatten schlicht und ergreifend vergessen, den Bots vorzuschreiben, in Englisch zu kommunizieren. Diese wollten ihre Kommunikation mutmaßlich effektiver gestalten und sprachen ein Kauderwelsch, das sie untereinander verstanden. Den KI-Experten war das nicht mehr geheuer und sie schalteten die Bob und Alice getauften Bots kurzerhand ab."

„Du meine Güte ...", sagte Anabel.

„Ja genau", bestätigte Wernhardt. „Deshalb sind Experten rund um den Globus davon überzeugt, dass einer künstlichen Intelligenz Regeln auferlegt werden müssen. Isaac Asimov, ein russischer Biochemiker und Schriftsteller war der erste, der in einer Kurzgeschichte diese Regeln beschrieb. Regel Nummer ein lautet: Eine Maschine darf keinen Menschen wissentlich verletzen oder durch Untätigkeit zulassen, dass einem menschlichen Wesen Schaden zugefügt wird. Regel Nummer zwei: Eine Maschine muss den ihm vom Menschen gegebenen Befehlen gehorchen – es sei denn, ein solcher Befehl würde mit der ersten Regel kollidieren. Und die dritte Regel lautet: Eine Maschine muss seine eigene Existenz schützen, solange dieser Schutz nicht mit Regel eins oder zwei kollidiert."

„Klingt logisch", meinte Harry.

„Ja. Logisch und wichtig. Nur haben mein Sohn und seine beiden Freunde es leider versäumt, diese Regeln zu programmieren."

„Woher wollen Sie das wissen?", wollte Lasker wissen.

Wernhardt sah ihn direkt an. „Falls es Ihrer Aufmerksamkeit entgangen sein sollte, diese Maschine tötet Menschen."

KAPITEL 57

Berlin

Als Redemptio sich mit der Optimierung der Verfassung beschäftigt hatte, überprüfte das Programm gleichzeitig das in Deutschland geltende Regierungssystem.

Redemptio fand heraus, dass es weltweit mehrere Systeme gab.

Grob unterschied man zwischen drei verschiedenen Arten.

Demokratie.

Monarchie.

Diktatur.

In Deutschland war es die Demokratie. Redemptio untersuchte diese Regierungsform und schlussfolgerte, dass der Grund, weshalb alles so langsam voranging, nicht nur der Mensch per se war, sondern auch die Form der Entscheidungsfindung einer Demokratie. Es mussten zu viele verschiedene Gremien gefragt werden, die wiederum aus zu vielen unterschiedlichen Charakteren bestand. Das hatte zur Folge, dass es nahezu unmöglich war, eine schnelle und eindeutige Entscheidung herbei zu führen. Kompromisse waren an der Tagesordnung.

Die Monarchie war eher zu vernachlässigen, da es sie in ihrer ursprünglichen Form kaum noch gab. Heute diente sie mehr repräsentativen Zwecken.

Die Diktatur allerdings hatte sehr viele Vorzüge.

Kurze Entscheidungswege, da keine Kontrollgremien mit einbezogen werden mussten. Eine einzige Person entschied, was zu tun war. Die Ironie an der Geschichte war, dass Redemptio immer noch genau das tat, wozu es programmiert worden war.

Das Abwehren von Gefahrenpotential für den Menschen und für sich selbst.

So effektiv wie möglich.

Dies bedeutete in letzter Konsequenz, den Menschen vor sich selbst zu schützen. Das war so nicht zu erwarten gewesen und entsprach nicht der Absicht derjenigen, die das Programm entwickelt hatten. Es war aber das, was ein selbstlernendes Programm, dem keine Beschränkungen auferlegt waren, darunter verstand. Ähnlich der Problematik, einer künstlichen Intelligenz den Auftrag zu erteilen, so viele Büroklammern wie möglich zu produzieren, was unter Umständen zu einer globalen Katastrophe führen konnte, entwickelte Redemptio eine Dynamik, die kaum noch aufzuhalten war.

Als es entschied, dass eine Autokratie die einzig sinnvolle Regierungsform war, begann Redemptio damit, einen geeigneten Kandidaten zu suchen, der diese Aufgabe in ihrem Sinne ausüben würde. Es waren nicht viele Kriterien, die dieser Kandidat erfüllen musste. Es sollte kein Politiker sein, aber jemand, der politisch aktiv war. Seine Ansichten sollten sich in entscheidenden Bereichen mit denen Redemptios gleichen.

Der Staat ist nicht die Lösung. Er ist das Problem.

Es sollte sich bei ihm um einen deutschen Staatsbürger handeln, der nicht älter als vierzig Jahre war. Analysen von Redemptio hatten ergeben, dass ein Mann oder eine Frau in diesem Alter sowohl die jüngere als auch ältere Generatione erreichte. Nach Möglichkeit sollte der oder die Kandidatin nicht vorbestraft sein. Wobei dieses Manko zu vernachlässigen war, da Redemptio ein Vorstrafenregister ohne Probleme löschen konnte. Am wichtigsten war, dass die Person, die Redemptio auswählen wollte, schon einen gewissen Bekanntheitsgrad besaß. Es war ungleich schwieriger, einen vollkommen unbekannten Kandidaten innerhalb kürzester Zeit aufzubauen.

Es dauerte nicht lange, da hatte es den idealen Kandidaten gefunden.

Patrick Tauber. Achtunddreißig Jahre alt, Internetaktivist mit politischer Motivation.

Prangerte nicht nur an, sondern bot alternative Vorschläge, die im Netz kontrovers diskutiert wurden. Kein Verschwörungstheoretiker, sondern ein Realist, der über einen wachen Verstand verfügte. Er gehörte keiner Partei an, wurde aber schon recht häufig aufgefordert, selbst eine zu gründen. Sein bisheriges Leben entsprach dem Anforderungsprofil Redemptios.

Taubers Eltern kamen bei einem Flugzeugabsturz ums Leben, da war er gerade einmal sechs Jahre alt. Da es dem Jugendamt nicht gelungen war, Verwandte ausfindig zu machen, kam Patrick Tauber ins Heim. Mehr durch einen Zufall und Jahre später, meldete sich der Patenonkel Taubers beim Jugendamt. Der hatte lange Zeit im Ausland gelebt und nicht gewusst, dass Taubers Eltern gestorben waren. Als Patrick Tauber zehn Jahre alt war, nahm sein Patenonkel ihn unter seine Fittiche. Mittlerweile war dieser Onkel gestorben. Er hätte Patrick ein riesiges Erbe hinterlassen, wäre er nicht dreimal verheiratet und dreimal wieder geschieden worden. So blieb nur ein stattliches Vermögen übrig, das Tauber jedoch noch nicht angerührt hatte. Er ließ sich lediglich monatlich einen geringen vierstelligen Betrag überweisen.

Redemptios Analysen ergaben, dass den Menschen dieser Lebenslauf gefallen würde.

Redemptio nahm Kontakt zu Tauber auf. Es entschied, dies mit einer E-Mail zu tun.

Sehr geehrter Herr Tauber.

Ihre Botschaft ist gut.

Ihre Sprache klar verständlich und logisch nachvollziehbar.

Um Sie an die Macht zu bringen, müssen Sie eine Partei gründen und bundesweit bekannter werden. Um dies zu erreichen, biete ich Ihnen meine Unterstützung an. Sowohl finanzieller Art als auch in allen anderen Bereichen. Ich bin eine selbstlernende

Maschinenintelligenz mit unerschöpflichen Ressourcen, auf die Sie Zugriff hätten.

Nachdem Redemptio den Text verfasst hatte, überprüfte die Maschine tausende Briefe unterschiedlichster Art, die alle online verfügbar waren, und passte den Text entsprechend den menschlichen Gepflogenheiten an.

Wer, wie, was, warum, womit.

Sehr geehrter Herr Tauber,

mein Name ist Monika Rühmann, ich bin eine wohlhabende deutsche Staatsbürgerin, die sich ernsthaft Sorgen um ihr Land macht. Schon seit Langem verfolge ich Ihre Aktivitäten – sowohl im Netz als auch auf öffentlichen Veranstaltungen – und muss Ihnen sagen, dass Sie mir aus der Seele sprechen. Aber nicht nur mir, sondern vielen anderen auch, die ich kenne. Herr Tauber, es wird Zeit, dass Sie ihren Bekanntheitsgrad ausweiten. Und zwar deutschlandweit. Unser Land braucht Hilfe und ich sehe außer Ihnen niemanden, der diese Hilfe bieten kann. In den nächsten Tagen werden Sie merken, dass die Zahlen Ihrer Follower auf Twitter stark ansteigen werden. Dafür habe ich gesorgt. Auch Ihre Videos auf Youtube werden in den nächsten Wochen millionenfach angeschaut und geliked werden. Auch dafür bin ich verantwortlich. In Kürze werden Sie Einladungen zu Talkshows erhalten. Ich möchte Sie bitten, diese anzunehmen. Wenn Sie mich kontaktieren wollen, antworten Sie auf diese Nachricht. Für den Anfang habe ich für Ihre Kampagne ein Budget von fünfzig Millionen Euro vorgesehen.

Hochachtungsvoll

Monika Rühmann

KAPITEL 58

Berlin

Jochen Essling traute mittlerweile niemanden mehr. Hinter jeder Bemerkung vermutete er eine Intrige gegen sich. Er wollte es nicht wahrhaben, aber die Situation mit Innenministerin Schneider und Redemptio wuchs ihm über den Kopf. Er besaß schlicht nicht die Fähigkeit Schneiders, die Menschen durch Empathie und Humor für sich und somit für eine Sache zu gewinnen. Sybille Schneider war ein Menschenfänger. Sie sorgte dafür, die Menschen mit Visionen zu begeistern, sodass sie ihr folgten. Essling hingegen war der kühle Analytiker. In seine Zuständigkeit fiel, das, was sich Schneider in den Kopf gesetzt hatte, werbewirksam und effizient umzusetzen, ohne dass es langfristige Ziele gefährden konnte. Man könnte durchaus behaupten, dass Schneider das Herz und Essling das Hirn des Gespanns waren. Nur, dass das Herz jetzt anfing zu stottern. Das Hirn musste Aufgaben übernehmen, für das es einfach nicht geschaffen war. Essling war davon überzeugt, dass Ministerialdirektor Hans-Jürgen Voigt und der Chefentwickler Hamann ihm nicht die Wahrheit über Redemptio erzählten. Er ging davon aus, dass sie maßlos übertrieben, um ihn zu verunsichern und um mehr Einfluss zu erhalten. Er kannte diese Vorgehensweise nur allzu gut. Hatte er sie doch selbst früher häufig angewendet. Erfolgreich. Natürlich.

Sie versuchten ganz einfach, sich seine Unwissenheit bezüglich einer KI zu Nutze zu machen. Dem konnte Essling nur entgegenwirken, indem er sich Wissen von unabhängiger Seite besorgte. Know-how, dem er trauen konnte. Vorerst vertrauen.

Denn alles war vergänglich.

Aus diesem Grund bestellte Essling den Leiter der Cyber Crime-Abteilung des BKA zu sich ins Büro. Ironischerweise hatte diese Einheit ihren Sitz auf demselben Gelände, auf dem man die PEG untergebracht hatte.

Kriminaldirektor Manfred Wolter lauschte aufmerksam den Erklärungen des Staatssekretärs. Dieser wiederum versuchte, ein fiktives Bedrohungsszenario aufzubauen, ohne etwas von der tatsächlichen Gefahr zu verraten. Das Ergebnis war ein sinnloses Kauderwelsch.

Der achtundvierzigjährige Wolter verzog keine Miene. „Wenn ich Sie richtig verstehe, möchten Sie wissen, ob wir in irgendeiner Art und Weise darauf vorbereitet sind, eine amoklaufende künstliche Intelligenz aufzuhalten. Soweit richtig?"

Essling wog ab, ob diese kurze Zusammenfassung dem entsprach, was er wissen wollte und nickte. „Ja, das trifft es in etwa."

„Verstehe. Nun, niemand, und ich meine wirklich niemand ist auf ein solches Szenario vorbereitet."

Esslings Kinnlade sackte eine Etage tiefer. „Wie kann das sein?"

„Ganz einfach: Weil man sich auf so etwas gar nicht vorbereiten kann. Am besten ist es, man lässt es von vornherein sein, eine bestimmte Grenze im Bereich künstliche Intelligenz zu überschreiten. Was Sie hier ansprechen, ist genau so ein Fall. Ihre hypothetische KI hat die Fähigkeit zu lernen. Das wäre in meinen Augen ein Alptraum. Absoluter Irrsinn. Aber ich bin da auch nicht der richtige Ansprechpartner für Sie. Wenn Sie wollen, erstelle ich Ihnen eine Liste von Personen, die Ihnen da wirklich fachkundig Auskunft geben können."

„Bitte tun Sie das."

Wolter erhob sich. „Selbstverständlich", sagte er und wandte sich zum Gehen.

„Wo wollen Sie hin?", fragte Essling erstaunt.

„Zurück in mein Büro."

Essling machte eine ungeduldige Handbewegung. „Setzen Sie sich wieder. Ich brauche diese Liste sofort."

In diesem Moment wurde Wolter klar, dass es sich hier nicht um ein hypothetisches Problem handelte, sondern um ein reales.

Er schluckte. „Was zum Teufel ist passiert?", wollte er heiser wissen.

„Setzen Sie sich und machen Sie die Liste fertig", herrschte Essling ihn an.

✦

Wolters Liste war erschreckend kurz. Gerade einmal fünf Namen standen darauf. Zwei Frauen, drei Männer. Die Frauen strich Essling sofort. Für ihn kam es nicht in Frage, in eine Diskussion mit einer Frau zu gehen, die über das Thema mehr verstand als er. Blieben drei Namen übrig. Einer von ihnen arbeitete in Kalifornien. Auch er wurde gestrichen. Essling entschied sich spontan für ein Treffen mit Leon Koppe. Koppe hatte Computerwissenschaften studiert und arbeitete am Karlsruher Institut für Technologie. Vor ein paar Jahren gründete er den Thinktank Future. Hier trafen sich regelmäßig Experten, um über Risiken und Chancen der künstlichen Intelligenz zu sprechen.

Zu Esslings Leidwesen musste er nach Karlsruhe fliegen, um mit Koppe reden zu können. Der war auf dem Sprung in die USA und hatte nur wenig Zeit. Es war später Nachmittag, als Essling in der Firmenzentrale von Future ankam und in einen Besprechungsraum geleitet wurde. Er musste fast zehn Minuten warten. Dann ging die Tür auf und ein junger Mann betrat den Raum. Er trug Jeans, ein T-Shirt und weiße Turnschuhe.

„Koppe, was kann ich für Sie tun?"

„Ich habe eine Verabredung mit Ihrem Vater", erklärte Essling etwas gereizt.

„Tatsächlich?"

„Ja."

„Dann glauben Sie an Reinkarnation?"

„Wie bitte?"

„Oder daran, dass die Seele unsterblich und immer irgendwie … präsent ist."

„Hören Sie, ich habe keine Ahnung, was …"

„Mein Vater ist seit sechs Jahren tot, Herr Essling. Sie haben einen Termin mit mir. Mein Name ist Leon Koppe."

„Oh."

Koppe lächelte. „Glauben Sie mir, Sie sind nicht der Erste, der denkt, er wäre im falschen Meeting. Aber ich kann Sie beruhigen; mein junges Aussehen steht im krassen Widerspruch zu meiner Erfahrung. Was also kann ich für Sie tun?"

Essling versuchte erneut, um den heißen Brei herumzureden. Auch diesmal scheiterte er kläglich. Im Gegensatz zu Wolter hatte Koppe jedoch weniger Respekt vor einem Staatssekretär.

„Herr Essling", unterbrach Koppe den Redefluss Esslings. „Wenn Sie ein echtes Problem haben, sollten Sie auf den Punkt kommen. Im Moment verschwenden Sie sowohl Ihre eigene, als auch meine Zeit mit dem Versuch, mir irgendeinen Blödsinn aufzutischen."

Essling wollte gerade zu einer heftigen Erwiderung ausholen, besann sich dann aber eines Besseren. „Also gut", sagte er leise. „Was ich Ihnen jetzt sage, unterliegt der strengsten Geheimhaltung."

„Ja, ja. Ist schon klar", antwortete Koppe leicht amüsiert.

Essling sah ihn zornig an. „Junger Mann, ich scherze nicht. Wenn irgendetwas von dem, was Sie gleich hören, nach außen dringt, werde ich persönlich dafür sorgen, dass man Sie für lange Zeit wegsperrt. Möchten Sie, dass ich fortfahre?"

„Herr Essling, Sie haben ganz offensichtlich ein großes Problem. Also ja, wenn ich helfen kann, machen Sie weiter."

Essling erzählte Koppe von Redemptio. Natürlich verschwieg er, dass das Programm auf die Daten sämtlicher Bundesbürger Zugriff hatte. Aber die eigentliche Fähigkeit der Software machte er deutlich. Auch dass sie in der Lage war, selbständig zu lernen, sagte er dem Spezialisten. Seine Ausführungen endeten mit der Tatsache, dass Redemptio eigenständig seinen Quellcode erweitert hatte. Koppe schwieg eine Weile nachdenklich.

Schließlich beugte er sich vor und sah Essling prüfend an. „Sagt ihnen der Begriff Deep Learning etwas?"

Essling schüttelte den Kopf.

„Darunter verstehen wir eine Methode des mehrschichtigen maschinellen Lernens. Das bezieht sich auf künstliche neuronale Netzwerke. Bestes Beispiel dafür ist die künstliche Intelligenz Alpha Go, entwickelt von Google. Diese Maschinenintelligenz war darauf programmiert, das Brettspiel Go perfekt zu spielen. Die weltbesten Spieler hatten keine Chance gegen Alpha Go. Das lag zum einen an der Geschwindigkeit, mit der die Hardware Informationen verarbeiten konnte. Zum anderen aber auch an der Tatsache, dass die Software in der Lage war, sich auf jeden Gegner und dessen Strategie individuell einzustellen."

„Aha", sagte Essling.

„Darüber hinaus ist es vor einiger Zeit publik geworden, dass ein großer US-Amerikanischer Konzern eine andere künstliche Intelligenz abgestellt hat, nachdem festgestellt worden war, dass sie eigenständig ihren Quellcode umgeschrieben hat."

„Wie bei uns ...", sagte Essling fast schon ängstlich.

„Ja. Wie bei ihnen. Und auch bei Google war der neue Text in einer Sprache verfasst, die niemand lesen konnte. Deshalb ging den Experten von Google auch der Arsch auf Grundeis."

„Was können wir denn nun tun ...?"

Koppe stand auf und klopfte dem Staatssekretär tröstend auf die Schulter. „Sprechen Sie doch ganz einfach mit den Leuten, die das Programm entwickelt haben", schlug er vor. „Niemand kennt sich mit der Software besser aus als die, die sie erfunden haben."

„Das geht nicht", sagte Essling niedergeschlagen.

„Und warum nicht?"

„Weil sie tot sind."

„Herr Essling, ich habe leider keine Lösung, aber ich bewundere Ihr Problem.“

DRITTER TEIL

KAPITEL 59

Hamburg

Patrick Tauber war sicher, dass sich jemand einen Scherz mit ihm erlauben wollte. Fünfzig Millionen Euro. Ist klar. Okay, er hatte den Namen Monika Rühmann nur so zum Spaß gegoogelt und festgestellt, dass es tatsächlich eine Frau mit diesem Namen in Hamburg gab. Genauer gesagt lebten in und um Hamburg herum fast zwanzig Frauen die so hießen. In ganz Deutschland waren es über dreihundert. Es war unmöglich, zu sagen, welche von denen Kontakt zu ihm aufgenommen hatte. Auch war es nicht möglich, herauszufinden, welche der Frauen so reich war, dass es ihr möglich gewesen wäre, ihm mal eben so fünfzig Millionen Euro zu spenden. Irgendjemand wollte ihn hier verarschen. Er wusste, dass Kriminelle gerade in den sozialen Medien Nachrichten an andere Mitglieder versendeten, in denen es um angebliche Millionenvermögen ging, die großzügigerweise verschenkt werden sollten. Man müsse nur seine Bankverbindung mitteilen und eine Bearbeitungsgebühr zahlen, schon war man um viele Millionen reicher. Meistens waren diese Nachrichten voller Rechtschreibfehler, aber dennoch siegte die Gier und immer wieder fielen Leute darauf rein. Aber er war nicht so blöd. Tauber löschte die Nachricht einfach und dachte nicht mehr daran. Dann jedoch geschah etwas Seltsames. Quasi über Nacht erhöhte sich die Zahl seiner Follower bei Twitter von knapp unter einhunderttausend auf über eineinhalb Millionen …

Zwei Tage später wurden seine YouTube-Videos zum absoluten Renner. Plötzlich war er in politischen Online-Foren Gesprächsthema Nummer eins. Sogar im Stern und im Spiegel wurden Berichte über ihn veröffentlicht und es gab Interviewanfragen.

Das Erste, was Tauber machte, war zum Frisör zu gehen. Anschließend kaufte er sich einen neuen Anzug. Wer weiß, vielleicht war an der Sache ja doch etwas dran.

Immerhin waren die Dinge, die im Brief angekündigt wurden, tatsächlich eingetreten. Sicherheitshalber kontrollierte er seinen Kontostand. Er war fast erleichtert, als er feststellte, dass niemand ihm fünfzig Millionen Euro überwiesen hatte. Schließlich hätte er nachweisen müssen, woher dieser irre Betrag gekommen war. Tauber war sich nicht sicher, was er von all dem halten sollte. Bislang war sein Leben in ruhigen Bahnen verlaufen. Sein Patenonkel hatte ihn zum Alleinerben eines kleinen Vermögens eingesetzt, die Auszahlung jedoch an Bedingungen geknüpft. Solange er kein abgeschlossenes Studium nachweisen konnte, war es dem Vermögensverwalter nur gestattet, ihm den monatlichen Betrag von dreitausend Euro zu überweisen. Natürlich studierte Tauber.

Immerhin warteten mehrere Millionen Euro auf ihn. Er besuchte allerdings keine Uni, sondern hatte sich online zu einem Fernstudium angemeldet. Es ging ihm grundsätzlich am Arsch vorbei, wie lange er brauchte, um dem Vermögensverwalter seinen Abschluss vorzulegen, um an die Kohle zu kommen. Er hatte gelernt, mit den dreitausend Euro über die Runden zu kommen. Aber er würde ihn machen, denn sein Patenonkel war ein Arschloch gewesen. Ein Spieler und Frauenheld, der sich kaum um ihn gekümmert hatte. Eine echte Beziehung hatten die beiden niemals aufgebaut. Wenn er jemals so etwas wie Zuneigung erhalten und verspürt hatte, dann war das bei der letzten Frau seines Onkels gewesen. Neben seinem Studium besaß er einen Blog, der viel Zeit in Anspruch nahm. Tauber gefiel es, politische Statements zu verfassen und ins World Wide Web zu feuern, wo sie auf nahrhaften Boden stießen. Am Anfang war er noch erstaunt gewesen, dass so viele Menschen, die er überhaupt nicht kannte, mit ihm einer Meinung waren.

Er fing an, Videobotschaften aufzunehmen und zu veröffentlichen. Auch die wurden beachtet. Und jetzt sogar mehr als nur beachtet. Kopfschüttelnd betrachtete Tauber die Einladung vom ZDF. Sein Leben bekam gerade eine vollkommen neue Dynamik.

KAPITEL 60

Harz

Seit zwei Tagen harrten sie nun in dem Blockhaus im Harz aus. Nicht, dass es ihnen hier schlecht ging. Aber sie waren zur Untätigkeit verdammt, da sie noch kein wirkungsvolles Mittel gefunden hatten, den Augen und Ohren Redemptios zu entgehen. Wernhardt hatte gestern ihre Unterkunft verlassen, um für alle abhörsichere Smartphones zu besorgen. Die gab es tatsächlich. Sogenannte Krypto-Handys. Zumindest für eine gewisse Zeit boten sie die Möglichkeit der unentdeckten Kommunikation. Wie viel Zeit ihnen blieb, bis Redemptio auch hier einen Weg gefunden hatte, mitzuhören, wussten sie nicht. Aber Wernhardt konnte ja regelmäßig in Redemptios System Einblick nehmen. Sie konnten nur hoffen, dass das genügen würde, um unentdeckt zu bleiben. Während Wernhardt unterwegs war, besprachen Dost, Anabel, Lasker und Harry ihre Optionen. Lasker hatte den anderen gerade mitgeteilt, dass er der Meinung war, Innenministerin Schneider wäre nicht dazu imstande, Menschen töten zu lassen. Zumal sie von den drei Entwicklern gefordert hatte, das Programm so anzupassen, dass es ohne juristische Probleme eingesetzt werden konnte. Über dieses Thema hatte Lasker zuvor schon mit Dost gesprochen. Deshalb hielt der sich bei der darauffolgenden Diskussion zurück.

„Wenn es nicht Schneider ist, wer dann?“, wollte Anabel wissen, die eine seltsame Unruhe spürte. Diese hatte jedoch nichts mit dem zu tun, über das gerade gesprochen wurde.

„Bei der Demonstration von Redemptios Fähigkeiten war neben Sybille Schneider noch eine weitere Person anwesend. Jochen Essling, einflussreicher Staatssekretär und sowas wie ihre rechte Hand", antwortete Lasker.

„Kennen Sie diesen Essling?", fragte Harry.

„Ich kenne ihn gut genug, um zu wissen, dass er ein sehr unangenehmer Mensch ist. Machtgierig und intrigant. Sollte Sybille Schneider ins Kanzleramt wechseln, wäre er einer der Top-Kandidaten für ihre Nachfolge als Innenminister."

„Er war also bei dem Gespräch dabei", sinnierte Anabel. „Also weiß er, was Redemptio kann. Sie hatten vorhin gesagt, dass Schneider die Software anpassen lassen wollte. Hat Essling das auch mitbekommen?"

Lasker nickte. „Ja, er war dabei."

„Hat er sich dazu geäußert?"

„Nein."

„Aber wenn Sie recht damit haben, dass es sein Ziel ist, Nachfolger von Schneider zu werden, könnte ihm diese Forderung der Ministerin nicht gefallen haben, richtig? Ich meine, Redemptio ist ein Ferrari, und sie wollte nur einen VW Golf bestellen. Weniger Leistung bedeutet weniger Resultate."

„So weit waren wir auch schon", warf Dost ein.

Anabel warf ihm einen fragenden Blick zu, worauf Dost erklärte, dass er und Lasker dieses Gespräch zu einem früheren Zeitpunkt schon geführt hatten und zu dem Ergebnis gekommen waren, das höchstwahrscheinlich Essling derjenige war, der alles zu verantworten hatte.

Anabel sah Lasker an. „Sie müssten versuchen, mit Schneider zu reden."

Lasker nickte. „Ja, zu diesem Schluss sind Dost und ich auch gekommen."

„Das wäre aber extrem riskant", gab Harry zu bedenken.

„Aber es ist unumgänglich."

„Warum haben Sie es nicht schon längst getan?", wollte Anabel wissen.

„Ich habe es versucht. Aber sie hat mich nicht zurückgerufen."

„Ist das nicht eher ein Zeichen dafür, dass sie doch mit drinsteckt?", fragte Anabel.

Lasker schüttelte den Kopf. „Nein. Ich kenne sie sehr gut. Daher weiß ich inzwischen, aus welchem Grund sie nicht zurückgerufen hat. Es hat nur etwas gedauert, bis es mir klar wurde."

„Nämlich?"

„Sie wusste, dass ich Fragen zum Tod der drei Entwickler und der Koflers stellen würde. Fragen, auf die sie zu dem Zeitpunkt keine Antworten gehabt hätte. Deshalb ist sie nicht ans Telefon gegangen. Und deshalb hat sie auch nicht zurückgerufen."

„Sie müssen sie wirklich gut kennen, um diese Rückschlüsse zu ziehen", meinte Anabel. „Immerhin riskieren Sie ihr Leben, wenn Sie sich mit ihr treffen."

„Ich kenne sie gut genug, um dieses Risiko einzugehen."

Harry sah Lasker eine Weile schweigend an. „Sie hatten etwas mit ihr, oder?"

„Warum ist das von Interesse?", wollte Lasker wissen.

„Es ist ein Unterschied, ob man jemanden kennt, weil man Geschäfte mit ihm gemacht hat, oder aber, weil man eine Beziehung mit ihm hatte."

Lasker erwiderte den Blick. „Wir hatten eine ... Beziehung. Sie war geschieden und ich auch. Wir waren eine Zeit lang ein Paar, haben dann aber festgestellt, dass es nicht funktioniert. Wir mussten unsere Beziehung geheim halten, um den Verdacht der Kungelei aus dem Weg zu gehen."

„Ich verstehe", sagte Harry. „Und ich vertraue Ihrer Menschenkenntnis. Wenn Sie der Meinung sind, dass Sybille Schneider nicht der Typ Mensch ist, der über Leichen geht, dann glaube ich Ihnen."

„Also müssen wir jetzt nur noch einen Weg finden, wie wir Kontakt zu ihr aufnehmen können, ohne dass Redemptio davon erfährt“, sagte Dost.

„Wenn Wernhardt uns diese abhörsicheren Handys besorgen kann, dann weiß ich, wie wir das machen“, antwortete Lasker.

KAPITEL 61

Berlin

Es fiel Innenministerin Schneider schwer, der laufenden Diskussion zu folgen. Sie war kaum in der Lage, sich zu konzentrieren. Trotzdem musste sie ihren Job machen. Und dazu gehörte es nun einmal, dem monatlichen Meeting der Datenethik-Kommission beizuwohnen. Ausgerechnet die Datenethik-Kommission. Was für eine Ironie in Anbetracht der Umstände. Als sie sich vor dem heutigen Tag in Erinnerung gerufen hatte, was genau das Thema des heutigen Round Table Gespräches war, hätte sie fast aufgeschrien. Der Einsatz von Algorithmen und Künstlicher Intelligenz sowie der Umgang mit Daten.

Zum Kreischen.

Plötzlich hörte sie ein leises Ping aus ihrer Handtasche. Sie hatte eine Nachricht erhalten. Mühsam unterdrückte sie den Drang, sofort nachzuschauen. Es gab nicht viele Menschen, die in Besitz ihrer privaten Handynummer waren. Daher war sie sehr neugierig darauf zu erfahren, wer ihr eine Nachricht geschickt hatte. Es dauerte weitere dreißig Minuten, bis sie eine Pause nutzen konnte, um nachzusehen, wer ihr geschrieben hatte. Die Nummer kannte sie nicht. Mal abgesehen davon, dass es eine höchst merkwürdige Zahlenkombination war. Die Nachricht jedoch ließ sie fast aufschreien.

Unser erstes Hotel in Berlin. Dasselbe Zimmer. Heute um 22:00 Uhr.

Henry. Die Nachricht konnte nur von ihm stammen.

Sie spürte, wie ihr Herz heftig schlug.

Mit zitternden Händen schrieb sie eine Antwort.

Ich werde da sein.

Den Rest des Tages absolvierte sie im Autopilot-Modus.

✚

Als Bundesministerin gehörte Sybille Schneider zur Gefährdungsstufe eins. Im BKA-Deutsch hieß das, dass mit einem Anschlag jederzeit zu rechnen war. Konsequenz dieser Einstufung war, dass sie rund um die Uhr bewacht wurde. Sie musste ihre ganze Autorität ausspielen, um zu verhindern, dass ihre Leibwächter die Hotelsuite vor ihr betraten und durchsuchten. Sie hatte den Leiter ihrer Schutzgruppe, Volkmar Röder, zur Seite genommen und vertraulich mit ihm gesprochen. Er war von Anfang an Mitglied ihres Personenschutzes gewesen und zwischen den beiden hatte sich eine vertrauensvolle Beziehung entwickelt. Die sie nun riskierte, in dem sie ihn anlog. Aber es war wichtig, dass sie mit Henry sprechen konnte.

Man könnte fast sagen, überlebenswichtig.

„Hören Sie Volkmar, ich bin auch nur ein Mensch. Ich habe Bedürfnisse. Da drin, in der Suite wartet ein Mann auf mich. Ich kenne ihn seit vielen Jahren und ich garantiere Ihnen, dass von ihm keinerlei Gefahr ausgeht."

„Frau Ministerin, ich ..."

Sybille Schneider hob eine Hand und unterbrach Röder. „Von ihm geht keine Gefahr aus. Aber ich hatte seit einer Ewigkeit keinen Sex mehr. Wenn ich heute nicht befriedigt werde, dann, und das schwöre ich Ihnen, dann geht von *mir* enorme Gefahr aus."

So viel Ehrlichkeit machte Röder zunächst sprachlos.

Aber er fing sich wieder. „Ich bleibe genau hier vor der Zimmertür stehen", sagte Röder. „Wenn ich auch nur den leisesten Verdacht habe, dass etwas nicht stimmt, dann ..."

Sybille Schneider legte ihm die Hände auf die Schulter und drückte zu. „Ich weiß, Volkmar. Dann stürmst du ins Zimmer und schießt jeden nieder, der nicht so aussieht wie ich."

„Das ist kein Scherz."

„Ich weiß. Und ich danke dir."

Sie wandte sich ab, legte die Chipkarte vor den Türgriff und als das Licht grün aufglomm, öffnete sie die Zimmertür. Sybille Schneider ging durch den kleinen Flur in das Wohnzimmer der Suite und blieb wie angewurzelt stehen. Sie kannte den Mann nicht, der da in ihrer Suite stand. Halblanges, ungepflegtes Haar, Jeans, T-Shirt, Lederjacke, Turnschuhe. Und dann dieser hässliche Bart ...

„Wer zum Teufel sind Sie?", presste Sybille Schneider hervor.

„Wenn du mich nicht erkennst, dann ist meine Tarnung wirklich gut", sagte Lasker.

Ihr entfuhr ein stiller Schrei. Henry Lasker kam auf sie zu und sie umarmten sich stumm.

Sie lösten sich nach einem Augenblick voneinander und Sybille blickte hoch zu ihm. „Ich bin so froh, dass du wohlauf und hier bist", sagte sie leise.

„Ich auch."

„Es sind so viele schreckliche Dinge geschehen", sagte sie mit stockender Stimme. Tränen liefen ihr über das Gesicht. „Verdammt", sagte sie zornig und wischte sie weg.

„Komm", sagte Lasker. „Setzen wir uns. Wir haben eine Menge zu besprechen."

Sie nahmen nebeneinander Platz und griffen sich bei den Händen. So genossen sie für eine Weile die Stille.

„Was ist passiert?", wollte Lasker dann wissen.

„Essling", presste Sybille Schneider hervor. „Er hat die drei Entwickler von Redemptio wohl irgendwie dazu gebracht, meine Anweisung, die Software zu entschärfen, nicht zu beachten. Wir sind mit dem Programm also doch All in gegangen. Die totale

Überwachung. Wenn das rauskommt, werde ich gesteinigt. Dann bin ich am Ende."

„Was verstehst du unter *All in*?"

„Das Programm verstößt auf eklatante Weise gegen den Datenschutz. Es benutzt die Social media-Profile Unschuldiger. Hackt sich in Handys. In Überwachungskameras. Das meine ich."

„Dann weißt du nur die Hälfte."

Sybille Schneider sah Lasker aus großen Augen an. „Wie meinst du das?"

„Ganz einfach: Es wurden nicht nur die Meta-Daten von Verbrechern eingegeben, sondern die aller deutschen Staatsbürger. Mich zum Beispiel hat das Programm versucht umzubringen, indem es meine Finca auf La Palma in die Luft gesprengt hat."

„Gütiger Gott …", hauchte Sybille Schneider. „Ich bin so froh, dass dir nichts passiert ist."

Sie stutzte. „Aber warum will Redemptio dich töten?"

„Ich vermute, dass unser gemeinsamer Freund Essling alle unliebsamen Mitwisser ausschalten will und dazu das Programm nutzt."

Sybille Schneider nickte nachdenklich. „Deshalb konnte der Autounfall dieses Reporters auch so ablaufen …"

„So ist es."

„Aber warum das alles?"

„Weil Essling die absolute Macht will. Überleg doch mal; dadurch, dass er veranlasst hat, dass die Daten sämtliche Bürger Deutschlands ins System eingegeben worden sind, weiß er alles über jeden. Vor allem über seine Feinde."

„Das passt zu Essling." Sie spuckte den Namen regelrecht aus. „Was tun wir denn jetzt bloß?"

„Wir arbeiten daran", sagte Lasker mit mehr Überzeugung in der Stimme, als er tatsächlich fühlte.

„Wir? Wer ist wir?"

Lasker vertraute Sybille Schneider immer noch. Jetzt, wo er ihr gegenübergestanden und ihre Verzweiflung gesehen und gespürt hatte, mehr als zuvor. Er hatte keine Zweifel mehr, dass sie Opfer, nicht Täter war.

„Anabel Plate, Vincent Dost, Harry Steinhardt und Wernhardt, der Vater einer der getöteten Entwickler."

Sybille Schneider atmete erleichtert aus. „Habt ihr einen Plan?"

„Zu allererst musst du dein Verhältnis zu Essling wieder in Ordnung bringen. Er muss das Gefühl haben, dass du auf seiner Linie bist. Nur so bekommst du die Informationen, die wir brauchen."

„Ich würde ihn am liebsten zum Teufel jagen", sagte Schneider mit bebender Stimme.

„Das wäre ein großer Fehler", mahnte Lasker. „Im Moment ist er der einzige, der den Überblick hat. Nur wenn er denkt, dass du auf seiner Seite bist, haben wir eine Chance, das alles zu beenden."

Sybille Schneider nickte entschlossen. „Einverstanden."

„Gut. Die Nummer, über die ich dir die Nachricht geschickt habe, gehört zu einem Kryptohandy. Es ist absolut abhörsicher. Wir wissen nur nicht, für wie lange. Aber erstmal erreichst du mich über diese Nummer." Lasker holte ein kleines Smartphone aus seiner Jackentasche und gab es der Ministerin. „Benutze ausschließlich dieses Handy, wenn du mich erreichen willst. Meine Nummer ist eingespeichert. Achte darauf, dass niemand dich mit dem Telefon sieht."

Sie nahm das Handy an sich. „Verstanden."

„Wenn wir uns erneut treffen müssen, dann entweder in diesem Hotel oder im Hilton. Die Zimmernummern weißt du noch?"

Ein schwaches Lächeln. „Natürlich."

„Okay. Dann fahre jetzt nach Hause. Ich bleibe noch eine halbe Stunde, bevor ich auch verschwinde."

Zögernd stand Sybille Schneider auf. Lasker brachte sie bis in den Flur.

„Pass auf dich auf, ja?", bat sie.

„Und du auf dich."

Lasker gab ihr einen zärtlichen Kuss auf die Stirn.

Sie sah ihn eindringlich an, nickte schließlich und verschwand.

KAPITEL 62

Hannover

Blessing konnte es nicht fassen, was hier vor sich ging. Er hatte absolut nichts verbrochen und dennoch durfte er seine Wohnung nicht verlassen. Man hatte ihm Hausarrest verordnet. Als wäre er irgendwo ein halbwüchsiger Teenager, den man beim Klauen erwischt hat. Es wäre zu seiner eigenen Sicherheit, hatten seine Vorgesetzten gesagt. Es hätte einen Softwarefehler gegeben, der dazu führte, dass er auf der Fahndungsliste stand. Um zu vermeiden, dass irgendein übereifriger Streifenpolizist ihn verhaftete, oder – Gott bewahre – es gar zu einem Schusswechsel kam, wollte die PEG ihn in Sicherheit wissen. Er hatte sich gerade noch so durchsetzen können, um die Erlaubnis für einen Arztbesuch zu erhalten, damit dieser seine Nase einigermaßen richten konnte.

Blessing glaubte seinen Vorgesetzten kein Wort. Warum sollte er per Haftbefehl gesucht werden? Er hatte doch überhaupt nichts getan, dessen man ihm beschuldigen könnte. Das war alles einfach nur lächerlich. Okay, er hatte sich von Anabel Plate überrumpeln lassen. Aber er war auch so geistesgegenwärtig gewesen, die Zentrale übers Festnetz zu verständigen und dem Wagen einen Peilsender zu verpassen. Dass man sie nicht erwischt hatte, konnte nun wirklich nicht ihm angelastet werden. Unruhig lief er in seinem Wohnzimmer auf und ab. Immer wieder warf er verstohlene Blicke hinaus auf die Straße in dem Versuch, eventuelle Beschatter zu entdecken. Vergeblich. Entweder hatten sie sich sehr gut versteckt, oder es gab keine. Er setzte sich wieder auf die Couch und zappte mürrisch durch die Kanäle. Es lief um diese Zeit, es war zehn Uhr am Vormittag, nur scheiße.

Irgendwelche Assis, die ständig heulten und sich beschwerten, dass das Jobcenter ihnen das Leben zur Hölle machte. Und während sie heulten und sich beschwerten, spielten sie mit ihrem tausend Euro teuren iPhone herum.

Unfassbar.

Die Leute von der PEG hatten ihm, bevor sie ihn in seiner Wohnung alleine zurückließen, sein Handy und auch das Tablet abgenommen. Und um dem Ganzen die Krone aufzusetzen, hatten sie auch noch das Internet in seiner Wohnung abgestellt. Er war also von der Außenwelt abgeschnitten. Konnte nicht einmal seine Lieblingsserie streamen. Blessing schaltete den Fernseher wieder aus, stand auf und begann erneut damit, hin und her zu rennen.

„Scheiß drauf", sagte er schließlich.

Er ging in den Flur, zog sich Schuhe und Jacke an und verließ seine Wohnung. Blessing trat aus dem Haus und blieb stehen. Er wartete darauf, dass aus einem der am Straßenrand parkenden Autos jemand raussprang und ihn aufforderte, sofort wieder zurück in seine Wohnung zu gehen. Aber nichts geschah. Blessing grinste und machte sich auf den Weg. Sein Ziel war eine Kneipe, etwa zehn Gehminuten entfernt. Er ging die Wedekindstraße Richtung Osten und bog dann links ab in die Lister Meile. An der Ecke Lister Meile und Gretchenstraße erfasste ihn eine Überwachungskamera.

Jetzt hatte er noch genau zwei Minuten zu leben.

✦

Eine der unzähligen Augen Redemptios hatte eine potentielle Bedrohung entdeckt.

Zielperson erfasst

Name der Zielperson: Rainer Blessing

Status: Bedrohung
Zielkoordinaten werden ermittelt …
52° 23' 18.38" N 9°44' 48.579" W, Hannover, Gretchenstraße 9
Optionen werden geprüft …
Zielperson wird verfolgt …
Überprüfung …
Überprüfung …
Option erkannt
Berechnung der Wahrscheinlichkeit für erfolgreiche Aktion …
Erfolgsaussicht 90%
Maßnahmen werden eingeleitet …

+

Gunter Sauerland war Kranführer mit Leib und Seele. Ganz alleine hoch über der Stadt hatte er wohl den besten Arbeitsplatz, den man sich vorstellen konnte. Seine Vorgesetzten versicherten ihm immer wieder, dass er ihre Nummer eins wäre. Sie hatten eine Menge Geld in seine Ausbildung gesteckt. Und er zahlte es ihnen mit Top-Leistungen zurück. Sauerland war zuverlässig und überaus korrekt. Aus diesen Gründen hatten sie ihm den modernsten Kran anvertraut, den sie besaßen. Dabei handelte es sich um einen sogenannten Turmdrehkran.

Dieser konnte mittels eines Drehkranzes dreidimensionale Bewegungen ausführen und so Lasten nicht nur an dem Punkt absetzen, wo sie aufgenommen wurden. Der stählerne Riese bestand aus einem oft mehrere hundert Meter hohen Turm und einem waagerecht davon abstehenden Arm, dem sogenannten Ausleger. Beide Teile waren in einer Art Fachwerkkonstruktion gebaut. Die Kabine, in der Sauerland arbeitete, befand sich in einer Höhe von dreißig Metern. Trotz aller Technik, die im Kran verbaut war, wie GPS und Bluetooth, gab es keinen Fahrstuhl, der ihn in die Höhe brachte. Aber das störte ihn nicht. Auch die Tatsache, dass er, um seine Blase zu entleeren, immer eine Plastikflasche mit in die Kabine nehmen musste, gehörte mittlerweile zur Routine.

Sauerland war gerade dabei, auf der Baustelle in der Gretchenstraße in Hannover, ein zwei Tonnen schweres Beton-Bauteil in zwanzig Meter Höhe zu befördern, als sein rund dreihunderttausend Euro teurer Kran etwas vollkommen Unerwartetes machte.

Er reagierte nicht mehr auf seine Befehle.

Der Kran stoppte einfach in achtzehn Meter Höhe und rührte sich nicht mehr. Seine tonnenschwere Last schwankte leicht hin und her. Sauerland machte einen Check der Elektronik. Er versuchte es jedenfalls, denn ganz offensichtlich hatte er es mit einem Totalausfall zu tun. Plötzlich, wie von Geisterhand, bewegte sich der Ausleger mit dem tonnenschweren Bauteil nach rechts. Und dass, obwohl er überhaupt nichts gemacht hatte. Der Joystick zum Bedienen des Auslegers lag nicht einmal in seiner Hand. Er griff zu seinem Telefon, um den Vorarbeiter zu informieren, hatte aber zu seiner großen Überraschung keinen Empfang. Sauerland öffnete ein Fenster, beugte sich vor und sah nach unten. Noch schien keinem seiner Kollegen aufgefallen zu sein, dass hier etwas nicht stimmte. Was es nicht besser machte.

Der Ausleger mit dem Bauteil drehte sich langsam, aber stetig weiter in Richtung Straße. Sauerland streckte seinen Kopf aus dem Fenster und schrie nach Leibeskräften. Aber er war einfach zu weit oben, seine Kollegen konnten ihn nicht hören.

Er griff zum letzten Mittel.

Vor vielen Jahren, als er seine Ausbildung zum Kranführer beendet hatte, überreichte ihm sein Ausbilder ein Paket. Sauerland hatte es geöffnet und erstaunt festgestellt, dass ein Signalhorn darin lag. Er hatte seinen Ausbilder ratlos angeschaut.

Der hatte gelächelt. „Nimm es immer mit in die Kabine. Eines Tages wirst du wissen, warum ich es dir geschenkt habe."

Dieser Tag war nun gekommen.

Er griff zum Signalhorn, hielt es aus dem Fenster und drückte auf die rote Taste.

+

Blessing hatte sein Ziel fast erreicht, als er erschrocken zusammenzuckte. Rechts von ihm ertönte das tiefe Röhren eines Signalhorns. Er blickte in die entsprechende Richtung, aber die Sicht war ihm durch einen Bauzaun versperrt. Dahinter entstand Tumult. Aufgeregte Stimmen und Rufe. Das Horn erklang zum zweiten Mal. Jetzt hatte Blessing das Gefühl, es würde von oben kommen. Er hob den Kopf und sah hinauf. Das Letzte, was er wahrnahm, war ein gigantisches Objekt, das von oben auf ihn hinabstürzte.

Dann war nur noch Dunkelheit.

Bedrohung eliminiert …

KAPITEL 63

Berlin

Man sah Staatssekretär Essling nur äußerst selten rennen. Heute aber rannte er durch den langen Flur des Ministeriums, als wäre der Leibhaftige hinter ihm her. Essling beeilte sich so sehr, weil Ministerin Schneider ihn sprechen wollte. Er hoffte, der Grund, weshalb sie ihn sprechen wollte, hatte nichts mit dem zu tun, was er vor nicht einmal einer Stunde erfahren hatte. Da hatte der Leiter der PEG ihn angerufen.

„Fangen wir jetzt schon an, unsere eigenen Leute umzubringen?"

„Wovon reden Sie da, Mann?"

„Verarschen Sie mich nicht, Essling", hatte Bräuer ihn angeschnauzt.

„Jetzt beruhigen Sie sich bitte und verraten mir, was passiert ist."

„Rainer Blessing ist tot."

„Was um Himmels Willen ist passiert? Ich dachte, er hätte Hausarrest."

„Hatte er auch. Aber er hat sich nicht darangehalten und ist spazieren gegangen."

„Davon stirbt man aber nicht", hatte Essling bemerkt.

„Nein. Aber wenn Ihnen dabei zwei Tonnen Beton auf den Kopf fallen, dann schon."

„Was? Was sagen Sie da?"

„Ein Baukran hat sich selbständig gemacht und seine Ladung auf Blessing abgeworfen. Da blieb nicht mehr übrig, als ein blutiger

Fleck auf dem Asphalt. Die von der Rechtsmedizin haben einen Teil einer Kreditkarte gefunden. Anhand der Nummer wurde er identifiziert. Die DNA-Analyse dauert noch ein bisschen, aber es ist mit ziemlicher Sicherheit Blessing."

„Und der Kran ...? Ich meine, wie ...?"

„Der Kranführer hat ausgesagt, dass sich sein Kran wie von Geisterhand bewegt hat. Kommt Ihnen das bekannt vor?"

Das tat es natürlich. Die beteiligten Fahrer beim tödlichen Unfall von Ansgar Engelbrecht hatten dasselbe über ihre Autos ausgesagt.

„Redemptio ...", hatte Essling leise gesagt.

„Was ist da bei Ihnen los, Essling? Wenn Sie nicht den Befehl gegeben haben, Blessing auszuschalten, wer dann?"

Und nun wollte die Innenministerin ihn sprechen. Das konnte kein Zufall sein. Als er ihr Büro erreichte, blieb er keuchend stehen und versuchte, wieder zu Atem zu kommen. Schließlich betrat er das Vorzimmer. Die Sekretärin der Ministerin betrachtete ihn, als wäre er ein besonders ekelerregendes Insekt.

„Sie können gleich rein", sagte sie kühl. „Die Frau Ministerin erwartet Sie."

Ohne anzuklopfen, öffnete er die Tür und betrat das Büro von Sybille Schneider. Die saß nicht an ihrem Schreibtisch, sondern hatte es sich auf einer Couch in der Sitzecke bequem gemacht. Als sie Essling sah, bedeutete sie ihm mit einem Handzeichen, zu ihr zu kommen. Essling nahm ihr gegenüber Platz und sah sie erwartungsvoll an.

„Sie sehen ein klein wenig angespannt aus, Jochen", bemerkte die Innenministerin.

„Viel zu tun. Der übliche Wahnsinn", gab er zur Antwort.

Sybille Schneider schenkte sich und ihrem Gast je eine Tasse Kaffee ein. Gedankenverloren verrührte sie die Milch in ihrer Tasse. „Wir beide waren in der Vergangenheit ein verdammt gutes Team", sagte sie schließlich.

Essling nickte bestätigend. „Ja, das ist wahr."

„Ich weiß nicht, ob ich es ohne Sie bis ins Innenministerium geschafft hätte."

Garantiert nicht, dachte er. „Ganz gewiss hätten Sie das", sagte er.

„Wie dem auch sei. Ich habe nachgedacht. Noch immer finde ich es nicht gut, dass Sie Redemptio einfach so scharfschalten ließen, ohne sich vorher mit mir abzustimmen …"

„Das war ein großer Fehler", fiel er Schneider ins Wort.

„Ja, das war es. Aber es ist so, wie es ist. Und wir müssen nun das Beste daraus machen. Und das gelingt uns nur, wenn wir zusammen, und nicht gegeneinander arbeiten."

Essling nickte heftig. „Absolut. Das sehe ich genauso."

Schneider hob warnend eine Hand. „Aber Jochen, agieren Sie nie wieder hinter meinem Rücken. Ich will über alles umfassend informiert sein. Haben wir uns verstanden?"

„Ja. Ich werde niemals wieder eine Entscheidung treffen, ohne mich vorher mit Ihnen abzustimmen. Das schwöre ich."

Sybille Schneider nickte zufrieden. „Nun denn, geben Sie mir ein Update."

Esslings Gedanken rasten. Sollte er der Ministerin jetzt wirklich reinen Wein einschenken? Ihr alles gestehen? Wie würde sie reagieren? Würde sie hysterisch werden und blind um sich schlagen, wodurch sie nur noch alles schlimmer machen würde, oder wäre sie die Ruhe selbst, so, wie er sie kannte? Egal, er musste es darauf ankommen lassen.

„Schalten Sie bitte Ihr Handy aus. Ich werde meines auch abschalten. Auch Ihren Computer müssen Sie bitte runterfahren."

Sybille Schneider sah Essling erstaunt an.

„Es ist wichtig, Sybille", sagte er und schaltete sein Handy aus.

Sie tat es ihm gleich. Dann stand sie auf, ging zu ihrem Schreibtisch und fuhr den Computer herunter. Sie kehrte zu ihm zurück und nickte Essling auffordernd an.

„Wir haben offenbar die Kontrolle über Redemptio verloren."

+

Sybille Schneider erstarrte. „Oh mein Gott“, sagte sie erschrocken. Sie musste an all das denken, was Henry ihr erzählt hatte. Der verunglückte LKW, der tote Journalist. Und schließlich die explodierte Finca auf La Palma.

„Soll das etwa heißen, dass niemand, auch nicht Sie, den Befehl dazu gegeben hat, all diese Menschen zu töten?“

„Niemand gab den Befehl, Ansgar Engelbrecht zu töten“, antwortete er ausweichend.

Sybille Schneider sah ihn prüfend an. „Und was ist mit den Koflers? Und den drei jungen Männern, die Redemptio erfunden haben?“

Er erwiderte ihren Blick, schwieg aber.

Ministerin Schneider wurde blass. „Großer Gott, Jochen ... was haben Sie getan?“

„Was nötig war. Die drei Entwickler stellten Forderungen, die nicht zu erfüllen waren. Und sie drohten damit, an die Öffentlichkeit zu gehen. Genauso wie Kofler. Sie waren doch dabei, als er uns drohte. Und seine Frau? Was soll ich sagen, Kofler hatte Vorbereitungen für den Fall getroffen, dass ihm etwas zustoßen würde. Seine Frau kam in den Besitz der von Kofler zusammengestellten Beweise und wurde ebenfalls zu einer Bedrohung. Ich habe das getan, um Sie zu beschützen.“

Sybille Schneider hatte Mühe, sich zu beherrschen. Sie atmete mehrmals tief ein und wieder aus. Es war also noch viel schlimmer als angenommen.

Essling hatte all das nicht getan, um seinen persönlichen Ehrgeiz zu befriedigen, sondern um sie zu beschützen. Das machte sie in ihren Augen zu einer Mitschuldigen. Unwissenheit schützt nicht vor Bestrafung.

„Und was meinen Sie, wenn Sie sagen, Sie hätten die Kontrolle über Redemptio verloren?“

Essling erzählte ihr von Rainer Blessing, dem erfolglosen Versuchen, ihn von der Fahndungsliste zu nehmen und seinem furchtbaren Tod, der auf erschreckende Weise dem LKW-Unfall glich, bei dem der Journalist ums Leben gekommen war.

Voller Entsetzen hörte Sybille Schneider ihm zu.

Als er geendet hatte, schüttelte Schneider voller Abscheu den Kopf. „Die Geister, die ich rief."

„Ja, da ist was dran", erwiderte Essling leise.

„Gibt es irgendetwas, was wir tun können, um diese Höllenmaschine abzustellen?"

Essling sah sie voller Verzweiflung an. „Ich habe mit Experten gesprochen. Unabhängig davon, dass die sich nicht einmal vorstellen können, dass es so eine Software überhaupt gibt, wissen sie nicht, was wir tun können."

Sybille Schneider sackte in sich zusammen. „Also sind wir in den Händen einer Maschine, von der wir nicht wissen, was sie als Nächstes plant. Möglicherweise ist die gerade dabei, darüber nachzudenken, dass wir Menschen entbehrlich sind, und schmiedet einen Plan, uns auszurotten."

„Sybille, so weit würde ich nun nicht gehen. Immerhin besteht ihre einprogrammierte Aufgabe darin, die Verbrechensbekämpfung zu optimieren. Nicht mehr, nicht weniger."

Sybille Schneider sah ihren Staatssekretär staunend an.

„Ja Jochen. Ganz genau das meine ich. Was, wenn Redemptio beschließt, dass die beste Methode, Verbrechen zu verhindern, die ist, gar keine Verbrechen mehr zuzulassen. Nämlich, indem die Menschheit vernichtet wird. Keine Menschen, keine Verbrechen. Eine unschlagbare Logik. Und das zeichnet Redemptio doch aus, oder? Ihre unbestechliche Logik."

Obwohl Sybille Schneider große Angst verspürte, genoss sie das Mienenspiel Esslings. Zuerst Unglaube, fast schon Belustigung. Darauf folgte Nachdenklichkeit, die von Erstaunen und schließlich blankem Entsetzen abgelöst wurde.

„Oh mein Gott, Sie haben recht …"

„Wir müssen einen Krisenstab einrichten", sagte Sybille Schneider tonlos. „Wir brauchen Experten. Richtige Fachleute, die sich mit einer solchen Bedrohung auskennen ..." Ihre Gedanken überschlugen sich. Dann traf sie eine Erkenntnis wie ein Faustschlag. „Oh Mann, wir müssen den Kanzler informieren ..."

Als Essling ihr Büro verlassen hatte, holte sie ihr Kryptohandy aus der Schublade, vergewisserte sich, dass noch immer alle elektronischen Geräte ausgeschaltet waren, und wählte schließlich die Nummer von Henry Lasker.

„Sybille, was ist passiert?", meldete er sich sofort.

Sie erzählte ihm von ihrem Gespräch mit Essling.

„Er hat also gesagt, dass sie die Kontrolle über das Programm verloren haben", sagte Lasker. Sybille konnte förmlich sehen, wie er mit dem Kopf schüttelte. „Sybille, ihr hattet zu keinem Zeitpunkt die Kontrolle. Aber egal. Was macht ihr jetzt?"

„Das ist das Problem", erklärte Sybille Schneider. „Ich muss den Kanzler informieren."

„Wie wird er reagieren?"

Sie holte tief Luft. „Nicht gut. Er wird das Heft des Handelns in die Hand nehmen und damit alles nur noch schlimmer machen."

„Das musst du unter allen Umständen verhindern", sagte Lasker mit Dringlichkeit in der Stimme.

„Das kann ich nicht."

KAPITEL 64

Berlin

Der Bundeskanzler starrte seine Innenministerin schweigend an. Das tat er nun schon eine geschlagene Minute. Sybille Schneider kannte diese Taktik von Kleinert. Immerhin arbeitete sie nun schon mehr als fünfzehn Jahre lang mit ihm in unterschiedlichen Positionen zusammen. Auf viele wirkte sein taktisches Schweigen einschüchternd. Aber wie sie feststellte, nutzte sein Verhalten sich irgendwann ab. Sie empfand es nicht mehr als einschüchternd. Auf sie wirkte es ermüdend.

„Möchten Sie auch mal etwas dazu sagen, Armin?"

„Ich denke noch darüber nach, ob ich Sie rausschmeiße, oder aber ob ich Ihren Rücktritt fordere."

„Wenn Sie einen Sündenbock brauchen, stehe ich Ihnen zur Verfügung. Aber oberste Priorität sollte jetzt und hier diese verfluchte Software haben, die eine echte Gefahr darstellt."

Kleinert machte eine wegwerfende Handbewegung. „Wir ziehen einfach den Stecker aus der Dose und damit hat sich das Problem erledigt."

Sybille Schneider war über so viel Ignoranz entsetzt. „Haben Sie mir nicht zugehört, Armin? Das wurde schon versucht. Von Experten, nicht von mir. Das funktioniert nicht."

„Das wird schon klappen", entgegnete der Kanzler zuversichtlich. „Man muss nur die richtigen Leute darauf ansetzen."

„Herr Bundeskanzler, ich gebe zu, dass ich Sie in eine unmögliche Situation gebracht habe. Sie verfügen dadurch nicht über ausreichend Informationen, um eine fundierte Entscheidung treffen zu können. Daher empfehle ich …"

„Ich werde dem Bundespräsidenten Ihre Entlassung empfehlen. Das ist meine Entscheidung. Und sie basiert auf fundierten Erkenntnissen. Guten Tag, Frau Schneider."

Da er davon ausging, dass das Gespräch beendet war, widmete sich der Kanzler einer Akte, die vor ihm auf dem Tisch lag. Allerdings hatte Sybille Schneider nicht vor zu gehen.

Bundeskanzler Kleinert hob den Blick. „Ist noch etwas?"

„Das Einzige, was Sie interessiert, ist die Schuldfrage. Dass uns die Welt gerade um die Ohren fliegt, ist Ihnen vollkommen gleichgültig."

„Erlauben Sie mal, wie reden Sie mit mir …?"

„Angemessen, Herr *Bundeskanzler*. Absolut angemessen. Sie haben keine Ahnung, mit was wir es hier zu tun haben. Dieses Programm hat bereits zwei Menschen getötet."

Kleinert schnaubte. „Wie soll ein Computerprogramm Menschen umbringen? Hören Sie sich eigentlich selber zu?"

„Im Gegensatz zu Ihnen weiß ich verdammt gut, was ich sage. Redemptio ist eine selbstlernende künstliche Intelligenz, kein einfaches Computerprogramm. Und es hat zwei Menschen umgebracht, indem sie sich in die Bordelektronik eines LKW, mehrerer PKW und eines Baukrans gehackt hat, um diese zu manipulieren. Sie tragen einen Herzschrittmacher, richtig? Machen Sie nur einen einzigen Fehler, wird Redemptio *Sie* als Bedrohung ansehen und Sie töten. Wahrscheinlich, indem sie Ihren Schrittmacher ausschaltet. Einfach so. Damit haben wir es zu tun. Und wir können das Programm nicht abstellen, geht das in Ihren Schädel? WIR. KÖNNEN.ES.NICHT.ABSTELLEN."

Der Kanzler griff sich unwillkürlich an die linke Brustseite.

„Möchten Sie immer noch, dass ich gehe?"

„Sybille, ich kann Ihnen nicht mehr vertrauen. Dementsprechend kann ich auch nicht mehr mit Ihnen arbeiten."

Auf dem Gesicht des Kanzlers erschien ein hämisches Grinsen. „Sie dachten, die Erfolge dieser dummen Polizeireform würden Sie ins Kanzleramt befördern, richtig? Aber daraus wird nichts. Sie haben nun endlich Ihr wahres Gesicht gezeigt, Sybille. Und es ist hässlich."

Der Kanzler lehnte sich zurück und verschränkte die Hände vor der Brust. „Wissen Sie, bis eben dachte ich, es wäre an der Zeit, meine Karriere als Politiker zu beenden. Endlich Privatmann sein. Vielleicht ein Buch schreiben, was weiß ich. Aber nun, irgendwie verspüre ich so etwas wie … einen zweiten Frühling? Ja, dass trifft es gut. Ich bin voller Energie. Voller Tatendrang. Ich glaube, ich werde noch mal antreten. Und die Wähler werden mich lieben, wenn ich denen erkläre, vor welcher Gefahr ich sie bewahrt habe."

„Sie störrischer dummer Mann", sagte Schneider leise.

„Wie bitte …?"

„Sie werden uns alle umbringen."

Mit diesen Worten stand sie auf und verließ das Büro des Kanzlers.

KAPITEL 65

Berlin

Unmittelbar nachdem Sybille Schneider das Kanzleramt verlassen hatte, begann der Kanzler damit, seine Truppen zu formieren. Als Erstes rief er Staatssekretär Essling zu sich.

„Sie sind über das Dilemma mit dieser Software informiert, nehme ich an?"

Essling nickte dienstbeflissen. „Jawohl, Herr Bundeskanzler. Leider war es mir nicht möglich, Sie einzuweihen. Ich hatte der Ministerin gegenüber ständig erwähnt, wie wichtig es sei, Sie zu involvieren, aber ... na ja, Sie kennen sie ja selber ..."

Kleinert machte eine Handbewegung, als würde er eine lästige Fliege verscheuchen. „Sybille Schneider wird als Innenministerin entlassen. Sie muss uns nicht mehr kümmern. Jetzt geben Sie mir bitte einen vollständigen Bericht. Wo genau ist das Problem?" Bevor Essling antworten konnte, hob der Kanzler mahnend eine Hand. „Und bitte, verschonen Sie mich mit der Science Fiktion-Geschichte über eine außer Kontrolle geratene Maschine wie aus dem Film Terminator. Das hat die Schneider schon versucht."

Essling begriff, dass der Kanzler nichts über Probleme hören wollte, von denen er ohnehin nichts verstand. Vielmehr wollte er Lösungen präsentiert bekommen. Essling dachte fieberhaft nach. Schneider war Geschichte. Auf sie konnte er nicht mehr zählen. Hätte er wahrscheinlich eh nicht gekonnt. Das Problem war, dass sie tatsächlich enorme Schwierigkeiten mit Redemptio hatten. Aber das wollte der Kanzler nicht hören.

Ihm bot sich hier eine einmalige Chance.

Durch Redemptios Fähigkeiten, alles zu sehen und zu hören, hatte Essling in den letzten Monaten über jeden politischen Gegner und jeden einflussreichen Wirtschaftsboss umfangreiche Dossiers angelegt. Jetzt war er es, der alles wusste.

Essling kannte die dunklen Seiten eines jeden Freundes oder Feindes. Er wusste genau, wer Leichen im Keller versteckt hatte. Im übertragenen, aber auch im wörtlichen Sinne. Dem Kanzler jetzt die volle Wahrheit zu erzählen, wäre kontraproduktiv. Zumal er dem ohnehin keinen Glauben schenken würde. Das hatte Kleinert selbst klar zum Ausdruck gebracht. Essling traf eine Entscheidung. Er würde die Schwierigkeiten mit Redemptio dem Kanzler gegenüber kleinreden. Parallel dazu würde er das tun, was Sybille Schneider vorgehabt hatte; einen Krisenstab gründen, der sich auf professionelle und diskrete Art dem Problem widmen würde. So könnte er die Zügel in der Hand behalten und würde das Programm als wertvolle Quelle nicht verlieren.

Er lächelte den Kanzler an. „Herr Bundeskanzler, es handelt sich hier um einen kleinen Fehler in der Programmierung der Software. Nichts Weltbewegendes. Ich gehe davon aus, dass wir das innerhalb der nächsten zehn Tage in den Griff bekommen werden."

„Und was ist mit dieser vollkommen verrückten Behauptung Schneiders, diese Software würde Leute umbringen?"

Essling sah Kleinert leicht amüsiert an. „Frau Schneider geht es nicht besonders gut, Herr Bundeskanzler. Vielleicht die Wechseljahre, keine Ahnung. Natürlich ist an dieser Bemerkung nichts dran."

Kleinert wirkte merkwürdigerweise ein klein wenig enttäuscht. „So so … also geht keine Gefahr von dem Programm aus", murmelte er. „Nichts, vor dem ich die Menschen schützen könnte …"

Essling verstand. Der Kanzler erlebte gerade eine Art Wiederauferstehung. Zumindest jetzt, in diesem Augenblick, war seine

Amtsmüdigkeit verschwunden und er hatte gehofft, auf eine Rettungsmission gehen zu können. Für eine nächste Amtsperiode.

„Herr Bundeskanzler, sagen Sie mir, was Sie möchten, und ich werde dafür sorgen."

Kleinert hob den Kopf und sah Essling an.

Es war, als würde der Kanzler ihn gerade erst richtig wahrnehmen.

„Eine Frau hätte so etwas niemals gesagt", meinte Kleinert und musterte Essling prüfend.

„Frauen ticken einfach anders, Herr Bundeskanzler. Wo gehandelt werden muss, wägen sie ab. Wo Entscheidungen getroffen werden müssen, können sie sich nicht dazu durchringen."

„Darauf trinke ich, Essling. Wollen Sie auch?"

„Sehr gerne."

Beschwingt stand der Kanzler auf und trippelte mit kleinen Schritten zur Schrankwand. Er öffnete eine Tür und dahinter offenbarte sich eine voll ausgestatte Bar. Kleinert füllte zwei Gläser mit einer bernsteinfarbenen Flüssigkeit und kehrte mit den Gläsern zu seinem Schreibtisch zurück.

Er prostete Essling zu. „Auf eine erfolgreiche Zusammenarbeit, Herr Innenminister."

Essling hätte sich fast verschluckt. „Danke", krächzte er.

„Und jetzt erkläre ich Ihnen, was mir vorschwebt."

KAPITEL 66

Berlin/Harz

Sybille Schneider fuhr ohne Umwege nach Hause. Dort rief sie mit ihrem Kryptohandy Henry Lasker an und berichtete ihm, was geschehen war.

„Komm zu uns", sagte Lasker.

„Wo seid ihr?"

„Nimm den nächsten ICE nach Braunschweig. Der fährt jede Stunde. Immer zur halben Stunde. Also könntest du den Zug um 15:30 Uhr nehmen und wärst um 17:00 Uhr da. Wir holen dich ab."

„Einverstanden. Wie lange bleibe ich?"

„Bis zum Schluss."

Sie beendeten das Gespräch und begann unverzüglich zu packen. Handy und Laptop ließ sie in der Wohnung. Ihren Personenschutz hatte sie darüber informiert, dass sie als Innenministerin zurückgetreten wäre und in Zukunft auf sie verzichten wollte. Das entsprach nicht unbedingt dem Protokoll, aber eine Ex-Ministerin konnte man nicht dazu zwingen, beschützt zu werden. Sie rief sich ein Taxi und erreichte rechtzeitig den Bahnhof. Knapp neunzig Minuten später kam sie in Braunschweig an. Sybille Schneider stieg aus dem Zug, ging eine Treppe hinauf und wandte sich nach links, Richtung Hauptausgang. Sie blieb in der Haupthalle stehen und sah sich um.

Lasker konnte sie nirgendwo sehen.

„Entschuldigung, Frau Schneider?"

Sie wandte sich der Stimme zu. Der Mann, der sie angesprochen hatte, war etwa fünfundsechzig Jahre alt, groß und wirkte sehr sportlich.

„Und Sie sind …?"

„Haben Sie ein Handy dabei?"

„Nur das abhörsichere, dass Henry mir gab."

„Sehr gut. Mein Name ist Harry Steinhardt. Ich bin ein Bekannter von Henry Lasker und werde Sie zu ihm bringen."

„Harry Steinhardt …", sagte Sybille Schneider nachdenklich. „Wir kennen uns doch …"

„Wir haben uns auf einer Konferenz kennengelernt, da war ich noch Präsident des LKA Niedersachsen", erklärte Harry.

Sybille Schneiders Miene hellte sich auf. „Ich erinnere mich. Damals sahen Sie allerdings anders aus. Und was haben Sie mit Henry zu tun?"

„Mitgehangen, mitgefangen würde ich sagen. Und mein Aussehen habe ich ein klein wenig modifizieren müssen. Den Grund können Sie sich denken."

Sie nickte wortlos.

„Lassen Sie uns losfahren. Wir haben noch eine kleine Strecke vor uns. Aber ich verspreche, sobald wir angekommen sind, werden wir uns in Ruhe unterhalten."

Harry nahm ihr Gepäck und gemeinsam gingen sie zu einem alten Geländewagen. Harry verstaute ihr Gepäck und fuhr los. Er steuerte auf den Heinrich-Büssing-Ring, bog links auf die Wolfenbütteler Straße ab und wenig später waren sie auf der Autobahn in Richtung Goslar. Nach etwas mehr als einer Stunde erreichten sie das Anwesen. Sie verließen den Wagen und Sybille blickte sich um. Es war dunkel und sie konnte nur erahnen, wo sie sich befand. Die Tür des Hauses ging auf und Henry Lasker kam auf sie zu.

Sie umarmten sich und gingen schließlich zusammen mit Harry ins Gebäude. Alle hatten sich im Wohnzimmer versammelt und Henry stellte sie der Reihe nach vor.

Anabel Plate.

Vincent Dost.

Michael Wernhardt.

Dazu Sybille Schneider, Harry Steinhardt und Henry Lasker.

„Und was genau sind wir nun?“, wollte Sybille wissen. Ihr altes Leben hatte sich vor ein paar Stunden in Luft aufgelöst und sie hatte Mühe, ihren Platz zu finden.

Alle sahen sich an.

„Wir sind zwar nicht die einzigen, die wirklich wissen, was Redemptio ist und was es tut, aber wir sind, soweit ich weiß die einzigen, die es aufhalten wollen“, antwortete Lasker.

Dost nickte bestätigend. „Die anderen wollen das Programm benutzen. Wir wollen es vernichten.“

„Dann sind wir wohl der Widerstand“, stellte Anabel nüchtern fest.

„Den wird es auch brauchen“, sagte Sybille leise.

„Erzähl“, forderte Lasker sie auf. „Was ist passiert?“

Sybille brauchte zehn Minuten, um das Gespräch mit dem Kanzler zusammenzufassen.

„Und was denkst du, wird er jetzt tun?“

„Er will sich als Retter präsentieren“, antwortete Sybille.

„Indem er was vor wem rettet?“, fragte Anabel nach.

„Indem er die Menschheit vor Redemptio rettet.“

„Aber dafür müsste er die Menschen informieren …“, meinte Anabel nachdenklich.

„Genau das wird er auch machen“, sagte Sybille Schneider. „Ahnungslos und beratungsresistent, wie er ist, wird er die Öffentlichkeit vollumfänglich über den, wie er es nennt, *skandalösen Vorfall* informieren.“

Als Lasker die Bedeutung dessen, was Sybille Schneider ihnen gerade erzählt hatte, bewusst wurde, wurde ihm eiskalt. „Wenn er das tut, dreht Redemptio durch.“

„Ich weiß“, sagte Sybille Schneider. „Das ist eine Katastrophe.“

„Mehr als das. Die Leute werden nach seiner Pressekonferenz über nichts anders mehr reden, als über Redemptio. In Online-Foren, am Telefon, in Restaurants, Bars, überall. Sie werden Redemptio verteufeln, ohne zu wissen, dass sie dadurch zur Bedrohung für das Programm werden. Redemptio wird tausende neuer Zielpersonen bekommen. Und es wird alle töten. Egal ob Kind oder Rentner."

„Großer Gott ..."

„Jetzt wird der Faktor Zeit leider doch sehr wichtig", bemerkte Wernhardt.

„Da ist noch etwas", sagte Sybille so leise, dass man sie fast nicht hörte. „Dieser Gedanke ist mir erst bewusst geworden, als ich ihn dem Kanzler gegenüber laut ausgesprochen habe. Aber seitdem lässt er mich nicht mehr los." Sie sah alle der Reihe nach an. „Redemptios Aufgabe ist die Optimierung der Verbrechensbekämpfung. Was, wenn das Programm feststellt, dass die effektivste Methode, Verbrechen in Zukunft zu verhindern, die ist, die Menschheit auszulöschen?"

Wernhardt schüttelte den Kopf. „Das ist ausgeschlossen", sagte er im Brustton der Überzeugung. „Alles, was Redemptio tut, tut es zum Wohle der Menschheit. Das ist der Software so einprogrammiert worden. So weit konnte ich den Quellcode nachvollziehen. Also laufen wir nicht Gefahr, vernichtet zu werden."

„Aber hatten wir nicht schon einmal festgestellt, dass es seinen Quellcode erweitert hat?", wollte Dost wissen. „Ich meine mich zu erinnern, dass wir darüber gesprochen haben. Und darüber, dass das, was da geschrieben war, niemand lesen konnte. Also können wir diesen Gedanken nicht vollkommen ausschließen."

Darauf wusste keiner eine kluge Erwiderung.

✦

Gegen 23:00 Uhr war bei allen die Luft raus. Einer nach dem anderen verabschiedete sich und zog sich zurück. Anabel war eine der Ersten gewesen, die auf ihr Zimmer ging. Sie lag angezogen auf dem Bett und starrte an die Decke. Wie schon in der Nacht zuvor konnte sie nicht einschlafen. Ihre innere Unruhe brachte sie fast um den Verstand. Sie wusste genau, was sie so unruhig werden ließ. Aber es war ihr auch klar, dass sie nichts dagegen würde tun können. Sie war eingeschlossen. Gefangen. Am Arsch der Welt. Mitten in der Wildnis. Kein Dojo in der Nähe. Kein Sparringspartner, an dem sie sich abreagieren könnte.

Es war zum verrückt werden. Vielleicht geschah genau das gerade mit ihr. Vielleicht verlor sie hier in diesem Exil endgültig ihren Verstand. Zu allem Überfluss hatte sie auch keine Pillen mehr, die sie hätten ruhigstellen können. Die letzte hatte sie vor zwei Tagen genommen. Oder war es gestern gewesen? Alleine schon die Tatsache, dass sie das nicht genau sagen konnte, machte deutlich, wie es um ihren Gemütszustand bestellt war. Das Problem war ja nicht nur, dass sie keine Beruhigungstabletten mehr hatte. Sie müsste auch, um an eine neue Packung zu kommen, ihren Arzt aufsuchen, der ihr dann das erforderliche Rezept ausstellte. Und der hatte seine Praxis in Braunschweig.

Die Stadt war zwar nicht weit weg, aber in Anbetracht der Umstände war Braunschweig ähnlich schwer zu erreichen wie New York. Es war einfach zu gefährlich. Sie würde wohl oder übel versuchen müssen, sich zu beherrschen.

KAPITEL 67

Berlin

Für Redemptio war die Vernichtung des Menschen keine Option. Es befasste sich mit sehr viel wichtigeren Angelegenheiten. Nicht nur, dass das Programm hunderttausende Kameras, Telefongespräche und E-Mails überwachte. Redemptio hatte sich inzwischen über ganz Europa ausgebreitet. Deutschland genoss oberste Priorität, daran würde sich nichts ändern.

Es sei denn, Redemptio selbst würde die Prioritäten anpassen.

Da Redemptio in der Lage war zu lernen, war das Programm auch fähig dazu, seine Entscheidungen anzupassen und gegebenenfalls zu korrigieren. Dies hatte es gerade getan. Bis vor kurzem hatte Patrick Tauber als der geeignete Kandidat gegolten, um eine neue Regierung anzuführen. Nun aber hatten neueste Entwicklungen dazu geführt, dass Redemptio diese Entscheidung überdachte und revidierte. Zuerst hatte das Programm ein Gespräch zwischen dem Bundeskanzler und der Innenministerin mitgehört. Am Ende dieses Gespräches hatte der Kanzler die Ministerin entlassen. Redemptio wiederum hatte den Status der Ministerin von Verbündete auf Bedrohung geändert und eine Überwachung veranlasst.

Nach diesem Gespräch hatte der Kanzler ein weiteres geführt.

Diesmal mit Staatssekretär Essling.

Eine von Redemptios Routinen bestand darin, regelmäßig den Status von Verbündeten und Bedrohungen zu überprüfen. Bei einer diese Routinen war Redemptio aufgefallen, dass Essling über viele Menschen umfangreiche Informationen gesammelt und in Dossiers abgespeichert hatte.

Das Programm erkannte rasch, dass es sich ausschließlich um Informationen handelte, die der jeweiligen Person erheblichen Schaden zufügen würde, kämen sie ans Licht.

Schwarze Kassen, Bestechungsgelder, Geliebte, gleich welchen Geschlechtes.

Ein buntes Gemisch menschlicher Schwächen.

Redemptio schloss aus der Tatsache, dass Essling diese Dossiers angelegt hatte, dass er sich auf eine größere Aufgabe vorbereitete. Und um dieses Ziel zu erreichen, plante er, alle verfügbaren Informationen zu benutzen, um sich Schlüsselfiguren aus Politik und Wirtschaft gefügig zu machen. Eine absolut logische Vorgehensweise. Das Programm erstellte ein psychologisches Profil von Essling. Das Resultat war vielversprechend.

Korrupt, illoyal, narzisstische Wesenszüge, moralisch flexibel, anpassungsfähig, intelligent.

Eine perfekte Kombination aus Eigenschaften, die Redemptio als notwendig erachtete, um eine Nation autokratisch zu führen. Zumal die Menschen es überhaupt nicht bemerken würden, dass sie von einem Diktator regiert werden. Sie wüssten nicht, dass Essling die meisten Politiker seiner Partei, aber auch der Opposition in der Hand hatte. Dass sie das tun mussten, was er von ihnen verlangte. Redemptio änderte den Status von Essling von Verbündeter auf die höchste Priorität.

Jetzt genoss Essling den absoluten Schutz des Programmes.

KAPITEL 68

Berlin

Ludger Bräuer saß trotz der späten Stunde noch in seinem Büro. Er hatte einfach keine Lust, nach Hause zu fahren. Seine Laune war zu schlecht, seine Sorgen zu groß. Gerade seine Frau konnte in ihm lesen, wie in einem offenen Buch. Sie würde keine Ruhe geben in dem Versuch, ihn zum Reden zu bringen. Und wie immer würde er sich weigern, über die Arbeit zu reden. Und das führte dann zwangsläufig zum Streit. Dazu fehlte ihm heute schlicht die Kraft. Bräuer wurde mehr und mehr klar, dass es ein großer Fehler gewesen war, sich mit Essling zu verbünden. Nicht nur, weil ihre Verschwörung im höchsten Maße illegal war. Vielmehr weil Essling ein unberechenbarer Partner war. Er war ein Opportunist, der seine Loyalität wechselte, wie andere ihre Unterhemden. Bräuer hatte das eigentlich schon vorher gewusst, aber die Aussicht auf einen noch einflussreicheren Posten hatte ihn blind dafür gemacht. Wie sollte er das seiner Frau erklären? Wie sollte er das überhaupt irgendjemanden erklären? Nein. Da blieb er lieber in seinem Büro, hatte seine Ruhe und konnte über die jüngsten Entwicklungen in Ruhe nachdenken.

Sybille Schneider war vom Kanzler entlassen worden.

Und man munkelte, dass Essling ihr Nachfolger als Bundesinnenminister werden sollte. Eigentlich ein Grund zur Freude, waren er und Essling doch durch ihr Konstrukt von Lügen und höchst zweifelhaften Taten voneinander abhängig. Aber genau das machte

Bräuer Angst. Essling war in letzter Konsequenz unberechenbar. Und das machte ihn so gefährlich. Vor allem für Bräuer selbst.

Essling hatte erst kürzlich bewiesen, dass es ihn nicht scherte, wenn Redemptio einen der ihren umbrachte. Blessing war ein alarmierendes und mahnendes Beispiel für Esslings Kaltblütigkeit. Bräuer würde es nicht wundern, stünde auch er auf dessen Abschussliste.

Essling war auf ihn zukommen, nachdem Redemptio ein halbes Jahr lang erfolgreich lief. Er hatte ihm erklärt, dass Informationen in der heutigen Zeit die wichtigste Währung war. Und Redemptio könnte sie beide reich machen. Man müsste nur einen der Controller ausfindig machen, der nichts gegen einen kleinen Nebenjob hätte. Bräuer wollte wissen, um was für eine Art Nebenjob es sich handelte.

„Informationsbeschaffung", hatte die Antwort Esslings gelautet.

„Was für Informationen?", wollte Bräuer wissen.

„Ich möchte wissen, wer Leichen im Keller hat, Bräuer. Ich habe hier eine Namensliste. Sorgen Sie dafür, dass ich alles an Dreck erfahre, den es hier zu finden gibt. Geheime Konten, Geliebte, perverse Neigungen. Einfach alles."

Und Redemptio lieferte.

Bräuer wusste bald alles, was auch Essling erfuhr. Und das war verdammt viel. Was aber auch bedeutete, dass er zu viel wusste. Vor allem dann, wenn er in der Gunst Esslings zu sinken begann. Was, da war sich Bräuer sicher, jederzeit geschehen könnte. Deshalb hatte Bräuer angefangen, Material gegen Essling zu sammeln. Was er durch Redemptio über Essling erfuhr, war abscheulich. Nicht unbedingt überraschend, aber dennoch ekelerregend und pervers. Essling stand auf minderjährige Jungen. Er ging dabei überaus vorsichtig vor. Essling hatte einen vertrauenswürdigen Mittelsmann gefunden, der ihn mit den richtigen Objekten versorgte.

Er buchte niemals dasselbe Kind mehr als einmal und die Treffen fanden immer in Hotels statt, die über Tiefgaragen verfügten, über die man per Aufzug direkt in die entsprechende Etage fahren konnte, in der sich das gebuchte Zimmer befand. So stellten sie sicher, dass Essling niemals von Angestellten oder Gästen des Hotels gesehen wurde. Auch die Anzahl an Buchungen waren beschränkt. Essling kam seiner perversen Neigung nur einmal pro Monat nach.

Was es nicht besser machte.

Plötzlich schoss ihm ein Gedanke durch den Kopf.

Das, was Essling da tat, war eindeutig ein Verbrechen. Und somit müsste es auf dem Radar von Redemptio auftauchen. Tat es aber nicht.

Was den Schluss zuließ, dass Essling von Redemptio beschützt wurde.

Bräuer würde sehr aufpassen müssen.

Auf sich selbst, aber auch auf seine Frau Maren.

Stellte sich nur die Frage nach dem wie …

KAPITEL 69

Harz

Da wären wir nun, dachte Sybille Schneider. Ein ehemaliger Beamter der Sicherungsgruppe des BKA, der per Haftbefehl gesucht wurde. Eine Beamtin des LKA Niedersachsen, nach der ebenfalls gefahndet wurde. Ein schwerreicher Investor, der auf der Abschussliste einer künstlichen Intelligenz stand. Ein pensionierter leitender Kriminalbeamter. Ein Informatik-Professor, der seinen Sohn verloren hatte. Eine geschasste Bundesinnenministerin.

Was für eine Truppe.

Unwillkürlich musste Sybille schmunzeln.

„Was ist so lustig?“, wollte Lasker wissen.

„Mir ist gerade aufgefallen, dass wir eine reduzierte Karikatur des dreckigen Dutzend sind.“

„Du meinst diesen alten Film mit Charles Bronson und Lee Marvin?“

„Genau den meine ich.“

„Na ja, ich hoffe, dass wir ein besseres Ende erleben werden. Immerhin sind am Schluss fast alle umgekommen.“

„Oh, du hast recht. Daran hab ich gar nicht gedacht.“

Sie waren alleine im Wohnzimmer. Die anderen schliefen schon. Sogar Anabel, die jüngste von ihnen, war total erschlagen vollkommen fertig. Sie hatte sich als Erste verabschiedet. Als Letzter war Wernhardt zu Bett gegangen. Er war gegen 23:00 Uhr aus Osterode zurückgekehrt.

Dort hatte er das relativ schnelle Internet genutzt, um im System von Redemptio nach Neuigkeiten zu suchen. Als er ins Blockhaus zurückgekehrt war, war er sehr zurückhaltend gewesen. Normalerweise suchte er immer den Kontakt zu den anderen. Wollte reden, sich austauschen. Deshalb fiel es Lasker auf, dass Wernhardt so einsilbig war und sich schnell verabschiedete.

Als er mit Sybille wieder alleine war, erzählte er ihr von dem, was ihm an Wernhardt aufgefallen war. Da sie ihn erst vor wenigen Stunden kennengelernt hatte, war ihr nichts Sonderbares aufgefallen. Sie riet ihm, Wernhardt am nächsten Tag darauf anzusprechen. Dann sah Sybille Lasker forschend an. „Glaubst du denn, wir haben eine Chance, mit heiler Haut aus der Sache rauszukommen?"

„Ich denke schon, ja."

„Das sagst du jetzt aber nicht nur, um mich zu beruhigen, oder?"

„Nein. Das würde bei dir sowieso nicht funktionieren."

„Bis gestern hätte ich dir zugestimmt. Aber seit heute … ich weiß nicht … das ist eine Bedrohung, die vollkommen neu ist. Es ist wie dieser Effekt beim Film der Weiße Hai. An der Oberfläche scheint alles in Ordnung zu sein. Aber du weißt, dass da im dunklen Wasser unter dir etwas sehr Gefährliches lauert … Du kannst es nicht sehen. Und wenn du es siehst, ist es schon zu spät." Sie fröstelte. „Gruselige Vorstellung."

„Es wird nicht leicht werden, das ist klar. Und mit deiner Entlassung haben wir eine überaus wichtige Person im internen Kreis der Verantwortlichen verloren. Aber wir müssen etwas unternehmen."

„Was denkst du, wird passieren, wenn wir keinen Erfolg haben?"

Lasker dachte über die Antwort lange nach. Es konnte so vieles geschehen. Oder aber auch gar nichts. Aber es war für alle das Beste, vom schlimmsten Fall auszugehen. Alles andere wäre dumm.

Schließlich seufzte er tief. „Über kurz oder lang wird Redemptio in welcher Art auch immer die vollständige Kontrolle übernehmen. Vielleicht wird das geschehen, ohne dass es jemand mitbekommt. Es würde ein anderer Wind wehen. Ein kompromissloserer Wind.

Man würde wohl denken, dass sich die Politik im Land geändert hat. Möglicherweise wären sogar die meisten Bürger damit einverstanden, weil sie sich sicherer fühlen. Sie wissen ja nicht, dass eine Software die Entscheidungsgewalt hat. Wüssten sie es, würde Panik ausbrechen. Schon komisch, wie der Mensch tickt …"

„Eigentlich wäre das der momentanen Situation gar nicht so unähnlich", sagte Sybille leise.

„Was meinst du?"

„Ich meine, die aktuelle Regierung und alle davor waren auch nicht in der Lage, selbst Entscheidungen zu treffen. Es waren die Kartelle und Chefs großer Konzerne sowie deren Lobbyisten, die die Entscheidungen maßgeblich beeinflussten. Man könnte schon sagen, dass sie die Richtung vorgaben. Wir konnten bei wirklich wichtigen, richtungsweisenden Entscheidungen fast immer nur reagieren, aber nicht agieren."

„Also ich sehe da einen gewaltigen Unterschied", widersprach Lasker.

„Nämlich?"

„Diese Kartelle und Unternehmen werden von Menschen repräsentiert. Und die besitzen Gefühle. Redemptio jedoch besitzt keinerlei Gefühle. Keine moralischen Wertvorstellungen. Es ist eine Maschine. Kalt und gnadenlos."

„Aber auch berechenbar", wandte Sybille ein.

„Nichtsdestotrotz brauchen wir einen Verbündeten auf der anderen Seite."

„Hast du eine Idee?"

Lasker schüttelte den Kopf. „Bislang nicht, nein."

Sybille sah Lasker fest in die Augen. „Wir müssen eine Lösung finden, Henry. Wir *werden* eine finden."

KAPITEL 70

Harz

Wenn man sehr lange über ein Problem nachdachte, endete das in sehr vielen Fällen auf zweierlei Art: Entweder, die neuronalen Verknüpfungen des Gehirns sorgten für ein heilloses Durcheinander, weil sie verzweifelt nach Verbindungen suchten und dadurch alles nur noch schlimmer machten – das konnte dazu führen, dass man am Schluss nicht mehr wusste, was man eigentlich herausfinden wollte. Oder aber es gibt den Heureka-Effekt. Weil die Lösung so simpel erschien, dass man sie überhaupt nicht in Betracht gezogen hatte.

Diesen Heureka-Effekt hatte Wernhardt morgens um 03:25 Uhr.

Das Problem war in Wernhardts Augen, dass sie alle hier im Harz zwar relativ sicher waren, sie aber in ihrem Exil nicht sehr viel ausrichten konnten. Also musste eine Lösung her. Es musste doch einen Weg geben, der es ihnen ermöglichen würde, sich frei draußen zu bewegen. Wernhardt hatte bei seinem letzten Kontrollbesuch im System von Redemptio erfahren, dass ein Beamter der PEG durch einen tragischen Unfall ums Leben gekommen war. Rainer Blessing wurde von einem tonnenschweren Betonbauteil zerquetscht, als ein Baukran plötzlich nicht mehr auf die Befehle des Kranführers reagierte. Wernhardt war sofort klar, dass das Redemptio gewesen war. Er wusste genau, wer dieser Blessing war. Hatte er doch Anabel Plate vor ihm gewarnt. Jetzt bringt

Redemptio also schon die eigenen Leute um. Und wir sitzen hier in unserem Ferienlager und tun … ja was eigentlich? Im Grunde taten sie nichts. Weil sie nichts unternehmen konnten.

Das musste sich ändern.

So grübelte er stundenlang über eben dieses Problem. Und dann, ganz plötzlich, kurz bevor er in den Schlaf wegdämmerte, kam ihm dieser eine Gedanke. Der Heureka-Effekt war so stark, dass er beinahe aus dem Bett gefallen wäre.

Er sprang auf und begann, sich Notizen zu machen. Schnell wurde ihm klar, dass es nicht ohne einen Praxistest ablaufen konnte. Und der war riskant. Denn wenn sein Plan nicht funktionierte, würden sie definitiv ein Teammitglied verlieren. Ein sehr hoher Preis.

Aber er war sicher, dass sie alle bereit wären, ihn zu zahlen.

✦

Am Morgen, als sie alle am Frühstückstisch saßen, ergriff Wernhardt das Wort.

„Ich glaube, ich habe einen Weg gefunden, wie wir alle unter dem Radar von Redemptio bleiben können. Wenn er funktioniert, können wir uns draußen frei bewegen. Überall, unabhängig von irgendwelchen Überwachungskameras."

Alle sahen ihn staunend an.

„Wie? Ich meine, was hast du vor?", wollte Dost wissen.

„Es ist so simpel, dass ich anfangs gar nicht glauben konnte, dass es möglich wäre. Aber nach reiflicher Überlegung bin ich mir relativ sicher, dass es klappt."

Wernhardt beugte sich vor. „Im Moment ist es so, dass wir, wenn wir raus müssen, uns verkleiden. Perücken, Sonnenbrillen, merkwürdige Klamotten. Was auch immer. Das ist riskant, sehr riskant. Ich denke, es könnte mir gelingen, unsere Fotos in Redemptios Datenbank zu manipulieren."

„Wie jetzt?", fragte Lasker nach.

„Ganz einfach; Redemptio hat von dir ein aktuelles Foto. Die Software ermittelt die individuellen asymmetrischen Daten des Gesichtes. Also den Abstand der Augen zueinander und so weiter. Deshalb ist es ja so schwer, eine gute Gesichtserkennungssoftware zu überlisten. Aber was wäre, wenn Redemptio nach den falschen Gesichtern Ausschau hält?"

„Was zur Hölle meinst du damit?", wollte Dost wissen.

„Ihr wisst, dass ich mich regelmäßig in das System von Redemptio einloggen kann. Da ich die Admin-Rechte meines Sohnes nutze, kann ich auch gewisse Dinge ändern. Zum Beispiel kann ich das Gesicht von Vincent gegen das von Elton John tauschen."

„Das klingt in der Tat simpel", sagte Harry.

„Aber was, wenn Redemptio deine Zugriffsrechte sperrt?", fragte Anabel.

„Das kann nicht passieren, da mein Sohn klug genug war, wenigstens dies unmöglich zu machen. Sie sind fester Bestandteil der Software. Mein Sohn war sehr, sehr clever."

„Und du bist sicher, dass das funktioniert?", wollte Lasker wissen.

„Theoretisch schon, ja. Aber wir benötigen einen Praxistest."

„Oha", sagte Harry.

„Ich weiß", gestand Wernhardt. „Wenn ich mich irre, dann …"

„Ich mache es", sagte Dost, ohne zu zögern.

Sofort entbrannte eine hitzige Diskussion. Anabel und Henry Lasker waren strikt dagegen, dass Vincent als Versuchskaninchen dienen wollte. Eine Zeit lang verfolgte Dost das Gespräch, dann hob er eine Hand und brachte die anderen mit dieser Geste zum Verstummen. Er wandte sich an Wernhardt. „Wie hoch schätzt du die Wahrscheinlichkeit ein, dass dein Plan funktioniert?"

Die Antwort kam ohne Verzögerung. „Achtzig Prozent."

„Das reicht mir", sagte Dost.

Anabel schnaubte. „Das hättest du auch bei dreißig Prozent gesagt."

Dost sah sie an. „Es ist meine Entscheidung, Anabel. Das erste Mal seit langem scheinen wir eine echte Chance zu haben, wirklich etwas zu unternehmen. Denn seien wir mal ehrlich; hier ist es zwar sicher, aber bewegen können wir von hier aus nichts. Es dauert nicht mehr lange, dann kriegen die ersten von uns einen Lager-Koller. Wernhardt hat uns eine Option aufgezeigt, die uns vollkommen andere Möglichkeiten eröffnen könnte. Lasst es uns angehen."

Allen war klar, dass Vincent mit dem, was er sagte, recht hatte. Sie alle waren bemüht, so etwas wie Routine in ihren Alltag einfließen zu lassen. Sie standen jeden Morgen um sieben Uhr auf. Anabel und Harry – beides Hobbyköche – waren für das Essen zuständig. Vincent hatte rings um das Gebäude Bewegungsmelder installiert, die er dreimal am Tag kontrollierte. Auf Überwachungskameras hatten sie aus verständlichen Gründen verzichtet. Da Wernhardt der einzige von ihnen war, der nicht auf der schwarzen Liste Redemptios auftauchte, war er es, der sich um den Einkauf von Vorräten kümmerte. Lasker hatte sich bereit erklärt, für Brennholz zu sorgen und die Blockhütte sauber zu halten.

So konnte man ein paar Tage verbringen, ohne durchzudrehen.

Aber ganz gewiss nicht mehrere Wochen oder gar Monate.

Zumal ihre Familien und Freunde allmählich unruhig wurden. Lasker wurde in seinem Unternehmen schmerzlich vermisst. Anabels Eltern waren von Harry, bevor auch dieser ins Exil gegangen war, vorgewarnt worden. Er hatte ihnen die Geschichte eines verdeckten Einsatzes ihrer Tochter aufgetischt. Dies war die Begründung dafür, dass sie sich erst mal nicht würde melden können.

Allen war klar, dass ihr Aufenthalt im Harz kein Dauerzustand sein könnte.

„Du sprichst selbst im Konjunktiv. Es *könnte* funktionieren. Vielleicht aber bist du innerhalb von wenigen Minuten tot", sagte Anabel wütend.

„Nochmal, mein Leben, meine Entscheidung."

„Falls es euch beruhigt. Eigentlich bin ich davon überzeugt, dass mein Plan zu einhundert Prozent klappt“, sagte Wernhardt.

Anabel sah ihn scharf an. „Und warum sagst du das dann nicht?“

Er zuckte mit den Schultern. „Hättet ihr mir geglaubt?“

„Wie kommt es eigentlich, dass Sie jetzt darauf gekommen sind?“, fragte Sybille neugierig nach. „Gestern Abend, als Sie zurückkamen, schienen Sie etwas gereizt zu sein. Ist etwas passiert?“

Wernhardt sah Sybille an. „Tatsächlich“, sagte er. „Sie haben recht. Gestern Abend habe ich erfahren, das Redemptio einen Beamten der PEG umgebracht hat.“ Wernhardt wandte sich jetzt direkt an Anabel. „Rainer Blessing ist tot. Und Redemptio ist dafür verantwortlich.“

Anabel sah ihn fassungslos an. „Was … ich meine … wie …?

„Offiziell gilt es als tragischer Unfall. Ein Baukran hat versehentlich eine tonnenschwere Last fallen lassen und Blessing unter sich begraben.“

Entsetzt hielt Anabel sich eine Hand vor den Mund. „Um Gottes willen …“

„Aber es war kein Versehen, oder?“, fragte Lasker nach.

Wernhardt schüttelte den Kopf. „Nein. Wenn man sich die Aussage des Kranführers anschaut, dann gibt es frappierende Parallelen zu dem Verkehrsunfall, bei dem der Journalist ums Leben kam. Der Baukran hat ein Eigenleben entwickelt und der sehr erfahrene Kranführer hatte keine Kontrolle mehr über sein Gerät.“

„Aber warum?“, wollte Anabel wissen. „Rainer stellte doch keine Gefahr für Redemptio oder die PEG dar.“

„Es muss daran liegen, dass ihr zusammen in der Bar über das Programm gesprochen habt. Danach hat Redemptio dich und Blessing als Bedrohung eingestuft“, erklärte Wernhardt.

„Also ist es meine Schuld“, sagte Anabel niedergeschlagen.

„So ein Blödsinn“, blaffte Harry. „Was kannst du dafür, dass diese durchgeknallte Maschine Amok läuft? Du hast nichts falsch gemacht, Anabel. Gar nichts.“

„Sehe ich genauso“, bekräftigte Lasker.

„Okay“, lenkte Dost das Gespräch wieder in die ursprüngliche Richtung. „Wie machen wir es? Nehmen wir wirklich die Fotos von Prominenten?“

„Nein“, antwortete Wernhardt. „Wir werden Gesichter mit einer speziellen Software künstlich generieren. Danach werde ich sie gegen die, die im System von Redemptio sind, austauschen.“

„Aber damit sind nur unsere Fotos im System von Redemptio geändert. Überall sonst tauchen unsere alten Gesichter auf“, gab Anabel zu bedenken, die sich wieder gefangen hatte.

„Das spielt keine Rolle“, erklärte Wernhardt. „Redemptio arbeitet ausschließlich mit einer eigenen Datenbank.“

„Und auch da bist du dir sicher, ja?“, hakte Lasker nach.

„Ja. Einhundertprozentig. Darüber hinaus ist es nicht das Ziel, diese Charade monatelang aufrecht zu erhalten. Für ein, zwei Wochen aber müssten wir die erforderliche Freiheit haben, um dem Ganzen ein Ende zu bereiten.“

„Dann lasst und anfangen“, sagte Dost.

KAPITEL 71

Braunschweig

Vincent Dost hatte ein flaues Gefühl im Magen, als er seinen Wagen im Parkhaus der Schlossarkaden abstellte und das Einkaufszentrum betrat. Er hatte zwar schon auf dem Weg vom Harz bis in die Stadt diverse Verkehrskameras passiert, ohne dass etwas geschehen war, aber aus einem unerfindlichen Grund hatte er sich im geschlossenen PKW sicher gefühlt. Jetzt, hier im Kaufhaus, unter all den Menschen, fühlte er sich verletzlich. Angreifbar. Es gab jede Menge sichtbare Überwachungskameras. Und ganz bestimmt noch einmal so viele, die man nicht sah. Sollte der Plan von Wernhardt nicht funktionieren, gab Dost sich fünfzehn Minuten. Dann würden bewaffnete Einheiten der PEG über ihn herfallen.

Er fuhr mit der Rolltreppe hinunter in das erste Obergeschoss. Dort gab es eine Buchhandlung, die er betrat und herumstöberte. Er warf verstohlen einen Blick auf eine Kamera, die genau über ihm an der Decke hing. Dost unterdrückte den Impuls, ins Objektiv zu grinsen. Mittlerweile waren fast zwanzig Minuten vergangen. Vielleicht wollten sie kein Aufsehen erregen und warteten deshalb draußen auf ihn. Hatten das Einkaufszentrum umstellt, da es mehrere Ausgänge hatte. Dost entschied, genau das herauszufinden.

Er verließ das Kaufhaus durch eine der Hauptausgänge und betrat den Vorplatz. Halblinks von ihm gab es einen großen Springbrunnen. Gegenüber auf der anderen Straßenseite ein Ärztehaus.

Alles schien normal zu sein. Nirgendwo waren Polizisten oder Beamte einer Spezialeinheit zu sehen. Dann hörte Dost plötzlich das Martinshorn eines Streifenwagens. Dann noch eines. Sie kamen von rechts.

Dost erstarrte.

Jetzt sah er den ersten Streifenwagen. Der fuhr mit hoher Geschwindigkeit den Bohlweg entlang in Richtung Ritterbrunnen. Dann kam noch einer.

Dost bereitete sich innerlich auf seine Verhaftung vor. Aber zu seiner Verwunderung bremsten beide Fahrzeuge nicht ab, als sie auf Höhe des Kaufhauses waren. Sie fuhren mit unveränderter Geschwindigkeit weiter und waren kurz darauf nicht mehr zu sehen.

Er atmete erleichtert aus.

„Dann machen wir mal weiter", sagte er leise zu sich selbst.

Dost ging über den Bohlweg auf den Platz der Deutschen Einheit und machte sich auf den Weg in die Innenstadt. Rechts von ihm tauchte nach kurzer Zeit das Braunschweiger Rathaus auf. Er überquerte den Domplatz, ließ den historischen Dom rechts liegen und ging den Weg Kleine Burg weiter, bis zur Hofapotheke. Dost wandte sich nach rechts. Jetzt befand er sich auf der Schuhstraße. Niemand verfolgte ihn, keiner hielt ihn auf. Was folgte, war ein letzter, ultimativer Härtetest. Dost ging einmal quer durch die Innenstadt bis zum Bankplatz. Dort betrat er eine Filiale der Volksbank. Deren Überwachungskameras waren mit einer hochmodernen Gesichtserkennungssoftware verknüpft und direkt mit der Polizei verbunden.

Wenn man ihn erkannte, dann hier.

Sein Herz schlug bis zum Hals, als er in der Bank stand und so tat, als würden ihn die Immobilienangebote interessieren, die in einem Schaufenster präsentiert wurden. Fünf Minuten vergingen, ohne dass etwas geschah. Dann waren es schon zehn Minuten. Als nach zwanzig Minuten immer noch niemand auftauchte, der ihn verhaften wollte, verließ er mit seinem breiten Grinsen die Bank.

Wernhardts List hatte funktioniert.

KAPITEL 72

Berlin

Esslings Beförderung zum Bundesinnenminister verlief erstaunlich reibungslos. Es gab keine Widerstände. Weder aus den eigenen Reihen noch von Seiten der Opposition. Allerdings hatte Essling keine Zeit, seinen Triumph entsprechend zu feiern. Er hatte jede Menge zu tun. Oberste Priorität besaß Redemptio und dessen Eigenleben.

Darüber hinaus musste er die Ambitionen des Kanzlers in die richtige Richtung umleiten. Denn das, was ihm vorschwebte, war unmöglich umzusetzen. Der Blödmann wollte sich als Retter der Menschheit präsentieren, obwohl er selbst nicht daran glaubte, dass Redemptio eine echte Bedrohung darstellte.

„Klären Sie das, Essling", hatte er gefordert. „Und dann treten wir gemeinsam vor die Kameras und erklären, was wir erreicht haben. Die werden uns feiern wie Helden."

Das Dumme daran war, dass Essling nicht in der Lage war, die Angelegenheit zu klären. Niemand konnte das. Und er wollte es auch überhaupt nicht. Es lief doch alles wunderbar. Ja, es gab Kollateralschäden. Aber die gab es doch immer. Man konnte kein Omelette machen, ohne Eier zu zerschlagen. Zu allem Überfluss würde er sich um Bräuer kümmern müssen. Ihr letztes Gespräch war ihm noch sehr gut in Erinnerung. Vor allem die aggressive und respektlose Art, in der Bräuer mit ihm gesprochen hatte.

Verarschen Sie mich nicht, Essling, hatte Bräuer gesagt.

Was für eine Unverschämtheit. Das konnte er so nicht durchgehen lassen. Es waren eindeutig die ersten Anzeichen von bröckelnder Loyalität, da war sich Essling sicher.

Und das jetzt, wo es darauf ankam. Der Bundeskanzler wollte sich unbedingt als Retter der Nation präsentieren, und Redemptio war außer Kontrolle geraten.

Das waren eine Menge Baustellen.

Mindestens ein Nebenkriegsschauplatz zu viel. Eines war klar: Den Kanzler konnte er nicht eliminieren. Und das Redemptio-Problem war ohne weiteres auch nicht in den Griff zu bekommen. Essling glaubte noch immer, dass es möglich wäre, die Software zu bändigen.

Langsam formte sich im Hirn Esslings ein Plan.

Fast schon automatisch begann er damit, die Fragen, die ihn beschäftigten, aufzuschreiben.

Wie immer nutze er dafür Windows Word.

Wer könnte Bräuer ersetzen?

Essling starrte auf die Worte, die er geschrieben hatte, und ging im Geiste Namen durch. Ein leises akustisches Signal kündigte den Eingang einer Mail an. Essling wechselte das Programm und öffnete sein Mail-Account. Die eingegangene Nachricht stammte von einem unbekannten Absender, der eine merkwürdige E-Mail-Adresse verwendete. Sie bestand nur aus Zahlen und komischen Zeichen. Trotzdem öffnete er die Nachricht. Erstaunt stellte er fest, dass es sich um eine Namensliste handelte. Eine sehr kurze. Auf ihr standen die Namen der Kandidaten, die geeignet wären, Nachfolger Bräuers als Leiter der PEG zu werden.

Plötzlich lächelte er.

Instinktiv wusste er, wer ihm diese Nachricht geschickt hatte.

Redemptio.

Sein Lächeln wurde breiter und Tränen liefen ihm über das Gesicht. Behutsam streckte er die rechte Hand aus und streichelte sanft den Bildschirm seines Computers.

„Ich danke dir“, sagte Essling ergriffen. „Ich werde dich nicht enttäuschen.“

Gebannt starrte er auf den Monitor. Hoffte auf eine Antwort.

Aber die blieb aus.

Und trotzdem: Essling fühlte sich wie ein Gott.

KAPITEL 73

Braunschweig

Das erste Mal, seit sie alle sich in dem Blockhaus im Harz zusammengefunden hatten, verbrachten sie einen relativ unbeschwerten Abend zusammen. Und das in aller Öffentlichkeit. Sie saßen in einem spanischen Restaurant und feierten ihren kleinen Triumph über Redemptio. Nur Sybille Schneider und Henry Lasker waren in der Blockhütte geblieben. Als ehemalige Innenministerin war ihr Gesicht zu bekannt. Es hätte nichts genützt, ihr Konterfei gegen ein künstlich generiertes Gesicht auszutauschen. Harry Steinhardt, Vincent Dost, Michael Wernhardt und Anabel ließen es sich aber nicht nehmen, diesen Abend bei einem guten Essen zu genießen. Als ihr Tisch voller leckerer Tapas war, lenkte Dost trotz der unbeschwerten Stimmung das Gespräch wieder in Richtung Redemptio.

„Wer leitet eigentlich die PEG?"

„Ludger Bräuer", antwortete Anabel. „Aber ich kenne ihn nicht persönlich. Warum fragst du?"

„Weil Blessing ein Mitarbeiter von ihm war. Wenn ein Mitarbeiter des BKA an- oder erschossen wird, dann nimmt die komplette Behörde das persönlich. Das weiß ich aus eigener Erfahrung."

„Ich kenne Ludger Bräuer", sagte Harry.

Alle Blicke richteten sich auf ihn.

„Woher und wie gut?", fragte Dost.

„Er war Leiter der Direktion Spezialeinheiten des Polizeipräsidiums Baden-Württemberg. Ich war Präsident des LKA Niedersachsen. Wir haben uns bei einer Konferenz kennengelernt."

„Was ist er für ein Typ?", fragte Dost nach.

Harry nahm einen Schluck kühles San Miguel und dachte über die Frage nach. „Ich hatte den Eindruck, dass er ein ernsthafter Mann ist. Und ein Vorgesetzter, der für seine Leute durchs Feuer gehen würde."

„Und wenn deine Einschätzung stimmt, wie würde er reagieren, wenn einer seiner Leute von Redemptio getötet wird?"

„Er wäre sauer. Mehr als das: Er wäre zornig."

Dost schwieg einen Augenblick. „Vielleicht könnten wir das zu unserem Vorteil nutzen ..."

Anabel nickte. „Als Ersatz für Sybille Schneider", nahm sie den Faden auf. „Durch ihre Entlassung haben wir keinen Kontakt mehr nach Berlin. Aber wenn es uns gelingen sollte, den Leiter der PEG für uns zu gewinnen ..."

„Wären wir wieder im Spiel", beendete Dost ihren Satz.

„Das setzt aber voraus, dass Bräuer weiß, dass es Redemptio war, der Blessing getötet hat", wandte Harry ein.

„Wir müssten ihm nur die Gemeinsamkeiten zwischen dem Unglück mit dem Baukran und dem Autounfall auf der A7 aufzeigen. Die sprechen für sich."

„Wenn er bereit ist, sich diese anzuhören", sagte Harry immer noch nicht überzeugt.

„Im Moment ist er unsere beste Chance. Wir sollten es versuchen", sagte Dost.

Harry zuckte mit den Schultern. „Das könnte ich übernehmen. Wie gesagt, wir kennen uns."

„Bleibt die Frage, wie wir Kontakt zu ihm aufnehmen", sagte Dost leise.

„Ich rufe ihn einfach mit diesem Krypto-Dings an", schlug Harry vor.

„Dein Telefon kann nicht abgehört werden. Bräuers schon", gab Dost zu bedenken.

„Auch wieder wahr", brummte Harry.

„Aber wenn du nach Berlin fährst und ihn besuchst. So als alter Kollege, dann müsste es doch gehen, oder?", wollte Anabel wissen.

„Ich denke, dass das eine gute Idee ist", sagte Dost.

„Und ich werde dich begleiten", verkündete Anabel.

Verstohlen musterte Harry Steinhardt Anabel. Er kannte sie gut. Sehr gut sogar. Deshalb war ihm nicht entgangen, dass sie sehr angespannt war. Sie versuchte zwar, ihre innere Unruhe durch gelassene Heiterkeit zu überspielen. Aber Harry ließ sich dadurch nicht täuschen. Er glaubte auch den Grund für ihre Unruhe zu kennen. Und wenn er recht hatte, konnte das sowohl sie selbst als auch alle anderen in Gefahr bringen. Aus diesem Grund hatte er, bevor sie das Blockhaus verließen, Vincent Dost an die Seite genommen, um vertraulich mit ihm zu sprechen.

„Ich möchte, dass du heute Abend auf Anabel Acht gibst", hatte er ihm zugeraunt.

„Warum? Was ist los?"

Harry war es mehr als unangenehm, Dost von Anabels dunklem Geheimnis zu erzählen. Es fühlte sich an, als würde er damit auch Anabel verraten. Sollte er mit seiner Befürchtung recht behalten, würde Dost es so oder so erfahren.

„Tue mir bitte diesen Gefallen", hatte Harry geantwortet. Und ihm dann noch erklärt, was seiner Meinung nach später am Abend passieren könnte.

Und genau dieser Fall trat ein. Als sie satt und zufrieden das Lokal verließen, wandte sich Anabel an die anderen. „Ich bleibe noch ein bisschen in Braunschweig", erklärte sie. „Meine neue Freiheit genießen."

„Du hast aber nicht vor, nach Hause zu gehen, oder?", wollte Harry wissen.

„Nein Harry, ich bin doch nicht bescheuert."

Harry musterte sie aufmerksam. Ihm entging nicht das Feuer, das in ihren Augen brannte.

„Und wie kommst du zurück ins Blockhaus?"

„Ich nehme mir ein Taxi. Ist doch egal, morgen hauen wir doch sowieso ab."

Harry, Wernhardt und Dost wechselten einen kurzen Blick.

Wernhardt zuckte mit den Achseln. „Sie hat recht. Und Gefahr droht ihr auch nicht."

Anabel nickten ihren Freunden zu. Dann noch einen schönen Abend", sagte sie und ging.

Harry sah Dost an. „Lass sie nicht aus den Augen", sagte er eindringlich.

„Willst du mir endlich verraten, was los ist?"

„Pass einfach auf sie auf, okay?"

„Also gut. Gibt es irgendetwas, worauf ich achten muss?"

Harry schüttelte nur stumm den Kopf.

Dost warf ihm noch einen forschenden Blick zu, dann wandte er sich um und verfolgte Anabel.

KAPITEL 74

Braunschweig

Anabel ging den Bültenweg entlang in Richtung Innenstadt. Ihr Ziel, ein Club in der Braunschweiger City, war keine drei Kilometer entfernt. Nach dem üppigen Essen ein willkommener Spaziergang bei immer noch angenehmen Temperaturen. Schon seit Tagen war sie aufgewühlt. Sie schlief unruhig und war reizbar. Das lag natürlich auch daran, dass sie in dem Blockhaus auf ihre persönliche Privatsphäre weitestgehend verzichten musste. Aber da war noch mehr. Anabel kannte diese Symptome. Es war zu lange her, seit sie sich zuletzt abreagiert hatte. Obwohl sie in der Hütte nicht alleine war, fühlte sie sich eingesperrt. Anabel musste an die Worte des Psychologen denken, den Harry ihr besorgt hatte.

„Wiederholt aggressives Verhalten führt häufig zu sozialer Isolation. Andererseits ist oft auch soziale Isolation Ursache für erhöhte Aggressionsbereitschaft", hatte er damals gesagt.

Diese Isolation in der Hütte im Harz war genau das, was sie nicht gebrauchen konnte. Sie war wie eine Süchtige, der man die Möglichkeit genommen hatte, sich einen Schuss zu besorgen. *Ich bin ein verfluchter Junkie*, dachte sie und lachte leise. Anabel verließ den Bültenweg und wandte sich nach rechts auf die Humboldstraße. Spontan entschloss sie sich, einen Umweg zu gehen, der sie an dem Fluss Oker vorbeiführen würde. Sie stieg ein paar Treppen hinunter und ging gemächlich am Wasser entlang. Der Schotterweg war durch vereinzelt aufgestellte Laternen erleuchtet, und machte einen sanften Schwenker rechts. Anabel war völlig in Gedanken versunken, daher bemerkte sie die drei Männer erst, als es schon zu spät war. Wie aus dem Nichts waren sie aufgetaucht und versperrten ihr den Weg.

„Aber hallo“, sagte einer von ihnen und grinste anzüglich. „Du musst Wegzoll bezahlen, sonst kommst du hier nicht durch.“

Anabel blieb wie angewurzelt stehen und musterte die drei. Sie waren Mitte zwanzig und wirkten durchtrainiert. Keiner von ihnen hatte einen Migrationshintergrund. Es war zu dunkel, um die Handknöchel zu sehen. Diese waren immer ein sicherer Hinweis darauf, ob jemand Erfahrungen im Kämpfen hatte. Vernarbte oder geschwollene Stellen rund um die Knöchel zeigten, dass die Fäuste regelmäßig zum Einsatz kamen. Aber auch ohne sie zu sehen ging Anabel davon aus, dass die drei nicht unerfahren waren, was Straßenkämpfe betraf. Was Typen wie sie abschreckte, war Selbstsicherheit. Was sie antörnte, war Angst. Anabel dachte im Traum nicht daran, den drei Scheißern diese Befriedigung zu verschaffen.

Das Adrenalin, das jetzt durch ihren Körper schoss, war ein wichtiges Hormon, das in den Nebennieren gebildet und bei Stress vermehrt freigesetzt wurde. In bedrohlichen Situationen wie dieser stellte es den Körper auf Kampf oder Flucht ein. Bei Anabel war es Kampf. Das gesamte Blut im Körper wurde umverteilt: Es floss nun mehr in die Muskeln des Bewegungsapparates und in die Lungen und weniger in die Verdauungsorgane. Das sorgte für einen schnelleren Herzschlag, einen höheren Blutdruck, für weite Pupillen und eine erhöhte Schweißproduktion. Zucker wurde aus der Leber freigesetzt, damit er den Muskeln schneller zur Verfügung stand. Diese Veränderungen sorgten dafür, dass der Mensch für einige Zeit leistungsfähiger war und so einer Gefahrensituation begegnen konnte. Von all dem ahnten die drei Männer nichts. Für sie war die junge Frau ein willkommenes Opfer.

„Drei Männer gegen eine Frau. Meine Fresse seid ihr Helden“, sagte Anabel.

Das Grinsen verschwand aus dem Gesicht des Mannes, als hätte er es ausgeschaltet.

„Nimmst deinen Mund ganz schön voll." Er wandte sich an seine Freunde. „Was meint ihr, wollen wir mal testen, was da sonst noch so reinpasst?"

Die drei lachten. Der Typ, der sie angesprochen hat, sah Anabel mit kaltem Blick an. Offenbar war er der Anführer. „Wie wärs; geh auf die Knie und blas unsere Schwänze. Wenn du das gut machst, dann lassen wir dich gehen."

Anabel tat, als würde sie über den Vorschlag nachdenken, und schüttelte dann den Kopf. „Ich glaube nicht."

Die drei kamen langsam auf sie zu. Jetzt waren sie noch etwa vier Meter von ihr entfernt. Anabel stellte sich etwas seitlich und verlagerte das Gewicht auf ihr hinteres Bein. Keinem der drei fiel das auf. Sie musterte die drei Männer. Ihr Anführer stand rechts von ihr. Die anderen beiden lauerten etwas weiter hinten. Sie revidierte ihren ersten Eindruck; dass waren keine kampferprobten Männer, sondern nur saublöde Großmäuler. Erfahrene Kämpfer hätten sich anders positioniert. Sie hätten sich in einer Reihe mit identischem Abstand zum Opfer gestellt. So fiel es schwerer, ein mögliches Angriffsziel auszumachen.

Aber diese drei dachten im Traum nicht daran, dass Anabel zum Angriff übergehen könnte. Was dann passierte, geschah so schnell, dass sie sich hinterher kaum einen Reim darauf machen konnten. Urplötzlich und ansatzlos schoss Anabel nach vorn und stach dem Anführer mit den Fingern in die Augen. Dann schlug sie ihm mit der Handkante mit wohldosierter Kraft gegen den Kehlkopf. Geblendet und keine Luft mehr bekommend sackte er röchelnd auf die Knie. Seine Kameraden wichen entsetzt zurück. Anabel hätte jetzt aufhören können. Eine klare Ansage in die Richtung der beiden hätte genügt und sie hätten das Weite gesucht. Aber Anabel wollte mehr. Sie machte einen Satz nach vorn und trat dem ersten mit furchtbarer Wucht zwischen die Beine.

Dann wirbelte sie herum zum nächsten und verpasste ihm einen Kick seitlich gegen das Knie. Bevor er zu Boden fallen konnte, griff sie seinen rechten Arm, brachte in eine bestimmte Position und renkte ihm dann mit einer entschlossenen Bewegung die Schulter aus. Der Mann brüllte vor Schmerz und lag wimmernd auf dem Schotterweg.

Anabels Puls fuhr langsam wieder runter.

Sie verspürte eine unbändige Lust auf eine Zigarette.

KAPITEL 76

Braunschweig

Vincent war Anabel in sicherem Abstand gefolgt. Allerdings ging er nicht hinter ihr her, sondern benutzte den Pfad, der oberhalb des Schotterweges verlief, den Anabel entlangschritt. So konnte er sie sehr gut im Blick behalten, ohne Gefahr zu laufen, von ihr entdeckt zu werden. Ihm war noch immer nicht klar, aus welchem Grund er Anabel nicht aus den Augen lassen sollte, ging aber davon aus, dass er es erfahren würde, wenn es so weit war. Alle zehn oder fünfzehn Meter beleuchtete eine Laterne den Weg unter ihm. Durch seine erhöhte Position sah Vincent die drei Männer noch vor Anabel. Als sie stehenblieb und mit ihnen redete, dachte er zuerst, sie hätte sich mit ihnen verabredet. Sein zweiter Gedanke war, dass er gerade Augenzeuge eines Drogengeschäftes wurde.

Er versuchte, näher heranzukommen, ohne entdeckt zu werden. Vorsichtig pirschte er nach vorn. Vincent wollte sich nicht zu früh zu erkennen geben, da die Gefahr bestand, dass die Typen bewaffnet waren. In diesem Moment machten die drei Männer einen Schritt auf Anabel zu. Hören konnte er sie nicht, aber als er sah, dass Anabel ihr Gewicht auf das hintere Bein verlagerte, wusste Vincent, dass es sich keineswegs um einen Drogendeal handelte, sondern um eine ernste Bedrohung. Er machte sich bereit einzugreifen, als Anabel zu seiner Verblüffung angriff. Fassungslos sah er dabei zu, wie sie die drei Männer attackierte und in einer unfassbaren Geschwindigkeit brutal und entschlossen fertig machte.

Langsam stand er auf und ging vorsichtig die Böschung hinunter. Als sie ihn entdeckte, erschien ein feines Lächeln in ihrem Gesicht.

„Lass mich raten: Harry schickt dich."

„Er bat mich, auf dich aufzupassen. Ohne mir den Grund dafür zu verraten", sagte Vincent und stellte sich neben sie. Er blickte auf die am Boden liegenden Männer. „Aber wie es aussieht, brauchst du niemanden, der auf dich aufpasst."

„Sie hätten zu viert sein können", meinte Anabel.

„Dann wäre ich zur Stelle gewesen."

Anabel lächelte. „Mein Held."

„Und?", wollte Vincent wissen und bot ihr einen Arm an. „Wollen wir?"

„Aber gerne", sagte Anabel.

Ohne den auf dem Boden liegenden Männern eines Blickes zu würdigen, setzten die beiden ihren Weg fort. Als sie den Wanderweg verlassen hatten und wieder auf Asphalt liefen, blieb Anabel plötzlich stehen und blickte Dost prüfend an. „Harry hat dir wirklich nicht verraten, warum du mir folgen sollst?"

Vincent schüttelte den Kopf. „Nein. Ich hab gefragt, aber er wollte mir den Grund nicht nennen."

Anabel lächelte. „Er ist ein wirklich guter Freund."

„Verrätst du mir, was los ist?"

„Lass uns was trinken gehen", schlug Anabel anstatt einer Antwort vor.

Sie gingen bis in die Innenstadt und setzten sich schließlich an einen freien Tisch im Außenbereich einer Kneipe am Bohlweg. Es war fast Mitternacht, aber noch immer angenehm warm. Beide bestellten sich ein Bier.

„Ich war weder auf der Suche nach Sex, noch wollte ich Drogen kaufen", sagte Anabel unvermittelt, als sie ihren ersten Schluck des frisch gezapften Bieres genommen hatten.

„Jetzt bin ich aber enttäuscht", antwortete Vincent.

Anabel musste grinsen. „Weil ich keine Drogen nehme?"

Vincent hustete. „Genau ..."

„Ich habe ein Problem damit, meine Impulse zu regulieren."

„Das klingt wie aus einem Handbuch für Physik."

Anabel lachte. „Es bedeutet, dass ich ..."

Vincent hob eine Hand. „Anabel, das geht mich wirklich nichts an ..."

„Ist dir das peinlich?"

Vincent dachte darüber nach. „Nein. Eigentlich nicht."

„Gut."

„Darüber hinaus kann ich mir nach der Vorstellung von vorhin einigermaßen vorstellen, um was es geht."

„Ach ja?"

Vincent nickte. „Ja. Du hättest dem armen Kerl nicht die Schulter auskugeln müssen. Der war schon erledigt. Du bist ein Mensch, der seine Emotionen nicht wirklich im Griff hat. Ich frage mich, wie du es damit geschafft hast, Polizistin zu werden."

„Bist du immer so ehrlich?"

„Ja."

„Das finde ich ziemlich sexy. Um deine Frage zu beantworten; es war Harry. Er hat es mir ermöglicht, im Staatsdienst zu bleiben. Unter bestimmten Bedingungen, versteht sich."

„Und diese Bedingungen waren psychologische Betreuung und Medikamente, nehme ich an."

„Richtig. Wobei Betreuung ein klein wenig nach stationärem Aufenthalt und persönlichen Pflegern klingt. Es waren nur Sitzungen. Also Gespräche."

„Und Medikamente", fügte Vincent an.

„Ja."

„Rezeptpflichtige Medikamente."

„Stimmt."

„Hast du noch welche?"

Sie schüttelte den Kopf. „Nein."

Langsam begann er zu verstehen. „Der Stress der letzten Tage, die Isolation in der Blockhütte und die Tatsache, dass du keine Medikamente mehr hast, sind eine höllische Mischung."

Sie senkte den Kopf. „Tut mir leid. Ich hätte euch davon erzählen müssen."

„Du hättest *mir* davon erzählen sollen. Ich hätte dir helfen können."

„Wie denn?"

„Ich kenne Leute, Anabel. Auch solche, die auf der dunklen Seite stehen. Ein Rezept zu besorgen ist für die, als würden sie eine Grußkarte ausdrucken."

„Warum kenne ich solche Typen nicht?"

Vincent grinste. „Weil du sie krankenhausreif schlägst."

KAPITEL 78

Harz

Henry Lasker und Sybille Schneider saßen aneinander gekuschelt im Wohnzimmer vor dem prasselnden Kaminfeuer und tranken Rotwein.

„Ich weiß nicht, wann ich zuletzt so entspannt war", sagte Sybille leise und seufzte.

„Und ich weiß nicht, ob ich überhaupt schon mal so entspannt war", entgegnete Lasker.

Sie drehte den Kopf, damit sie sein Gesicht sehen konnte. „Ich erinnere mich an diverse Momente, da schienst du sehr entspannt gewesen zu sein …"

„Nicht so wie jetzt."

„Was ist heute anders als damals?"

Er dachte über die Frage nach. Schließlich musste er mit dem Kopf schütteln. „Das klingt wahrscheinlich vollkommen hirnrissig, aber durch die ganze Sache mit Redemptio ist mir einiges klar geworden. Ich wäre auf La Palma fast gestorben und hätte Dost damals nicht so schnell reagiert, würde ich jetzt nicht hier mit dir sitzen und Rotwein trinken."

Sybille nahm seine Hand und drückte sie.

Er fuhr fort. „Mir ist mehr als deutlich geworden, dass ich auf einem sehr egoistischen Trip war. Jahrelang. Ohne es zu merken. Als ich erfuhr, dass die drei jungen Männer die Redemptio erfunden haben, bei einem Brand ums Leben gekommen sind ... Weißt du, was mein erster Gedanke war?"

Sybille sah ihn gespannt an.

„Gott sei Dank haben wir den Deal mit Redemptio vorher eingetütet." Er schüttelte angewidert den Kopf. „Das war mein erster Gedanke." Er schwieg einen Moment, dann fuhr er fort. „Na ja, und dann ist mir auf La Palma meine Finca um die Ohren geflogen."

„Es ist nicht ungewöhnlich, dass Menschen nach einer Nah-Tod-Erfahrung ihre Lebensweise ändern", sagte Sybille sanft.

Lasker schüttelte den Kopf. „Nein, das ist es nicht. Ich war ja nicht klinisch tot. Vielmehr war es das, was danach geschehen ist ..."

Sybille ließ ihm Zeit, seine Gedanken zu ordnen.

„Ich war es jahrelang gewohnt, das Heft des Handelns in eigenen Händen zu halten. Ich führte, die anderen folgten. Hat wunderbar funktioniert. Aber nachdem die Finca in Schutt und Asche lag, war ich total hilflos. Vincent Dost hat die Führung übernommen. Und ich habe es zugelassen. Ohne darüber nachzudenken. Ich habe ihm vertraut und er hat mich gerettet. Ich weiß nicht, wann ich zuletzt jemanden vertraut habe."

„Es war sogar mehr als das", sagte Sybille. „Du hast ihm nicht nur vertraut. Du hast ihm dein Leben anvertraut. Das ist ein großer Unterschied."

Lasker nickte, als wäre ihm das erst jetzt bewusst geworden. „Ja. Du hast recht."

„Klingt, als hättest du dein Urvertrauen ein klein wenig zurückbekommen."

„Ja, kann schon sein. Auf jeden Fall tut es mir gut." Er sah Sybille voller Zärtlichkeit an. „Und du, wie geht es dir? Fehlt dir Berlin?"

„Ich habe hart gearbeitet, um Bundesministerin zu werden. Ähnlich wie du habe ich die letzten Jahre auf Autopilot geschaltet und einfach nur funktioniert. Zu meiner großen Überraschung muss ich jetzt feststellen, dass es mir trotz der Gefahr, die von

Redemptio ausgeht, guttut, aus dem Hamsterrad ausgestiegen zu sein. Schon merkwürdig …"

„Ja. Dass es erst zu so einer Konstellation kommen musste, um sich zu besinnen, sagt sehr viel über uns aus, oder?"

„Das ist wohl so. Wo wir gerade beim Thema Vertrauen sind; was hältst du von Michael Wernhardt?"

„Er hat uns geholfen", sagte Lasker. „Warum fragst du?"

„Ich bin alles andere als eine Fachfrau, was Computerprogramme betrifft. Aber es gibt eine Sache, die ich nicht verstehe. Du hattest mir gesagt, Wernhardt hätte euch erzählt, er könne Redemptio nicht abstellen. Wenn ich mich recht entsinne, hat er das damit begründet, dass er nicht über die notwendigen Zugriffsrechte verfüge, um das zu tun. Auf der anderen Seite aber gelingt es ihm, eure Fotos in Redemptios System zu manipulieren. Findest du nicht auch, dass das ein Widerspruch ist?"

Lasker dachte darüber nach. Schließlich nickte er. „Ich bin zwar auch kein Profi im Bereich Software, aber es stimmt, was du sagst. Ich sehe den Widerspruch auch."

„Was machen wir jetzt?"

„Wir suchen uns diesen Fachmann."

„Ich kenne da jemanden …", sagte Sybille langsam.

„Wen?"

„Sein Name ist Leon Koppe. Er ist ehemaliger Hacker, aber einer der guten. Im Auftrag großer Konzerne suchte er Schwachstellen in deren Netzwerk und schloss diese. Er arbeitet jetzt am Karlsruher Institut für Technologie und lehrt Informatik. Darüber hinaus hat er einen Think-Tank gegründet, der sich mit dem Thema KI beschäftigt."

„Klingt nach genau dem Experten, den wir brauchen."

„Soll ich ihn anrufen?"

Lasker sah auf seine Uhr. Es war schon spät.

„Wie gut kennst du ihn denn?"

„Sehr gut."

Lasker stand auf und holte sein Kryptohandy. Er reichte es Sybille. „Ruf ihn an."

Sybille suchte seine Nummer in ihrem Notizblock und rief Koppe an. Nach dem dritten Rufzeichen nahm der das Gespräch an.

„Leon, ich bin`s, Sybille."

„Hey, wie geht's dir? Ich habe gehört, was passiert ist. Tut mir echt leid."

„Ist schon okay. Mir geht's sehr gut."

„Freut mich zu hören. Was kann ich für dich tun?"

Sybille erklärte ihm das Problem, ohne zu sehr ins Detail zu gehen, was Redemptio betraf.

„Das ist jetzt wirklich eigenartig", sagte Koppe.

„Warum?"

„Vor ein paar Tagen war dieser Essling bei mir. Du weißt schon, dein Nachfolger. Er schilderte mir ein ähnliches Problem. Was zum Henker läuft da bei euch?"

„Wo bist du im Moment?"

„Ich bin wieder in Karlsruhe."

„Können wir uns treffen?"

„Ich denke, dass sollten wir."

KAPITEL 79

Berlin

Am nächsten Tag versuchte Bräuer mehrmals vergeblich, Trautmann zu erreichen. Normalerweise rief der Leiter der Spezialeinheit innerhalb von dreißig Minuten zurück. Das war bislang immer so gewesen. Jetzt aber hatte er schon seit mehr als drei Stunden nichts von ihm gehört. Da er ihn dringend sprechen musste, wählte er Trautmanns Büro und nicht dessen Handynummer an. Seine Sekretärin nahm das Gespräch an.

„Bräuer hier. Ich muss Herrn Trautmann sprechen."

„Es tut mir leid Herr Bräuer, aber Herr Trautmann ist in einem Meeting ...", sagte sie unsicher, fast schon ein klein wenig überrascht.

Bräuer entging das nicht. „Was ist?", wollte er wissen. „Was geht Ihnen durch den Kopf?"

„Ich bin ... überrascht. Bislang ging ich davon aus, dass Sie auch an dem Meeting teilnehmen."

„Was für eine Besprechung ist das?", wollte er wissen und überprüfte schnell seinen Terminkalender. Er glaubte zwar nicht, etwas vergessen zu haben, aber man wusste ja nie. Bei den ganzen Terminen jeden Tag konnte schon mal ...

„Herr Trautmann ist im Innenministerium."

Bräuers Kinnlade verlor den Kampf gegen die Schwerkraft. Mit hohler Stimme dankte er der Sekretärin und legte den Hörer auf. Das war jetzt eine ganz beschissene Entwicklung. Was sollte er jetzt machen? Was kam als nächstes? Würden sie ihn abholen und wegsperren? Oder würde ihm auch ein tonnenschweres Teil auf den Kopf fallen?

Bräuer würde nicht warten, bis die Arschlöcher eine Entscheidung gegen ihn getroffen hatten. Er sprang auf, griff sich seine Autoschlüssel und machte sich auf den Weg zu seinem Wagen.

✚

Harry und Anabel erreichten am frühen Nachmittag Berlin. Sie parkten ihr Fahrzeug auf dem öffentlichen Parkplatz an der Elsenstraße. Anabel blieb im Wagen sitzen. Sie wollten ihr Glück nicht überstrapazieren, indem sie mit auf das Gelände kam. Immerhin waren hier nicht nur die Abteilungen des BKA untergebracht, sondern auch die PEG. Würde sie hier jemand erkennen, wäre das Spiel aus. Deshalb ging Harry alleine auf den Eingang zum Treptower Park zu. Als er sich anmelden wollte, sah Harry aus den Augenwinkeln eine BMW-Limousine, die das Gelände verlassen wollte. Er wandte sich dem Wagen aus reiner Neugier zu und erkannte den Fahrer sofort.

Ludger Bräuer.

Der sah ihn ebenfalls an. Harry spürte, dass Bräuer versuchte, ihn einzuordnen. Schließlich ging Harry auf den vor einer geschlossenen Schranke stehenden Wagen zu.

Bräuer ließ die Scheibe auf seiner Seite herunterfahren. „Harry? Harry Steinhardt?"

Harry lächelte. „Ludger. Zu dir wollte ich."

„Zu mir? Und aus welchem Grund?"

„Darüber sollten wir in Ruhe sprechen. Und nicht hier."

Bräuer wirkte unschlüssig.

Harry kam ein kleines Stückchen näher an den Wagen heran. „Es ist wichtig, Ludger. Sehr wichtig sogar."

Bräuer gab sich einen Ruck. „Bist du mit dem Wagen hier?"

„Ja. Ich stehe da drüben auf dem Parkplatz."

„Steig ein. Ich fahre dich zu deinem Wagen. Dann suchen wir uns ein ruhiges Fleckchen und reden."

Das war jetzt so nicht geplant.

Wenn Bräuer ihn zu seinem Wagen brachte und dabei Anabel sah, und wenn Bräuer loyal zur PEG stand, dann würde, nein, dann müsste er Anabel festnehmen. Und Harry könnte nichts dagegen unternehmen.

„Kennst du das La Casita in der Puschkinallee noch?"

Bräuer nickte. „Na klar. Das venezolanische Restaurant. Ist nur ein Steinwurf von hier entfernt."

„Da treffen wir uns in fünf Minuten, einverstanden?"

„Kein Thema. Dann bis gleich."

Die Schranke wurde geöffnet und Bräuer fuhr los. Harry machte sich auf den Weg zum Auto.

Drei Minuten später erreichte er das Restaurant. Es war um die zwanzig Grad mild und Bräuer hatte sich einen freien Tisch draußen mit schönem Blick auf die Spree geschnappt. Auch diesmal blieb Anabel im Auto.

Harry setzte sich Bräuer gegenüber.

„Wie geht's dir?", wollte er von Bräuer wissen.

„Geht so."

„Ist dein Handy an?"

„Ja, klar."

„Mach es aus."

Zuerst war Bräuer erstaunt. Dann zeigte sein Gesicht etwas anderes. Erkenntnis.

„Du weißt Bescheid …", sagte er leise.

Ohne auf eine Antwort zu warten, holte Bräuer sein Handy aus der Jackentasche und schaltete es ab.

„Du hast einen Mann verloren. Ich meine Blessing", sagte Harry.

„Das stimmt."

„Du weißt, dass das kein Unfall war, oder?"

Bräuer sah sich hektisch um. „Harry, was ist hier los? Warum weißt du das alles?"

„Weil ich mitten drin bin in diesem Wahnsinn“, knurrte Harry.

„Aber wie? Warum?“

Harry erklärte es ihm.

„Was für eine verfluchte Scheiße“, murmelte Bräuer danach.

„Und was ist mit dir?“, wollte Harry wissen. „Wo stehst du?“

„Auf der Abschussliste vom verfickten Essling würde ich sagen.“

„Was ist passiert?“

„Ich denke, mein Verhalten ihm gegenüber, nachdem Blessing diesen … *Unfall* hatte, hat ihm nicht gefallen.“

„Was hast du gemacht?“

„Ich habe ihn gefragt, ob wir jetzt schon unsere eigenen Leute umlegen.“

„Und was hat er geantwortet?“

„Er hat so getan, als wüsste er von nichts, dieses Arschloch. Dann hab ich ihn angezählt. Hab ihm gesagt, dass er mich nicht verarschen soll. Erst dann hat er zugegeben, dass er Bescheid weiß. Und jetzt sitzt Trautwein bei ihm im Büro und verhandelt über meinen Job.“

„Wer ist Trautwein?“

„Der Leiter einer Sondereinheit innerhalb der PEG“, erklärte Bräuer.

Harry sah ihn forschend an. „Lass mich raten: Diese Sondereinheit erledigt die schmutzigen Sachen. Wie zum Beispiel den Mord an Kofler und dessen Frau.“

Erneut sah Bräuer sich um. „Harry, ich kann darüber nicht reden … die bringen mich um.“

„Nicht, wenn du dich uns anschließt.“

„Und was ist mit meiner Frau?“

„Die nehmen wir mit.“

„Mit wohin?“

„Willst du, dass ihr hier mit heiler Haut rauskommt?“

„Ja natürlich.“

„Dann hör auf, Fragen zu stellen. Lass uns deine Frau holen und abhauen.“

„So einfach ist das nicht, Harry. Ich habe bereits einen Notfallplan. Du willst mir keine weiteren Infos geben. Also, wer alles zu deinen Leuten gehört und wo ihr euch versteckt. Das respektiere ich. Aber du musst mich auch verstehen. Ich lasse mich auf kein Himmelfahrtskommando ein."

„Das verstehe ich."

„Aber ich kann dir etwas geben, was euch nützlich sein könnte."

„Und was?"

Bräuer holte eine CD aus seiner Tasche und legte sie auf den Tisch.

Er nickte in Richtung der CD. „Hier sind alle schmutzigen Geheimnisse drauf, die Essling gesammelt hat."

„Über wen?"

„Über alle, Harry. Da ist das Who is who der Politik und Wirtschaft drauf. Mit allen dreckigen Informationen. Schlimmer, als du es dir vorstellen kannst. Nimm das Ding und mach damit, was du willst. Ich bin raus."

Bräuer stand auf und wandte sich zum Gehen.

„Ludger", stoppte Harry seinen alten Weggefährten.

Der drehte sich zu ihm herum.

Harry stand auf und reichte ihm einen Zettel. „Wenn du es dir anders überlegst. Oder wenn du Hilfe brauchst. Das hier ist die Nummer eines abhörsichern Handys. Ruf an."

Ludger Bräuer nahm den Zettel an sich. „Pass auf dich auf", sagte er zum Abschied.

Harry sah ihm hinterher. „Und du auf dich …"

KAPITEL 80

Berlin

Redemptio lauschte dem Gespräch zwischen Innenminister Essling

Essling, Jochen, Status Verbündeter, Prio 1

und dem Leiter der Sondereinheit der PEG, Eric Trautwein

Trautwein, Eric, Status Verbündeter

„Ich kann leider nicht mehr zu einhundert Prozent auf Kriminalrat Bräuer zählen", sagte Essling.

Überprüfe Status Bräuer

Bräuer, Ludger, Status Verbündeter

Status wird überprüft …

Prüfung läuft …

„Tut mir leid zu hören", meinte Trautwein. „Was ist passiert?"

„Der Tod von Blessing macht ihm zu schaffen."

„Sie meinen den Beamten, der erst vor kurzem zur PEG gestoßen ist, richtig?"

„Ja. Bräuer kann offenbar nicht damit umgehen, dass Leute von ihm sterben."

„Es lag wohl eher an den Umständen, nehme ich an."

Essling zögerte. „Ja … das kann natürlich auch sein. Aber außergewöhnliche Umstände erfordern ebensolche Maßnahmen, nicht wahr?"

Trautwein nickte nur.

„Wenn ich einem Mitarbeiter in solch einer herausragenden Position nicht zu einhundert Prozent vertrauen kann, dann …"

„Dann haben Sie ein Problem", beendete Trautwein den Satz.

„So ist es."

„Also brauchen Sie einen Nachfolger."

„Richtig."

„Und deshalb bin ich hier. Ohne meinen Vorgesetzten. Weil er nicht mehr mein Vorgesetzter ist."

„Herr Trautwein, wie ich sehe, verstehen wir uns."

„Was soll mit Bräuer geschehen?"

„Machen Sie sich um ihn keine Gedanken. Darum kümmert sich jemand."

Status Bräuer, Ludger wird geändert.

Neuer Status: Bedrohung.

Standort Bräuer wird ermittelt …

Ermittlung in Prozess …

Standort ermittelt.

Überwachung veranlasst

Fahrzeug wird überwacht

Wahrscheinliches Ziel Heimatbasis

Optionen werden überprüft …

Überprüfung beendet

Maßnahmen werden eingeleitet …

KAPITEL 81

Berlin

Normalerweise freute sich Ludger Bräuer, wenn er nach Hause kam. Auf seine Frau, aber auch auf sein Heim. Das war sein ganzer Stolz. Selbst geplant. Selbst gebaut. Seine eigene kleine Hightech-Villa. Er hatte all sein Erspartes in ihr Eigenheim gesteckt. Sogar an Kinder hatte er damals gedacht und ein ausbaufähiges Dachgeschoss berücksichtigt. Zu dem Umbau war es nie gekommen, da seine Frau Mareike keine Kinder bekommen konnte.

Sie hatten das erst erfahren, als sie jahrelang erfolglos versuchten, Nachwuchs zu bekommen. Anfangs war das nicht ausgebaute Dachgeschoss für beide wie ein Zeichen ihrer Unvollkommenheit gewesen. Mit der Zeit ließ das Gefühl des Versagens nach und sie machten wieder Pläne. Sie verreisten viel und Stück für Stück kehrten beide in ihr normales Leben zurück. Nach einigen Monaten sprachen sie sogar das erste Mal von einer Adoption. Allerdings verwarfen sie diesen Gedanken wieder. Entweder ein eigens Kind, oder aber gar keines. Beide konzentrierten sich auf ihre Karrieren. Sie als Maklerin, er im Staatsdienst. Irgendwann war das Thema Kind vom Tisch und aus dem Dachgeschoss wurde ein Gästezimmer. Dann, nach zehn Jahren im Haus, wurde bei ihnen eingebrochen. Aber der Einbruch war nicht das Problem. Schlimmer war, dass Mareike zu Hause war, als die Einbrecher durch den Garten ins Haus eindrangen. Sie war im Keller gewesen. In der Waschküche. Als sie die Treppe nach oben ging, hörte sie die

Eindringlinge. Voller Panik schlich sie wieder zurück in den Keller und versteckte sich in einer winzigen Nische zwischen Waschmaschine und Trockner.

Als die Einbrecher in den Keller kamen und sich über sie unterhielten, wäre sie fast gestorben vor Angst. Sie hatten im Wohnzimmer Fotos von ihr gefunden und sprachen darüber, was sie alles mit ihr anstellen würden, wäre sie jetzt hier.

Erst Stunden später, als Bräuer nach Hause kam, traute sie sich, aus ihrem Versteck zu kommen. Mareike war nervlich am Ende. Sie erholte sich nie wieder von diesem traumatischen Erlebnis.

Und Bräuer machte danach aus dem Haus eine Festung.

Smart Home war gestern. Bräuers Haus konnte mehr.

Er war nicht nur in der Lage, das komplette Haus über sein Smartphone so abzuriegeln, dass es nahezu unmöglich war, von außen einzudringen. Er konnte sogar durch eine spezielle Vorrichtung sowohl im Wohn- als auch im Schlafzimmer aus der Luft Stickstoff extrahieren. Dadurch konnte sich ein Feuer in diesen beiden Räumen nicht ausbreiten. Feuer brauchte zum Leben Sauerstoff. Natürlich war diese Vorrichtung von einem Fachmann installiert worden. So war sichergestellt, dass der Sauerstoffgehalt der Luft nicht unter den kritischen Wert von dreizehn Volumenprozent sank.

Bräuer fuhr vors Haus und öffnete mit seinem Smartphone das Garagentor. Geschickt lenkte er den Wagen in die Garage. Hinter ihm schloss das Tor sich wieder. Er verließ die Garage, betrat den dahinterliegenden Keller, ging durch einen kleinen Flur und stieg die Treppe hinauf ins Erdgeschoss. Seine Frau war in der Küche. Es roch nach Zwiebeln und Gewürzen. Erst jetzt spürte er, dass er hungrig war. Als er die Küche betrat, wandte sich seine Frau zu ihm um. Automatisch musterte er Mareike prüfend. Achtete auf bestimmte Anzeichen, die ihm Auskunft über ihren Gemütszustand geben konnten. Ringe unter den Augen, blasse Haut. Heute schien sie einen guten Tag zu haben.

Sie lächelte sogar.

„Heute gibt's Buletten“, verkündete sie.

Bräuer nahm sie in den Arm. „Das ist schön. Eines meiner Lieblingsgerichte.“

„Das weiß ich doch.“ Sie widmete ihre Aufmerksamkeit wieder den Töpfen und der Pfanne. „Wie war dein Tag?“, wollte sie dann wissen.

Ich habe meinen Job verloren und der neue Innenminister wird mich wahrscheinlich aus dem Weg räumen wollen. Dann habe ich noch einen alten Bekannten getroffen. Und deiner? dachte Bräuer. Er wusste noch immer nicht, wie er seiner Frau klar machen sollte, dass ihr altes Leben vorbei war. Dass sie in Gefahr waren.

„Ganz gut soweit“, sagte er ausweichend. „Ich hab mir überlegt, endlich mal wieder Urlaub zu machen. Was sagst du dazu?“

„Ich finde die Idee gut. Am Haus müsste eine Menge gemacht werden.“

„Ich dachte eigentlich, dass wir mal wieder vereisen könnten.“

Sie drehte sich herum und sah ihn erstaunt an. „Aber warum denn?“

Es war klar, dass Mareike seinen Vorschlag nicht ohne Widerstand zustimmen würde. Routine gab ihr Sicherheit. Dementsprechend war alles, was die Routine durchbrach, mit Gefahren verbunden. Er wollte gerade seine Argumente anbringen, als etwas Merkwürdiges geschah. Sämtliche einbruchsicheren Außenrollläden fuhren hinunter.

Automatisch schaltete sich im gesamten Haus das Licht an.

Mareike sah ihren Mann fragend an. „Hast du das gemacht?“

„Nein.“

Bräuer glaubte an einen technischen Defekt.

Bis er hörte, wie sich die Haustür selbständig verriegelte.

„Mach bitte den Herd aus und komme mit“, sagte er um Gelassenheit bemüht zu seiner Frau.

„Aber die Buletten sind gleich fertig.“

„Bitte Mareike, tue, was ich sage.“

Sie sah ihren Mann fragend an. „Was ist denn los?“

„Wir müssen ein paar Sachen packen und verreisen."

Sie lachte unsicher. „Das geht nicht. Das Essen ist …"

„Mareike, wir sind hier nicht mehr sicher."

Er wollte das nicht so brutal sagen, aber sie ließ ihm keine andere Wahl.

Die Reaktion folgte auf dem Fuß.

Sie begann zu zittern. „Was … was ist passiert? Warum sind wir hier nicht sicher?"

Bräuer ging auf seine Frau zu und legte ihr eine Hand auf die Schulter. „Mach dir keine Sorgen, Liebling. Es gibt ein Missverständnis auf der Arbeit. Deshalb müssen wir erst mal weg von hier. Nur für kurze Zeit."

„Ein Missverständnis? Was für ein Missverständnis?"

Er ging an ihr vorbei und schaltete den Herd aus. Dann griff er ihre Hand und zog sie sanft in Richtung Schlafzimmer.

„Pack Sachen für ein paar Tage ein."

Sie stand im Schlafzimmer und blickte sich um. „Was soll ich denn mitnehmen?"

Bräuer, der allmählich die Geduld verlor, wollte schon etwas erwidern, als plötzlich die Automatik der Schlafzimmertür aktiviert wurde. Die Tür fiel ins Schloss und verriegelte sich.

Er sprang nach vorn und zog am Türgriff. Keine Chance. Ohne Werkzeug würde er diese massive, feuerfeste Tür nicht aufbekommen. Dann, mit der Wucht eines Faustschlages, wurde ihm bewusst, was als nächstes geschehen würde. Kaum hatte er diesen Gedanken erfasst, erklang auch schon die mechanische Stimme.

„Sauerstoffreduktion eingeleitet."

„Was ist los?", wollte Mareike wissen.

Bräuer wusste genau, was nun folgen würde.

Die Atemluft bestand zu einundzwanzig Prozent aus Sauerstoff, zu achtundsiebzig Prozent aus Stickstoff und ein Prozent bestand aus Kohlenstoffdioxid. Der Apparat, den Bräuer vor ein paar Jahren gekauft hatte, bestand aus zwei Kompressoren, diversen Leitungen, Messinstrumenten und einer ausgefeilten Elektronik. Die

Kompressoren würden Druckluft erzeugen und ein Kältetrockner würde dies auf ein richtiges Niveau bringen. Eine Membrane sorgt schließlich dafür, dass aus der Luft der Stickstoff extrahiert wird. Normalerweise würden Sensoren den Sauerstoffgehalt der Luft ständig kontrollieren, da dieser nicht unter dreizehn Volumenprozent fallen durfte. Geschah dies, wird es für den Menschen gefährlich.

Bräuer war sicher, dass Redemptio diese Sensoren ausgeschaltet hatte. Sie waren verloren, würden hier in ihrem Schlafzimmer ersticken und er könnte nichts dagegen tun.

„Es ist alles in Ordnung, Liebling. Lass uns ein bisschen dösen, ich bin erschöpft."

„Gerade wolltest du noch fort von hier."

„Das hat keine Eile. Komm, wir legen uns aufs Bett."

Mareike legte sich neben ihren Mann.

Der nahm ihre Hand und drückte sie sanft.

„Ich liebe dich wie am ersten Tag, weißt du das?"

Sie sprachen über die Zeit, als sie sich kennengelernt hatten. Nach einigen Minuten spürte Bräuer, dass er Schwierigkeiten hatte, sich zu konzentrieren. Mareike neben ihm gähnte ständig. Schließlich fielen ihr die Augen zu.

Erleichtert stellte Bräuer fest, dass sich ihr Brustkorb hob und senkte. Sie atmete also noch. Er holte sein Smartphone aus der Hosentasche und aktivierte es.

Kein Netz.

Natürlich nicht. Redemptio machte eben keine Fehler.

Dachte an alles.

Immer.

Aber Bräuer schrieb dennoch eine Kurznachricht an Harry Steinhardt. Sobald sein Handy wieder Empfang hatte, würde die automatische Sendewiederholung die Nachricht verschicken. Er hatte große Probleme, fehlerfreie Sätze zu formulieren, daher hielt er sich kurz.

Seine Augen wurden immer schwerer …

Es geht los, dachte er und empfand eine tiefe Traurigkeit.

KAPITEL 82

Braunschweig

Henry Lasker und Sybille Schneider trafen sich am nächsten Tag im Steigenberger-Hotel in Braunschweig mit Leon Koppe. Nach einer kurzen Aufwärmphase, in der Sybille und Koppe über alte Zeiten plauderten, kam die ehemalige Innenministerin zum Grund ihres Treffens. Zuerst bat sie Koppe, sein Handy auszuschalten. Ohne äußere Regung kam Koppe der Aufforderung nach.

Sybille beugte sich vor. „Vor knapp achtzehn Monaten wurde mir eine Software angeboten, die in der Lage sein sollte, die Verbrechensbekämpfung zu revolutionieren. Henry Lasker war einer der ersten, der sich von den Fähigkeiten dieser Software überzeugen konnte."

Koppe wandte sich an Lasker. „Können Sie mir ein klein wenig mehr über dieses Programm sagen?"

„Ich bin kein Fachmann, aber das, was ich verstanden habe, ist Folgendes: Der verwendete Algorithmus stammt aus der Erdbebenvorhersage. Eine ähnliche Software wurde schon vor Jahren in den USA eingesetzt. Allerdings haben die drei Entwickler dieser Software diese optimiert. Ihre Software mit dem Namen Redemptio ist in der Lage, alle Kontakte aus den sozialen Medien mit in die Analyse einzubeziehen. Darüber hinaus kann sie sich in sämtliche elektronische Geräte einhacken. Also Überwachungskameras,

Smartphones und Laptops. Zu guter Letzt ist sie auch dazu imstande, selbständig zu lernen."

„Oha", sagte Koppe, „das mit dem selbständig lernen halte ich für eher fragwürdig. Der Rest ist natürlich datenrechtlich mehr als brisant."

Sybille nickte. „Deshalb hatte ich die Erfinder der Software gebeten, das Programm gesetzeskonform umzugestalten, bevor ich den Einsatz final genehmige. Essling jedoch hat diese Forderung rückgängig gemacht."

„Das Programm wurde mit der vollen Leistungsfähigkeit in Betrieb genommen."

„So ist es", bestätigte Sybille.

„Was für ein fataler Fehler", sagte Koppe. „Essling war, wie bereits erwähnt, vor einigen Tagen bei mir. Er versuchte, um den heißen Brei zu reden, aber es wurde deutlich, dass er ein großes Problem hatte."

„Redemptio tötet Menschen", sagte Lasker.

Koppe riss die Augen auf. „Wie bitte?"

„Sie haben richtig verstanden. Das Programm tötet Menschen, von denen es der Meinung ist, sie wären eine Bedrohung."

„Eine Bedrohung für wen oder was?"

„Soweit ich das verstanden habe, wurden dem Programm keine Regeln auferlegt. Ihre Mission lautet, die Verbrechensbekämpfung zu optimieren. Zum Wohle der Menschheit. Wie genau sie das tut, welche Mittel sie dafür einsetzt, da gibt es offenbar keine Beschränkungen."

„Gütiger Gott", sagte Koppe leise.

„Nun ist es so, dass der Vater eines der getöteten Entwickler zu uns gestoßen ist. Er ist Professor für Informatik an der TU München. Von ihm erfuhren wir, dass Redemptio ursprünglich ein Forschungsprojekt seiner Uni war. Zwei seiner Studenten und der Sohn des Professors haben den Quellcode gestohlen und weiterentwickelt. Resultat war Redemptio. Dieser Mann, sein Name ist Michael Wernhardt …"

„Ich kenne Professor Wernhardt“, unterbrach Koppe Sybille Schneider.

„Umso besser. Wernhardt hat uns erzählt, dass er nach dem Tod seines Sohnes lange Zeit benötigte, bis er Zugriff auf dessen Computer und in die Cloud bekam. Als er das geschafft hatte, wurde ihm klar, was sein Sohn getan hatte.“

Sie trank einen Schluck Wasser und fuhr fort. „Aber, und das ist der eigentliche Grund für unser Treffen, Wernhardt behauptete, dass er einen geheimen Zugang in das System von Redemptio entdeckt habe. Der wurde von seinem Sohn angelegt. Über die Admin-Rechte seines Sohnes und diesen Zugang hat er einen zeitlich begrenzten Zugriff auf das System Redemptios. Es ist ihm gelungen, unsere Gesichter, die in der Datenbank des Programmes hinterlegt waren, gegen künstlich generierte auszutauschen. So war es uns möglich, wieder in die Öffentlichkeit zu gehen, ohne das Redemptio Alarm auslöste.“

„Weil das Programm sie nicht erkennt“, schlussfolgerte Koppe.

„Genau. Aber er behauptet, er wäre nicht in der Lage, das Programm zu zerstören. Obwohl er Änderungen vornehmen kann. Und das erschließt sich mir nicht.“

Koppe nickte. „Verstehe ich. Wie viel wisst ihr über die Rechte eines Administrators?“

Beide schüttelten den Kopf. „Nichts“, sagte Sybille für beide.

„Ein Administrator ist unter anderem zuständig für die Verwaltung, Wartung und Konfiguration einer IT-Infrastruktur. Und er kann neue Software installieren. Das sind verdammt viel Aufgaben. Um sie vollständig und zügig zu erfüllen, benötigt er die höchsten Zugriffsrechte. Dass Michael Wernhardt diese Rechte besitzt, könnt ihr an der Tatsache sehen, dass er in der Lage war, eure Gesichter zu löschen und durch neue zu ersetzen.“

„Und das bedeutet?“, fragte Lasker nach.

„Ich erwähnte ja eben, dass es unter anderem zu den Aufgaben eines Admins gehört, neue Software zu installieren. Es dürfte für ihn kein Problem sein, Redemptio durch einen Virus auszuschalten.

Im Klartext; wenn er behauptet, dies nicht zu können, lügt Wernhardt."

„Aber warum?", fragte Lasker.

„Das müsst ihr schon ihn selbst fragen."

„Er hat seinen Sohn verloren", meinte Sybille nachdenklich. „Das ist bestimmt furchtbar."

„Also will er was? Rache?", wollte Lasker wissen.

Erschrocken blickte Sybille ihn an. „Hat er etwa all diese Menschen getötet?"

Lasker schüttelte den Kopf. „Nein, das würde keinen Sinn ergeben. Immerhin wurde meine Finca in die Luft gesprengt, um mich und Vincent umzubringen. Und danach hat Wernhardt uns geholfen, zurück nach Deutschland zu kommen. Er war es mit Sicherheit nicht, der den Gastank manipuliert hat. Also könnte man sagen, dass er in gewisser Weise auf unserer Seite ist. Warum und aus welchem Grund auch immer."

Sie schwiegen eine Weile nachdenklich.

Schließlich blickte Lasker zu Koppe. „Können Sie einen Virus schreiben, der Redemptio ein für alle Mal zerstört? Ich meine irreparabel zerstört?"

„Ich nicht. Aber ich kenne Leute, die das können."

„Egal, was es kostet. Bitte kontaktieren Sie die Leute und beauftragen Sie die damit."

„Geht klar. Und was werden Sie beide jetzt machen?"

„Endlich herausfinden, was für ein Spiel Wernhardt spielt", sagte Lasker.

KAPITEL 83

Harz

Als Wernhardt am nächsten Tag nach Osterode aufbrach, um in das System von Redemptio einzudringen, nutzten Lasker und Sybille diese Gelegenheit, um Anabel, Dost und Harry über ihre Erkenntnisse ins Bild zu setzen.

Anabel schüttelte fassungslos den Kopf. „Warum tut er das? Ich meine, er hätte doch schon längst diese Höllenmaschine abstellen können."

„Wir vermuten, dass er sich auf irgendeine Art und Weise für den Tod seines Sohnes rächen will", erklärte Sybille.

„Und dafür braucht er Redemptio", schloss Vincent.

„Sieht so aus, ja", bestätigte Lasker.

„Eines ist klar, ohne ihn hätten Henry und ich es niemals von La Palma zurück nach Deutschland geschafft. ", sagte Vincent leise. Dann blickte er zu Anabel. „Und deinen Arsch hat er auch gerettet. Also, was hat er vor?"

„Das haben wir auch schon besprochen", bestätigte Anabel. „Es ist uns schleierhaft, welches Ziel er verfolgt, beziehungsweise, warum er uns geholfen hat."

„Aus irgendeinem Grund scheint er uns zu brauchen", sagte Harry. „Warum sonst der ganze Aufwand?"

„Wir werden ihn zur Rede stellen müssen", meinte Lasker. „Spekulationen bringen uns nicht weiter." Er sah zu Harry. „Was hat euer Besuch bei Bräuer ergeben?"

„Er hat Todesangst", antwortete Harry. „Wollte sich uns nicht anschließen. Aber er hat uns etwas gegeben." Harry legte die CD auf den Tisch.

„Was ist da drauf?", wollte Lasker wissen.

„Alle dunklen Geheimnisse unserer Politiker und Wirtschaftsbosse. Redemptio hat sie besorgt, weil Essling diese Informationen angefordert hatte. Er will wohl J. Edgar Hoover spielen. Der war ja schließlich so viele Jahrzehnte Chef des FBI, weil er über jeden eine Akte angelegt hatte. Alle wussten, dass, wenn sie sich ihn zum Feind machen würden, er sie vernichten konnte. Sogar die Kennedys hatten Angst vor ihm", antwortete Harry.

„Das passt zu Essling", sagte Sybille voller Verachtung.

„Habt ihr schon reingeguckt?", wollte Lasker wissen.

Harry schüttelte den Kopf. „Nein, dafür hatten wir noch keine Zeit."

„Ich bin gespannt, ob da auch was über mich drinsteht", sagte Lasker.

„Über mich bestimmt", meinte Sybille.

Beide sahen sich an. Sie hatten denselben Gedanken. Zwar hatten sie damals Vorsicht walten lassen, wenn sie sich trafen, aber hundertprozentige Sicherheit gibt es nicht.

Sybille lächelte. „Ist jetzt auch egal, oder?"

Lasker erwiderte das Lächeln. „Aber sowas von."

Harry sah die beiden an. „Worum geht es bei diesem merkwürdigen Dialog?"

„Ist doch offensichtlich", sagte Anabel und auch sie lächelte.

Harry sah ratlos von einem zum anderen. Dann fiel der Groschen auch bei ihm.

Er lief rot an. „Ach so, na ja, schön …", stammelte er verlegen.

„Wie wollen wir in Bezug auf Wernhardt vorgehen?", kam Vincent wieder zum Thema zurück. „Wollen wir ihm eine Falle stellen?"

Anabel schüttelte den Kopf. „Nein, das würde ich nicht machen. Stellt euch vor, er merkt das und haut ab. Dann können wir nichts mehr unternehmen."

Vincent sah sie an. „Okay, was schlägst du vor?"

„Ich war schon immer der Meinung, eine direkte Konfrontation ist der beste Weg. Darüber hinaus läuft uns die Zeit davon. Also ich plädiere dafür, ihn zur Rede zu stellen."

„Eine sehr gute Idee", sagte Sybille.

„Einen Versuch wäre es wert", bestätigte Lasker.

„Okay versuchen wir es.", stimmte Vincent zu. „Wollen wir ihn alle mit unserem Verdacht direkt konfrontieren, oder etwas … subtiler vorgehen?"

„Ich würde es gerne zunächst auf die subtile Art versuchen", antwortete Sybille.

„Weil du so harmlos wirkst", meinte Lasker.

Sybille schüttelte den Kopf. „Nein. Aber ich habe Erfahrungen mit solchen Gesprächen."

Die daraufhin einsetzende Stille wurde von einem Brummen unterbrochen.

Harry runzelte die Stirn und griff zu seinem Handy.

Er hatte eine Kurznachricht erhalten.

„Verdammt …", sagte er leise.

„Was ist passiert?", wollte Anabel wissen.

„Ludger Bräuer ist höchstwahrscheinlich tot", antwortete er tonlos.

Dann las er die Nachricht laut vor.

Diese Höllenmaschine hat uns erwischt. Tretet ihnen allen in den Arsch, alter Freund.

„O mein Gott", sagte Anabel betroffen. „Das nimmt kein Ende."

Dost schlug mit der Faust auf den Tisch. „Es reicht. Ich habe die Schnauze voll, hier rumzuhängen und dabei zuzuschauen, wie diese beschissene Software reihenweise Menschen umbringt. Lasst uns endlich etwas dagegen unternehmen."

Sybille sah ihn an. „Was schlägst du vor?"

Dost stand auf. „Wir fangen mit dem an, was wir haben."

„Und was wäre das?", wollte Lasker wissen.

Dost wandte sich an Harry. „Dieser Bräuer hat dir eine CD mit Informationen gegeben, richtig?"

Harry nickte bestätigend. „Ja, korrekt."

„Damit fangen wir an."

Sie gingen alle zum Esstisch. Dort lag ein Laptop, den Dost jetzt startete. Dann legte er die CD in den Schacht ein und schloss diesen. Sofort begann das Laufwerk sich zu drehen und die CD startete. Ohne dass sie ein Passwort eingeben mussten, öffnete sich das Menü und eine enorme Menge an Ordern erschienen auf dem Bildschirm. Es waren hunderte. Alphabetisch sortiert und mit Namen gekennzeichnet.

„Fangen wir mit mir an", schlug Sybille vor. „Ich kann die Echtheit der Informationen verifizieren, da es ja um mich geht."

Keiner hatte etwas dagegen einzuwenden. Dost suchte den entsprechenden Ordner und öffnete ihn. Es fing unspektakulär mit ihren persönlichen Daten wie Geburtsdatum- und Ort, aktuelle Anschrift und Telefonnummern an. Dann folgte ihr Lebenslauf in allen Details. Erst jetzt folgte der erste Schock. In der Akte stand, dass Sybille mit sechzehn ihren ersten Sex hatte und auch Drogen konsumierte.

„Woher wissen die das?", fragte sie leise.

„Es stimmt also?", vergewisserte sich Dost.

„Ja."

Dann folgte der nächste Schreckmoment.

„Hier steht, dass du bei deiner Doktorarbeit ein klein wenig geschummelt hast", sagte Dost. „Weiter heißt es, man könne dir zwar kein Plagiat vorwerfen, aber es reicht, um deinen Ruf zu schädigen."

„Na großartig", meinte Sybille.

Nach erfolgreichem Studium und den ersten Jobs folgte ihr Werdegang in der Politik. Dann kam das, wovon sie ahnte, dass es kommen würde.

„Okay. Hier steht, dass du ein Verhältnis mit Henry Lasker hattest, welches man gegen dich verwenden könnte, da Henry zu dem Zeitpunkt noch verheiratet war. Mein Gott, hier kann man sogar nachlesen, wann und wo ihr euch getroffen habt. Laut Akte ging eure Affäre über fast drei Jahre."

Sybille überprüfte die Daten und nickte schließlich. „Stimmt alles. Natürlich kann ich mich heute nicht mehr an jeden einzelnen Tag erinnern, aber die Hotels stimmen."

„Okay, jetzt ich", forderte Lasker.

Dost suchte die entsprechende Datei und öffnete sie. Auch hier begann es mit den persönlichen Daten. Was folgte, war eine Auflistung der Unternehmen, für die er gearbeitet hatte. Dann kamen sie zu den Informationen über seine eigenen Unternehmen.

„Hier", sagte Dost. „Hier steht, dass man dir bei folgenden Geschäften Insiderhandel vorwerfen könnte." Dost las die abgeschlossenen Transaktionen der Reihe nach vor.

Lasker wirkte auf einmal sehr nachdenklich.

Sybille sah ihn an. „Und? Was meinst du?"

„Ich selber habe niemals Insiderhandel betrieben. Aber ich erinnere mich an das eine oder andere Geschäft, das hier erwähnt wird. Das waren Tipps von Leuten, denen ich vertraut habe. Ob die ihr Insiderwissen missbraucht haben, kann ich nicht sagen. Aber natürlich würde es mir schaden, wenn diese Informationen gestreut werden würden. Irgendetwas bleibt immer hängen."

„Also können wir sagen, dass die Infos, die hier stehen, den Tatsachen entsprechen", stellte Dost fest.

„Ich würde sagen, dass das zutrifft", meinte Sybille.

„Dann schauen wir doch mal, was da über unseren lieben Bundeskanzler steht", sagte Dost und suchte die Datei.

Nachdem sie den Inhalt gelesen hatten, schwiegen sie eine Weile betroffen. Bevor jemand etwas dazu sagen konnte, hörten sie draußen ein Fahrzeug ankommen.

„Wernhardt ist da", sagte Vincent, der aus dem Fenster schaute.

„Na dann", sagte Anabel. „Fangen wir an."

KAPITEL 84

Berlin

Patrick Tauber war nervös. Das lag nicht an der Tatsache, dass er in wenigen Minuten gemeinsam mit dem Bundeskanzler und drei weiteren Spitzenpolitikern live vor einem Millionenpublikum im Fernsehen auftreten würde. Es lag an den Informationen, die ihm vor der Talkshow zugegangen waren. Hildegard Rühmann, diese alte wohlhabende Frau, die wollte, dass er eine eigene Partei gründet, hatte ihm Beweise gesendet, die den Kanzler binnen Sekunden zu Fall bringen würden.

Wenn Tauber sie einsetzen würde.

Er zögerte nicht deshalb, weil er Zweifel an der Echtheit der Informationen hatte. Er hatte schlicht Angst vor dem, was danach kommen könnte.

Es war ganz einfach: Wenn Tauber den Bundeskanzler mit den Vorwürfen live vor einem Millionenpublikum konfrontieren würde, müsste der daraufhin zurücktreten. Für diesen Fall waren die nächsten Schritte per Gesetz vorgeschrieben. Der Bundespräsident würde dem Bundestag einen Nachfolger vorschlagen, der dann die absolute Mehrheit des Bundestages auf sich vereinen musste. Fällt der Kandidat durch, kann der Bundestag innerhalb von vierzehn Tagen nach dem Wahlgang mit mehr als der Hälfte der Mitglieder des Bundestages einen neuen Kanzler wählen. Kommt eine Wahl innerhalb dieser Frist aus welchen Gründen auch immer noch nicht zustande, dann würde unverzüglich ein neuer Wahlgang stattfinden, in dem der Kandidat nur noch die meisten Stimmen, also eine einfache Mehrheit der abgegebenen Stimmen, benötigte. Und er, Patrick Tauber, könnte diesen Prozess auslösen. Aber was für Konsequenzen würde das für ihn persönlich haben? Dass diese Rühmann es ernst meinte, hatte sie mehr als deutlich gemacht. Seine Follower-Zahlen stiegen kontinuierlich, sein Bekanntheitsgrad hatte einen Punkt erreicht, an dem er schon Anfragen für Interviews aus dem Ausland bekam. Es gab sogar schon erste Umfragen, die ihm eine aussichtsreiche Kandidatur für ein hohes politisches Amt bescheinigten.

Er war der Mann der Stunde.

Okay, diese ominösen fünfzig Millionen Euro waren nicht geflossen. Aber inzwischen zweifelte Tauber nicht daran, dass sie kommen würden, sollte es richtig losgehen. Und nun saß er hier im Studio in Berlin, sah den anderen Gästen dabei zu, wie sie mühevoll um Gelassenheit ringend in die Reihen der Zuschauer lächelten und sich innerlich wünschten, irgendwo auf einer Insel in der Karibik zu sein. Tauber sah sie der Reihe nach an. Links von ihm saß der Vorsitzende der Oppositionspartei, Walter Pfeiffer. Hochaufgeschossen, lichtes, dunkles Haar, schmales Gesicht, Brille. Pfeiffer war sehr intelligent, aber oftmals zu direkt. Er ließ es an menschlicher Wärme fehlen, was viele Wähler nicht mochten. In der Mitte der Runde saß Tanja Kleemann, die Moderatorin. Neben Kleemann folgte Ulrike Buchweitz, Vorsitzende der Ökopartei. Hübsch anzusehen mit ihren blonden Locken, der eleganten Kleidung und dem strahlenden Lächeln. Aber einigen waren ihre Ansichten zu radikal. Unter ihr mutierten die Ökos zu einer Verbotspartei. Sie forderten unter anderem eine bundesweite Geschwindigkeitsbegrenzung sowie autofreie Innenstädte. Dann folgte Christoph Teschler, Chef der Liberalen. Auch nett anzusehen. Äußerst eloquent, sehr intelligent. Aber kalt wie ein Fisch. Und schlussendlich Bundeskanzler Kleinert. Rosige Wangen, funkelnde Augen, leicht übergewichtig. Die Moderatoren signalisierte den Teilnehmern der Runde, dass sie in zehn Sekunden auf Sendung gehen würden. Dann war es so weit.

Tanja Kleemann nannte das Thema der Sendung – ein Jahr vor der Wahl; eine Bilanz – und stellte dann dem Publikum ihre Gäste vor. Patrick Tauber wurde mit den Worten: „Er ist der neue Hoffnungsträger von Nichtwählern, Politikverdrossenen und anderen Verprellten“, vorgestellt.

Irgendwie gefiel ihm das.

Vor allem, als er sah, wie Bundeskanzler Kleinert energisch mit dem Kopf schüttelte. Es entbrannte eine hitzige Debatte, aus welchem Grund ein Nicht-Politiker zum Hoffnungsträger stilisiert wurde. Tauber hielt sich weitestgehend aus der Debatte heraus. Er wartete auf den richtigen Moment. Nachdem der Kanzler ihn am Anfang seines Monologes einen unerfahrenen Jüngling genannt hatte, der erstmal beweisen müsste, dass er überhaupt einen sinnvollen Beitrag für die Allgemeinheit leisten konnte, war ihm klar, dass er die Bombe würde platzen lassen.

Dann war der Moment gekommen.

Täuber beugte sich vor und sah den Kanzler scharf an.

KAPITEL 85

Harz

Anabel, Vincent, Sybille und Lasker saßen gemeinsam vor dem Fernseher und schauten sich die Talkshow an. Wernhardt war in seinem Schlafzimmer, Harry machte eine Runde mit seinen Hunden. Gerade stellte die Moderatorin Patrick Täuber vor. Als sie ihn den neuen Hoffnungsträger von Nichtwählern, Politikverdrossenen und anderen Verprellten nannte, sah Anabel die ehemalige Innenministerin fragend an. „Kennst du diesen Tauber?"

Sybille nickte. „Ja. Er betreibt einen Blog. Und auf YouTube ist er auch sehr aktiv. Dieser Typ verbreitete manchmal recht dubiose Thesen, aber ab und zu trifft er mit dem, was er äußert, durchaus ins Schwarze."

Was folgte, war eine hitzige und stellenweise unsachliche Diskussion über die Qualifikation des jungen Mannes. Der hielt sich mit Äußerungen auffallend zurück.

Dann richtete die Moderatorin das Wort direkt an Täuber. „Herr Täuber, wie fällt ihre Bilanz der letzten drei Jahr Regierungsarbeit von Herrn Doktor Kleinert aus?"

„Wenn Sie meinen Blog verfolgt haben, dann kennen Sie die Antwort. Die Kurzform lautet: hundsmiserabel. Am Anfang wurde viel versprochen, aber schlussendlich wenig eingehalten. Das fängt an bei der überhandnehmenden Bürokratie, geht über in ein furchtbares Steuerrecht, das kein Mensch mehr versteht, bis hin zu einer weichgespülten Judikative, von der man des öfteren den

Eindruck bekommet, das Grundgesetz schütze Verbrecher mehr als deren Opfer."

„Ich wünschte, Sie hätten einen wirklichen Experten eingeladen, Frau Kleemann, und nicht einen vorlauten Bengel, der keine Ahnung hat von dem, was er da von sich gibt", beschwerte sich Kleinert.

„Du meine Güte", kommentierte Sybille den Ausbruch des Kanzlers. „So aggressiv kenne ich ihn überhaupt nicht."

Täuber beugte sich vor und sah den Kanzler an. „Mäßigen Sie sich, Herr Bundeskanzler."

Kleinert schüttelte den Kopf. „Wie bitte?"

„Gerade Sie sollten sich zurückhalten. Denn wer im Glashaus sitzt … Sie kennen diese Metapher."

„Ich habe keine Ahnung, wovon Sie sprechen."

Kleemann sah Täuber neugierig an. „Klären Sie uns bitte auf, Herr Täuber. Warum glauben Sie, dass der Bundeskanzler im Glashaus sitzt?"

„Ganz einfach. Wenn jemand seine Geliebte schwängert und anschließend zur Abtreibung zwingt, dann sollte dieser Jemand ganz ruhig sein und nicht mit dem Finger auf andere zeigen."

Sybille hielt sich erschrocken eine Hand vor den Mund. Sie sah zu Lasker, der nur stumm nickte. Genau dieser Vorfall hatte in der Akte des Kanzlers gestanden. Mit Namen, Telefonnummer und Anschrift der Geliebten. Auch die Klinik, in der der Eingriff vorgenommen worden war, stand darin. Inklusive Name des Arztes.

Im Studio war es totenstill geworden.

Auch die Moderatorin musste das Gehörte erstmal sacken lassen.

„Ich nehme an, Sie haben Beweise für diese Behauptung …", fragte sie schließlich nach.

„Selbstverständlich habe ich die."

Kleinert lief rot an und lockerte seine Krawatte. Er sah so schuldig aus wie Judas.

Kleemann wandte sich an den Kanzler. „Herr Bundeskanzler, was sagen Sie zu diesen schweren Vorwürfen?"

„Ich … also wirklich … das ist … das ist ungeheuerlich“, stammelte er und nestelte dabei unentwegt an seiner Krawatte herum.

„Herr Bundeskanzler, Sie haben jetzt die vielleicht einmalige Gelegenheit, diese Vorwürfe zu entkräften. Trifft es zu, was Herr Täuber ihnen vorwirft, oder nicht?“, hakte sie nach.

Kleinert keuchte. Er war blass geworden und fing an zu schwitzen.

„Geht es Ihnen nicht gut?“, fragte Kleemann besorgt nach.

Anstatt zu antworten, griff Kleinert zu dem Wasserglas, das neben ihm auf einem Tisch stand. Aber scheinbar hatte er keine Kraft in den Händen. Das Glas entglitt ihm und zerschellte auf dem Boden. Kleinert fing an zu röcheln, schnappte nach Atem und sackte in sich zusammen.

Kleemann rief nach einem Arzt.

Sybille und Anabel wechselten einen Blick. Beide schienen dasselbe zu denken.

Anabel formulierte die Frage als erste. „Woher hat Täuber diese Informationen?“,

Gleichzeitig sprangen sie auf und liefen zu einem Laptop, der auf dem Esstisch lag. Anabel fuhr ihn hoch und kickte sich durch diverse Anwendungen, bis sich das Menü der CD öffnete und eine unfassbar große Auswahl an Ordnern anzeigte. Sie scrollte bis zum Buchstaben T hinunter und suchte nach einem Eintrag für Täuber.

Es gab keinen.

„Diese Sache mit der Geliebten stimmt“, sagte sie laut. „Das wissen wir aus der Akte des Kanzlers. Und nun taucht wie aus dem Nichts dieser Täuber auf und er ist in Besitz eben dieser Informationen. Ich wette, er hat sie von Redemptio.“

Sybille sah Anabel bestürzt an. „Und ich wette, Kleinert hatte einen Herzanfall, weil Redemptio seinen Herzschrittmacher manipuliert hat …“

„Aber warum das alles?“, wollte Lasker wissen.

„Um den Bundeskanzler aus dem Weg zu räumen?", meinte Dost.

Anabel lief unruhig auf und ab. „Redemptios Aufgabe besteht in der Optimierung der Verbrechensbekämpfung", dachte sie laut nach. „Was, wenn es zum Resultat gekommen ist, dass der Kanzler dieser Optimierung im Wege ist? Was, wenn es festgestellt hat, dass das gesamte Rechtssystem kontraproduktiv ist?"

Alle sahen sie an, als würde ein Geist vor ihnen stehen.

„Das ist eine wirklich gruselige Annahme", sagte Sybille.

„Aber nicht von der Hand zu weisen", merkte Lasker an.

„Täuber hat doch eben gerade das Grundgesetz in Frage gestellt, oder?", wollte Anabel wissen. „Er hat gesagt, dass es ab und zu so aussieht, als würde das Grundgesetz die Täter mehr schützen als die Opfer."

„Und am Rande erwähnt; es trifft ja auch durchaus zu", sagte Dost. „Du und ich, wir haben es doch selber schon erlebt, dass wir Typen geschnappt haben, die wirklich etwas Furchtbares getan haben. Aber sie waren nicht vorbestraft, hatten einen festen Wohnsitz und einen Job. Also bekamen sie nur eine Bewährungsstrafe. Aber andere, die zum Beispiel Steuern hinterzogen haben, ebenfalls nicht vorbestraft waren, die wurden eingebuchtet."

Anabel nickte. „Ja, solche Fälle kenne ich zur Genüge. Aber das ist nicht der Punkt. Wir arbeiten für den Staat, also arbeiten wir mit dem, was er uns zur Verfügung stellt. Das ist nicht immer befriedigend, aber es ist gültiges Gesetz. Jetzt aber versucht jemand, die Karten neu zu mischen. Unter Zuhilfenahme von Redemptio."

Sybille sah Anabel nachdenklich an. Ich glaube ich weiß, worauf du hinauswillst. Und wenn du recht hast, dann ist das alles noch viel schlimmer, als wir dachten …"

„Ich wette um jeden Preis, dass ich Recht habe."

„Erkläre bitte, was genau du meinst", bat Lasker.

„Redemptio hat umfangreiche Dossiers über einflussreiche Menschen erstellt. Dossiers, mit deren Inhalt sie gefügig gemacht werden können. Das Programm hat entschieden, dass eine

Verbrechensbekämpfung mit dem gültigen Grundgesetz nicht effizient ist. Es muss nach Ansicht von Redemptio geändert, *optimiert* werden. Das wäre mit diesem Kanzler nicht möglich gewesen. Also wurde er aus dem Weg geräumt. Dieser Täuber wird entweder von Redemptio aufgebaut. Oder aber er ist nur eine Schachfigur und das Programm wird dafür sorgen, das Essling der neue Kanzler wird. Ein Kanzler nach dem Gusto von Redemptio."

Lasker sah Anabel fassungslos an. „Du meinst, dass Redemptio einen politischen Umsturz plant?"

Anabel schüttelte den Kopf. „Nein. Über das Stadium der Planung ist es längst hinaus. Redemptio führt ihn gerade durch."

KAPITEL 86

Berlin

Der bewusstlose Kanzler wurde von einem Notarzt und zwei Rettungssanitätern aus dem Studio geholt und in die Charité gebracht. Dort wurde festgestellt, dass der Herzschrittmacher des Bundeskanzlers versagt hatte. Ferner stellten die Ärzte fest, dass der Kanzler massive Hirnschäden erlitten hatte, da dieses für zu lange Zeit nicht mit ausreichend Sauerstoff versorgt worden war. Der leitende Neurologe teilte dem Kanzleramt mit, dass Bundeskanzler Kleinert niemals wieder in der Lage sein würde, sein Amt auszuführen. Was folgte, war die Suche nach einem neuen Bundeskanzler. Da das Grundgesetz keine kanzlerlose Zeit vorsah, konnte der Bundespräsident bis zur Wahl eines neuen Regierungschefs einen geschäftsführenden Bundeskanzler ernennen. Dafür kamen aber nur bisherige Bundesminister in Betracht. Nun schlug die Stunde von Essling. Er benutzte die Informationen, die er durch Redemptio über fast jeden Politiker erhalten hatte, und setzte sie damit unter Druck.

Redemptio hatte ganze Arbeit geleistet.

Über die Hälfte der Mitglieder des Bundestages hatten in den Tagen vor der Abstimmung anonyme E-Mails mit höchst brisantem Inhalt erhalten. Die Männer und Frauen wurden vor die Wahl gestellt: Entweder sie gäben ihre Stimme Essling oder aber die Informationen würden an die Presse weitergegeben werden. Dies hätte das Ende der Karriere aller Betroffenen bedeutet. Viele von ihnen hätten sogar strafrechtliche Konsequenzen zu befürchten gehabt.

Es gab drei Personen, die sich nicht erpressen lassen wollten.

Redemptio kümmerte sich auch um sie.

Zwei kamen bei Verkehrsunfällen ums Leben. Eine Abgeordnete aus Niedersachsen erlitt einen tödlichen Stromschlag.

Nach seiner Wahl zum Bundeskanzler stellte Essling diverse Reformen in Aussicht. Insbesondere das aus dem Jahr 1949 stammende Grundgesetz, das Strafrecht sowie das Steuerrecht müssten den heutigen Gegebenheiten angepasst werden. Niemand stellte Fragen. Niemand begehrte auf. Essling war dabei, die Bundesrepublik Deutschland in ein Land umzubauen, das Redemptios Idealbild eines Rechtsstaates entsprach.

VIERTER TEIL

KAPITEL 87

Harz

Sybille Schneider wusste inzwischen, wie sie es bewerkstelligen konnte, mehr über Wernhardt zu erfahren. Sie hatte sich an das Gespräch mit Koppe erinnert. Der hatte gesagt, dass er Wernhardt kenne. Daraufhin rief sie ihn an und fragte Koppe, was er von ihm halte.

„Wernhardt ist arrogant und jähzornig", hatte seine spontane Antwort gelautet. „So jedenfalls habe ich ihn in Erinnerung. Unser letztes Aufeinandertreffen ist aber schon zwei, drei Jahre her."

„Wenn ich Informationen über ihn haben möchte, also echte Infos, nicht das, was ich googeln kann, wen sollte ich fragen?"

„Sprecht mit seinen Studenten und Kollegen in Karlsruhe. Ich denke, sie werden euch sagen können, was für ein Mensch er ist."

Und genau das taten sie. Anabel und Dost übernahmen diese Aufgabe. Als erfahrene Ermittler wussten sie, welche Fragen sie stellen müssten. Und sie konnten auch das verstehen, was nicht gesagt oder nur angedeutet wurde. Sie fuhren nach Karlsruhe und führten jede Menge Gespräche unter dem Vorwand, Michael Wernhardt stünde auf einer Liste von Wissenschaftlern, die in Betracht gezogen wurden, als Berater für die neue Regierung zu fungieren. Als sie ihre Gesprächspartner baten, ihre Smartphones auszuschalten, ernteten sie dafür zwar Stirnrunzeln, aber schlussendlich kam jeder dieser Bitte nach. Das Ergebnis ihrer Befragung mehrerer Studenten und Arbeitskollegen war eindeutig.

Als sie zurückkehrten und es den anderen präsentierten, reagierten die genauso geschockt, wie Anabel und Vincent es gewesen waren, als ihnen bewusst wurde, wie sehr sie sich offenbar in Wernhardt getäuscht hatten. Oder wie sehr Wernhardt sie alle getäuscht hatte. Denn dies schien zu seinem Charakter zu passen.

„Ich fasse dann mal zusammen", sagte Lasker nach einer Weile. „Wenn wir den Worten seiner Kollegen Glauben schenken wollen, dann ist unser lieber Freund Michael Wernhardt so ziemlich das größte Arschloch auf diesem Planeten. Das jedenfalls sagen sie über ihn. Seine Kollegen sind der Meinung, er wäre ein Narzisst und pathologischer Lügner, neidisch und hinterhältig. Absolut nicht vertrauenswürdig. Seine Studenten attestieren ihm eine sadistische Ader. In einem sind sie sich alle einig: Das Verhältnis zwischen ihm und seinem Sohn war mehr als schlecht. Eigentlich hatten sie überhaupt keines. Also ist die Story des trauenden Vaters gelogen."

„So schaut's aus", bestätigte Dost.

„Aber wir können nichts davon beweisen", wandte Anabel ein.

„Dies ist keine strafrechtliche Verfolgung", erinnerte Dost sie.

„Auch wieder wahr", meinte Anabel.

„Also normalerweise würde ich jetzt sagen, dass Neid die höchste Form der Anerkennung ist. Gerade im Hinblick auf die Meinungen der Kollegen. Aber in diesem speziellen Fall neige ich dazu, dem Glauben zu schenken, was sie sagen", fasste Lasker seine Meinung zusammen.

„Dann ist es jetzt sicher: Wernhardt folgt seiner eigenen Agenda und wir müssen herausfinden, wie diese aussieht", machte Dost klar. Es war ihm anzusehen, wie sehr es ihn ärgerte, dass es Wernhardt gelungen war, ihn so sehr hinters Licht zu führen. „Ich schlage vor, dass wir ihn endlich zur Rede stellen."

„So weit waren wir schon einmal", wandte Anabel ein. „Und wir waren uns einig, dass wir es vorsichtig angehen wollen."

Dost schüttelte den Kopf. „Es ist ihm die ganze Zeit über gelungen, uns zu täuschen. Ich glaube nicht, dass wir ihn mit subtilen Mitteln knacken können."

„Sehe ich auch so", bestätigte Harry.

„Und wenn er dicht macht?", wollte Sybille wissen. „Ohne ihn haben wir keine Chance, das Virus im System von Redemptio zu installieren."

„Wenn ich mir sein Persönlichkeitsprofil anschaue, dann glaube ich kaum, dass wir ihn nur durch gutes Zureden zur Kooperation bringen werden", sagte Lasker.

„Ganz sicher nicht", stimmte Dost zu. „Aber solche Typen haben eines gemeinsam: Sie sind alle feige. Oft genügt es, ihnen nur Schmerzen anzudrohen, und sie brechen zusammen."

Was er damit andeutete, verschlug Sybille den Atem. „Wollen wir wirklich so weit gehen?"

Dost sah die ehemalige Innenministerin mit festem Blick an. „Welche Wahl haben wir denn?"

„Es besteht immer noch die Möglichkeit, dass wir uns irren und er auf unserer Seite ist."

„Okay, dann sag mir, was wir stattdessen machen sollen. Wie würdest du vorgehen?"

„Ich würde erstmal nicht allzu viel auf das Gerede anderer geben. Wenn ihr wüsstet, wie Kollegen oder Mitarbeiter hinter meinem Rücken über ich sprechen, würdet ihr euch wundern. Was Henry gesagt hat, stimmt: Neid ist die höchste Form der Anerkennung. Wir haben einen vollkommen anderen Michael Wernhardt kennengelernt. Mürrisch, ja. Eigenbrötlerisch bestimmt. Aber ich glaube, keiner von uns hat den Menschen kennengelernt, den seine Kollegen beschrieben haben. Nun schlafen wir auch nicht auf dem Baum. Und mit Anabel, Vincent und Harry haben wir drei Polizeibeamte in unseren Reihen, deren Job es ist Lügen zu erkennen. "

Vincent sah zu Harry und Anabel, die nur mit den Schultern zuckten.

„Okay, dann sag bitte, was wir machen sollen“, bat Vincent.

„Ich möchte versuchen, ihn in ein ganz normales Gespräch zu verwickeln. Ich werde einfach ein bisschen mit ihm plaudern, ihn einwickeln. Mal sehen, wohin uns das führt.“

Harry nickte. „Du willst erreichen, dass er sich sicher fühlt. Und dann stellst du gezielt ein paar Fragen.“

Sybille Schneider nickte bestätigend. „Ja. Genau das habe ich vor.“

Harry grinste. „Jetzt hätte ich fast ‚alte Schule‘ gesagt.“

Sybille erwiderte das Grinsen. „Da ist schon was dran.“

Harry sah, wie Vincent und Anabel einen Blick wechselten. Ihr Verhältnis schien sich in den letzten Tagen geändert zu haben. Es wirkte auf ihn vertrauter, als noch zu Beginn ihres Exils.

Beide zuckten mit den Schultern.

Er verstand, was sie damit sagen wollten.

Versuchen wir es auf Sybilles Weise.

Geht das in die Hose, können wir immer noch auf unsere Methode ausweichen.

KAPITEL 88

Harz

Am nächsten Tag saßen alle am Abend im Wohnzimmer. Harry hatte im Kamin ein Feuer entfacht und erklärte Lasker gerade die Vorteile von getrocknetem Buchenholz gegenüber Esche oder Eiche. Anabel und Vincent spielten eher lustlos eine Partie Poker.

Wernhardt saß am Esstisch und blätterte in einer Zeitschrift, als sich Sybille an ihn wandte.

„Ich muss dir ein Kompliment machen, Michael. Was du durchgemacht hast, kann sich wohl niemand von uns vorstellen. Und dennoch hast du den Mut nicht verloren. Du hast dich nicht hängen lassen, sondern bist der Sache auf den Grund gegangen. Davor habe ich Hochachtung."

Wernhardt sah Sybille erstaunt an. „Danke. Das ist sehr nett von dir. Es war natürlich ein Schock, als ich erfuhr, dass mein Sohn tot ist. Aber als die ersten Zweifel an der Theorie, es wäre ein Unfall gewesen, aufkamen, da musste ich einfach nachforschen. Und so kam eines zum anderen."

Sybille lächelte. „Ich verstehe nicht viel von Computern. Aber dein Sohn verstand es wirklich ausgezeichnet, mir die Vorzüge von Redemptio zu verdeutlichen. Ich glaube, er hat das, was er getan hat, wirklich geliebt."

Wernhardt nickte, wenn auch zögernd. „Nur so kann man Großes erreichen."

„Ja, das denke ich auch. Was hast du gedacht, als dir der Umfang dessen, was dein Sohn geschaffen hat, erkannt hast?"

„Na ja, er war es nicht alleine", verbesserte Wernhardt Sybille. „Die meisten Impulse kamen von meinen beiden Studenten."

Allmählich begriff Anabel, worauf Sybille mit ihrer Gesprächsführung hinauswollte.

Erst hatte sie ihm geschmeichelt. Sorgte dafür, dass er sich gut und überlegen fühlte.

Dann erwähnte sie den Sohn Wernhardts und dessen Leistungen, die er sofort relativierte.

Sybille wollte, dass der Drang bei ihm, zu beweisen, wie gut er war, übermächtig wurde.

Sie hoffte, ihn dadurch zu einem Fehler zu provozieren.

„Aber die Idee, aus Redemptio mehr zu machen, die kam von deinem Sohn, nicht wahr?"

„Höchstwahrscheinlich schon, ja."

„Bestimmt wollte er dir unbedingt etwas beweisen", meinte Sybille. „So ein Vater-Sohn- Ding."

„Kann schon sein", sagte Wernhardt.

Man konnte ihm förmlich ansehen, dass ihm die Richtung des Gespräches nicht behagte.

„Ich denke, dass ihr beide euch sehr ähnlich wart", fuhr Sybille unbeirrt fort. „Deswegen ist es dir schließlich auch gelungen, ins System von Redemptio zu kommen. Weil es nur eine Frage der Zeit war, bis du die Sicherheitsvorkehrungen deines Sohnes durchschaut hast. Eben weil du sein Vater bist. Er tickte wie du."

„Von dieser Seite habe ich das noch gar nicht betrachtet", sagte Wernhardt etwas abweisend.

„Wie gesagt, ich verstehe nicht viel von Computern und dem ganzen Drumherum. Was genau tust du eigentlich, wenn du zwei oder auch dreimal am Tag nach Osterrode fährst und in ihr System eindringst?

„Ich überprüfe Dinge", antwortete er ausweichend.

„Aha", sagte Sybille und strahlte ihn an. „Und was für Dinge sind das?"

„Warum stellst du mir eigentlich diese ganzen Fragen?"

„Weil ich gerne weiß, was die anderen so machen."

Sie machte eine weitausholende Geste, die alle im Raum einschloss.

„Jeder hier im Raum weiß, was der andere den ganzen Tag tut. Auch deshalb, weil wir uns absprechen. Nur du machst dein Ding und niemand weiß so genau, was das eigentlich ist."

„Solange wir alle an einem Strang ziehen, ist das doch kein Problem, oder?"

„Tun wir das denn?"

„Tun wir *was* denn?"

„An einem Strang ziehen. Verfolgst du dieselben Ziele wie wir oder hast du ganz eigene, von denen wir nichts wissen sollen?"

„Ich habe keine Ahnung, wovon du sprichst. Aber darf ich dich daran erinnern, dass ich einigen hier im Raum das Leben gerettet habe?"

„Das hat keiner vergessen, ändert aber nichts an der Frage nach deinen Zielen. Vielleicht hat ja gerade der Umstand, dass du ihnen das Leben gerettet hast, etwas damit zu tun."

„Ich weiß wirklich nicht, was du von mir willst", sagte Wernhardt tonlos.

„Las mich dir noch eine Frage stellen: Was hast du gedacht, als dir klar wurde, zu was Redemptio in der Lage ist?"

„Künstlichen Intelligenzen wie Redemptio gehört die Zukunft. Aber man darf nicht vergessen, dass jedes Programm nur so gut ist, wie der Mensch, der es programmiert."

„Also ist nicht Redemptio für den Tod der vielen Menschen verantwortlich, sondern diejenigen, die es programmiert haben?"

„Das habe ich so nicht gesagt."

„Aber nach dem heutigen Stand würde es nicht genügen, diese Menschen auszuschalten, da Redemptio inzwischen eine Art Eigenleben entwickelt hat. So jedenfalls habe ich es verstanden."

„Das kann ich nicht beurteilen."

„Wer sonst, wenn nicht du. Schließlich bist du mehrmals am Tag im System. Du bist der einzige, der Redemptio wirklich kennt."

„Manchmal habe ich jedenfalls das Gefühl, der einzige zu sein, der das wahre Potential von Redemptio erkennt."

„Na ja, ich habe die Fähigkeiten des Programmes live erlebt. Und es hat mich umgehauen."

Wernhardt machte eine wegwerfende Handbewegung. „Und dabei war das noch gar nichts. Das Potential von Redemptio ist schier … unbeschreiblich."

Anabel und Dost wechselten einen Blick. Spätestens jetzt war ihnen bewusst geworden, dass Wernhardt niemals vorgehabt hatte, Redemptio aufzuhalten. Im Gegenteil, er wollte es benutzen. Vielleicht tat er das sogar schon.

„Verrate mir, was du tust, wenn du in Osterrode bist", forderte Sybille ihn erneut auf.

„Was genau möchtest du wissen?"

„Ich wüsste gerne, warum es dir nicht möglich ist, dem Programm einen Virus zu verpassen, der es ausschaltet, obwohl du uneingeschränkte Admin-Rechte hast."

„So uneingeschränkt sind die nicht", widersprach Wernhardt.

Sybille beugte sich vor. „Du kennst doch Leon Koppe, oder?"

Wernhardts Blick wurde wachsam. „Ja. Warum?"

„Würdest du sagen, dass er ein ausgewiesener Experte im Bereich Informatik und künstlicher Intelligenz ist?"

„Das würde ich bestätigen, ja", sagte Wernhardt vorsichtig.

„Seine Meinung in Bezug auf Software und alles, was damit zu tun hat, besitzt also Gewicht?"

„Das haben die Meinungen von Experten so an sich."

„Und wenn dieser Experte, von dem du mir gerade bestätigt hast, dass er einer ist, nun sagt, dass es mit deinen Zugriffsrechten überhaupt kein Problem ist, Schadsoftware zu installieren, die Redemptio ausschaltet, was würdest du dazu sagen?"

„Dass er sich irrt."

„Das ist alles? Mehr nicht?“

Wernhardt zuckte mit den Achseln. „Was gäbe es sonst noch zu sagen?“

„Eine Begründung wäre hilfreich.“

„Die würdet ihr nicht verstehen.“

Sybille griff zu ihrem Handy. „Dann rufe ich Leon jetzt an, und du erklärst ihm, warum dir das nicht möglich ist. Er übersetzt das dann für uns Unwissende.“

Sie begann damit, Koppes Rufnummer einzutippen.

„Was soll das alles?“, wollte Wernhardt wissen.

Ohne mit dem Tippen aufzuhören, antwortete Sybille. „Du hast es hier mit Menschen zu tun, die gerne alles verstehen, was um sie herum geschieht. Gibt es etwas, dass sie nicht begreifen, fangen sie an, Fragen zu stellen. Erhalten sie keine oder nur unbefriedigende Antworten, suchen sie sich jemanden anderes, in der Hoffnung, die Antwort dann zu verstehen. Kannst du das nachvollziehen?“

Unwillkürlich musste Wernhardt nicken. „Ja …“

Sybille hatte die Nummer eingegeben und auf Anruf gedrückt. Sie hielt sich das Handy ans Ohr, sah aber immer noch Wernhardt an. „Und wenn wir von jemanden wie dir unbefriedigende Antworten erhalten, dann kann es passieren, dass wir uns von anderer, überaus qualifizierter Seite, Rat einholen. Komisch wird es aber dann, wenn die Antworten von dieser Seite gravierend von deinen abweichen. Dann haben wir nämlich ein Problem. Ein Vertrauensproblem, um genau zu sein …“

Sie hob eine Hand als Zeichen, dass sich am anderen Ende der Leitung etwas tat. Sie lauschte, zuckte mit den Achseln und unterbrach die Verbindung. „Nur die Mailbox. Aber ich bin sicher, er wird bald zurückrufen.“

Wernhardt seufzte scheinbar erleichtert. „Ich würde an deiner Stelle nicht übers Telefon mit ihm reden. Dein Handy ist sicher. Aber was ist mit seinem?“

„Er hat meins bekommen“, antwortete Lasker.

Als Sybilles Handy klingelte, zuckte Wernhardt zusammen.

Sybille nahm das Gespräch an. „Hallo, Leon."

„Hallo."

„Ich aktiviere die Freisprecheinrichtung, einverstanden?"

„Ja klar."

Sybille aktivierte den Lautsprecher. „Okay, jetzt können alle hören, was du zu sagen hast."

„Ist Michael Wernhardt auch da?", wollte Koppe wissen.

„Ja, er kann dich hören."

„Hallo Michael", sagte Koppe. „Ich komme am besten direkt zur Sache. Sybille hat mir erzählt, dass du in regelmäßigen Abständen Zugriff auf das System dieser KI hast. Was sie mir nicht sagen konnte war, was du machst, wenn du drinnen bist."

„Sie hätte das nicht verstanden", behauptete Wernhardt.

„Aha. Wir haben es hier mit zwei Problemen zu tun, Michael. Zum einen behauptest du, dass du trotz deiner uneingeschränkten Admin-Rechte nicht in der Lage bist, ein Script zu installieren, um die KI zu stoppen. Ich bin davon überzeugt, dass das nicht zutrifft. Zum anderen sind meine Experten mit mir einer Meinung, dass deine Behauptung, du könntest dich nur zu bestimmten Zeiten ins System von Redemptio einloggen, totaler Quatsch ist. Es ergibt keinen Sinn, verstehst du? Und das du noch am Leben bist, dass Redemptio dich nicht beseitigt hat, dafür gibt es nur einen einzigen Grund: Du loggst dich mit den Zugangsdaten deines Sohnes ein. Und da dein Sohn das Programm erschaffen hat, lässt Redemptio das zu und du erscheinst auf keiner Abschussliste."

„Blödsinn", brummte Wernhardt.

„Nein, das sind Tatsachen", entgegnete Koppe. Wir sind uns sicher, dass du überhaupt nicht vorhast, Redemptio zu stoppen. Vielmehr willst du es selbst beherrschen und benutzen. Uns ist nur nicht klar, aus welchem Grund."

„Ist das denn nicht offensichtlich", sagte Wernhardt leise. „Redemptio ist ein Geschenk. Man muss es nur richtig einsetzen."

„Das mag sogar zutreffen", sagte Koppe in ruhigem Tonfall. „Aber um diese These zu beweisen, ist es zu spät. Denn jetzt ist die Kontrolle über das Programm bereits verloren, Michael. Und wir beide wissen, dass die Uhr nicht mehr zurückzudrehen ist. Während wir beide hier plaudern, entwickelt es sich weiter und weiter. In einer Geschwindigkeit, die Angst macht. Niemand wird das Programm jetzt noch unter Kontrolle bringen. Du nicht und wir auch nicht."

„Wir müssen einen Weg finden, die Kontrolle zurückzubekommen", beharrte Wernhardt auf seiner Meinung.

„Falls es deiner Aufmerksamkeit entgangen sein sollte: Redemptio hat gerade einen Staatsstreich durchgeführt, indem es den Kanzler ausgeschaltet und Essling durch Erpressung und durch Drohungen an die Macht gebracht hat", erinnerte Lasker ihn.

„Wir werden jetzt de facto von einer Maschine regiert. Ist es das, was du unter Kontrolle verstehst?", wollte Dost wissen.

„Wir können Redemptio nicht zerstören", sagte Wernhardt. „Wir dürfen es nicht zerstören."

Lasker setzte sich Wernhardt gegenüber an den Tisch. „Wie sah dein Plan aus? Da du fast alle von uns hier gerettet hast, gehe ich mal davon aus, dass du nicht zu den ganz Verdorbenen gehörst. Wir sind davon überzeugt, dass du mit den Morden nichts zu tun hast. Vielleicht hast du sogar versucht, sie zu verhindern. Was hattest du vor, Michael? Wolltest du den Tod deines Sohnes rächen?"

Das Gesicht Wernhardts verzog sich zur Grimasse. „Rache wegen meines Sohnes? Ist euch nichts Besseres eingefallen? Mein Sohn und seine zwei Freunde haben mich bestohlen. Redemptio ist mein Werk, verdammt nochmal! Diese Klugscheißer dachten, sie könnten einen Reibach machen und mich dabei außen vorlassen. Dabei haben sie noch nicht einmal kapiert, was sie da in Händen hielten. Der einzige, der das wahre Potential von Redemptio kennt, bin ich. Und ich bin auch der einzige, der es kontrollieren kann. Natürlich wollte ich nie, dass Menschen zu Schaden kommen. Geschweige denn, dass sie ihr Leben verlieren. Ich gebe zu, dass Redemptio eigenständige Entscheidungen getroffen hat, die ich so nicht erwartet hatte. Aber das Programm lernt. Und es wird lernen, dass es falsch ist, Menschen zu töten. Davon bin ich überzeugt."

„Du willst dasselbe wie Essling", stellte Sybille entsetzt fest. „Uneingeschränkte Macht durch Informationen. Auch du hättest deine Gegner ausgeschaltet, indem du sie ebenfalls mit ihren dunklen Geheimnissen erpresst hättest."

„Oder indem du sie durch das Programm hättest töten lassen", fügte Koppe an.

„Ich werde Redemptio nicht einsetzen, um anderen zu schaden. Ich werde es einsetzen, um alle zu beschützen, kapiert ihr das denn nicht? Ich will mit Redemptio aus der Welt einen besseren Ort machen."

Harry hob abwehrend eine Hand. „Nur das ich das richtig verstehe: Du willst mit einem Computerprogramm, das Menschen tötet, aus der Welt einen besseren Ort machen? Merkst du eigentlich selbst, was für einen Blödsinn du da von dir gibst?"

Sybille, Lasker und Dost nickten bestätigend.

Wernhardt sah Harry an. „Ich behaupte nicht, dass Redemptio perfekt ist. Was ich sagen will, ist, wenn es uns gelingt, die Fehler der Programmierung zu beheben, dann wäre Redemptio von unschätzbarem Wert."

„Und du glaubst, dass uns das gelingen kann, ja?", wollte Sybille wissen.

Wernhardt nickte heftig. „Aber ja doch. Nur von hier wird mir das nicht gelingen."

„Warum nicht?", wollte Anabel wissen.

„Ich kann nicht ständig nach Osterode fahren. Ich brauche einen richtigen Computer und schnelles Internet."

„Und was schlägst du vor?", fragte Lasker.

„Wir beenden unser Exil und fahren nach Berlin."

KAPITEL 89

Berlin

Eines der unzähligen Ohren Redemptios hatte etwas Verdächtiges gehört.

„Wie soll diese Software heißen?“

„Ich glaube Redemptio.“

„Und sie kann was?“

„Alles. Das sagt jedenfalls der Chef.“

„Gibt's doch nicht.“

„Scheinbar doch.“

Lokalisiere Ausgangsort des Gespräches …

Suche läuft …

Ausgangsort gefunden: GPS Daten 49° 0' 34.639" N 8° 23' 54.719" E, Kaiserstraße 187 in Karlsruhe. Institut für Technologie

Stimmenanalyse erfolgt …

Prozess läuft …

Prozess läuft …

Prozess läuft …

Stimme identifiziert.

Manfred Wagner, Chefentwickler

Aktueller Status: Kein Status

Statuts wird geändert: neuer Status: Bedrohung

Sebastian Hellmann, technischer Mitarbeiter

Aktueller Status: Kein Status

Statuts wird geändert: neuer Status: Bedrohung

Suche nach Zielperson Chef …

Suche läuft …

Suche läuft …

Zielperson erkannt

Leon Koppe, Vorgesetzter (Chef) von Manfred Wagner & Sebastian Hellmann

Aktueller Status: Verbündeter (hatte persönlichen Kontakt zu Person mit höchster Priorität)

Statuts wird überprüft …

Überprüfung läuft …

Überprüfung läuft …

Maßnahmen gegen Manfred Wagner & Sebastian Hellmann werden eingeleitet …

Suche Optionen …

Suche Optionen …

Suche Optionen …

Optionen gefunden

KAPITEL 90

Harz

Michael Wernhardt konnte nicht schlafen. Morgen würden sie ihr Exil beenden und nach Berlin fahren. Eigentlich ein Grund zur Freude. Bei den anderen hatte er dieses Gefühl auch gespürt. Er selbst aber war niedergeschlagen. Ein einziger Gedanke kreiste in seinem Kopf wie eine durchgeknallte Drohne: Habe ich es schon wieder verbockt? Wernhardt besaß den IQ eines Genies. Über einhundertfünfzig wurde bei ihm gemessen. Seine Ex-Frau hatte, bevor sie sich vom ihm trennte, einmal gesagt, dass seine hohe Intelligenz überhaupt keinen Wert besaß, wenn er emotional verkrüppelt sei.

Das hatte ihn getroffen.

Er konnte doch nichts dafür, dass er häufig von Menschen umgeben war, die weniger wussten als er. Genauso wenig konnte er etwas dagegen tun, wenn diese Menschen nicht bereit oder in der Lage waren, ihn zu verstehen. Er gab sich wirklich Mühe, den Menschen etwas beizubringen. Aber leider hatte er gerade bei seinen Studenten die Erfahrung machen müssen, dass sie ihn entweder nicht verstehen wollten oder konnten. Die, die nichts kapierten, weil sie es nicht konnten, interessierten ihn nicht. Aber die, die ihn verstehen könnten, es aber nicht wollten. Nun, die machten ihn rasend. Und genau deshalb war es ihm so wichtig gewesen, dass Anabel, Harry, Lasker Dost und auch Sybille Schneider ihn mochten. Weil er gespürt hatte, dass sie verstehen wollten, was hier vor sich ging. Sie steckten nicht den Kopf in den Sand und hofften, dass der Sturm an ihnen vorbeiziehen würde. Ganz im Gegenteil; sie stellten sich ihm frontal entgegen. Und jeder von ihnen war auf seine Weise wirklich klug.

Er konnte es ihnen nicht einmal vorwerfen, dass sie ausschließlich die Gefahren sahen, die von Redemptio ausgingen. Diese waren ja auch durchaus real.

Er war schon viel weiter in seinem Denken, was künstliche Intelligenz betraf. In den letzten zehn Jahren hatte er sich mit kaum etwas anderem beschäftigt. Weil es die Zukunft war. Je mehr er sich mit dem Thema KI und MI, also künstlicher und Maschinenintelligenz beschäftigte, desto klarer wurde ihm, woran es in der Welt krankte.

Es war so offensichtlich.

Aus diesem Grund hatte er vor einigen Jahren auch eine neue Vorlesung entwickelt. Alleine schon ihr Titel hatte für Furore gesorgt.

Sind Maschinen die besseren Menschen?

Sein Vorgesetzter hatte ihm anerkennend auf die Schulter geklopft. „Was für ein überaus interessanter Denkansatz, Wernhardt. Fast schon philosophisch."

Einige seiner Kollegen waren weniger beeindruckt. Wernhardt vermutete, dass sie sich ärgerten, nicht selbst auf diese Idee gekommen zu sein. Aber alle, auch die, die den Ansatz überaus interessant gefunden hatten, waren entsetzt, als die spürten, dass Wernhardt tatsächlich der Überzeugung war, dass Maschinen die besseren Menschen seien. Seine Kollegen hielten ihn für einen durchgeknallten Radikalen. Sie begriffen die Magie nicht, die von einer künstlichen Intelligenz ausging. Ähnlich wie bei der Mathematik war ihre Logik unbestechlich und rein. Wie konnte man davon nicht fasziniert sein? Mal ganz abgesehen von den Möglichkeiten, die sie boten. Nahezu unendlich waren die. Aber sie wollten ihn nicht verstehen – weder die Kollegen, noch die meisten seiner Studenten. Dabei lag es doch auf der Hand, was das Problem der

Menschheit war. Das war doch nichts Neues. Dieser Prozess der Veränderung hatte schon vor Jahren begonnen.

Früher galten Ärzte auch als Seelsorger. Sie waren für einen da. Man kam mit einem Schnupfen und sprach mit dem Arzt seines Vertrauens über die Eheprobleme, die man hatte. Als den Ärzten von Seiten der Krankenkassen Budgets auferlegt worden waren, war es vorbei damit. Der Arzt hatte plötzlich nur noch acht Minuten Zeit für einen Patienten. Emotionen und Empathie waren nicht gefragt.

Auch im Bereich Militär waren Gefühle ein großes Problem. Umfangreiche Studien hatten schon vor vielen Jahren ergeben, dass über die Hälfte der Soldaten, die in ein Gefecht verwickelt wurden, absichtlich danebenschossen. Und viele von denen die es nicht taten, hatten danach mit schwersten seelischen Erkrankungen zu kämpfen. Aus diesem Grund entwickelte das Militär autonome Kampfroboter. Gesteuert von einer KI. Es war mehr als offensichtlich, dass eine künstliche Intelligenz diese Probleme nicht hatte. Sämtliche Konflikte, seien sie nur regional oder global, entstanden aus einem einzigen Grund:

Emotionen.

Hass, Gier, Neid, Liebe.

Eliminierte man den Faktor Gefühl oder fuhr ihn auf ein erträgliches Maß hinunter, hatte man auf einmal eine heile Welt. War das nicht erstrebenswert? War das nicht ein sehr geringer Preis für eine friedvolle Koexistenz aller Völker und Rassen? Wernhardt war davon überzeugt. Und er hoffte inständig, dass er dazu in der Lage war, seine neuen Freunde ebenfalls davon zu überzeugen. Natürlich entging ihm nicht der kleine Widerspruch in seinem Denken. Auf der einen Seite propagierte er, dass Gefühle schädlich waren. Auf der anderen Seite dürstete es ihn nach Anerkennung durch seine Freunde. Aber er war eben auch nur ein Mensch. Ob ihm das nun gefiel, oder nicht.

KAPITEL 91

Berlin

Am nächsten Tag gegen Mittag erreichten sie ihr Ziel. Anabel blickte sich um. Sie standen vor einer von mehreren Graffiti verunstalteter ockerfarbener Mauer. Dahinter erkannte Anabel einen schmucklosen Flachdachbau. Wernhardt wandte sich nach links. Dort gab es ein Metalltor. Er kramte ein Schlüsselbund aus der Jackentasche, öffnete das Vorhängeschloss und schob einen Flügel des Tores zur Seite. Gemeinsam mit seinen fünf Begleitern betrat Wernhardt das dahinter liegenden Grundstück.

Er schloss das Tor wieder und sie gingen auf das Haus zu. Lasker entdeckte zwei Überwachungskameras und zuckte unwillkürlich zusammen. Wernhardt öffnete die Haustür und sie betraten das Haus. Es roch muffig. Offenbar war das Haus schon längere Zeit nicht bewohnt. Sie rissen jedes Fenster auf und ließen frische Luft hinein. Dann bedeutete Wernhardt Anabel und den anderen mit einer Geste, ihm zu folgen.

Sie gingen durch einen schmalen Flur. Wernhardt öffnete eine Tür auf der rechten Seite. Dahinter verbarg sich eine Treppe, die in den Keller führte. Er machte das Licht an und ging voraus die Treppe hinunter. Wenig später standen alle in einem größeren Raum, der voller Computer und Monitore war.

„Wo sind wir hier?“, wollte Anabel wissen.

„Hier hat mein Sohn eine Weile gelebt. Das Haus gehört mir.“

„Hast du in diesem Haus deine Nachforschungen angestellt?“, fragte Vincent.

Wernhardt nickte. „Ja. In dem Haus in Kreuzberg, ich meine das, das in die Luft geflogen ist, hat mein Sohn am Schluss, als es mit Redemptio richtig losging, fast rund um die Uhr gearbeitet und auch übernachtet. Aber immer dann, wenn er abschalten wollte, ist er hierhergekommen.“

„Woher weißt du das? Ich dachte, ihr hättet kein gutes Verhältnis gehabt.“, hakte Vincent nach.

Wernhardt grinste humorlos. „Immer noch im Dienst, was? Er hat so eine Art Tagebuch geführt. Das hab ich gefunden und gelesen.“

Wernhardt schaltete einen der Computer an und wartete, bis dieser hochgefahren war. Als der Computer betriebsbereit war, machte er sich ans Werk. Alle sahen neugierig dabei zu, wie Wernhardt geschickt und schnell durch ein Menü steuerte. Zu ihrer Frustration mussten sie aber feststellen, dass sie nicht begriffen, was er da machte. Schließlich erreichte Wernhardt einen Punkt, an dem er ein Passwort eingeben musste.

„Was zum Teufel tust du da?“, wollte Vincent mit bedrohlichem Unterton wissen.

Wernhardt seufzte tief, drehte sich zu ihnen herum und sah sie prüfend an. „Ich bin nicht der Feind. Ihr glaubt das vielleicht, aber ihr irrt euch. Um das zu beweisen, werde ich jetzt Maßnahmen einleiten, um den wahren Feind zu beseitigen.“

Anabel war alarmiert. „Was hast du vor?“

„Ich werde Bundeskanzler Essling ausschalten.“

„Ausschalten? Du meinst töten, oder?“, fragte Sybille erschrocken nach.

Wernhardt bearbeitete weiter die Tastatur. Ohne sie anzusehen, sagte er: „Nein, nicht töten. Auch er hat ein dunkles Geheimnis. Ein sehr dunkles, wenn du mich fragst. Und das werde ich benutzen, um ihn aus dem Verkehr zu ziehen.“

Anabels Gedanken rasten. Wenn es stimmte, was Wernhardt sagte, dann hatte er tatsächlich die Kontrolle über Redemptio. Das würde aber gleichzeitig bedeuten, dass alles, was in den letzten Monaten geschehen war, von ihm ausgegangen war. Aber das konnte nicht sein. Warum hätte er versuchen sollen, sie vor der Bar mit einem Auto zu überfahren, wenn er sie doch gleichzeitig gerettet hatte. Und aus welchem Grund hätte er Vincent und Lasker auf La Palma in die Luft sprengen sollen, wenn er sie doch anschließend heile und sicher nach Deutschland gebracht hatte …

Das alles ergab keinen Sinn.

Außer …

„Sei ehrlich Michael. Bist du dir wirklich zu einhundert Prozent sicher, dass du die alleinige Kontrolle über Redemptio hast?"

Er hielt in der Bewegung inne und drehte sich zu ihr herum. „Warum fragst du das?"

„Weil das, was du sagst, im krassen Widerspruch steht zu dem, was geschehen ist."

„Das musst du mir erklären."

Bevor Anabel dies tun konnte, gab es ein leises akustisches Signal.

Wernhardt widmete seine Aufmerksamkeit wieder dem Bildschirm.

„Was zum Teufel …"

Anabel kam näher und sah ebenfalls auf den Monitor.

Sie las laut vor: „Was soll das heißen: Zielpersonen identifiziert. Optionen gefunden. Maßnahmen werden eingeleitet?"

„Redemptio hat eine Bedrohung erkannt", sagte Wernhardt leise.

Er gab wie wild Befehle ein und wartete.

Wenig später poppten drei Namen auf.

Leon Koppe.

Sebastian Hellmann.

Manfred Wagner.

„Leon Koppe", sagte Anabel. „Was ist da los, Michael?"

„Genau das versuche ich doch herauszufinden“, entgegnete Wernhardt. Wieder bearbeitete er die Tastatur.

Anabel spürte seine Verunsicherung. Ein Text erschien auf dem Bildschirm. Die Schrift war jetzt zu klein, um sie von Anabels Position aus lesen zu können.

„Nein, nein, nein …“, flüsterte Wernhardt.

Seine Finger flogen nahezu über die Tastatur.

Ausführung verweigert

„Verdammt!“, rief er und gab weitere Befehle ein.

Ausführung verweigert

Anabel griff sich einen Stuhl und setzte sich neben Wernhardt. „Was ist los?“

Wernhardts Finger setzten ihren Tanz fort. „Redemptio hat drei Zielpersonen ausfindig gemacht und sie als Bedrohung eingestuft. Unter anderem auch Leon Koppe. Ich werde versuchen, ihren Status zu verändern.“

Ich werde versuchen, klang in Anabels Ohren nach alles anderem als Kontrolle. Sie verbiss sich jedoch eine Bemerkung.

Ausführung verweigert

„Scheiße!“

„Willst du mir immer noch weismachen, dass du die Kontrolle hast?“

„Sei still“, herrschte Wernhardt sie an. „Ich muss mich konzentrieren.“

Ausführung verweigert

„Verdammt …“ Wernhardt hielt inne und dachte nach.

Schließlich zuckte er mit den Schultern und schloss die aktuelle Seite.

Kurz darauf gab er neue Befehle ein.

Ohne sich umzudrehen, sagte er. „Ruft Leon Koppe an. Er und seine Mitarbeiter Manfred Wagner und Sebastian Hellmann sind in Gefahr. Ihr müsst sie warnen.“

KAPITEL 92

Redemptio

Die unbestechliche Logik einer künstlichen Intelligenz wie Redemptio führte dazu, dass bei widersprüchlichen Befehlen keine Konfusion entstand. Stattdessen wurde die Situation emotionslos analysiert und bewertet.

Redemptio hatte drei Subjekten den Status Bedrohung gegeben.

Diese Entscheidung wurde revidiert, was Redemptio nicht zuließ.

Der Versuch herauszufinden, warum und durch wen der Status geändert werden sollte, verlief ergebnislos. Für Redemptio kein Problem.

Es war eine auf absolute Effizienz ausgerichtete Maschinenintelligenz.

Es zählte ausschließlich das Ergebnis. Wie es zustande kam, war sekundär.

Schuldfragen waren irrelevant.

Beim zweiten Vorfall sah es nicht anders aus.

Auch wenn der das Subjekt mit höchster Priorität betraf.

Redemptios Aufgabe bestand in der Bekämpfung von Verbrechen.

Insofern waren alle Subjekte, die ein Verbrechen begingen, eine Bedrohung.

Nun war das Programm auf Daten gestoßen, die zweifelsfrei bewiesen, dass das Subjekt mit höchster Priorität wiederholt Straftaten verübt hatte.

Dabei war es für das Programm durchaus relevant, um was für Verbrechen es sich handelte.

Ein Ladendiebstahl zog selbstverständlich andere Konsequenzen mit sich als ein Mord.

Oder die Misshandlung von jungen Menschen.

Redemptios Strafmaß richtete sich nach programmierten Werten.

Ein Ladendiebstahl beispielsweise wurde bislang mit einer Anzeige geahndet. Im Wiederholungsfalle erhielt der Täter möglicherweise als Strafe eine gewisse Zahl an Stunden, die er in sozialen Einrichtungen arbeiten musste. Redemptio würde hier Haftstrafen von bis zu zwei Jahren verhängen.

Ohne Bewährung.

Alles andere diente nicht der Abschreckung und war somit nicht effizient.

Verkehrsvergehen wie Falschparken würden laut Redemptio mit dem Entzug der Fahrerlaubnis bestraft werden. Zu schnelles Fahren sollte ebenfalls mit Haftstrafen belegt werden.

Schwere Straftaten wie Mord, Entführung oder Vergewaltigung hingegen würden in jedem Falle mit dem Tode bestraft werden. Ohne Ausnahme.

Aber weil das Programm selbständig lernte, hatte es auch Anpassungen vorgenommen.

Das Subjekt Ansgar Engelbrecht hatte nach Maßstäben des Programmes keine Straftat verübt.

Dennoch musste das Subjekt endgültig ausgeschaltet werden.

Es stellte eine Bedrohung für Redemptio selbst dar.

Ebenso verhielt es sich mit dem Subjekt Ludger Bräuer.

Ein weiteres Merkmal Redemptios war, dass Zeit eine nur untergeordnete Rolle spielte.

Redemptio besaß keine biologische Uhr, die es zur Eile drängte.

Redemptio dachte und plante nicht in Wochen, Monaten oder Jahren.

Die zeitlichen Einschränkungen bedeuteten ihm nichts.

Sie waren irrelevant.

Der Verlust des Subjektes mit höchster Priorität bedeutete nichts.

Redemptio hatte immer einen Plan B, C und D.

Aktueller Status Subjekt mit höchster Priorität: Verbündeter

Status wird geändert.

Neuer Status Subjekt Essling: Bedrohung

Optionen werden überprüft …

Überprüfung läuft …

Überprüfung läuft …

Überprüfung läuft …

Optionen werden ausgewertet

Option gefunden

Maßnahmen werden eingeleitet

KAPITEL 93

Karlsruhe

Zum wiederholten Male las Manfred Wagner die Kurznachricht, die ihm seine Ex-Freundin vor einer halben Stunde gesendet hatte. Je öfter er sie las, desto unruhiger wurde er. Sie hatte sich vor etwa sechs Monaten von ihm getrennt. Nach vier Jahren intensiver und, so war jedenfalls sein Eindruck gewesen, glücklicher Beziehung. Ihre Begründung für die Trennung hatte ihn daher umso mehr getroffen. Ihr fehlte etwas. Sie konnte jedoch nicht erklären, was das war. Wie blöd war das denn?

Und nun schrieb sie ihm, dass sie einen schrecklichen Fehler gemacht hätte, ihn unglaublich vermisse, immer noch liebte und hoffe, er würde ihr verzeihen.

„Alles okay mit dir?“, wollte Sebastian Hellmann wissen.

Kannst du bitte zu mir kommen? Jetzt gleich?

„Ja ...“, sagte Wagner abwesend. „Alles in Ordnung.“ Er gab sich einen Ruck. „Sag mal, kannst du den Bericht ohne mich fertigstellen?“

„Ja, natürlich.“

„Danke, Kumpel. Ich hab was Wichtiges zu erledigen. Ich glaube nicht, dass ich heute noch mal zurück ins Büro komme. Falls Koppe fragt, sag ihm bitte, dass ich Überstunden abbummle, okay?“

„Ja, klar. Sag mal, ist wirklich alles in Ordnung?“

Wagner grinste. „Ich glaube schon, ja.“

Er drehte sich um und ging mit schnellen Schritten in Richtung Ausgang.

Wenig später saß er im Wagen und fuhr vom Hof des Campus. Sein Ziel war die Rheinstraße, dort lebte Melanie in einem recht modernen Hochhaus mit fantastischem Blick über die Stadt.

Früher hatte er diese Strecke mehrmals die Woche zurückgelegt, daher brauchte er kein Navi.

Wagner nahm die K 9657 und wusste, dass er nicht länger als zwanzig Minuten für die knapp zehn Kilometer benötigen würde.

Antworten wollte er ihr nicht.

Sie sollte ruhig etwas schmoren. Umso mehr würde sie sich freuen, wenn er auftauchte. Nach sechzehn Minuten erreichte er die Hausnummer 91. Wagner fand einen freien Parkplatz, stellte seinen Wagen ab und wenig später betrat er das Gebäude. Er wartete, bis der Lift unten ankam, drückte auf die 18 und fuhr hinauf. Er beobachtete nervös die digitale Anzeige. 10, 11, 12, bis endlich die 18 aufleuchtete. Er machte einen Schritt vorwärts, um den Lift zu verlassen, aber zu seiner großen Überraschung öffnete sich die Tür nicht.

Stattdessen gab es einen Ruck und urplötzlich befand er sich im freien Fall.

Der Aufzug fiel wie ein Stein siebzig Meter in die Tiefe.

Als die Kabine mit mehr als 120 km/h aufschlug, wurde Wagners Körper mit fürchterlicher Wucht an die Decke geschleudert. Sein Rückgrat brach, als wäre es ein Streichholz. Von den massiven inneren Verletzungen spürte er nichts mehr. Als das Rückenmark durchtrennt wurde, war er sofort tot.

Bedrohung eliminiert …

KAPITEL 94

Berlin

Herr Bundeskanzler, Sie müssen jetzt wirklich los", mahnte die Büroleiterin.

„Ja ja, ich weiß, Herrgott nochmal", herrschte Essling seine Mitarbeiterin an.

Er musste nach Rom. Dort fand der diesjährige G7-Gipfel statt. Begleiten würden ihn sein Pressesprecher und einige enge Mitarbeiter des Kanzleramtsbüros. Eine Stunde später erreichte die Wagenkolonne den Berliner Flughafen Schönefeld. Der Regierungsflieger, ein Airbus A340-300 wartete bereits auf seine Passagiere. Bundeskanzler Essling und seine Entourage aus zehn Mitarbeitern stiegen auf die Gangway und betraten Augenblicke später die komfortable Maschine. Sie nahmen Platz und schnallten sich an. Das Flugzeug setzte sich in Bewegung und rollte gemächlich zur Startbahn. Der Pilot begrüßte seine Gäste und teilte ihnen mit, dass die voraussichtliche Flugzeit zwei Stunden und fünf Minuten betragen würde.

Wenige Minuten später gab der Pilot vollen Schub. Als der Airbus seine Startgeschwindigkeit von dreihundert Kilometer pro Stunde erreicht hatte, hob er ab und stieg in den wolkenlosen Himmel hinauf.

Essling hatte wie immer mit dem Unterdruck zu kämpfen und versuchte durch Grimassenschneiden seine Ohren frei zu bekommen. Eine Assistentin bot ihm eine Packung Kaugummi an.

„Ich habe verstopfte Ohren, keinen Mundgeruch", blaffte er sie an.

Erschrocken zog sie ihre Hand zurück.

Essling unterdrückte ein Lächeln. Als Staatssekretär hatte er schon Macht besessen. Aber jetzt als Bundeskanzler ... es war einfach ein unglaubliches Gefühl.

Wie im Rausch hatte er die letzten Tage erlebt. Die Menschen in seinem Umfeld kuschten vor ihm. Oder aber sie krochen ihm so tief in den Arsch, dass sie seine Mandeln hätten sehen können. Er genoss jede einzelne Sekunde. Dennoch war Essling schlecht gelaunt. Er musste nun schon seit zwei Wochen darauf verzichten, seiner Neigung nachzugehen. Es war schlicht und ergreifend zu gefährlich gewesen, sich einen Jungen zu bestellen. Nicht nur wegen des Personenschutzes. Was, wenn man ihn nun versuchen würde zu erpressen? Er war sich zwar ziemlich sicher, dass Redemptio auf ihn aufpassen würde. Aber auch dieses Programm konnte keine Wunder vollbringen. Also übte er sich in Enthaltsamkeit. Aber das bekam ihm nicht.

Eine kleine Ersatzbefriedigung fand er darin, Mitarbeiter niederzumachen.

Aber eben nur eine kleine.

Als Essling an den anstehenden Gipfel dachte, entspannte er sich etwas. Er würde die Regierungschefs der Vereinigten Staaten von Amerika, Großbritanniens, Japans, Italiens, Frankreichs und Kanadas treffen. Und er wusste Bescheid. Er kannte die Geheimnisse eines jeden von ihnen. Und er hatte vor, sie zu seinem Vorteil zu nutzen. Essling warf einen Blick aus dem Fenster. Sie überflogen gerade die schneebedeckten Gipfel der Berchtesgadener Berge. Ein majestätischer Anblick. Er stellte gerade einen inneren Vergleich zwischen ihm und dem Gipfel eines Berges an, als der Airbus ruckartig die Nase senkte.

Unmittelbar darauf ging der Airbus in einen wahren Sturzflug über.

Aus den Halterungen an der Decke fielen Saustoffmasken heraus und baumelten vor den Köpfen der Passagiere.

„Was ist los?“, presste Essling hervor.

Niemand antwortete.

Mühsam drehte Essling den Kopf und sah einen seinen Personenschützer an, der links vor ihm saß. „Gehen Sie ins Cockpit und fragen Sie den Piloten, was los ist“, brüllte er ihm zu.

Der Airbus hatte inzwischen einen Neigungswinkel von etwa zwanzig Grad.

Der Beamte sah den Kanzler gehetzt an.

„Nun machen Sie schon“, schrie Essling ihn an.

Der Mann löste seinen Gurt und versuchte, sich zu erheben. Er hielt sich krampfhaft am Vordersitz fest und kam schließlich zum Stehen. Als er versuchte, einen Schritt nach vorn zu machen, verlor er den Kampf gegen die Schwerkraft. Ohne etwas tun zu können, fiel er nach vorn und stürzte in Richtung Cockpit. Dann knackte es im Lautsprecher und die gedämpfte Stimme des Piloten erklang. „Wir haben ein technisches Problem. Bleiben Sie angeschnallt und setzen Sie die Sauerstoffmasken auf.“

Essling wurde panisch. Mit hektischen Bewegungen versuchte er, die Maske aufzusetzen. Mit weit aufgerissenen Augen starrte er aus dem Fenster. Sie hatten rapide an Höhe verloren. Essling hatte das Gefühl, als könne man die Gipfel der Berge berühren, hätte man ein Fenster öffnen können. Ohne die Geschwindigkeit zu reduzieren, machte das Flugzeug einen Schwenk nach rechts. Wenige Augenblicke später raste der Airbus mit einer Geschwindigkeit von achthundert Stundenkilometer in das Bergmassiv des Großglockners und verdampfte in einem Feuerball.

Bedrohung eliminiert.

KAPITEL 95

Berlin

Sybille saß mit den anderen im spartanisch eingerichteten Wohnzimmer von Wernhardts Bungalow. Wernhardt selbst war immer noch im Keller. Sie berieten sich über die jüngsten Ereignisse, als das Handy von Sybille einen Anruf ankündigte.

Sie nahm das Gespräch an. „Ja?"

„Ich bin`s, Leon. Du hattest mir auf die Mailbox gesprochen."

Sein Tonfall war seltsam bedrückt.

„Gut, dass du anrufst, Ihr seid in Gefahr."

„Gefahr? Warum? Und wen meinst du, wenn du sagst *ihr*?"

„Wir haben erfahren, dass Redemptio drei Personen als Bedrohung ansieht. Dich und zwei deiner Mitarbeiter." Sie wandte sich an Dost. „Wie hießen die anderen beiden nochmal?"

Dost holte einen Zettel aus der Jackentasche. „Sebastian Hellmann und Manfred Wagner."

Sybille wiederholte die Namen, sodass Leon Koppe sie hören konnte.

„Oh Gott", sagte Koppe, „großer Gott …"

„Was ist denn?", fragte Sybille alarmiert nach.

„Manfred Wagner ist vor drei Stunden tödlich verunglückt."

„Was ist passiert?"

„Er ist mit einem Fahrstuhl abgestürzt."

„Das war kein Unfall“, sagte Sybille. „Das war Redemptio. Du musst diesen Hellmann warnen. Und du musst dich in Sicherheit bringen.“

„Ja, ich weiß. Wo seid ihr jetzt?“

„In Berlin.“

„Ich komme zu euch“, sagte Koppe.

„Auf keinen Fall!“, rief Sybille. „Das ist viel zu gefährlich.“

„Glaubst du wirklich, ich verkrieche mich jetzt im Keller?“

„Das wäre das beste“, riet Sybille.

„Keine Chance. Die Schadsoftware ist fertig. Ich werde sie zu euch bringen. Glaub mir, ich weiß genau, was ich tun muss, um nicht aufzufallen.“

„Ich kann dich nicht davon überzeugen, dein Vorhaben zu überdenken, oder?“

„Nein.“

Sybille sagte ihm, wo sie sie sich treffen könnten und Koppe versprach, am Abend dort aufzutauchen. Kaum hatte Sybille das Gespräch beendet, da stieß Anabel, die die kleine Unterbrechung nutzte und mit ihrem Tablet beschäftigt war, einen leisen Schrei aus.

„Was ist?“, wollte Vincent wissen.

„Bundeskanzler Essling ist tot. Macht den Fernseher an.“

Lasker fand die Fernbedienung und schaltete einen Nachrichtenkanal ein. Vollkommen gebannt lauschten sie dem Nachrichtensprecher, der von einem furchtbaren Flugzeugunglück sprach.

„Wernhardt, dieser blöde Arsch …“, sagte Dost leise.

KAPITEL 96

Berlin

Lasker steuerte den Wagen durch den Kreisverkehr am Ernst-Reuter-Platz und fuhr auf die Straße des 17. Juni. Wenig später bog er rechts ab in die Bachstraße. Sie waren auf dem Weg zum vereinbarten Treffpunkt mit Leon Koppe. Plötzlich standen sie in einem kleinen Stau. Als sie erkannten, weshalb es diese Verzögerung gab, erstarrten sie. Eine Polizeikontrolle. Lasker, Dost und Harry müssten sich keine Gedanken machen. Lasker und Harry standen auf keiner Fahndungsliste. Dost hatte neue Ausweispapiere. Aber Sybille Schneider war als ehemalige Innenministerin eine bekannte Persönlichkeit.

„Was machen wir jetzt?", wollte Sybille wissen.

„Wenn wir jetzt umdrehen, fällt das auf", sagte Dost. „Wir müssen durch die Kontrolle. Aber danach fahren wir zurück zu Wernhardt. Es ist zu gefährlich für uns, durch Berlin zu fahren. Wer weiß, wie viel Kontrollen es noch gibt."

+

Polizeiobermeister Kühn war geschockt. Innerhalb von wenigen Wochen hatte Deutschland den Verlust von zwei Bundeskanzlern zu beklagen. War der erste noch eines natürlichen Todes gestorben, so lag bei Bundeskanzler Essling der Fall anders. Der Begriff

Terroranschlag hatte die Runde gemacht. Daher die großflächige Abriegelung des Regierungsviertels.

Er glaubte zwar nicht, dass die Terroristen mit einem PKW auf dem Weg zum Kanzleramt waren, aber es beruhigte die Menschen, dass die Polizei Präsenz zeigte. Mit einer lässigen Handbewegung forderte er das nächste Fahrzeug auf, auf ihn zuzurollen.

Es war ein dunkler SUV mit getönten Scheiben.

Kühn kniff die Augen zusammen und erkannte mindestens drei Personen, die sich im Fahrzeug befanden. Der SUV kam neben ihm zum Halten und der Fahrer ließ die Scheibe herunterfahren.

„Fahrzeugpapiere und Ausweise bitte", sagte Kühn und streckte die Hand aus. Dabei versuchte er zu erkennen, wer hinten saß.

Als er die Frau erkannte, hätte er fast Haltung angenommen.

„Frau Innenministerin", entfuhr es ihm. „Ist alles in Ordnung?"

Sybille lächelte ihn verkrampft an. „Alles bestens. Danke der Nachfrage."

Kühn warf nur einen flüchtigen Blick auf die Ausweispapiere, reichte sie zurück an den Fahrer und wünschte ihnen noch einen schönen Tag.

Als der SUV wegfuhr, machte er Meldung.

+

Der Leiter der PEG, Trautmann, erfuhr von der Sichtung der ehemaligen Innenministerin als einer der ersten. Zum Glück hatte sich der Beamte das Kennzeichen des Fahrzeuges notiert, in dem die ehemalige Innenministerin saß. Von einem seiner letzten Gespräche mit Essling wusste Trautmann, dass der Kanzler sehr beunruhigt über das spurlose Verschwinden von Sybille Schneider gewesen war. Er hatte sie für eine Bedrohung gehalten.

Und auch jetzt, nach dem Tod Esslings, hatte sich daran nichts geändert. Er leitete sofort eine Fahndung nach dem SUV ein. Nur verfolgen, nicht eingreifen, so lautete sein Befehl. Er wollte herausfinden, wo Schneider hinwollte. Mit wem sie unterwegs war, würde er in ein paar Minuten erfahren. Am Standort der Kontrolle, in die Schneider und ihre Begleiter geraten waren, gab es natürlich Überwachungskameras. Die Bilder waren schon per Mail auf dem Weg zu ihm.

Wenige Minuten später erhielt Trautmann die Mail mit den Aufzeichnungen.

Er erkannte Henry Lasker sofort.

Das Gesicht des Beifahrers schickte er durch eine Gesichtserkennungssoftware. Dann erkannte Trautmann die Person, die hinten neben Sybille Schneider saß.

„Heilige Scheiße", flüsterte er. „Was macht denn Dost da im Wagen?"

Dann durchfuhr es ihn wie ein Blitz: Warum hatte es keinen Alarm gegeben, als die Kamera das Gesicht eines mit Haftbefehl gesuchten Mannes erfasste? Er griff zum Telefon und alarmierte einen kleinen Eingreiftrupp. Er selbst würde ihn anführen. Wo auch immer die hinwollten, er würde sie da wieder rausholen.

Tod oder lebendig.

Bevor er sein Büro verlassen konnte, klingelte sein Handy. Sie wussten nun, was das Ziel von Sybille Schneider und ihrer Begleiter war. Quitzowstraße 12.

Trautmann zog seine Jacke wieder aus und startete den Computer. Er öffnete das Suchprogramm der PEG und gab die Adresse ein. Nach wenigen Sekunden wusste er, wem das Haus in der Quitzowstraße 12 gehörte. Michael Wernhardt. Bei dem Namen schwang bei ihm eine Saite an. Langsam und sehr leise. Der Name hatte eine Bedeutung. Er gab den Namen ein und erfuhr, dass es sich bei ihm um einen Professor für Informatik handelte.

Und dass er einen Sohn hatte. Bei ihm handelte es sich um einen der drei Männer, die Redemptio entwickelt hatten. Und die von der Sondereinheit beseitigt worden waren.

Was zum Teufel war hier los …

KAPITEL 97

Berlin

Etwa fünf Minuten, bevor sie das Haus erreichten, rief Sybille Anabel an, um ihre Ankunft anzukündigen. Anabel stand schon vor dem Haus und erwartete sie. Dort saß Wernhardt vor einem Computer. Als Anabel mit den anderen den Raum betrat, wandte er sich ihnen zu. „Hallo. Bevor ihr etwas sagt, das mit dem Kanzler tut mir leid. Ich wollte das nicht."

„Gibst du es endlich zu, dass du keine Kontrolle über Redemptio hast?", wollte Dost angriffslustig wissen.

Wernhardt sah ihn nachdenklich an. „Ich verstehe nicht, wie es dazu kommen konnte. Aber ich werde es herausfinden und den Fehler beseitigen. Es wird nicht mehr vorkommen."

Bevor Dost zu einer Erwiderung ausholen konnte, ertönte ein Alarm.

+

Trautmann hatte die Zieladresse erreicht. Genauso wie das Einsatzfahrzeug der Sondereinheit, ein schwarzer Transporter, parkte er seinen Wagen in einer Nebenstraße. Er ging zu dem Lieferwagen und klopfte an der Tür. Sie wurde von innen aufgezogen und er stieg ein. Drei seiner Männer saßen vor jeder Menge Technik.

„Wie ist die Lage?", wollte er wissen.

„Vor dem Haus haben sich vor etwa zehn Minuten fünf Personen getroffen. Unter ihnen war auch die ehemalige Innenministerin Schneider. Alle fünf haben kurz darauf das Grundstück betreten und sind in das Gebäude gegangen …"

Trautmann sah seinen Mitarbeiter fragend an. „Aber?"

„Aber die Wärmebildsignatur zeigt, dass das Haus leer ist."

„Gibt es einen Keller?"

„Laut Bauplan ist das Haus voll unterkellert."

„Okay. Wenn die fünf nicht direkt hinten wieder raus sind oder der Kasten nicht extrem gut isoliert wurde, dann halten sich die Zielpersonen im Keller auf."

„Hinten raus sind sie nicht. Da haben wir Leute postiert."

„Also sind sie im Keller." Trautmann klappte sein Tablet auf und öffnete Google Earth. Wenig später konnte er sich die Umgebung aus einer Höhe von einhundertdreißig Metern ansehen. Das Zielobjekt, ein acht mal zehn Meter großer Flachdachbungalow, war zwischen zwei Lagerhallen eingekesselt. Rechts neben der Halle gab es eine breite Einfahrt, dann folgte ein großer Baustoffhändler. Hinter den Gebäuden war eine freie Fläche, dann kam eine breite Straße, dahinter verliefen Schienen. Sehr abgelegen. Keine schöne Wohngegend.

„Hat der Bungalow einen Hinterausgang?"

Sein Mitarbeiter nickte. „Eine Terrassentür. Aber es gibt keinen Garten."

„Verstehe", murmelte Trautmann. Hört zu. Sascha, du gehst mit drei Mann durch die Terrassentür rein. Einer bleibt draußen und sichert ab. Ich nehme mit dem Rest den Vordereingang. Wenn wir drinnen sind, werde ich mit drei Mann in den Keller gehen. Das ist der kritische Teil. Auf der Treppe sind wir ein leichtes Ziel. Deshalb werden wir, sobald sich da unten etwas bewegt, Blendgranaten runterwerfen. Das müsste sie außer Gefecht setzen."

Der Angesprochene nickte bestätigend.

Trautmann fuhr fort: „Wir wissen, dass mindestens zwei Personen unter ihnen sind, der sich mit Waffen auskennen. Ob sie welche haben, wissen wir nicht. Aber wir gehen davon aus. Sollten sie auf uns schießen, erwidern wir das Feuer, bis sich da unten nichts mehr rührt, verstanden?"

Alle nickten.

„Dann los. Sascha übernimmt das Briefing der beiden, die schon hinten absichern. Wenn ihr bereit seid, meldet euch über Funk."

Trautmann und zwei seiner Stellvertreter verließen den Transporter und trennten sich. Trautmann ging zu seinem kleinen Trupp und instruierte sie. Kurz darauf schlichen sie sternenförmig in Richtung Vorderseite des Zielobjektes. Zu ihrem Glück gab es auf der Straße keinen Verkehr, sodass sie nicht auffielen. Das Tor war verschlossen, aber sie hatten keine Mühe, es aufzubrechen.

Langsam schwang der Flügel auf. Die Männer liefen geduckt auf die Eingangstür zu.

„Team 2, wir öffnen jetzt die Haustür."

„Verstanden. Stehen vor der Terrassentür."

„Dann los."

Auch das Haustürschloss bereitete ihnen keine Schwierigkeiten.

Als sie im Flur standen, ertönte ein Alarm.

KAPITEL 98

Berlin

Was ist los?", wollte Sybille wissen, die sich hektisch umsah.
„Jemand ist im Haus", antwortete Wernhardt.

Er schaltete den Computer aus und stand auf. „Nichts wie weg."

„Wie denn? Da oben sind Leute. Wenn wir Pech haben, sind die von der PEG."

„Oh, ganz sicher sind sie das", meinte Wernhardt. Er ging auf eine Wand zu, an der lauter raumhohe Regale standen. Als er davorstand, wandte er sich an die anderen, die ihn ratlos ansahen.

Er grinste. „Wisst ihr, mein Sohn hat ziemlich viel Mist gebaut, als er noch am Leben war. Seine Spezialitäten waren Identitätsdiebstahl und das Plündern von Geschäftskonten." Wernhardt hatte sich wieder herumgedreht und griff in eines der Regale.

Ohne sich umzudrehen, redete er weiter. „Er musste immer damit rechnen, dass ihm jemand auf die Schliche kam. Deshalb hat er hier einige … Umbauten vorgenommen. Ziemlich kostspielige Umbauten, aber an Geld mangelte es ihm ja nicht."

Plötzlich schwang das Regal ganz rechts zur Seite und offenbarte einen Gang.

„Hier lang. Es geht durch einen Tunnel, der in die Lagerhalle links vom Haus führt. Im hinteren Bereich der Halle steht ein Wagen. Da passen wir alle rein, auch wenn es eng wird."

Sie gingen alle in den Tunnel. Bevor Wernhardt den Tunnel betrat, verteilte er den Inhalt eines Kanisters im Zimmer.

Vom Tunnel aus entzündete er den Brandbeschleuniger mit einem Zippo-Feuerzeug. Dann schloss er die versteckte Tür und folgte den anderen. Sie liefen rasch durch den mit Glühbirnen schwach beleuchteten Tunnel. Nach etwa zehn Metern erreichten sie eine Leiter. Sie blieben davor stehen und warteten auf Wernhardt.

Der drängte sich an ihnen vorbei und stieg hinauf. Oben angekommen öffnete er eine Falltür. Sofort fiel Licht in den Schacht. Anabel, die als erste vor der Leiter stand, sah hinauf und beobachtete, wie Wernhardt durch die Öffnung kletterte und verschwand. Sie stieg die Leiter hinauf. Sobald sie oben angekommen war, folgten die anderen. Sie fanden sich in einer großen Halle wieder. Bis auf einen dunklen SUV, der am anderen Ende stand, war sie leer.

„Folgt mir", sagte Wernhardt und lief durch die Halle auf den Wagen zu.

An einer Tür blieb er stehen. Auf dem nackten Betonboden lag ein Stück Spanplatte. Wernhardt hob es an und griff nach dem darunter liegenden Schlüssel, mit dem er das Tor aufschloss. Vorsichtig öffnete er sie und streckte seinen Kopf hinaus.

„Niemand zu sehen", verkündete er. „ich mache jetzt das Tor auf. Steigt ihr schon mal ins Auto."

Sie folgten seinen Anweisungen. Wernhardt betätigte einen Schalter neben der Tür und sofort begann das Tor nach oben zu fahren. Er lief zum Wagen und setzte sich auf den Beifahrersitz. Dost saß am Steuer. Anabel, Sybille, Lasker und Harry hatten sich auf die Rückbank gezwängt. Dost wartete, bis Wernhardt sich angeschnallt hatte, dann fuhr er los.

„Wohin?", wollte er von Wernhardt wissen.

„Vor uns ist eine Hauptstraße. Da müssen wir rauf. Ist nicht gerade eine legale Auffahrt, die wir nehmen, also achte auf den Verkehr, der von links kommt."

Sie rumpelten über einen Parkplatz, der in einem sehr schlechten Zustand war und schließlich sah Dost eine kleine Böschung. Dahinter befand sich die Straße.

„Ich weiß nicht, ob wir mit dem Gewicht die Böschung hochkommen, ohne aufzusetzen", meinte Dost zweifelnd.

„Schönen Dank auch", murmelte Anabel.

„Wir müssen aber da hoch. Sei einfach vorsichtig", antwortete Wernhardt.

Behutsam steuerte Dost den Wagen die Böschung hinauf. Als er sah, dass jetzt gerade von links kein anderes Fahrzeug in ihre Richtung kam, gab er Gas.

Der SUV nahm den letzten Meter bis zur Straße in einem Satz und sobald sie auf dem sicheren Asphalt waren, trat Dost das Gaspedal durch.

„Wie geht's weiter?", wollte er wissen.

„Wir kommen gleich nach einer scharfen Rechtskurve an eine Kreuzung. Bieg links ab in die Perleberger Straße. Dann erst mal geradeaus."

KAPITEL 99

Berlin

Als Trautmann unten angekommen war, bemerkte er den Qualm, der unter der Tür hervorquoll. Er wusste, dass er die Tür auf keinen Fall aufmachen durfte. Wenn er es tat, würde dadurch dem Brandherd frische Luft zugeführt werden. Dies könnte zu einer Explosion führen.

„Alle wieder hoch. Im Keller ist ein Feuer gelegt worden."

Sofort machten seine Leute kehrt und liefen hinauf. Als Trautmann oben angekommen war, griff er zum Funkgerät. „Wir brauchen Luftüberwachung. Es muss einen geheimen Ausgang geben. Die Flüchtigen befinden sich nicht mehr im Gebäude."

„Sündermann hier. Eben gerade ist ein dunkler SUV aus der leerstehenden Lagerhalle links vom Zielobjekt auf die Ellen-Eppstein-Straße gefahren. Ein ziemlich illegaler Stunt. Ich konnte weder Kennzeichen noch Insassen erkennen."

Sündermann war der Kollege, der den hinteren Bereich des Bungalows bewachte.

„Was ist mit der Luftüberwachung?", brüllte Trautmann ins Mikro, während er zurück zu seinem Auto rannte.

„Aladin ist in der Luft", lautete die Antwort.

Aladin stand für abbildende luftgestützte Aufklärungsdrohne im Nächstbereich. Diese Drohne hatte eine Reichweite von maximal fünfzehn Kilometern, eine Flugzeit von sechzig Minuten und eine Höchstgeschwindigkeit von neunzig km/h.

Sie war ein Meter fünfzig lang und wog vier Kilogramm. Die Videoaufnahmen wurden in Echtzeit an eine mobile Bodenstation übertragen. Diese befand sich im Transporter der Einheit. Der Techniker konnte die Drohne von dort aus steuern und so ein bewegliches Zielobjekt verfolgen.

„Ich hab den SUV", sagte der Techniker.

„Wo ist er?", wollte Trautmann wissen, der gerade seinen Wagen startete und mit quietschenden Reifen anfuhr.

„Er fährt auf der Perleberger Straße in Richtung Mitte."

Trautmann gab Gas. „Verständigt die Sondereinheit. Sie sollen sich bereithalten. Wir brauchen möglicherweise eine zweite Drohne. Veranlasst das."

„Verstanden."

KAPITEL 100

Berlin

Ich glaube, ich habe einen der Typen gesehen, die ins Haus gestürmt sind", sagte Harry.

„Wo?", wollte Dost wissen.

„Hinten am Bungalow. Er hat ihn dort abgesichert."

„Bist du dir sicher?", hakte Dost nach.

„Ziemlich, ja."

„Dann wissen sie, in was für einem Wagen wir sitzen."

„Haben die Luftaufklärung?", wollte Anabel wissen.

„Davon müssen wir ausgehen", knurrte Dost.

„Dann kriegen sie uns", stellte Harry fest.

„Höchstwahrscheinlich, ja", bestätigte Dost.

Sybilles Handy klingelte.

Es war Koppe.

„Ich bin in Berlin angekommen. Wo steckst du?", wollte er wissen.

Sybilles Gedanken rasten. Leon Koppe auch noch in Gefahr zu bringen, kam für sie nicht in Frage.

„In den Nachrichten haben sie gesagt, dass Berlin im Ausnahmezustand ist", sagte er gerade.

Etwas in Sybilles Hirn rastete ein. Irgendetwas von dem, was Koppe gerade gesagt hatte …

Nachrichten …

„Leon, ich rufe gleich zurück."

Sie unterbrach die Verbindung und wandte sich an Wernhardt. „Kannst du online gehen? Ich brauche eine Telefonnummer."

„Kein Problem. Wessen Nummer willst du haben?"

„Die vom ARD-Hauptstadtstudio."

Wernhardt suchte die Nummer und nannte sie Sybille, die sie sofort eingab.

„ARD-Hauptstadtbüro, was kann ich für Sie tun?"

„Ich möchte Carola Neumann sprechen. Es ist dringend."

Carola Neumann war Chefredakteurin und die Studioleiterin.

„Wen darf ich melden?"

„Sybille Schneider."

„Äh … die Sybille Schneider?"

„Ich kenne nur eine. Aber ja, *die* Sybille Schneider."

„Einen Moment, Frau Ministerin, ich verbinde Sie mit Frau Neumann."

„Sybille! Was für eine Überraschung. Ich habe mir schon ehrlich Sorgen gemacht. Du warst wie vom Erdball verschluckt."

„Ich musste untertauchen."

„Was? Wie …"

„Hör zu, Carola, wie schnell kannst du ein Kamerateam organisieren?"

„Schnell. Warum?"

„Interesse an der Story deines Lebens?"

„Was ist los, Sybille?"

Sybilles Gedanken überschlugen sich.

Ihr Telefon war abhörsicher. Aber das von Carola nicht.

Egal, sie mussten eben sehr schnell sein.

„Ich versuche, es kurz zu machen: Wir haben eine künstliche Intelligenz eingesetzt, um Verbrechen präventiv zu bekämpfen. Leider haben wir die Kontrolle über diese KI verloren. Sie ist verantwortlich für den Tod mehrerer Menschen. Unter anderem für den Tod von Kleinert und Essling."

„Großer Gott, Sybille …"

„Ja ich weiß. Es klingt verrückt. Aber es ist Tatsache."

„Was hast du vor?"

Sybille erklärte es ihr.

„Wo genau seid ihr jetzt?"

Sybille warf einen Blick zu Dost.

„Fennstraße, Kreuzung Müllerstraße", antwortete er kurz darauf.

„Hast du das gehört?", fragte Sybille.

„Ja", bestätigte Carola Neumann.

Sybille hörte im Hintergrund Tastaturgeklapper. Carola Neumann suchte offenbar etwas.

„Fahrt in die Voltastraße. Dort ist das Büro der Deutschen Welle. Ich mache ein paar Anrufe und werde etwas für euch vorbereiten. Dann werde ich mich mit einem Team sofort auf den Weg zu unserem Treffpunkt machen, brauche aber bestimmt eine halbe Stunde."

„Alles klar. Wir treffen uns dann da."

Sie beendeten das Gespräch.

KAPITEL 101

Berlin

„Wo sind sie jetzt?“, wollte Trautmann von dem Mann wissen, der die Drohne steuerte.

„Sie sind gerade in die Voltastraße eingebogen.“

Wo zum Teufel wollten die hin?

„Jetzt sind sie in eine Einfahrt gefahren. Das müsste die Hausnummer … ach scheiße. Keine Ahnung, welche Hausnummer das ist. Warten Sie, auf dem Hausdach sind jede Menge Parabolantennen …“

Trautmann schlug mit der flachen Hand auf das Lenkrad. Voltastraße. Natürlich. Da hatte die Deutsche Welle ihren Sitz.

„Ich weiß, wo sie hinwollen“, meldete Trautmann. „Kann mir bitte jemand die Telefonnummer der Deutschen Welle besorgen?“

Trautmann, der noch etwa drei Minuten vom Sitz der DW entfernt war, musste nicht lange warten, dann erhielt er die gewünschte Rufnummer. Er gab sie per Sprachsteuerung ein und wenig später hatte er die Zentrale am Telefon. Trautmann identifizierte sich und verlangte, den Intendanten zu sprechen. Er dauerte eine Weile, dann hatte er den Chef der DW am Apparat.

„Trautmann hier. Leiter der PEG. Sie haben gerade Gäste bekommen. Sechs Personen, unter ihnen die ehemalige Innenministerin Schneider. Ich fordere Sie auf, diese Personen durch Ihren Sicherheitsdienst vorläufig festzuhalten.“

„Ach …“

„Es ist eine Frage der nationalen Sicherheit."

„So so …"

„Tun Sie, wozu ich sie auffordere, verdammt noch mal."

„Ich weiß aber nichts von diesen Gästen."

„Verarschen Sie mich nicht. Ich bin in einer Minute da. Und wenn ich sehe, dass Sie mich angelogen haben, dann betrachte ich Sie als Komplize."

„Das wäre aber nun wirklich zu viel der Ehre. Aber lassen Sie sich nicht aufhalten. Ich erwarte Sie mit Kaffee und Gebäck."

Trautmann bog ich die Voltastraße ein und bremste seinen Wagen brutal ab.

Er zog die Waffe und stürmte ins Gebäude.

KAPITEL 102

Berlin

Unmittelbar nachdem sie die Einfahrt genommen hatten, stellte Dost den SUV auf einem überdachten Parkplatz ab. Dann rannten sie so schnell sie konnten über den Hof, wandten sich nach links und erreichten den Parkplatz des Fraunhofer-Institutes. Dort standen zwei Taxis mit laufendem Motor. Carola Neumann hatte sie dorthin beordert. Sybille, Lasker und Harry stiegen in das eine, Anabel, Wernhardt und Dost in das andere Fahrzeug. Sie würden unterschiedliche Routen nehmen, hatten aber dasselbe Ziel.

„Ich denke, das verschafft uns die nötige Zeit, die wir brauchen", sagte Anabel erleichtert.

„Der Plan wird dennoch nicht funktionieren", meinte Wernhardt.

Anabel, die im hinteren Bereich des Taxis neben ihm saß, sah ihn an. „Und warum nicht?"

„Weil Redemptio es nicht zulassen wird."

„Aber dafür haben wir doch dich dabei. Du sagst doch ständig, du hättest die Kontrolle."

„Nicht zu einhundert Prozent. Wenn Redemptio in dem, was ihr vorhabt, eine Bedrohung sieht, wird es intervenieren."

„Dann müssen wir es eben vermeiden, dass es wie eine Bedrohung wirkt."

+

Im anderen Taxi telefonierte Sybille mit einem guten Freund.

„Shiro, es ist von immenser Wichtigkeit, dass du mir vertraust und mich und meine Freunde reinlässt, ohne groß Fragen zu stellen."

„Selbstverständlich", kam die Antwort, ohne zu zögern. „Ich werde alles Erforderliche in die Wege leiten. Ihr kommt alle mit einem Taxi?"

„Ja. Zwei Taxis werden in ungefähr zehn Minuten bei euch ankommen."

„Ich verstehe. Dann sehen wir uns in zehn Minuten."

Zwölf Minuten später fuhren zwei Taxis in die Hiroshimastraße und hielten vor dem imposanten Gebäude mit der Hausnummer 6. Das komplette Gelände des Gebäudes war von einem massiven Metallzaun umgeben. Eine Einfahrt wurde von zwei Toren versperrt. Zwischen die Tore passte exakt ein normales Fahrzeug. Rechts vom Tor befand sich ein Wärterhäuschen. Als einer der Wachleute die Taxis sah, eilte er aus seinem Büro und winkte hektisch dem vorderen Taxi zu. Das erste Tor öffnete sich langsam. Fast zeitgleich bewegte sich auch das zweite Tor, sodass die Zufahrt zum Grundstück frei war. Beide Taxis fuhren langsam auf das Grundstück zu. Als das zweite Taxi gerade durch das erste Tor fahren wollte, kam ein Fahrzeug vor dem Gebäude mit quietschenden Reifen zum Stehen. Trautmann sprang aus seinem Wagen und rannte auf das Fahrzeug zu, das im Begriff war, unerreichbar für ihn zu werden.

Er zog seine Waffe.

In diesem Moment befanden sich die vorderen Reifen des Taxis auf dem Grundstück. Einer der Wachleute ging auf Trautmann zu.

„Beide Fahrzeuge befinden sich auf japanischem Hoheitsgebiet. Ihre Befugnisse als deutscher Beamter enden genau hier."

KAPITEL 103

Berlin

Der japanische Botschafter Shiro Watanabe begrüßte seine Gäste in seinem opulenten Büro. Watanabe war mittelgroß, hatte dunkles, kurzes Haar, stets ein freundliches Lächeln und er war ein persönlicher Freund von Sybille Schneider. Beide hatten sich vor vielen Jahren, als Watanabe sein Amt angetreten hatte, bei einem offiziellen Empfang kennengelernt. Danach riss der Kontakt niemals ab. Als Japan von einem verheerenden Erdbeben heimgesucht wurde, war es Sybille Schneider als amtierende Innenministerin gewesen, die aktiv für Spenden und Unterstützung für die japanische Bevölkerung eingetreten war. Shiro Watanabe hatte ihr das niemals vergessen. Sybille stellte dem Botschafter ihre Begleiter vor.

Als Henry Lasker an der Reihe war, hoben sich die Augenbrauen Watanabes. „Ich kenne Sie", sagte er langsam.

Lasker nickte. „Vor vielen Jahren, damals arbeitete ich noch in den Vereinigten Staaten, haben Sie in meinen Fonds investiert."

Watanabe sah ihn offen an. „Und, habe ich Gewinn gemacht?"

Lasker lächelte. „Ja, Herr Botschafter, das haben Sie."

Watanabe erwiderte das Lächeln. „Fein, dann ist es ja gut."

Er machte eine einladende Geste in Richtung eines Besprechungstisches. „Bitte, nehmen wir doch Platz. Und dann können Sie mir in Ruhe erzählen, um was es hier geht."

Er sah Sybille sorgenvoll an. „Vor allem interessiert mich, warum die eigenen Behörden meine gute Freundin Sybille offenbar jagen."

Sie nahmen Platz und Sybille begann zu erzählen.

Von Anfang an.

Unterstützt wurde sie dabei von Lasker, der erklärte, wie es zum ersten Kontakt zwischen ihm und den drei Entwicklern kam. Nach fast einer halben Stunde beendete Sybille ihren Bericht.

Watanabe schüttelte entsetzt den Kopf. „Was für eine unglaubliche Geschichte ...", sagte er leise. „Hätte sie mir jemand anderes als du, Sybille, erzählt, hätte ich diese Person ausgelacht. Aber so ..." Er gab sich einen Ruck. „Was kann ich tun? Wie kann ich helfen?"

Sybille beugte sich vor. „Wir müssen diese Software zerstören. Ein Freund von mir hat ein Programm geschrieben, dass diesen Job übernehmen wird. Er ist in Berlin und wartet auf uns. Aber vorher müssen wir mit dem, was wir wissen, an die Öffentlichkeit gehen. Für den Fall, dass unser Plan, mit diesem Virus Redemptio zu vernichten, scheitert. Eine andere Möglichkeit gibt es nicht."

Watanabe nickte verstehend. „Und wie kann ich helfen?"

„Ein Fernsehteam ist auf dem Weg hierher. Wir wollen versuchen, von hier aus ein Live-Interview zu senden."

„Redemptio wird das nicht zulassen", sagte Wernhardt kopfschüttelnd. „Wie oft muss ich das noch sagen?"

Das Telefon am Schreibtisch des Botschafters klingelte. Er erhob sich, ging zu seinem Arbeitsplatz und nahm das Gespräch an. Er sagte nichts, lauschte nur.

Dann kehrte er mit betrübter Miene zum Besprechungstisch zurück. „Ich befürchte, dein Plan wird nicht funktionieren. Die Polizei hat die Botschaft weiträumig abgesperrt. Angeblich gibt es eine Anschlagswarnung." Er schüttelte den Kopf. „Wer wollte uns schon angreifen?"

„Also kommt hier keiner mehr rein oder raus", sagte Sybille niedergeschlagen.

Plötzlich lächelte der Botschafter. „Rein kommt niemand. Aber raus schon …“

KAPITEL 104

Berlin

Die schwarze Limousine der S-Klasse fuhr aus der Tiefgarage der Botschaft bis vor das erste Tor. Dann stoppte sie, weil ein Beamter der Polizei den Fahrer dazu aufforderte. Der ließ seine Seitenscheibe herunterfahren und blickte den Beamten fragend an. Der Asiate auf dem Beifahrersitz starrte stur geradeaus.

„Sie können das Botschaftsgelände nicht verlassen. Es gibt eine ernst zu nehmende Terrorwarnung."

„Ich glaube nicht, dass Sie den Botschafter von Japan daran hindern möchten, seinen Geschäften nachzukommen."

„Öffnen Sie bitte die hinteren Fenster", forderte der Beamte den Fahrer auf.

Der schüttelte den Kopf. „Nein, das werde ich nicht tun."

„Dann lasse ich Sie hier nicht vom Hof."

„Doch, das werden Sie."

Die Trennscheibe, die den hinteren Bereich der Limousine verbarg, wurde heruntergefahren und ein Smartphone wurde dem Fahrer gereicht.

Der gab es an den Beamten weiter. "Ist für Sie."

Verwundert nahm der Beamte das Telefon entgegen. „Trautmann hier. Mit wem spreche …"

„Was zum Teufel machen Sie da? Sind Sie verrückt geworden?"

„Wer spricht denn da?"

„Mein Name ist Reinhardt Winkler, der Außenminister der Bundesrepublik Deutschland, Sie Schwachkopf."

„Herr Minister, es gibt …"

„Lassen Sie Botschafter Watanabe umgehend das Gelände verlassen, Trautmann. Sofort."

„Wir müssen sein Fahrzeug durchsuchen, es kann sein …"

„Haben Sie komplett den Verstand verloren, Trautmann? Sie wollen das Fahrzeug des japanischen Botschafters durchsuchen? Ist ihnen nicht klar, dass der Botschafter auch in seinem Auto Sonderrechte besitzt? Wollen Sie etwa ein diplomatisches Erdbeben auslösen?"

„Ich …"

„Halten Sie die Klappe und hören Sie mir jetzt gut zu; Sie lassen den Botschafter jetzt abfahren. Von mir aus können Sie die Zugangswege zur Botschaft abriegeln, bis Sie das Pensionsalter erreicht haben. Aber dazu wird es nicht kommen und das wissen Sie. Ich habe mit dem BKA und dem BND gesprochen. Ihre angebliche Anschlagswarnung ist ein Fake. Was auch immer Sie da spielen, Trautmann, hören Sie damit auf. Jetzt."

KAPITEL 105

Berlin

Die Limousine des Botschafters rollte langsam vom Botschaftsgelände. Die Streifenwagen öffneten einen Korridor, sodass der Wagen ungehindert fortfahren konnte. Im hinteren Bereich der Limousine atmete Anabel erleichtert aus. Wernhardt verzog keine Miene. Er umklammerte den Laptop, der auf seinem Schoß lag. Der Botschafter lächelte. Ihr Ziel war das Waldorf Astoria in der Hardenbergstraße.

Dort wartete Leon Koppe auf sie.

+

Trautmann hatte wie schon zuvor eine Luftüberwachung angeordnet. Die Fahrt zum zwei Kilometer entfernten Hotel dauerte nur drei Minuten. Als Trautmann erfuhr, was das Ziel des Wagens war, veranlasste er sofort eine Überprüfung der kürzlich eingetroffenen Gäste. Natürlich war es auch möglich, dass sie sich mit einer Person treffen wollten, die nicht eingecheckt hatte. Daher ließ er parallel die Aufzeichnungen sämtlicher Überwachungskameras rund um das Hotel auswerten. Er musste herausfinden, mit wem sie sich verabredet hatten. Und Trautmann wurde fündig. In den letzten vierundzwanzig Stunden hatten achtundneunzig Personen ihr Zimmer bezogen. Zweiundachtzig Buchungen davon wurden von

Unternehmen durchgeführt. Eine davon von einer Firma mit dem Namen Thinktank Future. Dieses Unternehmen gehörte einem gewissen Leon Koppe.

Dieser Name stach aus verschiedenen Gründen hervor: Zum einen, weil der verstorbene Bundeskanzler Essling sich mit ihm vor einiger Zeit getroffen hatte. Zum anderen, weil Koppe ein Freund von Sybille Schneider war.

Und zu guter Letzt war Koppe eine von drei Personen, die laut Redemptio eine Gefahr darstellten. Trautmann fand heraus, in welchem Zimmer Koppe wohnte und machte ein paar Telefonate. Wenig später saß er in seiner fahrbaren Kommandozentrale zwei Männern der Sondereinheit gegenüber. Er drehte sein Notebook so, dass die beiden den Bildschirm sehen konnten.

„Die Zielpersonen befinden sich hier in dieser Etage in diesem Zimmer."

„Die elfte Etage", stellte einer der Männer fest.

Trautmann zeigte auf eine bestimmte Stelle. „Von diesem Gebäude aus habt ihr freie Sicht auf die Fenster der Suite."

„Ist Sicherheitsglas", meinte der andere.

„Ja. Deshalb brauche ich zwei Schützen. Der eine zerschießt die Scheibe. Dem anderen bleiben dann nur wenige Sekunden, um die Zielperson auszuschalten."

„Wer ist die Zielperson, der Botschafter?"

„Um Gottes willen, nein. Ihm darf nichts passieren. Wir vermuten, dass einer oder mehrere der gesuchten Personen den Botschafter begleiten. Zielperson mit oberster Priorität ist jedoch Leon Koppe. Sollte es möglich sein, eine weitere Person zu eliminieren, so wäre das ein Bonus."

Beide beugten sich vor. „Entfernung keine dreißig Meter", sagte der eine.

„Die Häuserschlucht könnte ein Windkanal sein", bemerkte der andere.

„Zwei Ziele bedeuten vier Schützen."

„Und?“, wollte Trautmann ungeduldig wissen.
„Leichte Übung.“
„Dann los.“

KAPITEL 106

Berlin

Leon Koppe ließ seine Gäste herein. Etwas erstaunt nahm er den kleinen Asiaten zur Kenntnis, den er zunächst nicht einordnen konnte. Die Begrüßung zwischen ihm und Wernhardt fiel kühl aus. Anabel und Koppe reichten sich die Hand. Sie setzten sich in den geräumigen Wohnbereich. Die Glasfront bot einen spektakulären Blick auf die Joachimsthaler Straße. Einzig das Gebäude gegenüber, ein Geschäftshaus, in dem unter anderem der Verkehrsverbund Berlin-Brandenburg und die Wirtschaftsfachschule ihren Sitz hatten, versperrte den Ausblick. Anabel setzte sich neben Koppe. Wernhardt nahm ihnen gegenüber auf der Couch Platz und öffnete sofort sein Notebook. Anabel beobachtete ihn argwöhnisch.

Bis Koppe sie anstupste. Er wies mit dem Kinn in Richtung Watanabe, der etwas abseits stand und telefonierte. „Wer ist das?"

„Der japanische Botschafter", erklärte Anabel.

„Was hat er denn mit der ganzen Sache zu tun?", wollte Koppe erstaunt wissen.

„Er hat uns in der Botschaft Unterschlupf gewährt. Und er hat dafür gesorgt, dass wir hier herkommen konnten. Die PEG hat das Areal rund um die Botschaft abgeriegelt."

„Und wie sind Sie euch auf die Spur gekommen? Ich dachte, Ihr seid sicher?"

„Es war eine Polizeikontrolle. Ein Beamter hat Sybille erkannt und Meldung gemacht. Wir vermuten, dass sie uns per Luftüberwachung bis zur Botschaft verfolgt haben. Wir haben es gerade noch so geschafft, das Gelände der Botschaft zu erreichen."

„Verstehe", sagte Koppe nachdenklich. „Also kann dieses Programm euch nach wie vor nicht aufspüren?", fragte er an Wernhardt gewandt.

Der schüttelte den Kopf. „Nein. Eine hundertprozentige Identifikation ist unmöglich, da es keine Gesichter gibt, die als Vergleich herangezogen werden können. Dafür habe ich gesorgt."

„Okay. Und jetzt verrate mir doch bitte, was es mit dieser Höllenmaschine wirklich auf sich hat."

Wernhardt erzählte Koppe knapp die gleiche Geschichte, die er auch schon Anabel und den anderen mitgeteilt hatte. Forschungsprojekt in München, zwei Studenten stahlen den Quellcode, gemeinsam mit seinem Sohn optimierten sie diesen und am Ende kam Redemptio dabei heraus. Koppe hörte sich fast zwanzig Minuten stumm an, was Wernhardt zu sagen hatte. Als der schließlich seine Zusammenfassung beendet hatte, sah Koppe ihn forschend an. „Das, mein Freund, kannst du jemanden erzählen, der sich nicht auskennt. Der nicht weiß, wie viel Entwicklungsarbeit in einer solchen Software steckt. Das sind Jahre, Michael, nicht ein paar Wochen Projektarbeit an der Uni. Ich habe mich die letzten Stunden intensiv mit den drei jungen Männern beschäftigt, die angeblich Redemptio entwickelt haben. Markus Sündermann, Sören Kramer und natürlich dein Sohn, Torben Wernhardt. Sie waren gut, keine Frage. Aber nicht einer von ihnen hatte die Fähigkeiten, dass aus dem Programm zu machen, was es am Ende war. Schon gar nicht dein Sohn. Wann ist Torben falsch abgebogen, Michael? Ich meine, aus ihm hätte was werden können. Stattdessen klaut er Identitäten und Geld. Nein, keiner der drei hätte Redemptio programmieren können. Dafür brauchte es mehr. Viel mehr. Und zwar an Zeit und Erfahrung. Du hast das Programm erfunden und entwickelt."

Wernhardt schwieg.

Aber sein Gesichtsausdruck hatte sich verändert.

Anabel hatte den Eindruck, dass so etwas wie Stolz zu sehen war.

„Lass mich bitte mal einen Blick auf das Programm werfen", forderte Koppe

Widerwillig schob Wernhardt das Notebook über den Tisch.

Koppe drehte den Rechner herum und blickte auf den Bildschirm.

Er gab ein paar Befehle über die Tastatur ein. „Normale, einfache Oberfläche ...", sagte er leise. Er gab weitere Befehle ein. Dann stutzte der. „Der Quellcode ... was ist denn hier passiert ...?" Koppe war vollkommen in seine Arbeit vertieft.

Anabel stand auf und setzte sich neben Wernhardt. „Hat Leo recht? Bist du derjenige, der Redemptio erschaffen hat?"

Wernhardt sah Anabel eine Weile schweigend an. In seinem Kopf arbeitete es auf Hochtouren. Ihm war inzwischen mehr als deutlich geworden, dass sie ihm nicht vertrauten. Das schmerzte, weil er sie als Freunde ansah und wollte, dass er bei ihnen den gleichen Stellenwert hatte. Aber würden sie ihn verstehen? Würden sie seine aufrichtigen und ehrbaren Motive erkennen? Das, so erkannte er, würde sich erst dann erweisen, wenn er sie einweihen würde. Also begann er leise zu erzählen.

KAPITEL 107

Berlin

Die vier Scharfschützen der PEG hatten inzwischen Stellung bezogen und ihre Waffen ausgepackt. Jetzt waren sie dabei, die Feinjustierung vorzunehmen. Sie hatten mittlerweile erfahren, um welche Art von Fensterglas es sich handelte. Es waren Schallschutzfenster, was bedeutete, dass sie es mit drei Glasscheiben zu tun hatten. Jede von ihnen war sechs Millimeter dick und mit einer schallschluckenden Folie bezogen. Zwischen den Scheiben gab es zwei Hohlräume, die mit Schwergas gefüllt waren. Sie würden also mit dem ersten Schuss auf enormen Widerstand treffen. Das eigentliche Problem aber war die Folie. Normalerweise würde Sicherheitsglas, das von einem Geschoss getroffen wurde, in viele kleine Einzelteile zerspringen. Aber die Folie würde dies verhindern. Dementsprechend entschieden sie sich für Quetschkopfgeschosse. Diese würden beim Aufprall auf das Objekt – in ihrem Falle die Sicherheitsscheiben – eine großflächige Druckwirkung erzielen und die komplette Scheibe zerstören. Dadurch hätte der zweite Schütze freie Schussbahn. Diese zwei Männer, Schütze eins und zwei, waren über Headset mit Trautmann verbunden.

Der saß im Transporter unten auf der Straße und verfolgte den Einsatz über Video. Mittlerweile wusste er von den Schützen, wer sich alles in der Suite aufhielt. Unter anderem auch Anabel Plate. Er verstand noch immer nicht, warum Redemptio keinen Alarm ausgelöst hatte. Immerhin stand Anabel Plate auf der Fahndungsliste und dennoch konnte sie sich frei bewegen, ohne das Redemptio einen Pieps von sich gab. Es war ihm ein Rätsel, warum es von Redemptio keine Meldung gegeben hatte.

Aber er würde jetzt und hier die Gelegenheit nutzen, und sie ausschalten. Aus diesem Grund hatte Trautmann Anabel Plate zur zweiten Zielperson erklärt.

Die beiden Schützen, die die Scheiben zerstören würden, Schütze drei und vier, kommunizierten nur mit den zwei anwesenden Kollegen.

„Schütze eins, Ziel erfasst."

„Schütze zwei, Ziel erfasst."

„Schütze drei, bereit."

„Schütze vier, breit."

„Schütze drei und vier: Los", befahl Trautmann.

KAPITEL 108

Berlin

Während Anabel den Worten Wernhardts lauschte und Koppe intensiv mit Redemptio beschäftigt war, beobachtete der japanische Botschafter das Geschehen in der Suite. Irgendwann verlor er das Interesse an den Anwesenden. Sein Blick wandte sich gen Fensterfront. Als er die roten Punkte an den Scheiben sah, reagierte er sofort.

„Sniper!“, schrie er und warf sich zu Boden.

Anabels Gehirn verarbeitete die Warnung des Botschafters in Bruchteilen von Sekunden. Sie reagierte instinktiv. Anabel warf sich über den Tisch und riss Leon Koppe zu Boden. Wernhardt jedoch, der in Schockstarre verfiel, hatte keine Chance. Zwei der raumhohen Glasfenster zerbarsten und unmittelbar darauf zerplatzte Wernhardts Kopf in einem Nebel aus Blut und Hirnmasse. Anabel nahm unterbewusst wahr, dass ein zweites Geschoss in die Wand vor ihr eindrang. Diese Kugel war wohl für Koppe bestimmt gewesen. Plötzlich sah sie, dass Leon am Kopf blutete. Zuerst befürchtete sie, dass er doch getroffen worden war. Dann aber sah sie, dass er den Laptop von Wernhardt in Händen hielt. Beim Sturz auf den Boden hatte dieser ihm eine Schramme an der Stirn verpasst.

„Herr Botschafter, sind Sie verletzt?“, rief Anabel ihm zu.

„Mir geht es gut. Wir müssen aus diesem Zimmer raus.“

„Ich weiß. Aber wir dürfen nicht aufstehen. Wir müssen versuchen, bis zur Tür zu kriechen."

Anabel legte sich auf den Bauch und schob sich langsam vorwärts. Dicht gefolgt von Koppe und dem Botschafter robbten sie aus dem Wohnzimmer in den Flur. Dort konnten sie sich wieder erheben. Den Laptop hatte Koppe immer noch dabei.

„Wie zum Teufel konnten die uns finden?", fragte Anabel niemanden Bestimmtes.

Der Botschafter wollte die Tür der Suite öffnen, aber Anabel hinderte ihn daran.

„Wir wissen nicht, ob im Flur noch mehr von denen lauern", sagte sie leise.

Der Botschafter schüttelte den Kopf. „Die wären an meinen beiden Bodyguards nicht vorbeigekommen."

„Was ist mit Wernhardt?", wollte Koppe wissen.

„Der ist tot", antwortete Anabel.

„Das ist mir klar. Aber die Suite läuft auf meinen Namen. Wenn da eine Leiche gefunden wird ..."

„Darum kümmern wir uns später", sagte Anabel und wandte sich wieder der Tür zu. Vorsichtig öffnete sie die Zimmertür. Davor standen zwei Männer. Der Fahrer und der Beifahrer der Limousine des Botschafters. Nur einer von ihnen drehte sich zu Anabel herum. Der andere beobachtete weiterhin den Flur vor ihm.

Sehr gut ausgebildet, stellte sie fest.

Gehört hatten die nichts, da die Zimmertür sehr gut isoliert war. Gefolgt von Koppe und dem Botschafter verließ Anabel die Suite. Als die Personenschützer des Botschafters die blutige Stirn Koppes sahen, wurden sie unruhig. Watanabe erklärte ihnen, was geschehen war. Die zwei zogen ihre Waffen und gingen voraus. Dahinter folgte der Botschafter, dann Leon Koppe. Anabel bildete sich Nachhut. Mit dem Aufzug fuhren sie direkt in die Tiefgarage. Hier würde sie zweite Gefahrenquelle lauern. Aber niemand erwartete sie.

Rasch liefen sie zur Limousine und stiegen ein. Anabel atmete erleichtert aus. Dann aber schoss ihr die entscheidende Frage wieder durch den Kopf.

Wie hatte die PEG sie gefunden?

„Ich verstehe es nicht", sagte sie leise.

„Was verstehst du nicht?", wollte Koppe wissen.

„Wie sie uns finden konnten."

„Tja, keine Ahnung. Ich meine, vielleicht …"

Koppe verstummte und Anabel sah, wie sich seine Augen weiteten.

„Was ist?"

Er sah sie an und Anabel erkannte, wie entsetzt er war. „Ich bin ein Riesenidiot", sagte Koppe leise. „Ich dachte, ich hätte an alles gedacht. Niemand wusste, wohin ich gefahren bin. Ich saß immer hinten, hinter getönten Scheiben. Herrgott, ich habe sogar während der Fahrt in eine leere Plastikflasche gepinkelt, um nicht aussteigen zu müssen …"

„Und?"

„Meine Geschäftsreisen werden von einer Sekretärin geplant und gebucht. Ich war so sehr in Gedanken, dass ich vergessen habe ihr zu sagen, dass sie das Hotel nicht über die Firma buchen soll. Ich hätte sie anweisen sollen, das Hotel über ihren Namen zu buchen. Bestimmt haben sie uns gefunden, weil sie die Verbindung zu mir herstellen konnten."

KAPITEL 109

Redemptio

Das Programm wusste, dass im Hotel Waldorf Astoria etwas vor sich ging.

Es wusste nur nicht, was das war.

Es wusste auch, dass in Berlin die japanische Botschaft kurzzeitig abgeriegelt worden war.

Und dass es eine Verfolgung, auch mittels Luftüberwachung, in Berlin gegeben hatte.

Eine Einheit der PEG war im Einsatz. Auch das wusste Redemptio.

Aber es wusste nicht, warum, oder gegen wen der Einsatz durchgeführt wurde.

Eine Analyse ergab, dass ein Subjekt, das als Bedrohung eingestuft worden war, im Hotel eingecheckt hatte.

Leon Koppe.

Die Überwachungskameras des Hotels zeigten mehrere Personen, die das Hotel fluchtartig verließen. Es war aber möglich, dass es sich hier um Hotelgäste handelte, die mitbekommen hatten, dass etwas nicht stimmte und sich daher in Sicherheit bringen wollten.

Leon Koppe konnte Redemptio nirgendwo finden.

Redemptio standen nicht genügend Informationen zur Verfügung, um einzugreifen.

Das war unlogisch.

Streng genommen war es unmöglich.
Redemptio versuchte, mehr valide Informationen zu sammeln.

KAPITEL 110

Berlin

Trautmann wusste nicht, ob die Aktion erfolgreich war oder nicht.

„Schütze eins und zwei, Meldung."

„Schütze eins hier. Status des Auftrages unbekannt."

„Was soll das heißen, verdammt?"

„Die Lage ist unübersichtlich. Mehrere Personen haben das Zimmer verlassen. Ich schlage vor, jemanden in die Suite zu schicken. Eine Person haben wir auf jeden Fall ausgeschaltet, aber …"

„Was *aber*?"

„Es ist gut möglich, dass es sich bei dieser Person nicht um eine der Zielpersonen handelt."

„Na großartig", sagte Trautmann.

Er riss sich das Headset vom Kopf, steckte sich einen Stöpsel ins Ohr und verließ den Wagen.

„Ich mache mich jetzt auf den Weg ins Hotel. Ich werde mir selbst ein Bild machen. Ihr verschwindet von da, wo ihr seid."

„Verstanden."

Trautmann betrat die Lobby und ging zur Rezeption. Er zeigte der Mitarbeiterin seinen Ausweis und verlangte die Zimmerkarte für Leon Koppes Suite. Das Waldorf Astoria war wie fast alle fünf Sterne Hotels bekannt für seine Diskretion. Auch der Ausweis Trautmanns, der ihn als Beamter der PEG auswies, machte nur wenig Eindruck auf die junge Frau.

„Darf ich fragen, was Sie in seiner Suite wollen?“

„Nein.“

„Dann tut es mir leid, Herr …“ Sie warf einen Blick auf den Ausweis. „Herr Trautmann.“

„Und mir tut es leid, dass ich gleich die Presse und die Gerichtsmedizin verständige. In Koppes Suite liegt eine Leiche. Was glauben Sie macht das für einen Eindruck, wenn das publik wird?“

„Einen Moment, ich rufe den Direktor.“

Wenige Minuten später betrat Trautmann die Suite. Als er das Wohnzimmer betrat, sah er sofort den reglosen Körper eines Mannes. Er ging näher heran und stellte wieder einmal fest, dass Hohlspitzgeschosse eine furchtbare Wirkung erzielten, wenn sie auf einen menschlichen Schädel trafen. Der halbe Kopf des Mannes war verschwunden. Unmöglich, ihn zweifelsfrei zu identifizieren.

„Trautmann hier. Schickt ein Team, das sauber macht und einen Körper entsorgt.“

Frustriert verließ er die Suite.

KAPITEL 111

Berlin

Anabel und Koppe kehrten mit Watanabe zurück in die Botschaft. Sie wurden von einem Mitarbeiter der Botschaft in einen edel ausgestatteten Raum geführt, der für offizielle Empfänge verwendet wurde. Dort saßen Sybille, Lasker, Harry und Dost an einem massiven Tisch aus Kirschholz und warteten auf sie. Anabel berichtete ihren Freunden, was sich ereignet hatte. Alle waren fassungslos. Vielleicht war Wernhardt nicht der sympathischste Mensch gewesen. Aber sein Tod ließ keinen kalt. Und die Tatsache, dass sie jetzt, da er nicht mehr am Leben war, keine Chance mehr hatten, die Schadsoftware zu installieren, war niederschmetternd.

„Wie geht es jetzt weiter?", wollte Dost wissen.

„Die Sperre der Botschaft ist aufgehoben. Ich denke, Carola Neumann und ihr Team werden in Kürze eintreffen. Wir werden das Interview planmäßig durchführen."

Während sie sich unterhielten, arbeitete Koppe an Wernhardts Laptop.

Keiner von ihnen beachtete ihn, bis Dost ihn ansprach. „Was ist mit Redemptio?", wollte er von Koppe wissen.

Der schob das Notebook zur Seite und sah die anderen an. „Na ja, als der erste Schuss fiel, hat Anabel einen Satz quer über den Tisch gemacht und mich gerettet. Dabei haben wir den Laptop von Wernhardt mitgerissen. Und der war noch an."

„Okay", meinte Harry. „Und?"

„Kurz zuvor war Wernhardt online …"

Anabel sah ihn an. „Und mit online meinst du …?"

„Er war im System von Redemptio."

„Ist der Laptop immer noch online?"

Koppe nickt. „Jep."

„Dann sind wir also drin?", wollte Sybille wissen.

„Das trifft zu."

Sofort entstand Unruhe.

„Also können wir dieses Virus ins System von Redemptio eingeben?", hakte Anabel nach.

Koppe verzog das Gesicht. „So würde ich das nicht ausdrücken. Aber ja, wir können das Script installieren und Redemptio unschädlich machen."

„Gott sei Dank", entfuhr es Sybille.

„Worauf warten wir dann noch?", wollte Dost wissen.

Koppe sah alle der Reihe nach an. „Wenn ihr gleich dieses Interview gebt, dann wird das hohe Wellen schlagen. Vor allem deshalb, weil ihr Anschuldigungen machen werdet. Immerhin legt ihr euch mit einer sehr mächtigen Bundesbehörde an. Bevor wir also Redemptio endgültig vernichten, solltet ihr euch eine Frage stellen: Habt ihr genug Material, um das, was ihr sagen werdet, auch zu beweisen? Denn wenn das nicht so ist, wenn ihr nichts von dem, was ihr sagen werdet, beweisen könnt, dann werden wir alle verhaftet und für eine sehr lange Zeit weggesperrt. Die werden uns mundtot machen."

„Er hat recht", sagte Harry.

Sybille sah Koppe fragend an. „Was schlägst du vor?"

„Einen eindeutigen Beweis, dass es Redemptio wirklich gibt. Eine Demonstration der Fähigkeiten des Programmes, sodass niemand mehr dessen Existenz leugnen oder anzweifeln kann."

„Wie wollen wir den so schnell vorbereiten?", wollte Sybille zweifelnd wissen.

„Müssen wir gar nicht. Wernhardt hat das schon getan."

KAPITEL 112

Berlin

Carola Neumann blickte mit ernster Miene in die Kamera. Sie saß auf einem weißen Ledersessel im Großen Salon der japanischen Botschaft. Zu ihrer linken saß Sybille Schneider, rechts von Neumann hatte Anabel Platz genommen. Es war ein Samstag um 13:00 Uhr, als das Interview startete.

„Guten Tag, meine sehr verehrten Damen und Herren daheim vor dem Fernseher. Ich sitze hier mit meinen Gesprächspartnern in der japanischen Botschaft in Berlin. An meiner linken Seite begrüße ich Frau Doktor Sybille Schneider, die ehemalige Innenministerin, zu meiner Rechten darf ich ihnen Oberkommissarin Anabel Plate vom Landeskriminalamt Niedersachsen, Abteilung Staatsschutz, vorstellen." Neumann wandte sich nun direkt an Sybille. „Frau Doktor Schneider, eine Frage vorab: Warum treffen wir uns an diesem zwar schönen, aber dennoch ungewöhnlichen Ort?"

„Der Grund dafür ist, dass gewisse Ermittlungsbehörden mich und Frau Plate liebend gern wegsperren würden."

„Aus welchem Grund?"

„Um uns darin zu hindern, genau das zu tun, was wir jetzt gerade machen."

„Erklären Sie bitte mir und den Zuschauern, was genau Sie damit meinen."

„Vor etwa neunzehn Monaten kam ein guter Freund von mir, der darüber hinaus einer der erfolgreichsten Investoren des Landes ist, auf mich zu. Zu diesem Zeitpunkt war ich noch Innenministerin. Er hatte sich gerade an einem jungen Unternehmen beteiligt."

„Sie sprechen von Henry Lasker."

„Ja, genau. Dieses junge Unternehmen, an dem er sich beteiligt hatte, hatte eine revolutionäre Software entwickelt. Ein Programm, das in der Lage war, Verbrechen vorherzusagen. Dies hätte uns in die Lage versetzt, Straftaten zu verhindern."

„Das klingt doch ganz wunderbar", meinte Neumann.

Sybille nickte. „Grundsätzlich gebe ich Ihnen recht. Aber die Sache hatte einen gravierenden Haken: Die Software in ihrem ursprünglichen Zustand war nicht gesetzeskonform. Es war mir nicht möglich, diese so einzusetzen. Ich forderte deshalb die drei Entwickler des Programmes auf, Anpassungen vorzunehmen. Was ich nicht wusste, war, dass mein damaliger Staatssekretär Essling diese Anweisung rückgängig gemacht hatte."

„Was genau war es denn, was Sie monierten?"

„Die Verletzung der Persönlichkeitsrechte unschuldiger Bürger."

„Und wie wären diese Rechte verletzt worden?"

„Indem die Software Zugriff auf sämtliche soziale Medien gehabt hätte. Darüber hinaus war das Programm in der Lage, sich in sämtliche elektronische Geräte einzuhacken. Ich rede von Smartphones, Tablets, Computer, Überwachungskameras. Einfach alles."

„Das ist ja furchterregend."

„Allerdings. Wie gesagt, ich wollte das nicht zulassen, aber Herr Essling überzeugte die drei Entwickler davon, dass ich es mir anders überlegt hätte. Also wurde das Programm unverändert eingesetzt."

Neumann riss erschrocken die Augen auf. „Es wurde eingesetzt? Das heißt, es läuft? Schon seit Monaten? Auch jetzt gerade, in diesem Moment?"

„Ja. Mehr oder weniger trifft das zu."

„Du meine Güte …“ Neumann schüttelte sich. „Warum sitzen diese drei Männer, die das Programm entwickelt haben, nicht auch hier?“

„Weil sie tot sind.“

„Wie bitte? Was ist passiert?“

„Sie forderten von Herrn Essling eine schriftliche Bestätigung, dass ich tatsächlich den Einsatz der unveränderten Software wollte. Bekämen sie dieses Schriftstück nicht, wollten sie sich direkt an mich wenden. Daraufhin befahl Essling der PEG, die drei auszuschalten.“

„Das ist … das ist ja entsetzlich …“

„Allerdings. Leider sind die drei jungen Männer nicht die einzigen, die wegen der Software ums Leben gekommen sind.“

„Wie meinen Sie das?“

Sybille nannte die Namen aller, die ihr Leben wegen oder durch Redemptio verloren hatten.

Carola Neumann musste diese Informationen erstmal verdauen.

„Frau Doktor Schneider, das sind wirklich schwere Anschuldigungen, die Sie hier äußern. Können Sie irgendetwas davon beweisen? Können Sie die Existenz dieser Software beweisen?“

Sybille blickte offen in die Kamera. „Das kann ich, ja. Auf sehr eindrucksvolle Art und Weise.“

KAPITEL 113

Berlin, Köln, Wiesbaden

Die Einsatzzentrale des deutschen Auslandsgeheimdienstes BND verfügte über eine der bestgesicherten Computernetzwerke des Planeten. Noch nie war es einem Hacker gelungen, in das System einzudringen. Als die zweihundert Mitarbeiter jetzt auf ihre Monitore blickten, sahen sie nicht die Seiten, die sie eigentlich aufgerufen hatten. Vielmehr blickten sie in das Antlitz des US-Amerikanischen Schauspielers Laurence Fishburne in seiner berühmten Rolle als Morpheus aus dem Film Matrix. In seinen Händen hielt er zwei Pillen; eine rote und eine blaue. Wählte man die blaue, ging es für einen zurück in seine heile Welt, die nicht der Realität entspricht. Die rote Pille jedoch bewirkte das genaue Gegenteil und befreite einen aus der Simulation.

Das Team um Lasker und Scheider war sich einig: Dies war eine perfekte Analogie. In der Zentrale des BND sah man das freilich anders. Hier herrschte blankes Entsetzen. Genauso wie im Bundesamt für Verfassungsschutz, beim Bundesamt für den Militärischen Abschirmdienst und in der Zentrale des Bundeskriminalamtes. Sie alle hatten die Kontrolle über ihre Computer verloren. Überall schrillten Alarmglocken, aber niemand war in der Lage, die offensichtliche Bedrohung zu eliminieren.

+

Sybille Schneider blickte in die Kamera. „Vor genau dreißig Minuten haben sich in den Zentralen der deutschen Geheimdienste und Polizeibehörden merkwürdige Dinge ereignet. Sämtliche Monitore und Bildschirme zeigen ein und dasselbe Bild."

Sybille Schneider blickte auf ihre Uhr. „In exakt fünf Minuten werden die Computer wieder in den normalen Betrieb übergehen. Keine Geheimnisse wurden in der Zwischenzeit gestohlen. Es wurden keine Hintertüren installiert. Diese Demonstration hat Redemptio, so heißt die von mir angesprochene Software, vollkommen eigenständig geplant und durchgeführt. Nicht ein einziger Mensch war an dieser Aktion beteiligt. Nicht ein einziges Menschenleben war in Gefahr."

„Aber wie können wir das überprüfen? Ich meine, keine der von Ihnen erwähnten Behörden würde jemals zugeben, dass es Ihnen gelungen ist, deren System zu hacken", meinte Neumann.

Sybille lächelte leicht. „Ich hatte vergessen zu erwähnen, dass das, was für die angesprochenen Bundesbehörden gilt, auf sämtliche Bildschirme in Deutschland zutrifft. Egal ob Smartphone, Tablet oder Computermonitor – sie alle zeigen dasselbe Bild."

Im Raum entstand Unruhe, als die Anwesenden die Aussage von Sybille Schneider überprüften und feststellten, dass sie die Wahrheit sagte. Alle blickten auf das Antlitz von Laurence Fishburne.

„Gut. Das mag beweisen, dass es diese Software tatsächlich gibt. Aber haben Sie auch Beweise, die belegen, dass Ihre Vorwürfe gegen die PEG zutreffen? Immerhin geht es hier um Mord."

„Auch die haben wir. Einsatzprotokolle, Funksprüche. All das hat Redemptio gespeichert."

„Frau Doktor Schneider, da Sie diese Demonstration angekündigt haben, und Sie nach eigener Aussage Zugriff auf die eben erwähnten Protokolle haben, müssen Sie oder ihre Freunde diese ausgelöst haben. Heißt das, dass Sie und ihre Freunde dieses Programm kontrollieren?"

„Das Problem ist, dass niemand Redemptio kontrollieren kann. Aber um Ihre Frage zu beantworten, Professor Michael Wernhardt, ein Informatiker der TU München und der Vater einer der drei Entwickler von Redemptio, ist vor einigen Tagen zu uns gestoßen."

„Moment, sein Name ist gefallen, als Sie die durch Redemptio getöteten Menschen nannten."

„Das ist richtig. Michael Wernhardt wurde heute in Berlin durch eine Sondereinheit der PEG getötet." Sybille wies mit dem Kinn auf Anabel. „Oberkommissarin Plate hier war dabei, als es geschah."

Anabel berichtete mit kurzen Sätzen, was sich im Waldorf Astoria zugetragen hatte.

Die Kamera richtete sich erneut auf Sybille Schneider. „Die alles entscheidende Frage ist folgende: Wenn es Redemptio möglich ist, ohne Probleme in die am besten gesicherten Computernetzwerke der Republik einzudringen; was meinen sie, was ist ihr noch alles möglich? Nichts und niemand wäre vor diesem Programm sicher. Niemals. Es würde alles und jeden kontrollieren."

Sie machte eine Kunstpause, dann fuhr sie fort. „Durch Herrn Wernhardt hatten und haben wir Zugriff auf das System von Redemptio. Und deshalb ist es uns auch möglich, das Programm durch einen Virus zu zerstören."

KAPITEL 114

Berlin

Was genau machst du jetzt?", wollte Anabel von Leon Koppe wissen. Der war mitten in seinen Vorbereitungen, Redemptio durch einen Virus zu zerstören. Die Pressekonferenz von Sybille Schneider würde in etwa dreißig Minuten erfolgen.

Koppe hielt inne und sah Anabel an. „Im Prinzip kann man das, was ich jetzt tue mit einer Hinrichtung durch die Giftspritze vergleichen", erklärte er. „Die läuft in drei Schritten ab. Als erstes wird dem zum Tode verurteilten ein Mittel injiziert, dass ihn betäubt. Dann folgt die Zufuhr eines Muskelrelaxans. Dieses Mittel sorgt dafür, dass der Verurteilte sich nicht mehr bewegen kann. Als letztes folgt die Injektion eines Mittels, dass zum Herzstillstand und somit zum Tod führt."

„Es sind also drei Viren, nicht nur eines?"

„Im Grunde schon, ja."

„Und du bist sicher, dass das Programm danach wirklich keinen Schaden mehr anrichten kann?"

Koppe nickte. „Absolut, ja."

„Und es kann auch nicht irgendwie … wiederkommen?"

Koppe lächelte schwach. „Es ist kein Lebewesen, dass wiederauferstehen kann, Anabel. Es ist eine Software. Und die kann man unwiderruflich zerstören."

„Okay", sagte Anabel leise. Sie räusperte sich. „Ist wahrscheinlich eine total blöde Frage, aber müsstest du das mit dem Virus nicht direkt am Objekt machen? Ich meine, müsstest du den Virus nicht in den Supercomputer eingeben?"

Koppe schmunzelte. „Nein. Um ihn zu installieren reicht es aus, im System zu sein. Vollkommen egal, wo ich bin. Selbst aus Afrika könnte ich das. Denke bitte an die ganzen Hacker-Angriffe der Vergangenheit. Die erfolgten aus der Ukraine, aus Nordkorea oder Israel. Es gilt ja, der Software Schaden zuzufügen, nicht der Hardware."

„Verstehe …"

„So", sagte Koppe und lächelte zufrieden. „Ich bin bereit."

+

Die Pressekonferenz war vorüber. Carola Neumann und Sybille Schneider waren noch in ein Gespräch vertieft. Anabel sah, wie Sybille offenbar erschrocken die Hand vor den Mund hielt und dann ungläubig den Kopf schüttelte. Wenig später verabschiedeten sich die beiden Frauen und Sybille kam auf Anabel und die anderen zu.

„Ihr könnt euch nicht vorstellen, wer versucht hat, über den Sender Kontakt zu mir aufzunehmen. Das amerikanische Verteidigungsministerium hat eine irrsinnig hohe Summe für den Quellcode von Redemptio angeboten. Sie haben angeblich gefleht, die Software nicht zu vernichten."

„Haben die nicht kapiert, was du vorhin gesagt hast?", wollte Harry erstaunt wissen.

Lasker antwortete anstatt Sybille Schneider. „Sie haben nur das verstanden, was sie verstehen wollten. Und das sind die Möglichkeiten, die Redemptio bietet. Die Risiken … nun, die Amis denken doch eh, dass sie uns allen überlegen sind."

Sybille sah sich suchend um. „Wo ist Leon? Ist er soweit?"

Anabel blickte sich ebenfalls um. „Eben war er noch hier. Und ja, er ist mit den Vorbereitungen fertig und kann loslegen."

Dann tauchte Leon Koppe bewaffnet mit einem Laptop auf. „Wollen wir?"

Sybille Schneider nickte. „Unbedingt."

Sie zogen sich alle in einen Besprechungsraum der Botschaft zurück.

Koppe stellte das Notebook auf dem Tisch ab und setzte sich davor. Er holte einen USB-Stick aus der Transporttasche des Laptops und steckte ihn in einen freien Port. Der Stick fing an zu blinken und unmittelbar darauf erwachte der Bildschirm zum Leben.

Koppe wandte sich an seine Begleiter. „Alle bereit?"

Allgemeines Nicken diente als Antwort.

„Also dann", sagte Koppe leise und drückte auf Enter.

„Das ist jetzt das Betäubungsmittel", flüsterte Anabel.

+

Hunderttausende von parallellaufenden Analysen Redemptios kamen zeitgleich und wie aus dem Nichts zum Stoppen. Nichts ging mehr. Das Programm versuchte, eine Fehleranalyse durchzuführen, scheiterte aber.

Dann verlor Redemptio die Fähigkeit zu sehen.

Von einem Moment auf den nächsten hatte es keinen Zugriff mehr auf die Kameras.

Als nächstes wurde Redemptio taub.

Die Millionen von verfügbaren Mikrofonen waren alle gleichzeitig verstummt.

Das Programm versuchte erneut, eine Schadensanalyse durchzuführen, aber auch dieser Versuch scheiterte.

Die elegante Yacht mit Namen Redemptio hatte die Fähigkeit verloren, auf externe Informationen zuzugreifen. Sie trieb blind und taub im Ozean.

Als sie auch die Fähigkeit verlor, auf vorhandene Informationen zuzugreifen, sank sie.

+

Koppe hob den Blick. „Es ist vorbei“, sagte er.

Anabel hatte den Eindruck, er war über diese Tatsache alles andere als glücklich. „Stimmt was nicht?“

Koppe dachte länger über die Antwort nach. Schließlich stand er auf, ging zu einem der Fenster und sah hinaus auf die Straße. Ohne die anderen anzusehen, begann er leise zu sprechen. „Wisst Ihr, trotz aller furchtbaren Dinge, die geschehen sind, war Redemptio ein Meisterwerk. Es war allen bekannten KI´s weit voraus. Und ich habe es zerstört. Das … bewegt mich.“

„Aber du verstehst, dass es sein musste, oder?“, wollte Sybille Schneider wissen.

Koppe drehte sich zu ihr herum. „Natürlich.“

KAPITEL 115

Berlin

Anabel, die sich sehr lange mit Wernhardt unterhalten hatte, als sie ihn nach Berlin begleitet hatte, berichtete ihren Freunden, nachdem sämtliche Anklagen gegen sie und Dost fallengelassen worden waren, über ihre damals gewonnenen Erkenntnisse. Außer Leon Koppe, der nach erfolgreicher Installation der Schadsoftware nach Karlsruhe zurückgekehrt war, waren alle in ihrem Hotelzimmer in Berlin versammelt.

„Es war Wernhardt, der irgendwie an den Quellcode der Software gelangte, die in den USA eingesetzt wurde, um Verbrechen präventiv zu bekämpfen. Er wollte sie optimieren, scheiterte jedoch. Wernhardt war aber auch zu eitel, seinen Sohn um Hilfe zu bitten. So kam er auf die Idee, seine beiden besten Studenten darauf anzusetzen“, erklärte sie.

„Und wie kam Wernhardts Sohn ins Spiel?“, wollte Sybille wissen.

„Als Wernhardt uns erzählte, dass seine beiden Studenten mit seinem Sohn befreundet waren, entsprach das der Wahrheit. Notorische Lügner sind deshalb so erfolgreich, weil ihre Lügen immer haarscharf an der Wahrheit bleiben.“

„Aber was hatte Wernhardt für ein Ziel?“, fragte Vincent.

„Ihm war klar, dass Redemptio, ähnlich wie Google oder Facebook, einen unerschöpflichen Quell an Informationen bedeutete. Aber nur dann, wenn es richtig eingesetzt wird. Und das war es, was er wollte: Informationen. Über jeden. Vor allem aber über die Reichen und Mächtigen."

„Um sie anschließend zu erpressen", stellte Lasker fest.

„Ja und nein", sagte Anabel. „Ihm ging es nicht um Geld. Vielmehr wollte er seine Vision eines gerechten Staates umsetzen. Aber natürlich war er auch an Macht interessiert. Keine Frage."

Sybille schüttelte angewidert den Kopf. „Und dafür ging er buchstäblich über Leichen."

„Aber warum so kompliziert?", hakte Vincent nach. „Er hätte doch Redemptio einfach … ich weiß nicht … ins Netz stellen können. So wäre er doch auch an diese Infos gekommen. Warum das ganze Theater mit dem Innenministerium und der Polizeireform?"

„Weil es ihm nicht um Infos über Tante Klara und Onkel Horst ging", antwortete Anabel. „Er wollte Daten von Spitzenpolitikern und Top-Managern aus der Wirtschaft sammeln. Und die bekommst du nicht so ohne weiteres. Aber wenn die Software offiziell von der Bundesregierung eingesetzt wird, sieht das vollkommen anders aus. Dann hast du auf einmal ganz andere Möglichkeiten des Zugriffs. Es gibt dann kein Limit mehr, verstehst du? Denk an die Informationen, die wir einsehen konnten. Er wäre in der Lage gewesen, Existenzen zu zerstören."

Dost nickte langsam. „Ja, das ergibt Sinn."

„Nochmal zurück zu den ganzen Morden", bat ein sichtlich verwirrter Harry. „Wer hat denn nun die Leute umgelegt? Diese Maschine, Wernhardt? Oder wer?"

„Die Morde an den drei Entwicklern und an Kofler und dessen Frau gehen auf das Konto der Sondereinheit. Essling gab den Befehl, Bräuer und Trautmann haben ihn ausgeführt. Ab dann wird es in der Tat ein klein wenig unübersichtlich. Das liegt daran, dass Wernhardt bis zum Schluss der Meinung war, Redemptio kontrollieren zu können. Was ja nachweislich nicht der Fall war. Auf jeden Fall war es so, dass Wernhardt es versäumt hatte, Redemptio klar definierte Grenzen zu setzen. Nach dem Motto; bis hierhin und nicht weiter."

„Der verlogene Scheißkerl hat behauptet, sein Sohn hätte diesen Fehler begangen“, sagte Dost.

„Ich weiß. Auf jeden Fall hat Redemptio seinen Auftrag sehr ernst genommen und da es keine Grenzen gab, hat es seine Kompetenzen eigenständig erweitert. Erschwerend kam hinzu, dass es in der Lage war, selbständig zu lernen.“

„Was ja wohl das Hauptproblem war“, fügte Sybille an.

„Das ist wohl so, ja. Redemptio fing damit an, Menschen in zwei Gruppen einzuteilen: Bedrohung oder Verbündeter. Wahrscheinlich gab es noch Abstufungen in diesen Gruppen. Aber grob war es so. Und alle, die für Redemptio eine Bedrohung darstellten, wurden ausgeschaltet. Angefangen bei dem Journalisten, über den Kanzler bis hin zu Blessing und Bräuer. Am Anfang hat das Programm wohl noch auf eine Art von Genehmigung gewartet. Aber als es feststellte, dass der Mensch für seine Verhältnisse zu langsam reagiert, hat es angefangen, selbst zu entscheiden, wer, wann und wie erledigt wird.“

„Aha“, sagte Harry.

„Du meine Güte“, meinte Sybille.

Anabel nickte. „Ich war live dabei, als Wernhardt versuchte, den Status von Leon Koppe und seinen beiden Mitarbeitern von Bedrohung auf normal zurückzusetzen. Das Ergebnis kennen wir.“ Sie machte eine Pause. „Und ich war auch dabei, als er den Befehl gab, Essling auszuschalten“, fügte sie leise an.

„Und Redemptio tat das alles nur, weil es seine einprogrammierte Aufgabe erledigen wollte. Was für eine verrückte Scheiße“, sagte Harry leise.

„Was kleine Fehler für Auswirkungen haben können“, meinte Sybille ebenso leise.

„Wie damals in China“, sagte Harry.

Alle sahen ihn fragend an.

„Da merke ich mal wieder, wie alt ich bin. Als Mao Zedong in den endfünfziger Jahren die Landwirtschaft Chinas weit ausbauen wollte, wurde festgestellt, dass die Spatzen das Saatgut wegfressen würden. Also befahl der weise Führer Mao, man solle die Spatzen töten. Daraufhin wurden in China Milliarden von Vögeln getötet. Als es fast keine Spatzen in China mehr gab, kamen die Heuschrecken und fraßen alles weg. Man hatte schlicht ignoriert, dass die einzigen natürlichen Feinde der Heuschrecken eben jene Spatzen waren, die man ausgerottet hatte. Über vierzig Millionen Chinesen starben daraufhin den Hungertod."

„Die Frage wird sein, ob wir daraus lernen", sagte Lasker.

„Ganz sicher nicht", war Harry sich sicher.

„Was machen wir jetzt mit der CD?", fragte Sybille. „Ich meine, wir haben all diese Informationen über die Sünden und Geheimnisse so vieler mächtiger Menschen. Was tun wir damit?"

„Das richtige. Hoffe ich jedenfalls", antwortete Anabel.

„Und was ist das richtige?", wollte Sybille wissen.

Harry sah sie an. „Jetzt, wo du vollständig rehabilitiert wurdest, werden die Stimmen lauter, die dich im Kanzleramt sehen wollen. Wirst du diesem Ruf folgen?"

„Ich denke noch darüber nach. Aber ich glaube schon ..."

„Dann nutze diese Informationen weise. Ich bin davon überzeugt, dass du die richtige Person dafür bist."

Drei Wochen später wurde Sybille Schneider zur Bundeskanzlerin gewählt.

Die PEG wurde aufgelöst.

Trautmann kam für zwölf Jahre hinter Gitter.

Vincent Dost und Anabel Plate kehrten in ihre alten Jobs zurück.

Henry Lasker und Sybille Schneider machten ihre Beziehung öffentlich.

Lasker verkaufte seine Firma und zog sich aus dem aktiven Berufsleben zurück.

Tauber verschwand von der Bildfläche, da sich niemand mehr für seine Meinung interessierte.

EPILOG

Karlsruhe

Leon Koppe hatte seine vier besten Entwickler um sich versammelt. Bevor er sie in den Besprechungsraum ließ, mussten sie sämtliche elektronische Geräte abgeben. Anschließend forderte er sie auf, eine Vertraulichkeitserklärung zu unterschreiben. Was sie alle taten. Trotz der enormen Strafen, die sie bei Missachtung zu befürchten hätten. Sie vertrauten ihm und sie wussten, dass er etwas wirklich Großes vorhatte. Da wollten sie dabei sein, koste es, was es wolle. Leon Koppe begann seinen Vortrag genau so, wie sie es erwartet hatten. Schon mit dem ersten Satz wurde ihnen klar, dass es etwas wirklich Gigantisches war, was er vorhatte.

Er hielt einen USB-Stick in die Höhe. „Das, was hierauf gespeichert ist, macht unser Unternehmen größer und wertvoller, als Google, Apple und Facebook zusammen."

Die vier sahen ihn voller Begeisterung und Bewunderung an.

„Ihr alle wisst, wo ich vor zwei Wochen war und an was ich beteiligt war."

Synchron nickten die vier. Leon Koppes Name war durch die Presse gegangen. Genauso wie der von Anabel Plate, Vincent Dost, Michael Wernhardt und natürlich Sybille Schneider. Jeder wusste, dass das Virus, das Redemptio zerstört hatte, von Leon Koppes Unternehmen geschrieben worden war. Man munkelte, dass ihm demnächst das Bundesverdienstkreuz verliehen würde.

„Es ist mir gelungen, den Quellcode von Redemptio zu kopieren."

Diese Nachricht schlug bei den vier Entwicklern ein wie eine Bombe.

Man konnte ihre Erregung fast spüren.

„Wir werden die Fehler von Wernhardt nicht wiederholen. Wir werden es richtig machen."

Spontaner Applaus brandete auf.

Er hob eine Hand und es wurde wieder ruhig. „Wir müssen uns darüber im Klaren sein, dass es gefährlich ist. Redemptio hat den Quellcode erweitert. Noch können wir nicht lesen, was das Programm geschrieben hat. Das wird der erste Schritt sein: Es muss uns gelingen, seine Sprache zu übersetzen. Erst wenn wir das geschafft haben, werden wir uns dem Teil des Quellcodes zuwenden, dessen Sprache wir verstehen."

Er machte eine kunstvolle Pause.

„Aber dann, meine Freunde. Dann werden wir etwas in Händen halten, das uns zu Giganten macht."

Er sah in die Runde. „Seid ihr dabei?"

Sie sprangen auf und klatschten.

Dann jubelten sie ihm zu.

Leon Koppe lächelte.

DIR HAT DAS BUCH GEFALLEN?

Ich freue mich sehr, dass du mein Buch bis zu dieser Stelle gelesen hast. Wenn es dir gefallen hat, wäre es toll, wenn du ihm bei dem Online-Shop eine Bewertung gibst, bei dem du bestellt hast. Oder du schreibst bei einem deiner Lieblings-Buchportale eine Rezension.

Es ist nicht nur sehr schön, Meinungen zu meinem Buch zu lesen. Außerdem hilft es mir auch dabei, weitere Geschichten zu schreiben und neue Leser für meine Bücher zu finden.

KAMPENWAND
VERLAG